The Urbana Free Library

To renew: call 217-367-4057
or go to "urbanafreelibrary.org"
and select "Renew/Request Items"

CINCO REINOS

INVASORES DEL CIELO

Brandon Mull

Traducción de Jorge Rizzo

Rocaeditorial

Título original: *Five Kingdoms. Sky raiders*

Copyright © 2014 by Brandon Mull

Primera edición: abril de 2015

© de la traducción: Jorge Rizzo
© de esta edición: Roca Editorial de Libros, S.L.
Av. Marquès de l'Argentera 17, pral.
08003 Barcelona
info@rocajunior.net
wwww.rocajunior.net

Impreso por EGEDSA
Roís de Corella 12-16, nave 1
Sabadell (Barcelona)

ISBN: 978-84-9918-929-1
Depósito legal: B-6.660-2015
Código IBIC: YFH; YFC

RE89291

Para Liz,
que quería castillos en el cielo.

Castillos en el cielo, abandonados, destrozados.

De *A dustland fairytale*, canción de
The Killers (escrita por Brandon Flowers)

Capítulo 1

─────── ◦ ───────

Halloween

Mientras avanzaba por el pasillo, Cole esquivó a un ninja, a una bruja, a un pirata y a una novia zombi. Se detuvo cuando un payaso triste vestido con gabardina y un sombrero de fieltro le hizo un gesto.

—¿Dalton?

Su amigo asintió y esbozó una sonrisa rara, pues tenía un gesto triste pintado alrededor de la boca.

—Me preguntaba si me reconocerías.

—No ha sido fácil —respondió Cole, aliviado al ver que su mejor amigo se había buscado un disfraz como aquel. Le preocupaba que el suyo fuera algo exagerado.

Estaban en medio del pasillo. Por los lados les adelantaban chavales, algunos disfrazados para Halloween, pero otros no.

—¿Listo para ir a por caramelos? —preguntó Dalton.

Cole vaciló. Ahora que iban a sexto, le preocupaba un poco que la gente pensara que eran algo mayorcitos para ir de puerta en puerta. Tampoco quería parecer un niñato.

—¿Has oído hablar de la casa encantada en Wilson?

—¿La casa tenebrosa? —puntualizó Dalton—. He oído que en el camino de entrada han hecho un pasaje del terror con ratas y serpientes vivas.

Cole asintió.

—Creo que el tío que se ha instalado en ella es un experto en efectos especiales. Supongo que habrá trabajado en grandes películas. Puede que no sean más que trolas, pero la gente no deja de decir cosas alucinantes. Deberíamos ir a ver.

—Sí, claro, tengo curiosidad —dijo Dalton—. Pero no quiero perderme las golosinas.

Cole se lo pensó un minuto. Lo cierto es que el año anterior había visto a algunos chicos de sexto pidiendo «truco o trato» por su barrio. Si la gente iba dando dulces gratis, ¿por qué no aprovechar? Ya tenían los disfraces puestos.

—Vale. Podemos empezar pronto.

—Mejor.

Sonó el primer timbre. Las clases estaban a punto de empezar.

—Nos vemos —se despidió Cole.

—Hasta luego.

Cole entró en su clase y observó que Jenna Hunt ya estaba en su sitio. Intentó no hacer caso. Le gustaba Jenna, pero no de «ese» modo. Sí, quizá en el pasado hubiera sentido algo cuando la veía por ahí, pero ahora no era más que una amiga.

Por lo menos eso era lo que se decía a sí mismo mientras intentaba sentarse tras ella. Iba vestido de espantapájaros usado como blanco de tiro con arco. Con aquellas flechas emplumadas que le salían del pecho y de los costados no era fácil sentarse.

¿Alguna vez se había prendado de Jenna? Quizá, cuando era más pequeño. En segundo de primaria, una vez a las niñas les dio por ir corriendo por ahí intentando besar a los niños en el patio. Había sido un asco. Como jugar a pillar, solo que con arrumacos incluidos.

Los profesores se habían opuesto al juego. Cole también se oponía…, salvo cuando era Jenna. Cuando ella le perseguía, una parte de él deseaba secretamente que le pillara.

No fue culpa suya que siguiera fijándose en Jenna en tercero, cuarto y quinto. Era muy guapa. No era el único que lo pensaba. Había aparecido como modelo en algunos catálogos. Tenía el cabello oscuro, ondulado solo lo justo, y con aquellas pestañas tan densas daba la impresión de llevar maquillaje, aunque no fuera así.

A veces, Cole se había imaginado escenas en que unos chicos mayores se metían con Jenna. En sus fantasías, él aparecía y la salvaba con una gran demostración de valentía y de artes marciales, como en las películas. Y luego no le quedaba más remedio que soportar sus lágrimas de agradecimiento.

Sin embargo, todo había cambiado al empezar sexto. No solo Jenna había ido a parar a su clase, sino que, por pura casualidad, le habían colocado justo detrás de ella. Habían tenido que trabajar juntos en algunos proyectos en grupo. Había aprendido a relajarse en su presencia, y habían empezado a hablar de forma habitual e incluso a gastar bromas. Jenna había resultado más agradable de lo que esperaba. En realidad, se estaban haciendo amigos. Así que no había motivo para que el corazón se le desbocara solo porque iba vestida de Cleopatra.

Sobre su pupitre había un examen corregido: un 9,6 dentro de un círculo rojo proclamaba su éxito. También los había sobre los otros pupitres. Cole intentó no mirar las puntuaciones de los demás, pero no pudo evitar observar que sus vecinos tenían un 7,2 y un 8,8.

Jenna se giró y lo miró. Llevaba una peluca de pelo negro lacio, más recto que una regla. Un maquillaje muy marcado le destacaba los ojos, y en la frente lucía una diadema con una serpiente sobre la frente.

—¿De qué vas tú? —le preguntó—. ¿De espantapájaros muerto?

—Casi —respondió Cole—. Soy un espantapájaros usado para practicar el tiro.

—¿Son flechas de verdad?

—Sí, pero les he arrancado las puntas. Aunque sea Halloween, pensé que si traía flechas con punta a clase me enviarían a casa.

—Has sacado otro sobresaliente. Pensaba que los espantapájaros no tenían cerebro.

—Ayer no era un espantapájaros. Me gusta tu disfraz.

—¿Sabes quién soy?

Cole frunció el ceño, como si le hubiera dejado sin palabras.

—¿Un fantasma?

Jenna puso los ojos en blanco.

—Sí que lo sabes, ¿no?

Él asintió.

—Eres una de las damas más famosas de la historia. La reina Isabel.

—Te has equivocado de país.

—Era broma. Cleopatra.

—Te has vuelto a equivocar. ¿No lo sabes?

—¿De verdad? Pensaba que no había duda.

—Soy la hermana gemela de Cleopatra.

—Me has pillado.

—A lo mejor tendría que haber venido vestida de Dorothy, cubierta de flechas clavadas —propuso Jenna—. Iríamos a juego.

—Podríamos ser el final alternativo triste de *El mago de Oz*.

—El final en que el mago resulta ser Robin Hood.

Laini Palmer estaba sentada en el pupitre contiguo al de Jenna. Iba vestida de Estatua de la Libertad. Jenna se volvió y se puso a hablar con ella.

Cole echó un vistazo al reloj. Aún quedaban unos minutos antes de que empezara la clase. Jenna tenía la costumbre de llegar cuando sonaba el primer timbre, y curiosamente Cole había desarrollado el mismo hábito. Iban entrando otros chicos: un zombi, un hada vampiro, una estrella del rock, un soldado… Kevin Murdock no iba disfrazado. Ni tampoco Sheila Jones.

Cuando Jenna acabó de hablar con Laini, Cole le dio una palmadita en el hombro.

—¿Has oído hablar de esa nueva casa encantada?

—¿La de Wilson Avenue? —preguntó Jenna—. Todo el mundo habla de ella. A mí nunca me han dado mucho miedo los adornos de Halloween. Siempre se nota que son falsos.

—Dicen que el tipo que se acaba de instalar creaba efectos especiales para Hollywood —respondió Cole—. He oído que parte de lo que ha puesto en el pasaje del terror que han hecho a la entrada es de verdad. Como tarántulas y murciélagos vivos, y miembros amputados de hospitales.

—Eso sí que debe de dar miedo —dijo Jenna—. Tendría que verlo para creerlo.

—Bueno, debería ser gratis. ¿Vas a ir a pedir golosinas?

—Sí, con Lacie y Sarah. ¿Y tú?

—Yo pensaba ir con Dalton —respondió, aliviado al saber que ella también iba a ir pidiendo dulces.

—¿Sabes la dirección?

—¿La de la casa encantada? La tengo apuntada.

—Deberíamos ir a verla. ¿Quieres que nos encontremos hacia las siete?

Cole intentó hacer como si nada.

—¿Dónde?

—¿Conoces la casa de ese viejo, en la esquina? ¿La que tiene un enorme mástil de bandera?

—Claro. —Todo el mundo en el barrio conocía aquella casa. Era de una planta, pero el mástil de la bandera era alto como un rascacielos. El viejo debía de ser un veterano de guerra. Izaba la bandera cada mañana y la bajaba cada noche—. ¿Quedamos allí?

—Trae la dirección.

Cole sacó un cuaderno de su mochila y lo abrió. Mientras buscaba los deberes, dejó vagar sus pensamientos. No había quedado nunca con Jenna después de clase, pero aquello tampoco era una cita. Simplemente irían en grupo, a ver si aquel pasaje del terror daba tanto miedo como decían.

Poco después, el señor Brock dio inicio a la clase. Iba vestido de vaquero con botas, un gran sombrero y una placa de *sheriff*. Con aquel atuendo resultaba difícil tomárselo en serio.

Cole caminaba por la calle junto a Dalton, con un pie en el bordillo y el otro en la calzada. Seguía siendo un espantapájaros cubierto de flechas. La paja que le asomaba por el cuello le hacía cosquillas en la barbilla. Dalton seguía siendo un payaso triste.

—¿Habéis quedado donde la bandera? —preguntó Dalton.

—Junto a la casa —respondió Cole—. No en el césped.

Dalton se arremangó y echó un vistazo al reloj.

—Vamos a llegar demasiado pronto.

—Solo un poco.

—¿Estás nervioso?

Cole le miró con el ceño fruncido.

—No me dan miedo las casas encantadas.

—Yo no hablaba del pasaje del terror —puntualizó Dalton—. Vosotros dos siempre os habéis gustado, más o menos…

—Venga ya, Dalton —le interrumpió Cole—. Solo somos amigos.

—Mis padres dicen que ellos también empezaron como amigos —insistió Dalton, arqueando las cejas.

—Déjalo ya, caray. —Cole no podía permitir que Dalton hiciera o dijera algo que le hiciera sospechar a Jenna que le gustaba—. No tenía que haberte dicho nunca que antes me gustaba. Eso fue hace años. Esto lo hacemos solo para divertirnos.

Dalton miró a lo lejos.

—Parece que el grupo ha crecido.

Tenía razón. Encontraron a Jenna con otros siete chavales, tres de ellos chicos. Seguía vestida de Cleopatra.

—Ahí están —anunció Jenna—. Ya podemos ir.

—Tengo la dirección —dijo Cole.

—Ya sé dónde es —contestó Blake—. He ido antes.

—¿Cómo es? —preguntó Dalton.

—No he entrado —respondió Blake—. Es que vivo cerca.

Cole conocía a Blake del colegio. Era el tipo de chaval al que le gustaba hacer de líder, y hablaba mucho. Siempre quería ser portero en los partidos del recreo, aunque no era muy bueno.

Emprendieron la marcha. Blake se puso a la cabeza. Cole se quedó atrás, junto a Jenna.

—Así pues, ¿cómo te llamas?

—¿Eh? —respondió ella—. ¿Cleopatra?

—No, eres su gemela.

—Es verdad. Adivina.

—¿Irma?

—Eso no suena muy egipcio.

—¿Reina Tut?

—Vale, me lo quedo —decidió Jenna, con una risita, y luego se acercó a su amiga Sarah y se pusieron a hablar las dos.

Cole siguió caminando junto a Dalton.

—¿Crees que el pasaje del terror dará miedo de verdad? —dijo Dalton.

—Ojalá —respondió Cole—. Eso espero.

Blake impuso un ritmo rápido. Avanzaban a paso ligero. Pasaron junto a un grupito de niños pequeños con caretas de superhéroes de plástico. La mayoría de las casas estaban decoradas con poca gracia. Algunas no tenían ningún adorno. Unas pocas lucían unas elaboradas calabazas con luz dentro que debían de haber tallado usando moldes.

Dalton le dio un codazo a Cole e indicó con la cabeza una puerta, donde una bruja rolliza repartía chocolatinas Twix de tamaño grande a un grupo de niños pequeños.

—No pasa nada —dijo Cole, levantando su funda de almohada—. Ya tenemos un buen botín.

—Nada de ese tamaño —señaló Dalton.

—Los Twix pequeños también son buenos —dijo Cole, aunque no estaba seguro de llevar ninguno en el zurrón.

—He oído decir que hay cadáveres de verdad y todo —explicaba Blake—. Cuerpos donados a la ciencia, pero robados para usarlos como decoración.

—¿Tú crees que eso es cierto? —dijo Dalton.

—Lo dudo —respondió Cole—. El tipo acabaría en la cárcel.

—¿Y tú qué sabes? —le desafió Blake—. ¿Es que alguna vez has sido ladrón de cadáveres?

—No —dijo Cole—. Tu madre quería que trabajara para ella, pero no tenía dinero suficiente para contratarme.

Todo el mundo se rio. Blake no supo qué responder.

A Cole siempre se le habían dado bien las réplicas. Era su mejor mecanismo de defensa; solía servirle para que los otros chicos no se metieran con él.

Mientras avanzaban por la calle, Cole intentó buscar una excusa para caminar junto a Jenna. Desgraciadamente, en aquel momento tenía a Lacie a un lado y a Sarah al otro. Cole había hablado lo suficiente con Jenna como para sentirse bastante cómodo con ella, pero Sarah y Lacie eran otra historia. No se veía con ánimos de presentarse y unirse a su conversación. Todos los comentarios que se le ocurrían le parecían torpes y forzados. Al menos a Dalton no le quedarían dudas de que Jenna y él no eran más que amigos.

Cole se fijó en el camino. Una parte de él esperaba que Blake se equivocara, pero no lo hizo. Cuando la casa del pasaje del terror apareció ante sus ojos, Blake se la presentó a los demás como si él mismo la hubiera decorado personalmente.

Por fuera, la casa no tenía mal aspecto. Mucho mejor que la media. Unos cuantos cuervos falsos colocados en el tejado. Telarañas colgando de los desagües. Una de las calabazas iluminadas vomitaba semillas y pulpa por toda la acera. En el césped había montones de lápidas de cartón, y alguna mano o pierna de plástico asomaba entre la hierba.

—No está nada mal —admitió Dalton.

—No lo sé —dijo Cole—. Con todo lo que se ha hablado, me esperaba lápidas de granito con esqueletos humanos de verdad. Y quizás algún holograma de fantasma.

—Seguramente lo mejor está dentro —dijo Dalton.

—Ya veremos —respondió Cole, que se detuvo a observar los detalles.

¿Por qué estaba tan decepcionado? ¿Por qué le importaba tanto lo impresionante que fuera la decoración de la casa? Porque había sido él quien había convencido a Jenna para que fueran. Si la casa encantada estaba bien, parte del mérito sería suyo. Si no valía mucho, la habría hecho ir hasta allí para nada. ¿Sería eso?

A lo mejor era solo que le molestaba que apenas le hubiera hablado por el camino. Blake se encaminó a la puerta. Llamó con los nudillos mientras los otros nueve chicos esperaban en el porche. Un tipo con cabello largo y una barba incipiente abrió. Llevaba un cuchillo de carnicero en la cabeza, con abundante sangre manando de la herida.

—Debe de ser uno de los expertos en efectos especiales —murmuró Dalton.

—No lo sé —dijo Cole—. Da bastante asco, pero no es lo último.

El hombre del cuchillo dio un paso atrás para invitarles a pasar. Una luz estroboscópica emitía rayos de luz continuos. El suelo estaba cubierto de humo frío y las paredes de papel de aluminio que reflejaban las ráfagas de luz. Había telarañas, calaveras y candelabros. Un caballero cubierto con una armadura se les acercó, levantando una enorme espada. La luz estroboscópica le daba un aspecto torpe. Una o dos de las chicas soltaron un chillido.

El caballero bajó la espada. Siguió moviéndose por la sala un poco, sobre todo de lado a lado, intentando mantener la tensión, pero tras interrumpir el ataque resultaba ya menos amenazador. Al ver que ya no daba miedo, se puso a bailar con movimientos de robot. Algunos de los chicos soltaron unas risas.

Cole frunció el ceño, aún más decepcionado.

—¿Por qué hablaba tanto la gente de esto? —le preguntó a Dalton.

—¿Y qué te esperabas?

—No sé —dijo Cole, encogiéndose de hombros—. Lobos rabiosos luchando a vida o muerte.

—No está mal —admitió Dalton.

—Demasiado bombo. Me había creado demasiadas expectativas —respondió Cole, que al girarse vio que Jenna estaba a su lado—. ¿Estás aterrada?

—La verdad es que no —dijo ella, mirando alrededor con satisfacción—. No veo ningún miembro mutilado, pero han hecho un buen trabajo.

El caballero patoso se retiró a su escondrijo y el tipo del cuchillo en la cabeza se puso a repartir chocolatinas. Eran miniaturas, pero les dio a cada uno dos o tres.

Entonces entró en la sala un chaval mayor, con el cabello revuelto. Era flaco, probablemente con la edad suficiente para ir a la universidad; llevaba vaqueros y una camiseta naranja en la que ponía «BUU» en letras negras de gran tamaño como único disfraz.

—¿Doy miedo? —preguntó, como si le diera igual.

Un par de niñas dijeron que sí. El resto permaneció en silencio. Cole pensó que sería maleducado decir la verdad.

El chico del Buu cruzó los brazos frente al pecho.

—Algunos no parecéis muy asustados. ¿Alguien quiere ver la parte que da miedo de verdad?

21

Lo decía serio, pero también podría ser que preparara alguna broma de mal gusto.

—Claro —se ofreció Cole.

Jenna y un puñado del grupo también se apuntaron.

El tipo del Buu se los quedó mirando como si fuera un general ante un nuevo reemplazo de tropas que no dieran la talla.

—Muy bien, si así lo queréis… Pero os aviso: si algo de todo lo anterior os ha dado miedo, no vengáis.

Dos de las niñas empezaron a agitar la cabeza y retrocedieron hacia la puerta. Una de ellas se giró y apoyó la cabeza en Stuart Fulsom. Stu salió con ellas.

—Fíjate en Stu —murmuró Cole—. Se cree que es el Doctor Amor.

—¿Por qué han venido esas niñas, si no querían ver algo que diera miedo? —se quejó Dalton.

Cole se encogió de hombros. Si Jenna hubiera querido marcharse, ¿se habría ido con ella? Quizá si le hubiera apoyado la cabeza en el pecho, temblando de preocupación… Los siete niños restantes siguieron al de la camiseta del Buu. Les hizo pasar a una cocina normal y allí les mostró una puerta blanca con un simple pomo de latón.

—Está abajo, en el sótano. Yo no voy a ir. ¿De verdad queréis ir? Está bastante enmarañado.

Blake abrió la puerta e inició el descenso. Cole y Dalton intercambiaron una mirada. Habían llegado hasta allí. Ahora no se iban a echar atrás. Los demás tampoco lo hicieron.

Capítulo 2

—◦—

El pasaje del terror

Cole siguió a Jenna por las escaleras del oscuro sótano. Al llegar al fondo, vio muy cerca unas cortinas negras, del suelo al techo, que ocultaban la mayor parte de la estancia. La única luz procedía de un viejo farol situado sobre un taburete bajo. Estaba oxidado y mugriento, parecía una reliquia del Viejo Oeste.

Dalton tiró a Cole de la manga. Unas sombras extrañas le cubrían la cara, lo que le daba un aspecto fantasmagórico. La luz del farol se reflejó en la purpurina de la lágrima que tenía pintada en una mejilla, que emitió un tímido brillo.

—Ha cerrado la puerta con llave —le susurró. Dalton había sido el último en bajar.

—¿Qué?

—El tío de la camiseta con el Buu. Cuando ha cerrado la puerta, he oído el chasquido, así que lo he comprobado. Estamos encerrados.

Cole soltó un suspiro y miró escaleras arriba.

—Probablemente lo haya hecho para darle más emoción.

—No me gusta —insistió Dalton.

Cole era amigo de Dalton desde que su familia se había mudado a Mesa, en Arizona, procedente de Boise, en Idaho, cuando hacían primero. Les gustaban los mismos libros y los mismos videojuegos. Ambos jugaban al fútbol e iban en bicicleta. Pero Dalton solía ponerse nervioso con facilidad.

Cole recordaba que una vez, en el cine, Dalton había perdido el resguardo de la entrada en el baño, antes de la película. Se pasó el resto de la tarde pensando que la policía del cine iría a buscarle para detenerle por colarse. Por fin fue a confesarle a un empleado que había perdido la entrada y, por supuesto, el tipo le dijo que no se preocupara.

—Es solo para crear un mayor efecto —le tranquilizó Cole—. Para que dé más miedo.

Dalton sacudió la cabeza.

—Lo ha hecho sin hacer ruido. Apenas lo he oído yo. ¿Qué efecto van a crear si nadie lo oye?

—Tú lo has oído. Lo has comprobado. Y estás cagado. Parece que son expertos.

—O psicópatas.

Los otros cinco estaban curioseando al pie de las escaleras. Blake se había agachado para inspeccionar el farol. Se apartó de la luz y tiró de una de las cortinas negras.

—Por aquí.

Al apartar la cortina, apareció un hombre enorme. La luz del farol descubrió una cabeza calva casi por completo, con una franja de pelo corto y puntiagudo a los lados. Bajo la nariz, chata y ancha, asomaba un bigote repeinado. Tenía un lóbulo de la oreja atravesado por un frágil huesecillo. En general, parecía que se había creado la imagen con medios caseros, combinando materiales torpemente. Los hombros, desnudos, estaban cubiertos de un vello rizado.

La mayoría de los chicos dieron un respingo o un

paso atrás. Lacie soltó un chillido. Aquel corpulento extraño sonrió al verles. Dos de sus dientes parecían hechos de un metal gris sin brillo.

—¿Preparados para pasar miedo? —preguntó, con una mirada ávida. Su voz tenía un ligero acento sureño. Se frotó las carnosas manos.

Cole miró a Dalton. A lo mejor su amigo tenía razón. No le gustaba la idea de estar encerrado con aquel tío tan raro.

—¿Tú quién eres? —preguntó Jenna.

—¿Yo? —respondió el hombre, frunciendo los párpados—. Habéis venido aquí a pasar miedo, ¿no es así?

—Así es —respondió Blake.

—Me aseguraré de que recibís lo que buscabais, pues —respondió el grandullón, con una sonrisa maliciosa—. Os indicaré el camino, pero tenéis que comportaros. No debéis tocar nada.

Dalton se acercó algo más a Cole. Jenna y Chelsea se cogieron de la mano.

—Me llaman Ham —dijo el hombre, que cogió el farol. Olía a polvo y a sudor—. Esta noche os guiaré por unos escenarios terroríficos que no os podéis ni imaginar. ¿Estáis seguros de que queréis seguir?

—La puerta está cerrada con llave —dijo Dalton con un hilo de voz, indicando las escaleras con un gesto de la cabeza.

Ham se quedó mirando a Dalton.

—Entonces más vale que no os despeguéis de mí —dijo, y levantó la cortina para que pasaran.

Blake fue el primero. Cole y Dalton cerraron el grupo.

Cole era uno de los más bajitos de su clase, igual que Dalton. Apenas le llegaban al pecho a Ham. Una vez pasada la cortina, el tipo la dejó caer.

El espacio siguiente estaba rodeado por más cortinas oscuras. En el suelo había huesos, algunos un poco amarillentos; otros rotos o astillados. Huesos humanos mezclados con extraños huesos de animales. A un lado del espacio había una calavera del tamaño de un carrito de la compra con un par de colmillos enormes. No podía ser real. Aquella calavera enorme no concordaba con ningún animal que pudiera imaginarse Cole, ni siquiera uno prehistórico. Pero tenía el mismo aspecto real que los otros huesos, lo que probablemente significara que todos eran falsos.

Blake recogió lo que parecía un húmero.

—¡Qué realista! —dijo.

—Tan real como tú —respondió Ham.

—¡Corred! —gritó una voz joven a sus espaldas, procedente de algún lugar tras las cortinas de la izquierda—. Apenas tenéis tiempo. ¡Corred! Esto no es una…

La voz se interrumpió de golpe. Ham sonrió misteriosamente.

—Eso no teníais que haberlo oído. No hagáis caso.

Dalton miró a Cole, preocupado. Cole tuvo que admitir que la advertencia había sido un toque de calidad. Había sonado sincera. Y Ham era un tipo inquietante. Tenía algo raro: no era muy listo, era algo siniestro y quizá no estuviera del todo bien de la cabeza. Era el tipo ideal para hacer de guía en un pasaje del terror. ¿Sería un actor profesional?

Las cortinas del fondo se abrieron. Apareció una mujer negra. Era bajita pero robusta, con cuatro pelos negros sobre las comisuras de la boca. Tenía el cabello negro, con unos mechones grises. Parecía ir vestida con harapos.

—El último grupo —anunció la mujer, mirando a Ham—. Ansel quiere irse ya.

—Lo que diga Ansel —respondió Ham.

La mujer se dirigió a los visitantes.

—Así que habéis venido a pasar miedo. ¿Qué sabéis del miedo? ¿Qué sabéis de pasarlo mal? Venís de un mundo suave y mullido, de comunidades suaves y mullidas que crían niños suaves y mullidos. ¿Qué mundo es este, que ensalza lo lúgubre y sombrío en sus fiestas? Un mundo que no conoce lo sombrío. Un mundo en que lo sombrío se ha convertido en novedad.

—¿Va a ser una visita educativa? —suspiró Blake, decepcionado.

La mujer sonrió.

—Yo espero que sea muy educativa. Habéis venido en busca de emociones, chico, y vais a tenerlas.

—Eso espero —dijo Blake—. Estos huesos dan tanto miedo como un museo.

—Si tuvieras algo de sentido común, esos huesos te asustarían bastante —respondió la mujer—. Los huesos son una advertencia. Los huesos son trofeos. Habéis venido a pasar miedo, y lo justo es que se os recompense. El miedo puede ser relativo. Lo que asusta a uno puede no asustar al otro. Por ejemplo, esta cucaracha.

Recogió del suelo una cucaracha marrón moteada, del tamaño de una pastilla de jabón. La cucaracha se retorció y silbó, agitando las patas y un par de antenas frenéticamente. Mientras lo hacía, la cucaracha giraba la cabeza, golpeando repetidamente contra su pulgar.

—¿Veis cómo me muerde? —preguntó la mujer—. En la pradera, o desarrollas cierta tolerancia al veneno, o mueres. ¿Alguno quiere sostenerla?

Nadie se ofreció voluntario.

La mujer se encogió de hombros.

—A vosotros este bicho puede que os dé miedo. Y quizá debería, porque su veneno puede quemaros la piel

27

y ulceraros la carne. Incluso podría mataros. Pero para mí es un aperitivo —dijo, al tiempo que se metía la cucaracha en la boca y masticaba. Cole oyó cómo crujía. Por una de las comisuras de la boca asomó un jugo negro, que se secó con el dorso de la mano, dejando un ligero rastro. Cole miró a Dalton, que ponía cara de asco. Lacie y Sarah apartaron la vista, murmurándose algún comentario histérico. La mujer fijó la vista en Blake—. ¿Aún no tienes miedo?

—Un poco —admitió el chico—. Pero eso daba más asco que miedo.

La mujer esbozó una sonrisa.

—No tenéis ni idea de lo que os espera tras esas cortinas. Os habéis metido en un buen lío. ¿Os asustaría saber que vuestro tiempo en este mundo se acerca a su fin? ¿Os asustaría saber que nunca más volveréis a ver a vuestras familias? ¿Os asustaría saber que todos vuestros planes y expectativas de futuro se volvieron irrelevantes en el momento en que decidisteis bajar por esas escaleras?

—Eso no tiene gracia —dijo Jenna—. Aunque sea Halloween, no debería hacer ese tipo de bromas.

Cole estaba de acuerdo con Jenna. Con aquellas amenazas, la mujer estaba cruzando una línea que no debía sobrepasarse. La puerta cerrada, el aspecto inquietante de Ham, el grito de advertencia y el numerito del bicho, combinados, creaban una situación que no le gustaba. Quizá sí que se habían metido en un lío. Aunque si todo era un truco, desde luego estaba funcionando.

La mujer asintió.

—Veo que vais pillándolo. Nada de todo esto es divertido. Ahora nos pertenecéis. ¿Queréis pasar miedo? —Levantó la voz—. ¡Es hora de hacer las maletas! ¡Quitad las cortinas! ¡Recoged a estos rezagados y vámonos!

Muchas de las cortinas negras empezaron a caer, rasgadas o arrancadas. Aparecieron varios hombres. Un pelirrojo musculoso con un chaleco de cuero y unos pantalones de gamuza agarró un rodillo corto de metal. Un hombre pálido y lánguido con barba blanca les mostró unos dientes limados en forma de afilados triángulos. Un oriental bajito vestido con una túnica y cubierto con un turbante sostenía una red y una vara de madera. Y una persona con cabeza de lobo y un manto de piel dorada arqueaba los dedos, acabados en garras. Si era un disfraz, era el mejor que Cole había visto nunca.

Había otros hombres por allí, pero a Cole la vista se le fue más allá de aquel surtido de villanos mugrientos, hasta las jaulas. Detrás de las cortinas, a ambos lados de la estancia, había jaulas llenas de niños vestidos con disfraces de Halloween. Los niños estaban sentados, hundidos, derrotados.

En parte esperaba que todo aquello fuera un elaborado montaje. Si aquello formaba parte del pasaje del terror, sus creadores habían triunfado, porque estaba convencido de que sus amigos y él mismo estaban en peligro, que los hombres que se les echaban encima no eran actores disfrazados, sino auténticos criminales. Los prisioneros de las jaulas eran sin duda chicos del barrio. Cole reconoció a unos cuantos. Los hombres cargaron. El pelirrojo cogió a Blake por la nuca y lo tiró al suelo. Ham se abalanzó sobre Jenna.

Aquello era lo que le faltaba por ver. Si había contacto físico, era oficial: aquello era de verdad. Cole se dirigió hacia Ham y balanceó su bolsa de golosinas como un bate, impactando contra el farol. La cubierta de cristal se rompió con un fogonazo. Todo se sumió en la oscuridad.

Alguien le dio un empujón. Cole cayó al suelo. No

29

veía nada. Oía gritos. Se puso en pie y se dirigió a ciegas hacia donde imaginaba que estarían las escaleras. Alguien tenía que escapar. Si eran secuestradores, alguien tenía que ir a la policía antes de que la situación empeorara aún más.

Se encontró enredado entre cortinas. Tirando desesperadamente, consiguió zafarse, pero en lugar de caer y dejarle el paso libre, las cortinas se le vinieron encima. Intentó seguir avanzando, pero dio contra la pared y se cayó.

Un momento más tarde, volvió la luz. Instintivamente, Cole se quedó inmóvil. Estaba escondido tras las cortinas caídas. Oyó que alguien vociferaba dando órdenes. Se encendieron más luces.

Con movimientos lentos, Cole se asomó por el borde de las cortinas. Habían encendido una lámpara eléctrica y tres faroles más. Había corrido justo en dirección opuesta a la salida. Estaba en el otro extremo, lejos de las escaleras que daban a la cocina. A sus amigos les estaban metiendo en las jaulas.

La mujer robusta estaba en pie, conversando con un hombre flaco con un sombrero de ala ancha y una larga y vieja bata de trabajo. En una mano surcada de venas sostenía una hoz.

Ham subió las escaleras al trote. Llamó a la puerta tres veces, tan fuerte que la puerta vibró. El tipo de la camiseta Buu la abrió.

—Ya estamos —anunció.

—Bien —respondió Buu—. Me alegro. Supongo que estaréis satisfechos.

—Has cumplido con tu parte —respondió Ham con un gruñido, entregándole un saco voluminoso.

Buu lo aceptó. Cuando el chico metió la mano dentro, Cole oyó el inconfundible tintineo de monedas.

Desde su posición, en el suelo, con la cortina ligeramente levantada para cubrirle, pudo ver el brillo del oro en el momento en que Buu sacaba unas monedas del saco y las sopesaba.

—¿Necesitáis algo más? —preguntó Buu.

Ham se giró hacia el hombre flaco de la bata, que negó con la cabeza.

—Vosotros alejaos de aquí. Y después, quedaos tranquilos. Nadie podrá seguirnos. Nadie volverá a ver a estos críos. Enseguida los olvidarán.

Buu levantó la bolsa de monedas en una especie de saludo.

—Un placer. Buen viaje. Y feliz Halloween —dijo, y cerró la puerta.

Ham volvió a bajar las escaleras. Con ayuda del pelirrojo, levantó la trampilla de un hoyo que se abría en el centro de la sala. El hombre pálido con los dientes raros se acercó a una de las jaulas, con las llaves en la mano.

El hombre flaco del sombrero levantó una mano y se hizo el silencio.

—Chicos listos —dijo, con una voz rota, casi un susurro—. Os habéis comportado. La mayoría habéis guardado silencio, como se os ha dicho, y no habéis sufrido. No queremos haceros daño. Aquí seguimos una disciplina. Quien intente algo, lo pagará, y se convertirá en un ejemplo para los demás. Ahora somos vuestros amos. Mostradnos el debido respeto, y nosotros os trataremos con justicia.

Hizo un gesto con la hoz al hombre pálido, para que procediera.

La jaula se abrió y empezaron a salir niños. Todos llevaban collares de hierro y grilletes en las piernas. No vio ninguno muy pequeño. Un niño vestido de pirata estaba amordazado y tenía un enorme moretón en el pómulo; no parecía formar parte de su disfraz.

Condujeron a los niños hacia el agujero. Ham bajó el primero, desapareciendo lentamente por una escalera que no se veía. Antes de que su cabeza desapareciera del todo, se detuvo un momento.

—Cuando no encontréis más peldaños, dejaos caer —dijo. Y luego desapareció.

La primera niña, que llevaba unos cuernos brillantes y una capa roja, se detuvo al llegar al borde.

—¿Ahí abajo?

—Venga —la apremió el hombre pálido—. Vales más viva, pero tampoco nos irán mal unos cuantos huesos más.

Se dio la vuelta. Parecía que no veía el modo de hacerlo con los grilletes en los tobillos. Se agachó y empezó a bajar. Cole dejó caer el borde de la cortina que le cubría suavemente, con lo que dejó de verles. Había ido a parar cerca de un extremo de la sala. Había cortinas caídas por todas partes, amontonadas. Si se quedaba quieto, quizá lo pasaran por alto. A menos que se pusieran a recoger las cortinas antes de irse, claro.

¿Adónde llevaría aquel agujero? ¿Habría grandes túneles de alcantarillado por el subsuelo de Mesa? Por lo que se veía, debía de haberlos, al menos en aquella zona. Quizá llevaran a algún almacén donde les esperaban con camiones. A lo mejor los camiones les llevarían al otro lado de la frontera por alguna ruta secreta. Todo parecía posible.

De vez en cuando, algún niño protestaba desde el interior del agujero; entonces, los hombres de arriba le respondían con un gruñido, diciéndole que se dejara caer. Cole oyó varios chillidos que resonaron en el hoyo.

Aquellos criminales estaban secuestrando a decenas

de personas. Se estaban llevando a Dalton. Se estaban llevando a Jenna. Tenía que hacer algo.

Pero tenía que ser listo. Si salía ahora, le pillarían. Una vez que se hubieran ido, probablemente podría volver a subir por las escaleras, reventar la puerta e ir a la policía. ¿Sería demasiado tarde? ¿Podrían seguir los polis a los secuestradores por las alcantarillas? Si los avisaba enseguida, ¿podrían descubrir las autoridades adónde se dirigían aquellos hombres? ¿Y Buu? ¿Se habría ido ya, con los otros tipos del pasaje del terror? ¿O estarían todos allí, esperándole?

Ojalá llevara un teléfono móvil. Sus padres habían decidido que aún no lo necesitaba. Si pudieran verlo en aquel momento, estaba seguro de que no pensarían lo mismo.

Apoyó la barbilla en el suelo de cemento. Las tupidas cortinas le estaban haciendo sudar. El corazón le latía con fuerza en el pecho.

Volvió a mirar. Ahora que los chicos habían entendido el procedimiento, el desfile hacia el agujero era más rápido.

Cerró el orificio entre las cortinas. Nadie miraba en su dirección. Nadie hablaba de un niño desaparecido. Uno de los hombres estaba recogiendo huesos, pero nadie recogía las cortinas.

¿Cómo podían secuestrar a tanta gente? ¡Sería una noticia que daría la vuelta al país! Debía de haber más de cuarenta chicos. ¡Toda la ciudad sería un clamor! ¡Todo el país exigiría respuestas!

Cole levantó el borde de la cortina y observó a los últimos niños que bajaban por el agujero. Jenna estaba entre ellos. Dalton ya había desaparecido. Cole no lo había visto. Algunos de los hombres también habían bajado.

33

El hombre del sombrero de ala ancha consultó un viejo reloj de bolsillo.

—El paso se cerrará dentro de menos de diez minutos.

—Excelente, Ansel —dijo la mujer—. Ha sido un buen plan.

—¿Crees que habremos encontrado lo que buscábamos?

—Es imposible decirlo desde este lado —respondió la mujer—. Pero la muestra es bastante grande. Espero que contenga lo que necesitamos. Sacaremos un buen botín.

—Es demasiado pronto para contar dinero —dijo Ansel—. No es lo mismo esclavos capturados que esclavos entregados. Hemos invertido la mayoría de nuestro capital en esta operación. Cantaremos victoria cuando hayamos vendido la carga.

Los hombres tiraron los huesos por el agujero. Cole no oyó el impacto contra el fondo. Por último, el pelirrojo y un hombre de melena rubia y con una cicatriz en la cara bajaron la gran calavera por el agujero, y desaparecieron.

Muy pronto solo quedaron Ansel y la mujer. Ansel pasó la vista por la sala. Cole sintió la tentación de bajar el borde de la cortina, pero pensó que un movimiento precipitado podría llamar la atención. Se quedó inmóvil, confiando en que su rostro quedara escondido entre las sombras y pasara desapercibido.

—¿Hemos acabado? —preguntó la mujer.

Ansel consultó su reloj de bolsillo.

—Quedan poco más de seis minutos. —Miró de nuevo el espacio vacío—. No importa cómo dejemos esto. Nadie podrá seguirnos. Aquí ya hemos acabado —dijo. La mujer se metió en el agujero, y él la siguió.

—¿Lo cerramos? —preguntó ella desde el interior.

—No hace falta.

Cole esperó. El sótano se quedó en silencio. ¿Se habían ido de verdad? Eso parecía. ¿Qué cambiaría en seis minutos? ¿Iban a volar el túnel de alcantarillado? ¿Iban a cerrarlo, de algún modo? ¿De verdad iban a vender a todos esos niños como esclavos?

En otro extremo de la sala, una niña salió a gatas de debajo de un montón de cortinas. Era pequeña y delgada, de cabello cobrizo y ondulado, con pecas. Iba vestida de ángel. Tenía las alas arrugadas y el halo de espumillón torcido. La niña miró alrededor con desconfianza. Se acercó al orificio midiendo sus pasos y miró abajo. Luego se giró hacia las escaleras.

—Eh —la llamó Cole.

La niña dio un respingo y puso una mueca de pánico. Cole salió de entre las cortinas. Ella se lo quedó mirando asombrada, como si fuera un espejismo.

—¿Tú también te has escondido?

—Por accidente —dijo Cole—. Tuve suerte.

—Yo formaba parte de un grupo grande —explicó la niña—. Corrí hasta la esquina y me escondí detrás de las cortinas. Nadie me vio. Cuando cayeron, quedé cubierta. Después llegaron tres grupos más. Tú ibas en el último.

—Exacto.

—Querría haberos advertido, pero era demasiado tarde. Me habrían pillado a mí también.

—Una vez en las escaleras, ya estábamos condenados —dijo Cole—. Mi amigo oyó cómo cerraban la puerta. No le olía nada bien, pero no le hice caso. Y ahora… —Hizo un movimiento con la cabeza en dirección al agujero.

—¿Qué hacemos ahora? —preguntó la niña.

Cole se encogió de hombros.

—No lo sé. No tendrás un móvil, ¿verdad?

Ella negó con la cabeza.

—A los tipos de arriba les han dicho que se vayan —añadió Cole—. Estaban seguros de que no podrían seguirlos.

—No entiendo por qué no —dijo la niña—. Muchas de las cosas que decían no tenían sentido. ¿Dónde podrían vender niños como esclavos?

—En algún país extranjero, supongo —dijo Cole. Se acercó al agujero y miró abajo. Había peldaños hasta donde le alcanzaba la vista, que no era muy lejos. Enseguida se volvía todo oscuro.

—Mira —propuso Cole—. ¿Por qué no vas a buscar ayuda? Llama a la policía. Yo bajaré y veré si puedo descubrir adónde van.

—Te pillarán —le advirtió la niña, con los ojos muy abiertos—. Son rápidos y fuertes. Deberías venir conmigo.

Cole cruzó los brazos sobre el pecho. Quizá tuviera la niña razón. Por otra parte, estaba asustada y no quería estar sola. Los secuestradores parecían seguros de poder escapar. ¡Y llevaban a un montón de niños! ¡Tenían a Dalton! ¡Tenían a Jenna!

—Iré con cuidado. Mantendré cierta distancia. No me acercaré demasiado.

La niña se encogió de hombros.

—Allá tú.

Cole miró alrededor. Había un par de ventanas en una pared.

—No vayas por las escaleras. Usa las ventanas. Rompe el cristal si hace falta, y corre.

—Buena idea —dijo ella—. Por si los otros tipos aún no se han ido.

—¿Cómo te llamas? —preguntó Cole.

—Delaney.

—Yo soy Cole Randolph. Explica a la policía adónde he ido. Diles que tienen que darse prisa.

Ella asintió y salió corriendo hacia una de las ventanas. Cole miró al fondo del agujero. Si iba con cuidado, podía bajar sin hacer demasiado ruido. Por supuesto, si había alguien mirando desde abajo, probablemente vería su silueta contra la luz de arriba. Pero no parecía que los secuestradores tuvieran intención de quedarse esperando. Además, llevaban faroles. Si aún estuvieran a la vista, vería sus luces debajo, en lugar de la oscuridad.

Cole no oyó nada mientras bajaba. El espacio a su alrededor se volvió negro. Miró al círculo de luz que tenía por encima.

De pronto, no encontró más peldaños. Miró abajo y agitó el pie. No había nada. Los peldaños se acababan ahí.

Los secuestradores les habían ordenado a todos que se dejaran caer desde el último peldaño. Todos habían bajado por allí. La caída debía de ser relativamente corta. ¿Cuánta distancia habría?

Volvió a mirar hacia el círculo de luz. No era demasiado tarde para volver a subir. Pero ¿y si veía algo que pudiera salvarlos a todos? La matrícula de un camión o el túnel que tomaban los secuestradores. Si llevaban luces y él estaba a oscuras, sería fácil seguirlos, y a él no le verían. Tenía que intentarlo. No podía dejar tirado a su mejor amigo y a la niña más guapa que conocía.

Intentó no imaginarse a Jenna abrazándole y llamándole héroe. La idea le avergonzaba un poco, pero también le reafirmaba en su decisión.

Cole se dejó caer desde los peldaños y se sumió en la oscuridad.

37

Capítulo 3

Rescate

Cole esperaba caer uno o dos metros, pero, en cambio, cayó y cayó por la oscuridad, a más y más velocidad. El aire silbaba a su paso. Cada vez más alarmado, se intentó preparar para un gran impacto. La intuición le dijo que quizá fuera mejor no tensar el cuerpo. ¿Habrían muerto todos los niños que habían bajado por allí? ¿Estaba a punto de caer sobre un montón de cadáveres? ¿Habría agua al fondo? Si era así, quizá fuera mejor poner el cuerpo rígido y entrar recto. La velocidad aumentaba cada vez más. Pegó los brazos al pecho. A aquella velocidad, un simple roce con la pared podía provocarle grandes lesiones. ¿Habría un cojín de aire al fondo? En ese caso, quizá lo mejor fuera aterrizar de espaldas. ¡No podía entender lo mucho que estaba cayendo! ¡Iba a morir! Aunque hubiera agua en el fondo, nadie habría podido sobrevivir a una caída así.

Miró hacia arriba, pero solo veía oscuridad. Lo mismo si miraba abajo. Notó que la velocidad ya no iba en aumento. Solo el roce con el aire le recordaba que aún estaba en movimiento. Entonces dejó de oír el aire, como si estuviera cayendo por el vacío.

Por un momento, sintió tantas náuseas que perdió conciencia de todos sus otros sentidos. Era como si el estómago se le hubiera puesto del revés. Apretó los dientes para evitar soltar un chorro de vómito.

Las náuseas desaparecieron tan rápido como habían llegado. Se sintió mareado. Un dolor intenso le presionaba el centro de la frente.

Cole tardó un momento en darse cuenta de que ya no estaba cayendo. Estaba sentado en el suelo. ¿Cuándo había aterrizado? Notó que tenía los ojos cerrados y los abrió.

Estaba sentado sobre barro seco y agrietado, rodeado por un círculo de doce columnas de piedra simétricas. Aquí y allá crecía algo de vegetación, como si la tierra no fuera lo suficientemente fértil para que creciera hierba. Unas llanuras marrones irregulares se extendían en todas direcciones. Por todas partes había árboles dispersos, como supervivientes de un bosque devastado. El sol del atardecer cubría la solitaria planicie de una suave luz.

Los secuestradores no estaban lejos: sus siluetas se destacaban contra la luz del horizonte. Estaban cargando las jaulas de los niños sobre unos carros tirados por caballos. En primer plano, entre dos de los pilares, había alguien que, de espaldas a Cole, observaba toda aquella actividad.

Apenas podía creer que no estuviera herido. Una caída como la que había experimentado debería de haberle pulverizado los huesos. Aparentemente, los demás tampoco se habían hecho daño. Vio al pelirrojo musculoso y al rubio de la cicatriz cargando la enorme calavera entre los dos.

Aquel paisaje marrón no le era familiar. No conocía ningún sitio cerca de su ciudad donde el terreno fuera así. Nunca había visto aquel círculo de altos pilares grises. Levantó la vista. No había más que cielo. ¿Cómo era posible caer por un agujero artificial e ir a parar a una llanura yerma? Sin embargo, ahí estaba. Algo raro había pasado, algo inexplicable.

Agazapado y aguantando la respiración, se dirigió hacia un lado, esperando poder ocultarse tras uno de los pilares. Al acercarse, observó que el pilar tenía la textura de la corteza de árbol. De pronto, se dio cuenta de que los pilares eran árboles petrificados.

Cole se sentó con la espalda contra el árbol petrificado. El tronco era lo suficientemente ancho como para ocultarle. Si nadie se dirigía a aquel lado del círculo de árboles, no le descubrirían. Pero ¿y luego? ¿Cómo había llegado allí? ¿Cómo iba a volver al agujero y al sótano?

Un movimiento le llamó la atención. El personaje encapuchado, que iba vestido con una túnica, había aparecido en su campo de visión. Seguía mirando hacia los secuestradores, pero era evidente que se dirigía a Cole.

—Menuda sorpresa —dijo, con una voz masculina y profunda que pronunciaba cada palabra con claridad, y con un tono ni amenazante ni amistoso.

—Por favor, no me entregue —le pidió Cole, en voz baja.

—Los cazadores de esclavos ya tienen su botín —dijo el hombre, sin mirarle en ningún momento—. Me dijeron que no venía nadie más. El paso se cerró justo después de que llegaras tú.

—¿Qué paso? ¿Dónde estoy?

—Lejos de casa —dijo, con un punto de compasión en sus palabras—. Has pasado a las Afueras.

—¿Las afueras de dónde?

—Esa es una pregunta difícil. Las afueras de todas partes, quizá. Sin duda, las afueras del mundo que tú conoces. Este es un mundo intermedio.

El hombre no demostraba ninguna hostilidad ni tampoco parecía tener miedo de los secuestradores. Estaba de pie, bien a la vista. Cole desconfiaba, pero necesitaba información.

—¿Cómo vuelvo a casa?

—No vuelves. Es difícil llegar a las Afueras, pero mucho más difícil salir de verdad.

—¿Quién es usted?

—Soy un guardián de los pasos. Me dedico a controlar el acceso a las Afueras.

—¿No puede enviarme a casa? ¿Y también a mis amigos? Esos tipos los han secuestrado.

—No podré abrir un paso hasta dentro de varios meses. He usado demasiado mi poder en este lugar. Otros de mi orden podrían conseguirlo antes. Los cazadores de esclavos me han pagado bien para que les abriera.

—¿Usted les ha abierto el camino? —espetó Cole, incapaz de contener su rabia.

—Cazar esclavos más allá de las fronteras no es delito —dijo el guardián de los pasos—. Ya no. El rey supremo de los Cinco Reinos lo apoya.

—¿Y si le pago? —preguntó Cole—. Ya sabe, como hicieron los cazadores de esclavos. ¿Podría abrirme un paso?

—En este punto no, durante un tiempo —dijo el guardián—. Quizás en otro sitio. Pero tu problema no se limita a abrir un paso. Una vez que has estado en las Afueras, te verás atraído de un modo inevitable a este lugar. La atracción es considerablemente más fuerte si has nacido aquí, pero, en cuanto has visitado el lugar, el camino tiende a devolverte a este sitio.

Cole casi no podía creer lo que estaba oyendo.

—Así que aunque consiga llegar a casa, ¿volveré otra vez aquí?

—Muy probablemente a las pocas horas.

—No puede ser.

—Entiendo que estés desorientado. Pero da las gracias por no haber llegado aquí como esclavo.

—Se han llevado a mis amigos. Quería ayudarlos.

—No hay nada que puedas hacer para ayudar a tus amigos. Los cazadores de esclavos se han hecho con ellos, y los venderán.

Cole no estaba muy seguro de seguir preguntando. Le preocupaba que el hecho de mencionar su vulnerabilidad pusiera fin a la tregua, pero necesitaba saber lo que pretendía hacer el guardián de los pasos con él.

—¿No va a entregarme a ellos?

—Yo no soy cazador de esclavos, y ya no trabajo para ellos. Me pagaron para que abriera un paso. Cumplí con lo establecido. Mantuve el paso abierto el tiempo que acordamos. Ahora el paso está cerrado. Nuestro acuerdo era específico y temporal. Tú has venido por tus propios medios. Actualmente, no pueden reclamarte. Ni yo tampoco. Pero si te pillan sin marcar, pueden apropiarse de ti.

—¿Sin marcar?

—Los esclavos llevan una marca. Los nacidos libres llevan una marca diferente. Sin una marca, los cazadores de esclavos pueden reclamarte. No todos los esclavos proceden de fuera de nuestras fronteras.

—¿Y no puedo hacer que me marquen como libre? —preguntó Cole.

—Sí.

—¿Dónde?

—En muchos sitios, pero ninguno de ellos está cerca. El más próximo probablemente sea el poblado de Keeva. Tendrías que presentarte ante un maestro marcador. Cualquier persona sin marcar puede solicitar una marca de libertad. Por supuesto, tendrías que evitar a los cazadores de esclavos por el camino. Hasta que no tengas una marca de libertad, cualquier cazador de esclavos te marcará como suyo en cuanto pueda.

—¿Mis amigos serán todos esclavos?

—Si los han traído aquí los cazadores de esclavos, su destino está sellado.

Cole trató de digerir aquella información. Había llegado hasta allí pensando que seguía a sus amigos a las cloacas. Encontrarse de pronto perdido en una llanura mágica y desolada era mucho más de lo que podía asimilar. ¿Realmente había dejado atrás el mundo que conocía? ¿Estaba atrapado? Si era así, ¿debería abandonar a sus amigos y correr a un poblado para que le pusieran una marca que le protegiera contra la esclavitud? Y si lo hacía, ¿volvería a ver a sus amigos?

—¿Me ayudará usted? —preguntó Cole.

—No te entregaré —respondió el guardián—. No tengo motivo para hacerte daño. Y no me cuesta nada responder un par de preguntas. Pero tendrás que seguir tu camino solo. Viajar con una persona sin marcar es peligroso. Y ya tengo asuntos de los que preocuparme.

—Tengo que salvar a mis amigos.

—No te cruces con los cazadores de esclavos —le advirtió el guardián—. Ya estarán marcando a los esclavos. Tus amigos son ahora de su propiedad. Si los liberas, estarás cometiendo un delito. Y no lo conseguirás. Los cazadores conocen su oficio. Si intentas liberar a tus amigos, acabarás uniéndote a ellos. Espera a que caiga la oscuridad o a que los carros de los esclavos desaparezcan. Entonces, busca tu destino por la llanura.

—¿No me puede ayudar a llegar a ese pueblo?

—¿Keeva? Tienes que ir solo, amigo. Yo debo irme. Si me entretengo mucho más, despertaré sospechas—. Uniendo ambas manos tras la espalda, el guardián de los pasos señaló en una dirección—. El poblado está por ahí.

Evita la gente. La caminata será dura, pero menos dura que una vida de esclavitud. Buena suerte.

El guardián de los pasos desapareció. Cole no había tenido ocasión de verle bien la cara. No había habido contacto ocular. Lo único que sabía era que era bastante alto y que tenía las manos de color marrón chocolate.

Cada vez había menos luz. Oyó el murmullo confuso de una conversación lejana. Oyó caballos y unos ruidos metálicos irregulares. ¿Qué debía hacer? Si conseguía que le marcaran como persona libre, ¿podría llegar a encontrar a sus amigos y liberarlos? ¿Qué dimensiones tendrían las Afueras? Si perdía de vista a los cazadores de esclavos, ¿qué posibilidades tenía de volver a encontrarlos?

El guardián de los pasos le había advertido que no intentara rescatarlos. Pero quizá fuera especialmente cauto. No le parecía alguien dispuesto a jugarse el cuello por los demás.

Con la espalda contra el tronco petrificado y las rodillas dobladas, Cole se abrazó las piernas. No tenía ni idea de cómo sobrevivir en el campo. Si avanzaba por la desolada llanura solo, podía morir de hambre antes de encontrar siquiera un poblado. Si conseguía rescatar a Dalton, Jenna y quizás a alguno de los otros, podrían ponerse en marcha juntos. Y aunque fracasara y le pillaran, al menos estaría con sus amigos. Y estaría protegido de los elementos. A lo mejor podría escapar más tarde.

Pero aún no lo habían atrapado. Si iba con cuidado, quizás aún pudiera salvarlos a todos. Tenía que ser positivo.

Se hizo oscuro. Unas estrellas radiantes decoraban el cielo sin luna. No era astrónomo, pero estaba claro que aquellas densas franjas de estrellas que tenía encima se agrupaban de un modo diferente a como lo hacían las estrellas que él conocía. Una vez, cuando estaban de acampada en el desierto, su padre le había mostrado la Vía Láctea. Los densos regueros de estrellas que veía ahora eran como múltiples Vías Lácteas, unos brazos galácticos curvos que se extendían por todo el firmamento. Muchas estrellas brillaban con unos colores azules y rojos que nunca había visto. Aparte de las estrellas, las únicas luces que veía eran las de unas cuantas hogueras encendidas entre los carros. Oculto en la oscuridad de la noche, Cole se acercó al campamento sigilosamente. Junto a la hoguera estaban los chicos, en sus jaulas, aún vestidos con sus disfraces de Halloween. Habían separado a las niñas de los niños. Algunos intentaban dormir. Otros sollozaban en silencio, desplomados contra los barrotes. Algunos conversaban en voz baja. Vio a Jenna susurrándole algo a Sarah. En otra jaula, estaba Dalton, con la frente apoyada contra los puños.

45

Su amigo se había dado cuenta de que habían cerrado la puerta al bajar las escaleras. Había querido dar media vuelta. Cole no solo no le había hecho caso, sino que había sido él quien les había sugerido la visita a la casa encantada a Dalton y a Jenna. Había sentenciado a sus amigos a la esclavitud. Tenía que salvarlos.

No todos los carros eran jaulas. Algunos eran más bien como carretas. Un par de ellas parecían casi casas ambulantes, con sencillos ornamentos y pintorescas ventanas a los lados.

Cole esperó. Un único centinela rondaba alrededor del campo, recorriendo la penumbra que se extendía donde no llegaba la luz de la hoguera. El primero en montar guardia había sido el hombre rubio de la cicatriz. Ahora era Ham. A nadie más parecía preocuparle la seguridad. Cole se quedó mirando a los cazadores, que comían y bromeaban. No vio a Ansel en ningún momento, pero sí a la mujer, entrando y saliendo de una de las carretas de aspecto más acogedor. Quizás hubiera ido a hablar con él. Los otros secuestradores estaban todos allí, salvo el tipo con cabeza de lobo. Además, reparó al menos en cuatro hombres que no había visto antes. Debían de haberse quedado esperando con los carros.

Los cazadores de esclavos al final se fueron a dormir, algunos en las carretas, otros bajo las carretas, y otros al raso. La mayoría de los niños se durmieron. Pero no todos. Dalton se apoyó contra los barrotes de su jaula, con la mirada perdida en las oscilantes llamas de la hoguera más cercana. Aquella imagen hizo que a Cole se le llenaran los ojos de lágrimas. Su amigo no se merecía estar encadenado en una jaula portátil como un animal de circo.

Se hizo el silencio en el campamento. El pelirrojo musculoso tomó el relevo a Ham. Recorría el lugar trazando círculos irregulares, escrutando la noche vacía. Vacía, salvo por Cole, que, acurrucado en una hondonada, seguía a una distancia que esperaba que bastara para mantenerlo a salvo.

Intentó trazar un plan. Desde aquella distancia era difícil. Era de suponer que las jaulas estarían cerradas. No había visto ninguna llave. En el tiempo que llevaba observando el campamento no habían metido ni sacado a nadie.

Desde donde estaba oculto, no podía hacer nada. Tenía que correr el riesgo de acercarse más o probar suerte buscando el poblado de Keeva. Miró en dirección opuesta a las hogueras y se planteó la posibilidad de afrontar la oscuridad de la vasta llanura. No podía irse a la aventura solo, en plena noche, y abandonar a sus amigos. Que estuvieran allí atrapados era culpa suya.

Cole esperó a que el centinela estuviera en el otro extremo del campamento y se acercó a toda prisa, pero agachado. Fue hasta la jaula donde estaba Dalton. Su amigo y un par de chicos más levantaron la cabeza al verlo llegar. Cole había comprobado antes que ninguno de los secuestradores se hubieran metido debajo de aquel carro a dormir. Con un dedo en los labios, se agazapó, sumergiéndose en las sombras.

—¿Cole? —susurró Dalton, incrédulo.

Cole apenas podía oír a su amigo, pero, aun así, le preocupaba que hubiera hablado demasiado alto. Tenía que responder. Necesitaba información. Pero esperó un momento para asegurarse de que el campamento seguía en silencio.

Irguió la espalda y acercó la boca a una grieta que encontró en un tablón del suelo de la jaula.

—He llegado a este lugar solo. He venido a sacaros. ¿Las jaulas están cerradas con llave?

—Sí —susurró Dalton por la misma grieta—. La llave la tiene Ham. El primer tipo que encontramos en el sótano.

—Lo recuerdo —dijo Cole. Ham se había metido en una de las carretas—. He visto dónde se ha ido a dormir. Intentaré robar la llave.

—¿Estás pirado? —respondió Dalton.

—¡Baja la voz! —susurró Cole.

—Te pillarán a ti también. Tienes que salir de aquí corriendo.

—No —intervino otra voz—. Sácanos de aquí.

—¡Calla! —le apremió una tercera voz.

Todos los chicos se callaron. Cole oyó pasos que se acercaban. El cuerpo se le puso rígido. Intentó respirar sin hacer ruido. Entonces vio unas botas y unas piernas.

—¿Qué es ese alboroto? —preguntó el pelirrojo, en un murmullo malhumorado.

—Nada —respondió uno de los chicos.

—Querían quitarme el abrigo —improvisó Dalton, manteniendo la calma.

—Bajad el tono o te lo confisco —amenazó el pelirrojo—. Es hora de dormir.

—Espera a que se entere mi padre —dijo uno de los chicos—. Es policía.

El pelirrojo chasqueó la lengua, sonriendo.

—El paso está cerrado. No podría llegar aquí. Además, tus padres ni siquiera te recordarán. Ahora nada de ruidos. No quiero tener que volver.

—Perdón —dijo Dalton.

—No quiero disculpas —replicó el pelirrojo—. Solo que os calléis.

—Perdone… —dijo una niña, desde un carro vecino.

—Eso va por todos —le espetó el pelirrojo, forzando el tono y casi alzando la voz.

—Es que pensé que querría saber que hay un niño escondido bajo el carro —respondió la niña.

Cole se sintió como si le acabaran de tirar un cubo de agua helada por la cabeza. Las botas se movieron.

—¿Qué?

—Ansel nos dijo que nos castigarían si no decíamos lo que sabíamos —dijo la niña—. Hay un niño debajo del carro, planeando una huida.

El pelirrojo se agachó y sus ojos se cruzaron con los de Cole.

—Vaya, vaya… ¿A quién tenemos aquí?

Cole apenas podía hablar. Tardó un segundo en encontrar las palabras.

—¿Yo? Yo soy un ciudadano libre en busca de trabajo.

—¿Libre, dices? —El hombre soltó una risita—. Te estoy viendo la muñeca, chico. Libre por ahora, quizá. Pero no por mucho tiempo.

Capítulo 4

Marcado

Cole sabía que tenía que escapar, pero, por un momento, la impresión de haber sido descubierto le paralizó. Su única posibilidad era correr. Estaban en una llanura oscura, de noche. Si corría lo bastante rápido y conseguía alejarse lo suficiente, quizá los secuestradores lo perdieran de vista.

Cuando el pelirrojo se lanzó bajo el carro, Cole salió rodando hacia el lado contrario. Se puso en pie de un salto y echó a correr. Pasó junto a otros carros y saltó por encima de un cuerpo dormido envuelto en una manta raída.

—¡Intruso! —gritó el pelirrojo, dando la voz de alarma—. ¡Todos en pie! ¡Intruso! ¡Que no escape!

Los gritos alimentaron el pánico de Cole. Por todo el campamento aparecieron hombres que se quitaban la manta de encima y se ponían en pie. Corriendo hacia campo abierto, Cole vio a dos hombres corriendo en paralelo hacia él, algo adelantados, siguiendo trayectorias convergentes. Ambos eran más rápidos que él. Si seguía corriendo recto lo pillarían, así que dio media vuelta de pronto, esperando atravesar el campamento y así confundirlos.

El cambio de dirección solo le sirvió par encontrarse de frente al pelirrojo, y a muchos otros. A falta de una opción mejor, giró hacia el carro más cercano, se agarró a los barrotes y trepó. Los dedos del pelirrojo le rozaron los talones, pero no consiguió agarrarlo.

Agazapado sobre el techo de madera del carro, no veía a sus perseguidores, pero los oía acercándose en todas direcciones. Cole nunca había sido un gran atleta, pero se le daba bien trepar. Las alturas nunca le habían supuesto un problema. Había otro carro aparcado no muy lejos de allí. Cogió carrerilla y aterrizó en el techo, aunque a punto estuvo de no llegar.

—¡Se mueve! —gritó una voz ronca.

Cole recorrió el techo del carro y saltó al techo del siguiente, en el que cayó tendido, con una mejilla contra la astillada madera. Poniéndose en pie, observó que había llegado al final de la fila. A menos que diera media vuelta, no había ningún carro más al alcance.

—¡Sigue moviéndose! —anunció una voz—. ¡Está en este!

Si se quedaba allí, lo pillarían. Cole corrió y saltó todo lo lejos que pudo. En el momento en que impactaba con el suelo, vio a varios hombres yendo a por él desde un lado. Cole intentó aterrizar corriendo, pero cayó hacia delante, dándose de bruces en tierra, en un golpetazo que le dejó los huesos doloridos. Aun así, con la adrenalina a niveles máximos por el pánico, consiguió ponerse en pie justo a tiempo para esquivar un cuerpo enorme que le caía encima desde atrás.

De pronto se quedó sin aire, al quedar aplastado bajo la masa de un hombre corpulento que olía a cuero y a sudor. Cole se revolvió, pero unas manos callosas lo agarraron con fuerza.

La boca se le llenó de polvo y sintió el contacto de unas hierbas espinosas contra la sien. Llegaron otros hombres, que se situaron alrededor.

Los hombres empezaron a hablar entre ellos en voz baja. Se acercaba una luz, acompañada de pasos. Estirando el cuello, Cole vio a Ansel, con un farol en la mano. Llevaba su sombrero de ala ancha, una larga camisa de dormir, pantalones con tirantes y un par de botas cubiertas de polvo. En la otra mano llevaba una hoz. Cole cerró los ojos, cada vez más asustado.

—Le he encontrado bajo un carro —informó el pelirrojo—. Debe de haberse colado en el campamento.

Ansel se agachó y apoyó el farol en el suelo. Con aquella luz tan intensa delante, Cole casi no le veía la cara.

—Es hora de cantar, Espantapájaros. ¿Te has colado en el campamento? ¿Y de dónde venías?

—Pasaba por aquí —dijo Cole, probando suerte.

—Una de las niñas ha dicho que planeaba una huida —replicó el pelirrojo.

—¿Le ha delatado? —preguntó Ansel.

—Desde luego —respondió el pelirrojo.

Ansel asintió.

—Buena chica. Puede que le vaya bien por aquí. Esa preciosidad se merece una recompensa. ¿Nos queda alguna de esas galletas glaseadas?

—Alguna —respondió una voz.

—Pues todas para ella —dijo Ansel—. Tratadla como una princesa el resto del viaje a Cinco Caminos. Que sea la primera en comer, raciones más generosas, el carro de delante… Lo que sea para que se sienta más cómoda.

Cole esperaba que la niña en cuestión se intoxicara con las galletas. Pero no abrió la boca.

Ansel recogió el farol y se puso en pie.

—Levantadle.

El hombre soltó a Cole y se separó. Una mano áspera le agarró de la nuca y lo puso en pie de un tirón.

51

Ansel lo escrutó frunciendo tanto los ojos que casi parecían cerrados.

—¿Pensabas robarme los esclavos, Espantapájaros?

Cole se quedó mirando la hoz, la endiablada curva de la hoja y la punta afilada. No estaba seguro de qué era lo que quería oír aquel tipo.

—Os habéis llevado a mis amigos.

—Tú eres del otro lado —dijo Ansel—. Del exterior. Has venido con nosotros. ¿Cómo has escapado?

Cole no quería decirle a Ansel que había ido tras ellos. El guardián de los pasos le había ayudado. Si decía la verdad, quizá lo metiera en un lío.

—Con el lío, me escondí detrás de uno de los árboles de piedra.

Ansel miró a sus hombres.

—Me entristece profundamente oír eso. Habíamos situado hombres por todas partes para evitar esa torpeza durante el recibimiento que os habíamos preparado en vuestro nuevo hogar.

—¿Dónde estamos?

Ansel esbozó una sonrisa…, pero no de felicidad. Era la sonrisa de un asesino que sabe que la policía nunca va a encontrar el cadáver.

—Esa es la cuestión ahora, ¿no? Mira, ya no estamos en Arizona. No estamos en la Tierra. No soy astrónomo, pero yo diría que este no es siquiera el mismo universo que el de la Tierra. Estamos en las Afueras. En el cruce, más específicamente, entre los Cinco Reinos.

—¿Y eso significa que podéis secuestrar a gente?

Ansel miró a sus hombres.

—Espantapájaros hace buenas preguntas —dijo, y el farol se balanceó ligeramente, con un chirrido—. En Arizona, sí, secuestré a tus amigos, y en ese lugar podrían declararme culpable. Tu problema es que ya no estamos allí. Cuando llegamos a las Afueras y marcamos a esos niños, se convirtieron en nuestra propiedad, de acuerdo con la ley de este territorio. Y al intentar llevarte mi propiedad, Espantapájaros, eres tú el que te has convertido en delincuente.

Cole sentía náuseas. ¿Cómo podían acusarle de un delito por intentar ayudar a sus amigos secuestrados? Todo estaba del revés.

—Yo no conozco las leyes de aquí.

Ansel chasqueó la lengua y su sonrisa se volvió casi sincera.

—¿No sería estupendo, compañeros, si solo tuviéramos que cumplir las leyes que conocemos? Yo me pasaría la vida viajando y procuraría mantenerme en la ignorancia todo lo posible. —Miró a Cole arriba y abajo—. ¿Trabajas solo?

Cole casi se rio.

—Más vale que os vayáis con cuidado. Los refuerzos llegarán en cualquier momento.

Ansel puso un rostro tan inexpresivo que daba miedo.

—Eso no ha sido una respuesta. Tienes un intento más. ¿Trabajas solo?

Cole asintió.

—Sí, estoy solo. No escapó nadie más.

—Si me mientes…, estás acabado.

—No miento. —Se quedaron mirándose el uno al otro en silencio un momento—. ¿Qué vais a hacer conmigo?

La sonrisa volvió al rostro de Ansel; esta vez era socarrona.

—Dímelo tú, Espantapájaros.

Cole tragó saliva. Todos los ojos lo miraban, expectantes.

—¿Me vais a hacer esclavo?

Ansel levantó la hoz, acariciando la hoja con la vista.

—Yo votaría por cortarte las manos y los pies, para dar ejemplo. Los cazadores de esclavos no podemos permitir que nos roben la mercancía. Es malo para el negocio. Pero… Espantapájaros… Me has pillado de buen humor. ¿Con qué frecuencia ocurre eso, amigos?

Todos los demás hombres apartaron la mirada.

Ansel se acercó a Cole.

—¿Ves que no responden? Bueno, ahí tienes la respuesta. Pero esta noche hemos hecho una buena captura, la mejor desde hace mucho tiempo, así que voy a concederte tu deseo y tomarte como esclavo. —De pronto levantó la voz, gritando por encima del hombro—. ¿Secha? ¡Márcalo! Mañana caminará detrás del vagón de cola. Ni comida ni agua. Dejaremos que conserve las extremidades, pero eso no significa que vayamos a mimarlo. Se ha acabado el espectáculo. Ahora todos al campamento. Salimos por la mañana.

Ansel dio unos pasos atrás. Sus botas hicieron crujir el polvo del suelo. La mujer que se había comido la cucaracha vino hacia ellos con su propio farol en la mano. Lo acercó a Cole.

—Tú eres el que dio el golpe al farol con esa bolsa.

Cole asintió. Ella le lanzó una mirada penetrante. El chico apartó la mirada.

—Mírame a los ojos, jovencito —dijo Secha.

Él la miró. La mujer se acercó más, sin apartar la vista de sus ojos en ningún momento. Sus dedos se retorcían en extrañas posturas. Luego examinó las manos de Cole, por delante y por detrás.

—El peor de todos —dijo ella—. No tiene ningún potencial como forjador. Por este, el rey supremo no pagará ni un rondel de plomo.

Ansel meneó la cabeza.

—De haberlo sabido, lo habría usado como ejemplo.

—Aún podrías —le dijo Secha, girándose y hablando por encima del hombro.

—*Nah*, ya he emitido mi veredicto. Bastará con que siga al carro —dijo Ansel, alejándose de allí.

—Da gracias de que no mando yo —le dijo Secha a Cole—. Yo te habría echado a Carnag.

—¿Qué es Carnag? —preguntó Cole.

Los hombres que lo vigilaban se sonrieron ante su ignorancia. Secha frunció el ceño.

—Depende de a quién le preguntes. Las respuestas varían. Pero la opinión más extendida es que Carnag es un monstruo como nunca se ha visto en ningún lugar de los Cinco Reinos. La gente le tiene miedo. No estamos muy lejos de Sambria, por donde ha estado merodeando últimamente.

—Tienes razón —dijo Cole—. Me alegro de que no mandes tú.

—Vamos a marcarte y acabemos con esto —respondió Secha—. Dame la mano.

Por un momento, Cole se planteó oponer resistencia. Pero tenía dos hombres justo detrás. Por lo que había visto, si daba problemas, Ansel volvería con su hoz. Cole le mostró la mano izquierda.

Secha sacó una bolsita de tela y abrió el cordón que la cerraba. Llevaba la uña del dedo medio de su mano izquierda larguísima. La hundió en la bolsa.

—Estate quieto —le dijo, y luego se giró a uno de los hombres—. Ayúdale.

Uno de los cazadores agarró a Cole por el brazo, justo por encima de la muñeca. El otro hombre se colocó detrás. Cole apretó los dientes. Si le agarraban así, quería decir que la marca iba a dolerle. Intentó prepararse para el dolor.

Cuando la uña le tocó la muñeca, le pareció extremadamente caliente y fría a la vez. Quería apartar la mano, pero el pelirrojo corpulento le agarró con fuerza. Secha movió los labios mientras trazaba un sencillo motivo con la uña. Luego se echó atrás. La marca que había dibujado brillaba con un color rojo encendido. Aún tenía una sensación de frío y calor, aunque no tan intensa como cuando la uña de Secha estaba en contacto con la piel.

—Procura no tocártelo —le aconsejó ella—. Tardará más en cicatrizar. —Se dio media vuelta y se alejó.

Aferrándolo del hombro con una mano que más bien parecía una tenaza, el pelirrojo se llevó a Cole a la parte trasera de una de las jaulas y lo encadenó con un grillete cogido a la muñeca donde no llevaba la marca.

—No quiero oír nada —le amenazó—. Por la mañana redistribuiremos los esclavos de acuerdo con su valor. Los mejores irán delante. Tú caminarás detrás del último carro. Más vale que duermas. Mañana será un día largo.

El pelirrojo se alejó. Cole no conocía a ninguno de los chicos del carro. Ellos fingían dormir, pero había visto a un par de ellos mirar a hurtadillas.

Cole se sentó en el suelo. No tenía ni una manta. El suelo era duro e irregular. La cadena no era lo suficientemente larga como para apoyar la mano en el suelo, y la muñeca le quedaba colgando a unos diez centímetros.

No veía a Dalton ni a Jenna. Sus carros estaban ocultos tras las sombras, y no tenía ningunas ganas de llamar más la atención localizándolos.

Se hizo el silencio, salvo por el crepitar de las hogueras. Apenas media hora antes, Cole estaba observando el campamento desde la distancia. Se le abrían muchas opciones. Desearía poder retroceder en el tiempo y empezar de nuevo, pero era demasiado tarde. Ahora era un esclavo, igual que los otros.

¿Qué tipo de esclavo sería? ¿Le harían trabajar en las minas, partiendo piedras con un pico? ¿O remar en barcos de esclavos? ¿Trabajaría en alguna granja? ¿Tendría que luchar en un circo de gladiadores? ¿Todo lo anterior? ¿O nada de todo aquello? Estaba seguro de que la respuesta le llegaría antes de lo deseado. Cerró los ojos e intentó relajarse, pero iba a tardar mucho en dormirse.

Capítulo 5

Caravana

El día siguiente fue duro, y peor a cada paso. Cole, encadenado al último carro, tragaba más polvo que nadie. Los chicos que estaban en las jaulas también acabaron cubiertos de polvo, pero al menos ellos podían girarse de espaldas. Cole observó que, si se mantenía muy cerca del carro, fruncía los ojos, mantenía la cabeza gacha y se tapaba la nariz y la boca con la mano libre, podía evitar el polvo lo suficiente como para seguir adelante. En algunos tramos de camino había aún más polvo que en otros.

Casi todo el rato, tenía que ir a paso ligero para seguir el ritmo del carro. Los guardias a caballo no le dejaban agarrarse a los barrotes de la jaula, pero procuraba no alejarse. A cierta distancia del carro, la cadena tiraba de él ahorrándole esfuerzo, pero al mismo tiempo podía desequilibrarle. Cuando subían, el carro iba más despacio. Cuando bajaban, algo más rápido. El terreno era más o menos llano, sin grandes colinas ni valles.

Cuando pararon a almorzar, Cole tenía un hambre y una sed como nunca. La boca, parcheada, le sabía como si hubiera intentado comerse el suelo.

Las carretas formaron en círculo. Él se sentó mientras los otros comían, exhausto y con las piernas agotadas. ¿Cómo iba a seguir adelante sin alimento ni agua? Quizás esa fuera la idea. Tal vez quisieran acabar arrastrándolo hasta la muerte.

La mayoría de los niños del carro evitaban mirarlo. Nadie intentó tirarle nada de comer. En realidad, no podía culparlos. No querían acabar encadenados a su lado. Resultaba duro verlos comer y beber. Solo les daban pan y agua, pero a Cole le parecía un festín.

Dalton y Jenna estaban en dos de los carros más alejados. No dejaba de pensar que ellos habrían intentado pasarle comida si no estuvieran tan lejos. No dejaban de mirar hacia donde estaba, así que hizo lo que pudo por disimular. Incluso consiguió sonreír un poco.

Cuando los carros volvieron a ponerse en marcha, sintió calambres y rigidez en las piernas. Quizá descansar no había sido tan buena idea. Empezó a preguntarse si aguantaría hasta el final del día. No miró a los guardias. Ni a los niños en la jaula. No miró el sol. Se limitó a seguir adelante, con la cabeza gacha.

Por la tarde hizo más calor. El sudor le empapaba el disfraz de espantapájaros. Ya se había librado de la paja y las flechas, pero deseó que las mangas fueran más cortas. Al menos el sombrero le protegía la cara y el cuello del sol. Tenía el interior de la boca seco. Sentía la lengua hinchada y los labios pegados.

A medida que pasaba la tarde, trastabillaba cada vez más, y se cayó alguna vez. Si no se levantaba enseguida, la cadena tiraba de él. Una vez dejó que la cadena le arrastrara, esperando así descansar las piernas. El grillete le hizo un daño terrible en la muñeca: enseguida se dio cuenta de que, si no se mantenía en pie, la parte de delante del cuerpo acabaría convirtiéndose en una gran costra.

Al ponerse el sol, la cabeza le dolía terriblemente. Tenía la lengua como una esponja vieja y seca. Sentía las piernas de goma, sin fuerza, pero seguía avanzando como podía, porque la alternativa era aún peor.

Cuando el carro se detuvo, Cole cayó al suelo y perdió la conciencia. Se despertó al sentir el agua que le echaba Ham en la boca desde una cantimplora, poco a poco. Estaba caliente y sabía a metal, pero, aun así, le pareció una delicia. Luego le dio algo de comida, unos trozos de pan y algo más de agua.

—¿Has aprendido la lección? —le preguntó, cuando sus ojos se encontraron.

Cole no confiaba en que le saliera la voz, así que asintió.

—¿Quieres ir al carro, con el resto de los esclavos?

—Sí, por favor —respondió Cole, con la voz ronca.

—El jefe ha preguntado por ti —dijo Ham—. Ya le he dicho que puede que no aguantes otro día a pie.

Cole asintió. Probablemente, Ham tenía razón.

—El jefe nunca se ablanda ante los ladrones. Pero, en realidad, no conseguiste llevarte nada. Solo lo intentaste. Y ahora eres suyo. Al jefe le gusta sacar beneficios cuando puede. Nadie compra esclavos muertos. Supongo que te meterá en una jaula.

—Eso espero —consiguió decir Cole.

Ham le dio un poco más de agua.

—Hoy dormirás aquí, encadenado —dijo Ham—. Duerme todo lo que puedas.

Mientras Ham se alejaba, Cole se dejó caer y cerró los ojos. El suelo estaba lleno de piedras y en el campamento hacían mucho ruido, pero no le costó nada dormirse.

En la fresca penumbra previa al amanecer, Ham le soltó los grilletes con una llave. Cole se pasó la mano por las magulladuras de la muñeca. Se puso en pie con dificultad, con las piernas aún rígidas y doloridas. Siguiendo las instrucciones de Ham, entró en la jaula del último carro. El desayuno consistió en una galleta que se desmenuzaba y una tira de carne seca y dura. Bebió agua de una taza de metal con un poso de tierra y luego recogió todas las migas que se le habían caído de la galleta y se las comió.

Cuando el carro se puso en marcha, Cole se hizo un ovillo y durmió, sin importarle los botes y las vibraciones causados por las irregularidades del terreno. Cuando se despertó, el horizonte era de un naranja intenso por todas partes, como si varios soles estuvieran saliendo por todas partes.

—¿Qué es eso del cielo? —preguntó.

—Lleva así horas —dijo una niña en voz baja. Iba maquillada con unas costras sanguinolentas, como si le hubieran hecho una operación quirúrgica chapucera.

—¿Adónde nos llevan?

—A algún sitio para vendernos —dijo la niña—. Creo que algunos de los niños van a ir a parar al rey, o algo así. No dejan de hablar de los que tienen potencial como forjadores.

—Shhh —les hizo un niño vestido de soldado—. Se supone que no tenemos que hablar.

La niña disfrazada de operada calló de golpe. Cole miró alrededor, pero no vio a nadie que pudiera oírlos. Un par de hombres a caballo iban recorriendo la caravana arriba y abajo, pero en aquel momento no estaban cerca. El carro hacía mucho ruido y el conductor no parecía prestar atención. Aun así, Cole entendía que el niño vestido de militar no quisiera empeorar la situación. Los ocho niños que había en aquella jaula le habían visto dando tumbos tras el carro todo el día anterior. Ninguno tenía ganas de arriesgarse a correr su suerte.

Cole se recostó y observó el cielo a través de los barrotes. El día anterior había visto el sol. ¿Qué era, pues, esa luz tan rara? La niña operada debía de haberse equivocado. No podía ser que el cielo llevara así varias horas.

Sin embargo, a medida que el carro avanzaba, el cielo seguía igual, como si el sol estuviera a punto de salir o se acabara de poner en todas direcciones. Los otros niños estaban todos con la cabeza gacha. Ninguno intentó hablar con los demás, ni susurrando.

Con la cabeza apoyada en los barrotes y de espaldas al polvo, Cole pensó en su casa. Sus padres probablemente estarían como locos. Incluso su hermana, Chelsea, estaría preocupada.

Y él no era el único desaparecido. Los padres de todos aquellos niños debían de estar desquiciados. La desaparición de tantos niños sin dejar rastro habría salido en las noticias, sin duda. Cole nunca había oído nada tan gordo.

El guardia pelirrojo le había dicho que sus padres se olvidarían de él. Quizá la gente de aquel lugar tan raro permitía que sus hijos desaparecieran sin oponer resistencia. Obviamente, el guardia no tenía ni idea de cómo eran las cosas en Estados Unidos.

Cole esperaba que la pequeña vestida de ángel hubiera podido llegar hasta la policía. Pero suponiendo que lo hubiera hecho, ni el mejor investigador habría podido seguir su pista hasta otra dimensión. Su declaración no haría más que convertirse en una carga suplementaria de misterio a las desapariciones.

Paseando la mirada por la llanura yerma y observando a los otros chicos encerrados como animales de circo, Cole se dio cuenta de que quizá nunca consiguiera volver a casa. Y si lo hacía, según el guardián de los pasos, no lograría quedarse mucho tiempo.

¿Qué había sido lo último que le había dicho a su familia? Recordaba claramente la última cosa que le había dicho a su hermana. Chelsea era dos años mayor y se consideraba muy madura. Justo antes de que Cole saliera para encontrarse con Dalton, ella se estaba vistiendo para una fiesta de Halloween. Al verlo marchar, le informó de lo inmaduro que era aún si iba pidiendo golosinas por las puertas. Él le dijo que tenía pinta de algo que el Halloween hubiera vomitado.

Ahora lo lamentaba, aunque al menos era una respuesta. Se preguntó si Chelsea pensaría que desaparecer para siempre también era inmaduro.

Las últimas palabras a su madre habían sido para asegurarle que estaría en casa antes de las nueve y media. Su padre le había pedido que sacara la basura, y él le había prometido que lo haría más tarde. No les había mentido adrede.

Quizá volviera a verlos. Pero ahora, mientras avanzaba traqueteando por una llanura solitaria, en un mundo iluminado por un amanecer estático y permanente, le costaba mucho creerlo.

Intentó mirar hacia delante para ver a Dalton o a Jenna, pero con tanto polvo, y al ir todos los carros en fila india, raramente veía algo más allá del carro de delante. Se preguntó si le estarían buscando.

Solo se veía el marrón de la llanura, más o menos regular, en todas direcciones. Cole vio hierbas, maleza y algún árbol solitario, pero no mucho más. Decidió que, si hubiera querido buscar un lugar donde aburrirse con la naturaleza, sería aquel.

Bajando la mirada a los tablones de la jaula, Cole

observó que alguien había dibujado una cara sonriente. Era sencilla, solo un círculo con dos puntos como ojos y una sonrisa curvada. El círculo era imperfecto, pero no estaba mal, considerando que lo habían hecho rascando la madera.

Aquella cara le sorprendió.

—¿A quién se le ocurriría dibujar una cara sonriente en un carro de esclavos? —murmuró.

—A alguien que buscaba compañía —respondió la cara sonriente con una voz amigable—. Los kilómetros pasan más rápido si tienes un colega.

La boca no se abrió al hablar, pero se movió.

Cole dio un respingo. Miró a los otros chicos del carro. Nadie le prestaba atención. Miró a la cara sonriente.

—¿Acabas de hablar? —susurró.

—Claro que sí —respondió la cara, agitando de nuevo la boca—. Estoy feliz como una perdiz de conocer a un tipo tan agradable como tú.

La voz no hablaba muy fuerte, y era como de niño.

Cole se frotó el rostro con ambas manos. ¿Estaba soñando? ¿Alucinando? La niña de la operación era la que estaba más cerca. Se le acercó y le dio un golpecito en el hombro.

—Ven a ver una cosa, ¿quieres?

—¿El qué? —preguntó ella, mirando por si aparecía algún guardia.

Cole ya había mirado. Uno de los que iban a caballo estaba muy por detrás, y otros dos cabalgaban muy por delante. Le indicó que se acercara a la cara sonriente, y ella le siguió, no muy segura.

—Dile algo —dijo Cole.

—Hoy es un día requetespléndido para hacer nuevos amigos —dijo la cara sonriente.

La niña parpadeó y luego se quedó mirando a Cole, sorprendida.

—¿Cómo has hecho eso? ¿Eres ventrílocuo?

—Sí —dijo Cole—. Un buen truco, ¿no?

Ella puso la mirada en el cielo.

—¿A ti qué te pasa? ¿Te parece un buen momento para gastar bromas? —dijo, y volvió adonde estaba antes.

Cole se agachó, acercando la cabeza a la cara sonriente y tapándose los labios con la mano.

—¿Te importa hablar bajito?

—En absoluto —respondió la cara a un volumen menor, aunque aún eufórica—. Es que estoy encantadísimo de tener un nuevo amigo.

—¿Qué eres? —preguntó Cole—. ¿Cómo es que hablas?

—Soy un semblante, tontorrón. Me han forjado para que hablara.

—¿Un qué?

—Me hizo Liam, el forjador más *chipetichupetichachi* de todo el territorio. Cuando le hicieron esclavo, me creó para que le hiciera compañía. Y cuando lo vendieron, me dejó aquí, para que animara a cualquiera que me hablara. ¿Te sientes mejor?

Cole apenas podía creer que estuviera hablando con una cara sonriente mágica. Le parecía aún más raro que la presencia de vendedores de esclavos de otro mundo. Pero el hombrecillo se mostraba tan entusiasta que Cole no pudo evitar sentirse algo mejor.

—Sí, la verdad es que sí. ¿Tienes nombre?

—Me llamo Happy.

—Yo soy Cole. ¿Tú me ves?

—Claro, cabeza de chorlito. Veo hasta dentro de tus narices.

Cole reprimió una sonrisa. Miró a los otros chicos, pero todos estaban sentados, con la cabeza gacha, sumidos en sus miedos.

—¿Te duele si la gente te pisa?

—Ni un poquito. Tú me pisaste al entrar.

—Lo siento.

—Ningún problema. Tienes una buena planta.

Cole sonrió. Happy se mostró contento.

—Dices que el chico que te hizo era un forjador. ¿Te talló con un cuchillo?

—No, bobo, forjándome.

—¿Cómo? ¿Como magia?

—Algo así, supongo. La vida es mágica.

—¿Te dio vida?

—En realidad, no. Yo soy un semblante. Parezco vivo, ¿no? —dijo con una risita.

—¿Las palabras que dices las programó Liam?

—Yo lo que digo y te diré es que Liam fue mi primer amigo, en esta jaula me quedaré, juega conmigo mientras aquí estés.

Cole se preguntó si la rima era cosa de Liam o de la carita sonriente.

—¿Te sientes vivo?

—Me encanta hablar, sobre todo con un nuevo amigo tan especial.

La cara parecía diseñada básicamente para mostrarse amigable. Cole quería comprobar si le podía decir algo útil.

—¿Por qué está así el cielo? ¿Por qué parece como si estuviera amaneciendo por todas partes?

—Tenemos suerte de que haga un día crepuscular, ni mucho calor ni mucho frío. Es agradable sentirse contento por el tiempo.

—¿Aquí se dan muchos días crepusculares?

—Vienen y van. Depende. ¿Tú eres de fuera?

—¿De fuera de este lugar? Yo soy de la Tierra. Estos tipos secuestraron a mis amigos.

—No dejes que estos cazadores de esclavos tan codiciosos te pongan de mal humor. ¡Cada vez que caigas, acuérdate de rebotar!

—Oye, Happy, ¿tú me puedes ayudar a salir de aquí?

—Desde luego, te ayudaría si pudiera, pero no soy más que una cara en un trozo de madera.

Cole miró alrededor para asegurarse de que su conversación pasaba inadvertida. No había guardias cerca y los otros chicos no le prestaban atención.

—Llevas aquí mucho tiempo. A lo mejor sabes algo que pueda ayudarme.

—Claro que sí —exclamó Happy—. Esto, por ejemplo: ¡quien no lo consigue a la primera, lo logra si persevera!

—Quiero decir algo de información sobre los cazadores de esclavos —dijo Cole—. O sobre este carro. Secretos que me puedan ayudar a escapar.

Happy soltó una risita nerviosa.

—No intentes escapar. Les pone de malas pulgas. Saldrás de aquí cuando te vendan.

—¿Dónde me venderán?

—En el mercado de esclavos de Cinco Caminos.

—¿Y qué tipo de personas me pueden comprar?

—¡Pues de las que tienen dinero, tonto! De las que necesitan esclavos.

—¿Qué tipo de trabajo tendré que hacer?

—Nunca se sabe, pero no hay que perder la esperanza. ¡A lo mejor te toca hacer algo estupendo!

Happy no parecía una fuente de información muy explícita.

—A ver si lo entiendo: ¿dices que debería dejar de intentarlo?

La sonrisa se volvió más ancha.

—¡Así me gusta! ¡Sigue una estrella! ¡Mantén la frente alta y lucha por ella!

—¿Los cazadores de esclavos saben que estás aquí?

—La forjadora sí, Secha. Ella se lo dijo a Ansel. Una noche hablaron conmigo. Pero no es fácil eliminarme, así que me dejaron en paz.

—¿Secha es una forjadora? —preguntó Cole.

Happy soltó una risita.

—Bueno, ella te marcó, ¿no?

Cole recordó la marca granate que le había hecho con la uña del dedo. Se la miró.

—¿También habla?

Happy se rio con fuerza.

—¿Tu marca? ¡Ni siquiera es un semblante!

—¿Por qué no es fácil eliminarte?

—Liam quería que durara. Si me destruyen o me eliminan, aparezco en otro lugar del carro. Tendrían que rascar todo el carro para librarse de mí.

—¿Puedes moverte solo?

Uno de los ojos de Happy se convirtió en una raya, mostrando un guiño.

—Solo un poquito.

Cole resiguió el borde de la cara sonriente con la punta del dedo. Happy se rio, como si le hiciera cosquillas. ¿Cómo podían haber creado algo así?

—¿Qué más pueden hacer los forjadores?

—Depende.

—¿De qué depende?

—¡De lo que quieran hacer, tonto! Y de si pueden hacerlo.

Cole suspiró. Happy era muy alegre. Su propia

existencia resultaba increíble, pero sacarle algo útil era una labor exasperante.

—¿Sabes algún secreto que me pueda ayudar a sobrevivir aquí?

—No son secretos —respondió Happy—. Disfruta de las bellezas de la vida y no pierdas la alegría.

Los carros se pararon. Cole levantó la cabeza y miró alrededor. No veía la cabeza de la caravana.

—¿Qué pasa?

—Nos hemos parado —dijo Happy.

—Parece pronto para el almuerzo.

Las otras veces que se habían detenido para comer, habían dispuesto los carros en círculo. Esta vez seguían en fila. ¿Habría un obstáculo delante? Cole no tenía ni idea.

Al cabo de un rato, Ansel se alejó hacia un campo lateral con un hombre que Cole no había visto hasta entonces. El hombre era más bajo que Ansel, tenía el pelo canoso y unas patillas pobladas. Usaba bastón y cojeaba un poco. Se alejaron lo suficiente como para estar a la vista desde todos los carros; luego se giraron hacia la caravana.

—Casualmente hemos encontrado un cliente por el camino —anunció Ansel, que al levantar la voz la tenía aún más ronca—. Este caballero trabaja al norte de aquí, con los Invasores del Cielo, en el Despeñadero. Estos nombres no os dirán mucho a los recién llegados, pero los Invasores necesitan muchos esclavos, en parte porque la esperanza de vida de un esclavo allí es de unas dos semanas.

Aquello causó cierta agitación entre los enjaulados. Ansel esperó a que el murmullo desapareciera.

—Nuestro cliente estaba regresando de un viaje de aprovisionamiento —dijo Ansel—, pero ha pensado que podía aprovechar nuestro encuentro para comprar mano de obra. La de los carros reservados para el palacio real, por supuesto, no está a la venta. Pero del resto puede escoger lo que quiera. Como el esclavo que le acompañe probablemente muera en breve, le he sugerido el chico nuevo que provocó tanto alboroto la otra noche. Y como tengo debilidad por la gente obediente, le he dicho que no puede quedarse con Tracy, que delató al ladrón patoso.

Ansel llevó al hombre directamente hacia el último carro. A medida que se acercaban, los otros niños de la jaula fueron apartándose de Cole.

Si aquel extraño le compraba, ¿cómo iba a encontrar nunca a Dalton, a Jenna y al resto de los niños de su barrio? Aunque, de cualquier modo, probablemente les venderían a todos en sitios diferentes. Al menos aquel tipo parecía algo viejo y no muy rápido. Quizá le diera alguna ocasión para escapar.

El comprador potencial dio un paso adelante y observó a Cole a través de los barrotes.

—¿Tú eres el que causó ese revuelo? —dijo, pronunciando las palabras con una claridad que le daba un aire de profesor. O quizá fuera el sombrero algo abollado que sostenía en la mano.

—Sí —respondió Cole.

—¿Alguna merma física? ¿Enfermedades crónicas?

—Estoy sano. Algo hambriento.

—Les damos de comer el doble de lo que come la mayoría de los esclavos —intervino Ansel.

—Están en perfecto estado, recién llegados de un mundo próspero —admitió el hombre, asintiendo y con los ojos aún puestos en Cole—. ¿Qué tal se te dan las alturas?

Cole se preguntó si debería mentir. Quizá si respondía que tenía vértigo quedaría descalificado para aquel trabajo tan peligroso al que había aludido Ansel. Pero el comprador tenía buen aspecto y parecía agradable, a diferencia de los cazadores de esclavos. Decidió ser honesto y probar suerte.

—No me dan miedo las alturas.

El hombre cambió de posición.

—¿Cómo te sientes caminando al borde de un precipicio?

—No me molesta —dijo Cole—. Nunca me ha impresionado.

—Pues ya está —decidió el hombre, girándose hacia Ansel—. Me lo llevo.

Capítulo 6

El Despeñadero

La rapidez de la decisión pilló a Cole por sorpresa. El comprador se dio media vuelta. Entonces, apareció un extraño, un tipo alto y musculoso que miraba a Cole con desconfianza. Ahí acababan sus ilusiones de escapar fácilmente de aquel viejecito cojo. Debía de haber imaginado que el comprador llevaría consigo a alguien que le ayudara.

Mientras salía de la jaula, Cole se inclinó hacia la niña de la operación sangrienta.

—Si te sientes sola, háblale a la cara sonriente.

Ella le miró como si estuviera loco.

Cole bajó de un salto y fue hasta donde le esperaba el tipo corpulento.

—Por aquí —le indicó este, señalando hacia la cabeza de la caravana. Llevaba una rojiza marca familiar en la muñeca.

—¿Tú también eres esclavo? —le preguntó Cole.

El hombre le agarró de la oreja con tanta fuerza que le tiró al suelo. Cole se quedó postrado un momento, con todo el lateral de la cabeza dolorido y rabiando por dentro.

—No hables a menos que te hablen —dijo el hombre—. Arriba.

Cole se puso en pie. Los niños enjaulados le miraban con los ojos como platos. De no haber tenido público, habría callado y asentido, pero no quería que todos aquellos niños pensaran que no ofrecía resistencia al matón. Habría sentado un mal precedente.

Así que se volvió hacia aquel tipo y le dio una patada en el lateral de la rodilla con todas sus fuerzas. El hombre se dobló en dos y se balanceó, agarrándole el tobillo con una mano y barriéndole el otro con un movimiento rápido de la pierna.

Cole cayó de espaldas al suelo y sintió que le faltaba el aire. Se giró hacia un lado, estremeciéndose e intentando activar sus paralizados pulmones. Necesitaba aire, pero no podía aspirar. Al poco se le pasó la parálisis y volvió a respirar. Aliviado, inspiró y espiró profundamente varias veces.

—¿Aún te quedan ganas de pelear? —preguntó el tipo alto—. Yo podría seguir así todo el día.

Cole levantó la espalda y se sentó. Echó un vistazo al carro y vio que todos sus ocupantes se esforzaban en mirar en otra dirección. Les había enseñado que una postura desafiante conducía al dolor y al fracaso. No era exactamente esa la lección que tenía en mente.

Cole se puso en pie y se sacudió el polvo. El alto guardia le indicó que siguiera adelante.

—Adiós, Happy —dijo Cole, elevando la voz hacia la jaula.

—Adiós —oyó que respondía este a lo lejos, en su habitual tono agudo.

Cole observó que varias cabezas dentro de la jaula se giraban hacia el suelo.

El comprador seguía cojeando, muy por delante ya, junto a Ansel. Se dirigían hacia un grupo de mulas cargadas, a la cabeza de la caravana.

—¿Esas mulas son vuestras? —preguntó Cole.

El hombre le tiró de la otra oreja, no con tanta fuerza como antes, pero lo suficiente como para desequilibrarle.

—La mayoría de los perros aprenden más rápido que tú.

—No me has pegado por decir adiós —replicó Cole.

—No soy tan desalmado —dijo el hombre—. Ahora cierra la boca.

Cole observó los carros mientras avanzaban. Vio a Jenna, con su disfraz de Cleopatra, sucio y arrugado. Cole se esforzó en sonreír y la saludó con la mano.

—¡Has sido muy valiente viniendo a por nosotros! —dijo Jenna—. ¡Tracy se merece que le pasen por encima todos los carros de la caravana!

Los otros niños de la jaula se alejaron de ella, que seguía de pie, junto a los barrotes, desafiante.

—¡Mi carro lo llevan al rey supremo! —le gritó Jenna—. Aunque no sé qué significa eso.

—Esto no acaba aquí —prometió Cole, agachándose justo a tiempo para esquivar el mamporro de aquel hombre, que había lanzado la mano con fuerza. Saltó hacia un lado, evitando por poco una patada, y luego corrió adelante, hacia las mulas.

Algo le golpeó con fuerza en la nuca y le hizo caer dando tumbos. No sabría decir si había sido un puño, una piedra o una maza, pero le dolía mucho. Cole se hizo un ovillo, agarrándose el cráneo dolorido, temiéndose que le cayeran más golpes. Al ver que no llegaban, se arriesgó a mirar. El grandullón estaba de pie, con el ceño fruncido y de brazos cruzados.

—He cambiado de opinión —dijo—. No estoy dispuesto a seguir así todo el día. Haz otro numerito y tendremos que llevarte al Despeñadero en una carretilla. Levanta.

Aún dolorido, Cole se puso en pie y vio a Dalton, que lo miraba tras los barrotes. Con la capa de polvo que lo cubría y el maquillaje corrido, su amigo tenía el aspecto del payaso más triste del mundo. Dalton meneó la cabeza levemente, como para decirle que no hablara.

Cole asintió y, sin voz, articuló las palabras: «Te encontraré».

Dalton, lloroso, se despidió con la mano.

—Nosotros también vamos al rey —dijo Dalton sin alzar la voz más que lo justo para que le oyera.

Cole apartó la mirada. ¿De verdad los encontraría? ¿O sería la última vez que veía a alguien de su mundo? Hasta aquel momento se había esforzado en darle esperanzas a Dalton, pero ahora creía en sus propias palabras. Quizás encabezara una revolución de esclavos. Tal vez se escapara solo. Era difícil prever las oportunidades que se le presentarían, pero en silencio se juró que nunca dejaría de buscar una ocasión para escapar y encontrar a sus amigos.

Cuando Cole llegó junto a las mulas, el comprador ya estaba montado en un caballo. A su lado había un hombre de cabello largo con una brillante cicatriz de quemadura en la barbilla.

—Ven aquí, esclavo —le invitó el hombre con aires de profesor.

Cole se le acercó.

—He oído que has estado faltando al respeto a Vidal —dijo—. No hables con tus superiores a menos que te hagamos una pregunta. ¿Es eso tan difícil de entender?

—Yo aprendo rápido —dijo Cole—. Normalmente, con un par de mamporros me basta.

El hombre miró detrás de Cole y levantó una mano para frenar a Vidal.

—El esclavo estaba respondiendo una pregunta

—dijo el hombre, que volvió a dirigirse a Cole—. Un poco de humor te puede ser útil en el Despeñadero. Si te animas demasiado, te puede ir muy mal. No eres de aquí, así que el modo en que tratamos a los esclavos te puede parecer de bárbaros, pero más vale que te acostumbres. Aunque, personalmente, a mí no me gustan algunos aspectos de la esclavitud, te queremos enseñar cómo están las cosas por tu propio bien. Yo soy Durny y este es Ed. Tenemos por delante un largo camino a caballo. Ahora eres propiedad de Adam Jones, dueño del Bazar del Despeñadero y líder de los Invasores del Cielo. No crees problemas o lo pagarás caro. ¿Entendido?

—Entendido —dijo Cole.

Durny miró a Vidal.

—Súbelo a *Maribel*. Aquí hemos acabado.

El sexto día de camino, Cole ya se había acostumbrado a *Maribel*. A pesar de la carga, ella y otras once mulas avanzaban infatigables del alba al anochecer. Tras el día crepuscular, todos los demás habían tenido un sol normal, y aquel no fue una excepción.

Cole se encontraba solo. Los hombres solían conversar cuando él estaba lejos, y solo se dirigían a él directamente para darle instrucciones básicas. Cada noche tenía que descargar y cepillar las mulas, y cada mañana debía prepararlas para el viaje.

La frialdad del trato fue haciendo mella en él. Nunca se había sentido tan desplazado. Después de ser marcado, encadenado, enjaulado y ahora apartado como si no fuera siquiera una persona, empezó a asaltarle la preocupación de que su vida se hubiera acabado y a dudar de que la alegría volviera algún día.

Aquel día habían empezado pronto, con el fresco de la penumbra previa al alba. Durny le había explicado que de noche el Despeñadero era peligroso y que, si viajaban todo el día, llegarían a su destino antes del ocaso.

A medida que avanzaba la jornada, Cole intentó disfrutar del paisaje. Al menos el terreno se había vuelto más interesante, con montañas, salientes y desfiladeros. Por todas partes crecían la hierba y la maleza, numerosos matorrales y, de vez en cuando, altos árboles. Vio conejos, ardillas y, ocasionalmente, algún ciervo o algún zorro.

Cole no le quitaba un ojo al sol, que empezaba a caer. Durny había insistido todo el día en azuzar a las mulas, para no llegar al Despeñadero de noche. Faltaría menos de una hora para la puesta de sol cuando Durny se retrasó y situó su caballo a la altura de Cole.

—Ven conmigo, esclavo —dijo—. Deja que Ed y Vidal se ocupen de las mulas un rato.

Durny desmontó y Cole hizo lo propio. Durny le indicó que le siguiera y le llevó por un camino que subía una cuesta. Ascendieron, hasta que el camino se acabó de pronto en un precipicio.

—Decías que no te impresionaban las alturas —dijo Durny, poniéndole la mano sobre el hombro—. ¿Por qué no hacemos una prueba?

Cole trepó hasta donde se acababa el terreno y estiró la cabeza para mirar hacia abajo.

Abajo. Y abajo. Nunca había visto nada parecido. Lo que tenía ante los ojos no era un desnivel.

Lo que tenía delante era un cielo que se oscurecía adquiriendo un tono violeta cuanto más lejos miraba.

Durny se situó a su lado.

—Bienvenido al Despeñadero.

—¿Puedo hablar?

—Puedes.

—¿Dónde está el fondo?

Durny se encogió de hombros.

—Por lo que se sabe, no hay fondo. Se han hecho expediciones por la pared y volando. De los que han vuelto, ninguno ha visto el final de la pared. Parece que baja hasta el infinito.

—Es como el fin del mundo —dijo Cole, con la mirada perdida en aquel vacío.

—Exactamente.

Cole se lo quedó mirando.

—El mundo no puede acabar así.

—Este sí. Al menos en esta dirección. El Despeñadero no cubre todo el perímetro de las Afueras, al menos por lo que hemos podido determinar —dijo, y señaló con la mano hacia la derecha—. Yendo en esa dirección acabarías en la Pared de Nubes del Este. No se puede rebasar, no se puede pasar por debajo y no se puede rodear. De los que la han intentado atravesar, no ha vuelto nadie. Lo mismo con la Pared de Nubes del Oeste, si sigues el Despeñadero en la otra dirección. Nadie sabe qué hay más allá de las paredes de nubes, ni en su interior, puesto que no se pueden rebasar por tierra ni por aire. ¿No observas nada más ahí abajo? Fíjate bien.

Mirando hacia delante desde el Despeñadero, lo único que veía era el cielo y algunas nubes, lo mismo que si miraba hacia arriba. De pronto, sobre una de las nubes más pequeñas, a lo lejos, reparó en la silueta definida de un castillo con varias torres.

—Esa nube parece un castillo —dijo, señalando.

—Eso «es» un castillo —respondió Durny.

—No puede serlo. Está flotando.

—Una vez más, bienvenido al Despeñadero.

Cole miró con escepticismo a Durny.

—Tiene que ser una broma. Puede que este lugar sea raro, pero eso es demasiado.

Durny metió la mano en el interior de su abrigo y sacó un catalejo de latón desplegable. Lo abrió y enfocó; luego se lo pasó a Cole.

Como el catalejo era potente, Cole tardó un poco en enfocar el castillo. No había duda de que la estructura tenía aspecto de piedra, aunque, inexplicablemente, estuviera apoyada en una nube sin nada más que cielo azul alrededor. Tenía almenas, banderolas, torres, ventanas… incluso un puente levadizo.

Cole bajó el catalejo.

—¿Cómo es posible?

—Específicamente, no tengo respuesta —dijo Durny—. En un plano más amplio, te diré que estamos en Sambria. Esta parte de las Afueras es más susceptible a las manipulaciones físicas. Algunas de las cosas que he visto forjadas aquí me hacen preguntarme si hay algo que sea imposible.

—Ya he oído hablar de eso de forjar. ¿Qué es? ¿Algo así como magia?

—Cualquier fenómeno que no entendemos nos parece magia —respondió Durny, arrugando la nariz—. A la gente de una cultura primitiva, el fuego les podría parecer magia. Y este catalejo también, sin duda.

—¿El forjado es una ciencia?

—No exactamente. Es… la capacidad de volver a disponer las cosas y darles nuevas cualidades. Algunas personas tienen un talento especial para ello. Yo también, en cierto modo. Pero independientemente del talento que tengas, es más fácil forjar material aquí, en Sambria.

Cole miró al otro lado de aquel mar de nubes.

—¿Alguien ha forjado ese castillo?

—Nadie sabe quién forja los castillos —respondió Durny, pensativo—. Aparecen por la Pared de Nubes del Oeste y van flotando hasta atravesar la que está en el este. Hoy es un día tranquilo. Muchas veces se ven una docena o más desde un punto determinado. En el tiempo que dura la migración de los castillos, de una pared de nubes a la otra, salvamos lo que podemos.

—Un momento —dijo Cole, incrédulo—. ¿Los Invasores del Cielo saquean los castillos?

—Veo que vas cogiendo la idea —respondió Durny, satisfecho—. Y tú vas a ayudarnos.

—¿Cómo llegan a los castillos? ¿Con aviones? ¿Helicópteros?

—Naves voladoras.

—¿Y cómo vuelan?

Durny miró en dirección al sol.

—Última pregunta. Tenemos que ponernos a cubierto antes de que oscurezca. Cerca de la base de los castillos hay unos flotadores, llamados habitualmente «piedras de flotación». Mantienen los castillos a flote. Nosotros las recogemos de vez en cuando y las usamos para la construcción de nuestras naves.

Cole no podía creer lo que estaba viendo y oyendo. Pero era difícil rebatir aquello, a la vista del castillo a lo lejos. Al fin y al cabo, había ido a parar a un mundo misterioso a través de una alcantarilla en un pasaje del terror, y había mantenido una conversación con el dibujo de una cara sonriente.

—¿El trabajo es peligroso? ¿Saquear los castillos?

Durny resopló.

—He dicho que se han acabado las preguntas..., pero ¿tú qué crees? Ahora ven, vamos a ver a tu dueño.

Capítulo 7

Puerto Celeste

Puerto Celeste, como lo había llamado Durny, apareció ante sus ojos justo antes de que el sol se hundiera tras el horizonte. El Despeñadero era escarpado e irregular. Apenas llevaban un rato avanzando en paralelo al borde cuando apareció una hondonada que más bien tenía aspecto de medio valle, porque acababa de forma abrupta. En el punto más bajo se encontraba Puerto Celeste.

El amplio edificio principal, construido de piedra y madera pesada, estaba justo al borde del Despeñadero. Varios balcones y porches se proyectaban hacia el vacío. Una alta muralla rodeaba una zona enorme situada tras el edificio principal. Cole supuso que aquello sería el Bazar del Despeñadero. Entre la lejanía, la falta de luz y la altura de la muralla, no pudo distinguir lo que había dentro.

En el momento en que la caravana de mulas, dirigida por Durny, emprendía el descenso por la suave ladera hacia Puerto Celeste, sonó una campana. Un grupo de hombres y adolescentes salió a su encuentro para ayudar a descargar las mulas. La gente iba vestida de un modo extraño. Un hombre corpulento llevaba un chaleco de piel. Otro llevaba una camiseta con unos huevos fritos a modo de ojos sobre una tira de beicon a modo de sonrisa. Uno de los adolescentes vestía una casaca militar azul oscuro llena de medallas brillantes.

Cole no tenía claro qué debía hacer, así que se echó a un lado mientras Durny daba instrucciones. Observó que había hombres montando guardia por todo el perímetro de los edificios. Allí había mucha gente, y en las laderas de los alrededores no había dónde ocultarse. Escapar resultaría complicado. No se podía arriesgar a meter la pata, así que primero tendría que conocer el terreno. Si mantenía los ojos abiertos, antes o después surgiría la oportunidad.

Al poco, Durny se le acercó.

—Por aquí, esclavo. Es hora de conocer a tu dueño.

Cole lo siguió. Subieron unas escaleras de madera y llegaron a un porche. Observó una mecedora de marfil, una hamaca de seda, un arcón de hierro macizo y una criatura peluda, con una cabeza en cada extremo, dentro de una jaula.

No hubo tiempo de analizar todo aquello, porque Durny le empujó para que pasara por la puerta, que daba a un salón lleno de gente. La mayoría de ellos eran varones: el más joven tendría la edad de Cole, y los mayores tenían el cabello gris o eran calvos. Algunos estaban comiendo, otros jugando a las cartas, otros hablando, sentados. Vio muchas marcas de esclavos.

Durny le llevó junto a un hombre robusto con una barba gris y el cabello largo y rizado, que estaba sentado en un elaborado trono de jade traslúcido y con cojines. Aquella pieza magnífica parecería estar fuera de lugar en aquel ambiente de taberna, si no fuera por los otros tesoros dispersos por la sala: un montón de lingotes de oro relucientes, un sarcófago de platino con piedras incrustadas, un clavicémbalo barroco y una criatura disecada mucho más grande y de aspecto más fiero que cualquier oso.

—¡Ya era hora! —bramó el hombre—. No vuelvo a enviar a nuestro mejor forjador a misiones tan largas. ¿Habéis visto a Carnag?

—No. Hemos visto refugiados. Por lo que dicen, está por el interior de Sambria, cerca de Riverton.

—No dejo de oír historias de lo más dispares. Si viene hacia aquí, procuraremos hacerle caer por el Despeñadero. ¿Ha ido bien el negocio?

—Muy bien —dijo Durny—. Incluso he conseguido sangre nueva.

—¿Ahora venden esclavos en Mariston?

—Nos cruzamos con una caravana.

—¿Y solo has comprado uno?

—Había consumido casi todo el dinero en efectivo que llevaba, pero es un candidato interesante. Recién llegado de la Tierra.

El hombre sentado en el trono fijó la vista en Cole.

—¿Cómo has llegado hasta aquí?

—Los cazadores de esclavos secuestraron a mis amigos —explicó Cole—. Yo quería ayudarlos.

—¿Cruzaste solo? —preguntó Durny.

Cole decidió que probablemente ya no había motivo para ocultar aquel detalle.

—Sí, los seguí. Quería rescatar a mis amigos. Ya pueden imaginarse cómo acabó.

—Te pillaron —dijo el hombre sentado en el trono, chasqueando la lengua y dándose una palmada contra el muslo—. Has pagado un caro precio por intentar ayudar a tus colegas. Mala suerte. Pero, bueno, si tu destino es la marca de esclavo, has ido a parar al sitio ideal.

—Ansel no mencionó que hubieras llegado aquí voluntariamente —dijo Durny.

—No se lo dije —respondió Cole.

Durny asintió, pensativo, y luego miró al hombre en el trono.

—Al chico no le dan miedo las alturas.

—Más le vale —replicó el hombre, con aire divertido—. ¿Tienes nombre?

—Me llamo Cole.

—Adam Jones. Soy el codicioso carroñero que dirige esto. Se me puede llamar «majestad», «excelencia» o «Adam». Nosotros te llamaremos Cole hasta que te ganes algo mejor. —Adam miró a Durny—. ¿Le has explicado como van aquí las cosas?

—El chico primero tenía que asimilar su nueva posición —respondió Durny.

—Ah, bien pensado: no está acostumbrado a la vida de esclavo. —Adam se giró de nuevo hacia Cole—. Para un esclavo no hay trabajo en las Afueras como el de invasor del cielo. Yo, en otro tiempo, también fui esclavo. La mayoría de nosotros lo fuimos. Aquí no recibirás el trato típico. Nosotros no somos así. —Adoptó un gesto serio—. Estás de suerte. Apenas has tenido tiempo de experimentar la vida de esclavo. Da gracias por que nunca llegarás a saber lo que habría sido.

Cole asintió.

—Eres nuevo, así que tendrás que apechugar, soportar tomaduras de pelo y realizar algunas tareas desagradables. Pero no siempre serás el recluta más novato de Puerto Celeste. Cuanta más experiencia ganes, mejor será. Incluso puedes ganarte la libertad. ¿Lo malo? Que puede que mueras mañana mismo.

Cole se había ido animando, hasta el momento en que oyó aquella frase.

—¿De verdad?

—Los Invasores del Cielo arriesgan la vida en cada

misión —le explicó Adam—. Las primeras temporadas harás de explorador, arriesgando el cuello más que nadie. Si eres cuidadoso, listo y rápido, es más fácil que sobrevivas. Aun así, en parte dependerá de la suerte. La semana pasada perdimos a un joven explorador muy bueno.

—¿A quién? —preguntó Durny.

—A Fiddler.

—Qué lástima —dijo Durny con cara de pena.

—Un chico de catorce años, con mucha vida —prosiguió Adam—. Casi se había ganado el derecho a dejar el puesto de explorador. Se consigue a las cincuenta misiones. A él le faltaban cuatro. Fiddler se encontró con un enemigo invencible. Su muerte demostró a la tripulación que había en el castillo un depredador contra el que no podían luchar. Su sacrificio salvó vidas. Es un trabajo noble. Siempre necesitamos exploradores. —Adam guiñó un ojo—. Y aquí tenemos uno.

Cole sintió que el pánico le atenazaba. Las alturas eran una cosa. Los depredadores monstruosos como el superoso disecado de la esquina eran otra bastante distinta.

—¿Tengo que hacerlo?

Adam se rio con ganas.

—¡Qué pregunta! Nadie se presentaría voluntario para hacer de explorador. Eres esclavo hasta que te ganes la libertad. Así es como empezarás. No hay otra opción. Aguanta lo suficiente, y algún día podrás convertirte en socio, tendrás dinero y vivirás cómodamente. Hasta entonces, cumplirás tu cometido para el bien de la organización.

Cole asintió con gesto serio, intentando no mostrar el miedo que sentía.

—¿Qué probabilidades tengo?

Adam lo miró, escéptico.

—¿Quieres una respuesta franca? No lo sé —respon-

85

dió después, y soltó una carcajada—. ¡Estarás bien! No tienes de qué preocuparte. Un día serás tú el que se siente en este trono.

—En serio —insistió Cole—. Dígame la verdad.

Adam se encogió de hombros.

—Más de la mitad de nuestros exploradores sobreviven a las diez primeras misiones. Quizás uno de cada veinte sobrevive a las cincuenta. ¡Pero las probabilidades de volver a casa la primera vez son razonables!

—¿Empiezo mañana?

Adam asintió.

—Hoy ha sido un día bastante tranquilo, lo que suele querer decir que el día siguiente será animado. Quiero un informe de tu primera salida.

—¿Cómo me puedo preparar?

—¡Así me gusta! Durny, te has ganado un descanso. Dile a Mira que le ponga al día, que le equipe y le dé algunos consejos. Y que le busque ropa decente. Este chico parece un espantapájaros vapuleado por una tormenta.

Cole quiso explicar lo de su disfraz, pero, al parecer, Adam ya había puesto punto final a la conversación.

Durny se lo llevó de allí y se puso a preguntar a unos y a otros si habían visto a Mira. Poco después, Cole se encontró frente a una niña casi de su misma altura. Llevaba botas, pantalones de pana, una camisa con cuello, unos tirantes con tréboles estampados y el cabello corto. No iba muy limpia, pero, aun así, tenía un rostro bonito y unos preciosos ojos grises.

—¿Has encontrado un nuevo cebo para los monstruos? —le preguntó a Durny.

—Ve despacio —le dijo él—. El chico ha tenido una semana dura. Mira, este es Cole. Saldrá mañana. Necesita aprender el oficio.

Mira lo repasó de arriba abajo.

—Déjame adivinar. Y también necesita ropa.

—Es todo tuyo —dijo Durny antes de alejarse.

—No hay muchas chicas por aquí —observó Cole.

—Hay más de las que ves aquí arriba —dijo ella—. La mayoría se quedan abajo.

—¿En el sótano?

—En las «cuevas». Toda esta parte del despeñadero está llena de grutas. Por eso construyeron esto aquí. Estamos justo encima.

—Es un gran edificio.

—Lo suficiente como para que casi todo el mundo pueda tener una habitación arriba. Pero algunos prefieren las cuevas. Cuando llega una tormenta, todo el mundo las prefiere.

—¿Tenéis tormentas fuertes?

—Normalmente lo peor que puede pasar es que se te caiga un castillo encima.

—¿Eso ha ocurrido?

—Ha estado cerca. Han sufrido daños. Pero no ha habido impactos directos.

Cole se quedó mirando a Mira, pensativo.

—¿Tú llevas mucho tiempo aquí?

—Un par de años.

—¿De verdad? Pues debías de ser pequeña cuando llegaste.

Mira se encogió de hombros.

—Tengo unos once años.

—¿«Unos»?

—Soy huérfana. Nadie sabe cuándo nací —explicó. No parecía que quisiera dar pena, así que Cole no se mostró compasivo.

—¿Vas a ayudarme a sobrevivir mañana?

—Sobrevivir o no es cosa tuya. Yo puedo ayudarte a conseguir el material.

Un chico, quizás un año mayor que Cole, le dio una palmadita en la espalda a Mira:

—¿Qué? ¿Por fin has encontrado novio? —preguntó.

Mira encogió los hombros, incómoda, hasta que el otro retiró la mano.

—No, pero ya tengo enemigo personal.

—Estupendo —dijo él, sonriendo. Medía unos cuantos centímetros más que Cole, era moreno y tenía el cabello oscuro. Le tendió la mano—. Yo soy Jace —se presentó.

Cole le estrechó la mano.

—Cole.

—Eres mi nuevo mejor amigo.

—¿Y eso?

—Ahora que Fiddler no está, me tocaba a mí salir de expedición mañana.

—Pues me alegro de ser de ayuda —dijo Cole.

—Si te toca una fácil, ya no somos amigos. Si te matan, te querré siempre.

—Vete a dar la lata a otra parte —le increpó Mira—. Tengo que enseñarle el lugar.

—Escucha todo lo que te diga —le aconsejó Jace—. Y luego haz lo contrario.

Mira le soltó un puñetazo, pero Jace lo esquivó.

—Vamos —dijo Mira, y Cole la siguió.

Salieron del salón y siguieron un amplio pasillo. Giraron varias esquinas, pasaron por diversas puertas y luego bajaron por unas escaleras.

—¿De dónde eres? —le preguntó Mira.

—De la Tierra.

—¿Eres de fuera? ¿Cuánto tiempo llevas aquí?

—Una semana, más o menos —dijo Cole, y por primera vez vio un gesto de auténtica simpatía en el rostro de Mira, que se detuvo de pronto.

—¿Y cruzaste solo? —Parecía impresionada.

—No tenía ni idea de adónde iba. Me pillaron. Luego Durny me compró.

Ella asintió levemente.

—¿Ya sabes lo que hacen los Invasores del Cielo?

—Saquean los castillos flotantes. Es todo lo que sé.

—Es una operación de rescate —precisó Mira—. En esos castillos, no hay nada vivo. O realmente vivo. Son solo semblantes. Algunos son grandes y peligrosos, algunos parecen personas, pero, en realidad, no son seres vivos. La mayoría de los semblantes se desintegran si los traes aquí, igual que las piedras de flotación si las llevas al interior. Todo lo demás resiste bastante bien. No tiene dueño y va a acabar en la Pared de Nubes del Este, donde desaparecerá para siempre. Así que los Invasores del Cielo nos llevamos lo que podemos. Nos quedamos algunos objetos de valor, pero la mayoría van al bazar, donde se venden a gente que viene de todos los rincones de las Afueras.

—¿Los semblantes pueden llegar a ser peligrosos?

Mira resopló.

—Ahí arriba, en los castillos, parecen muy reales. Algunos castillos están vacíos. Otros son mortíferos. Si no obtenemos nada, no cuenta como misión, así que asegúrate de que la nave vuelve con algo cada vez, aunque solo sea una piedra flotante.

—Ya. No tengo ninguna intención de hacer más de cincuenta misiones.

—Pues ya sabes.

Cole se aclaró la garganta.

—Así que yo soy el cebo. Para los semblantes.

—Más o menos. Nadie quiere verte caer. Rastrearán bien el castillo antes de enviarte. Te equiparemos bien. Y te echarán una mano si es posible.

Mira abrió una puerta que daba a una sala llena de ropa.

—Conviene vestir ropa funcional, no bonita. Querrás llevar algo que te permita moverte libremente, disponer de bolsillos y quizá que te dé algo de protección. Protégete rodillas y codos con algo duro.

En la habitación había una ropa estrambótica y muy diversa: túnicas, calzones largos, camisolas bordadas, una esclavina de lentejuelas, una pechera de armadura medieval, turbantes, una trenca, una capa plegable transparente como el cristal, faldas de hierba, un casco de fútbol, guirnaldas, vestidos de cuentas y togas. Cole pasó el dedo por una chaqueta de ante con flecos digna de Davy Crockett.

—¿De dónde ha salido todo esto?

—Adivina.

—¿De los castillos? —dijo Cole, al tiempo que cogía el casco de fútbol americano que había junto a una máscara.

—¿Es que aquí se juega a fútbol americano?

—¿Eso es un juego?

Cole la dejó en su sitio.

—¿Los castillos vienen de mi mundo?

—¿En la Tierra tenéis castillos flotantes?

—No —dijo Cole—. Pero tenemos mucho de todo esto. Como esa camiseta de ahí. Es de una película llamada *La medalla del deshonor*. No tiene nada que ver con este lugar.

—Nada tiene «nada que ver» con los castillos —recalcó Mira—. Por eso vale la pena vaciarlos. Nunca sabes lo que te puedes encontrar. Puede ser algo valioso o útil. O puede ser basura. Pero está ahí, y podemos llevárnoslo.

—Si no nos matan antes.

—Veo que vas pillando la idea.

Cole levantó la pechera de armadura. Pesaba más de lo que se esperaba.

—Lo primero y más importante es ser rápido —le aconsejó Mira—. Si las cosas van mal, solo sobrevives si consigues escapar.

Cole dejó en su sitio la pechera. Decidió que el casco de fútbol también sería aparatoso y que limitaría su campo de visión. Cogió una camiseta y unos pantalones que le parecieron de su talla. Se probó varios zapatos hasta que encontró un par. Al final añadió también la chaqueta de ante, aunque le venía algo grande.

—Si algo no te va bien, puedes volver y cambiarlo —dijo Mira—. Esta otra sala es más importante —anunció, llevándole hasta la puerta siguiente del pasillo—. Puedes escoger un objeto especial creado por nuestros forjadores. Actualmente, el jefe del equipo es Durny. No intentes coger más de uno. Si te pillan, tendrás un gran problema. Estas piezas son difíciles de hacer, y suelen perderse cuando un explorador… no sobrevive. Así que no podemos permitirnos asignar más que una por explorador. Lo mismo se les aplica a la mayoría de los miembros de una expedición de rescate.

La sala estaba llena de armas y demás material, dispuesto en armarios y estantes. Cole vio espadas, hachas, lanzas, jabalinas, arcos, flechas, ballestas, hondas, mazas, martillos de guerra, cuchillos y estrellas ninja. También vio cuerdas, paquetes, escudos, botellas, brújulas, catalejos y todo tipo de artilugios, desde figuritas a conchas.

—¿Qué debo coger? —preguntó Cole.

—Te conviene algo forjado —respondió Mira—. Muchos de estos artículos tienen propiedades especiales. Por ejemplo, algunas de las mejores cuerdas: una cuerda enroscable se enrosca sola alrededor de las cosas, atándolas; una cuerda de escalada se puede poner rígida como un poste sin apoyo ninguno, y una cuerda serpenteante sigue el rastro de un objetivo y lo inmoviliza.

—No me lo creo —dijo Cole—. ¿De verdad?

—Acostúmbrate a creer en lo increíble —le advirtió Mira—. De eso encontrarás mucho en los castillos.

—Yo no conozco nada de todo esto —reconoció él—. Quizá debieras de escoger tú por mí.

—Yo siempre llevo una espada saltarina —dijo ella.

—¿Tú has hecho de exploradora?

—Los exploradores no son los únicos que pueden llevar algo —dijo Mira—. Yo hice de exploradora un tiempo, cuando llegué, pero luego demostré cierto potencial como forjadora.

—¿Tú eres forjadora?

Ella sonrió modestamente.

—Más o menos. No soy muy buena. Pero, como he aprendido algunos trucos, no quieren desperdiciarme enviándome a explorar.

—En cambio, a mí sí me pueden desperdiciar.

—No lo mires así. Tienes que tomártelo con chulería. Los chulos duran más. Algunos incluso llegan a cincuenta.

—Pues yo voy a hacer cien expediciones.

—Exactamente. Eso es.

—¿Qué hace una espada saltarina?

Mira cogió una espada corta y la desenvainó.

—Es un arma, obviamente. —La envainó de nuevo y se la puso delante—. Cuando apuntas con ella a algún sitio y gritas «adelante», se lanzará en esa dirección, arrastrándote consigo. Con fuerza. Puedes saltar muy lejos con ella, pero debes tener cuidado, porque no hay garantía de que el aterrizaje sea suave.

—¿Saltar lejos es importante? —preguntó Cole.

—Escapar es importante —le corrigió Mira—. En

caso de emergencia, puedes saltar hacia un bote salvavidas lejano. La espada saltarina es una especialidad de Durny. Hace más espadas que ninguna otra cosa. Son la pieza más escogida.

—¿Te hace saltar siempre la misma distancia?

—No. Depende de lo que señales. Y tampoco tienes que hacerlo perfectamente. La espada parece interpretar tu intención. Pero tiene límites. Si señalas a lo alto de una torre alta, solo llegarás hasta cierto punto, con lo que te caerás y te morirás.

—Parece que es justo lo que necesito.

Ella lo miró con preocupación.

—No es muy segura, pero tampoco lo es explorar esos castillos. La espada saltarina es potente y útil.

—¿Jace la usa?

Mira negó con la cabeza.

—Él lleva una cuerda dorada. Puede hacer todo lo que hacen las otras cuerdas, y más.

—¿Y no debería plantearme yo coger una?

—No puedes. Solo hay una. Jace la encontró. Puedes quedarte cualquier cosa que encuentres, en lugar de tu objeto especial.

Cole se quedó pensando.

—¿Y si encuentro un diamante enorme?

—Podrías quedártelo en lugar de la espada saltarina o lo que fuera. Personalmente, yo preferiría sobrevivir a tener una piedra brillante.

—Bien pensado —dijo Cole. Cuando escapara de Puerto Celeste, la espada saltarina le resultaría práctica—. Me llevaré una espada saltarina.

—Una buena elección —dijo ella, entregándole la espada en su funda.

—¿Estás cansado?

—Sí.

—Vamos a buscarte algo de comer y luego un catre. ¿Te importaría ocupar el de Fiddler?

La idea de dormir en la cama de un muerto no le hacía muchísima gracia. Pero probablemente muchas de las camas de aquel lugar habrían pertenecido a alguien que había muerto antes o después.

—Supongo que no.

—Estará menos mohoso que otros. Dormirás con Jace, Slider y Twitch.

Se puso en marcha, llevándolo hacia las escaleras. Él la cogió del brazo. Ella se giró y lo miró, molesta y algo curiosa.

—Antes de que volvamos, ¿tienes algún consejo que darme?

Ella se quedó pensando.

—Las cosas suelen ponerse feas en cuanto entras en el recinto de un castillo o dentro del edificio. Ten siempre un plan de huida. Combatir es siempre la última opción. Suele ser lo último que haces antes de morir.

—¿Debería practicar con la espada?

—Podrías. Yo no lo haría. Cada vez que saltas con ella es peligroso, así que es mejor dejarla para las emergencias. Funcionará tal como te he dicho.

—Muy bien. Gracias.

Lo miró, y sus ojos se ablandaron al hacerlo.

—No me des las gracias. Puede que te parezca que lo de hoy es un trato amable, después de la caravana de esclavos, pero no te preocupes: mañana te acordarás del lugar que ocupas.

Capítulo 8

Invasores del cielo

Una enorme caverna en la pared del despeñadero hacía las veces de muelle de aterrizaje para tres grandes naves. Estaban hechas de madera oscura y recordaban vagamente a viejos barcos pirata, aunque eran más anchas y planas, con un par de modestos mástiles y sin velas. Cada una tenía tres botes salvavidas, uno a cada lado y otro en la popa.

Jace llevó a Cole a una nave llamada *Domingo*, donde había varios hombres reunidos. La luz de la mañana entraba por el lado abierto de la caverna. Afuera, en el cielo azul, Cole vio numerosos castillos flotando.

—¡Cuántos castillos! —dijo Cole.

—Después de un día tranquilo suele haber muchos —respondió Jace—. Eso es una buena noticia. Competimos con otras dos compañías, los Peinanubes y los Piratas del Aire. En un día tan animado como hoy, probablemente no tengamos mucha competencia.

En la pasarela de la *Domingo*, un hombre de mediana edad con el cabello castaño y desaliñado le dio la bienvenida:

—Tú eres Cole, el nuevo explorador —dijo, tendiéndole una mano.

—Sí —respondió él, estrechándosela.

—Soy el capitán Post. Espada saltarina, buena elección —observó, al tiempo que le entregaba un cordón del que colgaba un pequeño contenedor cilíndrico.

—¿Qué es esto? —preguntó el chico al tiempo que lo cogía.

—Una cápsula de veneno —dijo el capitán—. ¿No te lo han explicado?

—No.

El capitán señaló al cielo con un dedo.

—No sabemos siquiera si aterrizarás. Podría ser que cayeras al vacío, hasta morir de hambre. La cápsula es una cortesía de la compañía.

Cole examinó el contenedor más de cerca.

—La parte superior se desenrosca de la inferior —le explicó Jace—. Está cerrada herméticamente. El veneno apesta, lo que elimina cualquier posibilidad de usarlo como arma. Aquí confían en los esclavos más que en la mayoría de los lugares, pero no tanto como para armarnos para un posible asesinato.

—Cuélgatelo —dijo el capitán—. Todos llevamos uno.

Cole combatió la sensación de miedo que le daba colgarse el cordón al cuello. Odiaba la idea de llevar encima algo pensado para poner fin a su vida.

—Por aquí —dijo el capitán, que llevó a Cole hasta un depósito abollado junto a la pasarela. Seleccionó una mochila de tamaño mediano de entre un montón—. Si fallas, este paracaídas es tu mejor amigo. Dale un tirón seco a la cuerda, e intentaremos situar una nave por debajo. La nave no puede descender mucho, pero, si tiras del cordón enseguida, tienes posibilidades de salvarte.

—Bueno es saberlo —replicó Cole, colocándose la mochila.

Jace le ayudó a ajustar las tiras sobre la chaqueta de ante.

—Jace te enseñará el oficio. Escúchale bien. Es un superviviente —dijo el capitán, que acto seguido se alejó y se puso a dar órdenes a un grupo de hombres.

—Algunos exploradores no usan el paracaídas —comentó Jace—. No quieren el peso suplementario, porque les hace ir más lentos.

—¿Tú lo usas?

—Siempre. El riesgo de caída es real.

—¿Cuántas misiones has realizado?

—La próxima será la número treinta.

—Ya te queda menos de la mitad.

Jace le dio un empujón.

—¿Es que quieres echarme el gafe? Nunca hay que hablar de las que te quedan. Solo de las que has hecho ya.

—Lo siento —dijo Cole, a contrapié—. No lo sabía.

—A ti te quedan cincuenta —dijo Jace—. Todas ellas. Ahora estamos en paz. Acepto tus disculpas. Parece que te están esperando.

Unos veinte hombres, entre ellos el capitán Post, formaban una hilera sobre la pasarela. El capitán le hizo señales a Cole para que subiera. Mientras recorría la pasarela, todos los hombres de la hilera le fueron dando la mano y las gracias por el servicio. Nadie sonreía ni hacía muecas. Lo decían en serio. Aquello le puso un nudo en el estómago a Cole. Aquellos hombres le estaban presentando sus respetos.

Cole fue el primero en subir, con Jace tras él. Le siguieron los otros hombres, que se colocaron en sus puestos. Jace llevó a Cole a un banco en la proa de la nave. Cole observó que estaba atornillado a la cubierta.

—¿Qué? ¿Cagado? —le preguntó Jace.

97

—Casi —dijo Cole—. Eso parecía un funeral.

—Es lo más parecido —respondió Jace—. Si no sales con vida, o dejan tu cuerpo en el castillo, este irá avanzando hasta perderse en la pared de nubes, o puede ser que tu cuerpo acabe cayendo al aire, que es una tumba sin fondo. Nunca hay ocasión de traer el cadáver a tierra.

—Qué divertido —dijo Cole, fingiendo un ánimo que no tenía.

—Te acostumbras —contestó Jace—. Si es que vives para contarlo.

—Desde luego, tú deberías dedicarte a dar charlas de motivación personal.

Jace se rio.

La nave se elevó y avanzó, no como un avión despegando, sino como un globo lleno de helio empujado por una suave brisa.

—Qué suave —observó Cole.

—La mayoría de las veces —confirmó Jace—. El timonel está ahí atrás.

Cole siguió con la vista la dirección que le indicaba con el dedo, hasta una plataforma elevada donde había un hombre cogido a una gran rueda de madera. De la plataforma salían un par de palancas altas, una a cada lado del timonel.

La *Domingo* se deslizó al exterior, quedando envuelta en la luz del sol naciente, y Cole se cubrió los ojos con la mano. El día era fresco y limpio, y la nave flotaba plácidamente. Cole pensó que era como viajar en dirigible.

—¿Podemos ir junto a la barandilla? —preguntó Cole.

—Claro —respondió Jace, y se pusieron en pie.

Cole se sentía algo inestable caminando sobre aquella cubierta que se movía, pero podía haber sido peor. Cuando puso las manos en la baranda, se sintió más seguro. Mirando de un lado al otro del horizonte, contó al menos treinta castillos, algunos a una altura mayor que otros, unos más grandes, todos ellos deslizándose de oeste a este.

—¿Qué tengo que hacer exactamente?

—Te bajarán en un bote —dijo Jace—. Descenderás por una escalera de mano. Normalmente, no ocurre gran cosa hasta que pones el pie en el recinto del castillo. A veces eso alerta a los semblantes y acuden a la carrera. Otras veces no pasa nada hasta que entras en una estructura, o provocas una respuesta diferente. A veces, el castillo está vacío y resulta presa fácil. Tu trabajo consiste en explorar, ver si hay algo que valga la pena coger y comprobar si hay amenazas.

—¿Y si me atacan?

—Corre para salvar el pellejo. Vuelve al bote. Intentarán ayudarte, pero no se jugarán la vida. Una vez que estés a salvo, comprobarán si vale la pena enfrentarse a esa amenaza. Los tipos del bote llevan armas. La nave principal cuenta con dos balistas. ¿Las ves?

Cole vio algo que parecía un arco gigante atravesado sobre la cubierta, cerca de la borda.

—Las montarán y las tendrán listas para usar antes de que bajes —dijo Jace— Habrá hombres cubriéndote. Todos queremos que tengas éxito. Y tienes tu espada saltarina.

—¿Tú has traído tu cuerda dorada?

—¿Te lo ha contado Mira? —Jace sacó una cuerda dorada de unos treinta centímetros de longitud. Observó el gesto de perplejidad de Cole—. Se vuelve más grande.

—Dice que hace de todo.

—Así es. Tuve suerte de encontrarla. Pero una es-

99

pada saltarina también tiene ventajas. Sé de tipos que han hecho las cincuenta misiones con una espada saltarina, y algunas de ellas eran complicadas.

—¿Con cuánta frecuencia se pone la cosa complicada?

—¿Aproximadamente? Supongo que en una de cada tres misiones no pasa nada. El resto son más entretenidas. Quizás una de cada ocho se convierta en una pesadilla. Pero eso no es un cálculo exacto. Depende de la suerte que tengas.

—Defíneme «entretenidas».

—¿Tengo cara de diccionario? Ya sabes, que al final tienes que correr un poco, pero que sabes que probablemente salgas con vida.

—¿Eso es solo «entretenido»?

—Sí, al menos comparado con los días peores.

—¿Qué tipo de cosas pueden pasar?

Jace se pasó una mano por el cabello.

—Yo he hecho esto muchas veces, y hay que estar listo para cualquier cosa. Una vez, un castillo entero explotó y se llevó por delante toda una nave. Eso fue antes de que yo empezara. No hubo supervivientes. Hubo gente que lo vio a través del telescopio, desde el propio Puerto Celeste. Los semblantes a veces pueden querer hablar. Algunos son amistosos o, por lo menos, razonables. En ocasiones te tratan como un invitado. Puede que se muestren cordiales, y luego intentarán apuñalarte por la espalda. Pueden ser monstruos, trampas, abejas, gas venenoso, arqueros, bolas de fuego…, cualquier cosa. Lo que menos te imagines.

A Cole no le tranquilizó mucho saber que podía morir de un millón de modos diferentes. Esperaba que Jace no notara lo fuerte que se agarraba a la barandilla. La nave seguía avanzando suavemente, pero adquirió la suficiente velocidad como para alborotarle el cabello.

—¿Tú sabes dónde vamos? —preguntó, buscando castillos con la mirada. El más cercano estaba hecho una ruina. El siguiente estaba hecho casi todo de troncos, lo que le daba el aspecto de un fuerte del Lejano Oeste.

—Ni siquiera el capitán lo sabe aún. Los vigías están buscando posibilidades. Los castillos en ruinas casi siempre están vacíos y no suelen tener nada bueno que llevarse. No iríamos a uno así a menos que fuera la única opción. Se han producido demasiadas experiencias negativas en castillos lóbregos y oscuros, así que los evitamos. Y lo mismo con los de metal. No es una ciencia exacta. Están buscando algo prometedor: que no parezca demasiado peligroso, que esté en un estado aceptable y quizá con algún indicio de riqueza.

—¿Qué pasa si alguien de las otras compañías de rescate quiere el mismo castillo?

—Lo primero que tienes que hacer es plantar una bandera y tomarlo en nombre de los Invasores del Cielo —dijo Jace—. Todos respetamos las declaraciones de posesión. Eso ahorra mucha violencia.

La nave se escoró para trazar una larga curva y luego se irguió de nuevo.

—Parece que tenemos un candidato —dijo Jace, mirando hacia delante—. ¿Ves el castillo al que nos dirigimos? Primero lo mirarán más de cerca, y si sigue dándoles buena impresión, enviarán un bote.

Mientras se acercaban, pasaron junto a un castillo que parecía estar hecho por completo de poliestireno y cinta aislante. Otro que no estaba tan cerca parecía una formación natural de piedra caliza naranja y amarilla más que una construcción. Otros más, en diferente estado de abandono, tenían un aspecto más tradicional. Uno flotaba boca abajo.

Antes de lo que le habría gustado a Cole, la nave trazó un amplio círculo alrededor de un castillo gris macizo, viejo pero sin daños. La alta muralla presentaba robustas torres a intervalos, y en el interior había un gran patio con algunas estructuras más pequeñas. El puente levadizo estaba levantado. Las torres más altas eran las de la estructura principal, que parecía construida más para intimidar que por motivos estéticos. En una esquina del patio, Cole observó que había una horca y una guillotina. Aquello lo estremeció. No había señales de vida en la muralla ni en las torres, pero en el patio se veían figuras moviéndose. Costaba ver los detalles, pero caminaban trazando una trayectoria determinada, entrecruzándose unas con otras. No había nadie sentado o sin hacer nada.

Después de que la *Domingo* diera dos vueltas al castillo, el capitán, con otros dos hombres, se acercó a Cole.

—Solo vemos mujeres moviéndose —dijo el capitán—. Siguen un patrón nada natural. Podrían ser autómatas, sin cerebro. O podrían ser peligrosas. Eso lo tienes que descubrir tú, Cole. Los hermanos Jed y Eli pilotarán el bote.

Los hermanos se parecían mucho entre sí, aunque Eli era algo más alto y tenía los hombros más anchos. Jed llevaba una ballesta y Eli un arco. Por su aspecto, tendrían treinta y tantos años.

—Te llevaremos hasta allí y te traeremos de vuelta —dijo Eli.

—A menos que no vuelvas —añadió Jace.

Jed esbozó una sonrisa triste.

—A menos que no volvamos. Venga —dijo, y llevaron a Cole a la popa de la nave, donde subieron a un bote con el nombre *Okie Dokie* grabado en un lado.

Jed se sentó cruzando las piernas en la parte trasera,

cerca de la caña del timón y de un par de palancas. Cole se situó junto a Eli.

—Recuerda gritar si usas la espada —le aconsejó Jace—. Si dices «adelante» demasiado flojo, quizá no responda. Es una medida de seguridad.

—De acuerdo —dijo Cole, con el corazón en un puño y las manos temblorosas.

—Muere con valentía —dijo Jace.

—Muere con valentía —repitieron a coro el capitán y otros hombres.

Cole miró a Eli, agitado.

—Da mala suerte desear buena suerte —le explicó Eli—. Por eso decimos «muere con valentía».

—Gracias —les dijo Cole a los hombres del puente, con un gesto de la mano.

Cuando el bote avanzó con una sacudida, Cole se agarró a la borda. Iba algo más rápido que la *Domingo* y también se tambaleaba bastante más.

—El bote es más divertido que la nave —dijo Jed, con una carcajada.

Cole observó mientras Jed maniobraba los controles. La caña del timón servía para girar a un lado o a otro. Una palanca hundía la proa o la levantaba, y la otra controlaba la velocidad. Cole sentía los escalofríos de una atracción de feria con cada movimiento que hacía Jed.

—Te dejaremos en medio del patio —dijo Eli—. Solo tienes que bajar por la escala. Si al poner el pie en el suelo sale algún monstruo de su madriguera, vuelve a subirte a la escala y saldremos pitando. Si no, nos quedaremos flotando por encima, mirando por si aparecen peligros, listos para bajar a buscarte si nos necesitas. ¿Entendido?

Cole observó las murallas del castillo que se acercaban. Tenía la boca seca.

—Sí.

—Nunca sabes —dijo Eli—. Puede que no haya ningún peligro.

—El castillo está en buen estado —observó Jed.

—Sí —convino Eli—. Y es grande. Y se ven semblantes.

—Siempre cabe esperar lo mejor —señaló Jed, encogiéndose de hombros.

Mientras el bote superaba la muralla exterior, Eli se asomó.

—Esto está muy animado.

En los bordes del patio no paraban de abrirse y cerrarse puertas por las que entraban y salían mujeres ancianas, con sencillos vestidos y chales, que cruzaban el patio.

El bote redujo la marcha y se quedó flotando.

Decenas de mujeres se movían arriba y abajo. Ninguna era lo suficientemente joven como para decir que era de mediana edad, pero tampoco presentaba los achaques de la vejez. Algunas iban con las manos vacías; otras llevaban cubos o escobas. No hablaban entre ellas ni se miraban. Su expresión era neutra.

—¿Qué te parece? —preguntó Jed.

—Observémoslas un poco —respondió Eli.

Aunque no paraban ni un momento, el número de mujeres en el patio se mantenía estable en unas tres docenas. Ninguna de ellas levantó la vista hacia el bote.

—¿A ti qué te parece, Cole?

—Me parece escalofriante.

—Eso te lo concedo —dijo Eli—. Vamos a ver si esto las despierta —añadió, y lanzó una escalera de cuerda por la borda. Se desenrolló, y el extremo quedó a medio metro del suelo del patio.

Las mujeres no reaccionaron.

—No parecen estar alerta —dijo Eli—. Podría significar que por aquí no hay ningún depredador, porque serían presas fáciles.

—O quizá sean ellas las depredadoras —advirtió Jed—. Nunca se sabe.

—Solo hay un modo de saberlo —dijo Eli, dándole una palmada en el hombro a Cole—. ¿Estás listo?

Cole no estaba en absoluto listo. El corazón le latía con fuerza y tenía la piel de gallina. Asintió haciendo un esfuerzo, sacó una pierna por la borda y empezó a descender por la endeble escala.

Capítulo 9

Explorador

La escala oscilaba y se balanceaba mientras Cole descendía, peldaño a peldaño. Tenía que sostener también la bandera, lo que dificultaba su avance. A unos peldaños del fondo hizo una pausa para estudiar a las mujeres. Aunque no eran idénticas, se parecían unas a otras: piel cetrina, gesto neutro, rostro arrugado, huesudas, de altura media, el cabello recogido en un moño, vestidos raídos, chales oscuros.

No veía diferencia entre ellas y un grupo de mujeres normal, salvo por su aspecto ausente. Ninguna le miraba. Ninguna se detenía. Ninguna sonreía. Todas las mujeres caminaban agitadamente, sin hablarse.

Cole bajó hasta el último peldaño. Le habían advertido más de una vez que el peligro solía aparecer al llegar al castillo. ¿Y si fuera así? ¿Y si no regresaba? Nadie sabría nunca lo que le había pasado: ni sus padres ni sus amigos. Se preguntó si Jenna y Dalton creían aún que iría a buscarlos. Se preguntó si le perdonarían en caso de que no apareciera nunca. No sabía dónde estaban, pero esperaba que no fuera en misiones peligrosas, usados como cebo para los monstruos.

Cole respiró hondo y comprobó la posición de su espada. Con una mano aún en la escalera, saltó y puso los pies sobre las losas del patio. Todas las mujeres se detuvieron al instante. Con una sincronización escalofriante, se giraron y le miraron.

Un escalofrío le recorrió los hombros y la espalda. Paralizado por un terror surrealista, se giró a mirarlas.

El tiempo se alargaba en un momento eterno en el que deseó subirse a la escalera a toda prisa. Pero algo en su interior le decía que, en cuanto se moviera, se echarían sobre él. Contuvo la respiración.

Una mujer se le acercó rápidamente; sus pasos resonaron en el patio en silencio. Caminaba nerviosa, mirando por encima del hombro una y otra vez. Las otras se quedaron inmóviles, con gesto solemne y la vista fija en Cole. La mujer que se le acercaba se quitó el chal. Cuando llegó a su altura, se lo colocó a Cole alrededor de los hombros y se lo anudó bajo el cuello, ajustándolo con un broche que se cerró con un chasquido.

Como en respuesta a una señal invisible, las otras mujeres se giraron y siguieron con lo suyo. Un momento antes, Cole era el centro de atención; ahora le habían olvidado por completo.

Recordó la bandera que llevaba en la mano y la plantó en el suelo. Quedó recta, a pesar de carecer de base.

La mujer sin chal le tendió una mano a Cole.

—Por aquí —dijo—. No tenemos mucho tiempo.

—¿Por qué?

—Aquí no —respondió ella, escrutando el lugar con ojos nerviosos—. Dentro.

Su estado de agitación resultaba convincente. Se suponía que no era un ser vivo, pero su aspecto y su conducta no tenían nada de falso, sobre todo por los detalles: el enrojecimiento de las comisuras de los ojos, el leve brillo de sudor en la frente, la piel flácida en el cuello, las manchas en el dorso de las manos o las puntas de las uñas descuidadas.

Cole le dio la mano y dejó que se lo llevara lejos de la escalera. Ella le puso el otro brazo alrededor de los hombros en señal de protección. Las otras mujeres pasaban a su lado, concentradas en lo suyo, sin mostrar el mínimo interés en lo que ocurría a su alrededor. Pero no podía ser que no se dieran cuenta. El tráfico se había detenido por completo cuando había bajado de la escalera.

La mujer caminaba a paso ligero y con la cabeza gacha. No parecía que quisiera hacerle ningún daño. En todo caso, parecía más bien que intentaba ayudarle. Pero se mantuvo en guardia, por si se le echaba encima de pronto.

Cole observó unos fósiles incrustados en las losas del suelo, sobre todo hojas, insectos y peces. Al acercarse al castillo, vio otros fósiles similares incrustados en la pared.

La mujer lo llevó a una puerta secundaria que entraba en el castillo. Embocaron un pasillo y pasaron junto a otra mujer que salía.

—¿Cómo te llamas? —le preguntó Cole en voz baja.

—Aún no —dijo ella, apretándole la mano.

Siguieron avanzando por el pasillo y luego atravesaron una puerta que daba a un almacén. Allí le soltó la mano y cerró la puerta tras ellos.

—Merva.

—Yo soy Cole. ¿Qué pasa aquí?

—No tenemos tiempo. Me está esperando. No podemos alterar la rutina. Hay que limpiarlo. Tienes que venir.

—¿Quién o qué te está esperando? ¿Venir adónde?

Ella le volvió a coger la mano.

—Tú no te separes. Muévete como me muevo yo. No digas nada.

Él opuso resistencia:

—Espera. Tienes que decirme qué pasa aquí.

—No hay tiempo —respondió ella, apretándole la mano y con un gesto agónico en el rostro—. ¡Nos matará a todos!

Cole dejó que le sacara de la habitación. Ella aceleró el paso, adoptando un trote rápido. Pasaron junto a unas cuantas mujeres más, todas con vestido y chal.

Todo aquello estaba pasando demasiado rápido. Cole no tenía ni idea de dónde iban o qué iban a encontrarse. Había perdido completamente el control de la situación. De la desesperación de Merva en el almacén no quedaba ni rastro, pero aquel momento de pánico le había puesto nerviosísimo. Al menos nada les había atacado aún. Quizá Merva supiera lo que se hacía.

Intentó echar un vistazo en busca de algo valioso. Las salas estaban casi desnudas. Los pocos muebles que se veían parecían sencillos.

Bajaron por una escalera de caracol en penumbra. En dirección contraria subían otras mujeres que pasaban a su lado sin mirarlos siquiera.

La escalera desembocaba en una sala larga y cavernosa que recordaba una estación de metro. Una única criatura llenaba la cámara, una criatura terrorífica a medio camino entre un ciempiés y un escorpión. El monstruo tenía una coraza negra brillante y era del tamaño de un tren. Tenía cinco pares de pinzas, cada una del tamaño de una furgoneta. Cientos de patas soportaban el cuerpo, largo y segmentado. Una cola descomunal apuntaba hacia el techo, con un aguijón de aspecto siniestro en la punta.

Unas gruesas cadenas ancladas a unas anillas en el

suelo, envolvían cada uno de los segmentos de su cuerpo. Las mujeres no paraban de moverse por todas partes, limpiando a la criatura con trapos, mochos, escobas, rasquetas y esponjas.

Las enormes dimensiones del monstruo dejaron a Cole anonadado. En comparación, las ajetreadas mujeres parecían insectos. No era de extrañar que a Merva le preocupara no enfurecerlo.

Cole se dio cuenta de que aquello le superaba por completo. Probablemente, lo mejor que podía hacer para sobrevivir sería seguir las instrucciones de Merva. Daba la impresión de estar convencida de conocer alguna forma para mantener tranquilo al monstruo. Tras una breve vacilación al ver por primera vez al colosal escorpipiés, se mantuvo a su lado, imitando cuidadosamente su postura y caminando a su paso. Merva ya no corría. Cole intentó respirar con calma.

La mujer le llevó a una pared, de donde sacó una gran palanca de hierro. Cole quiso coger también una, pero ella le indicó que no con un gesto, señalando la suya. Aparentemente quería que la compartieran.

Merva caminó junto al enorme cuerpo del escorpipiés. Cada segmento tenía varios pasos de largo y una altura tres veces más grande que la de Cole. Merva se detuvo donde la coraza de un segmento se superponía a la siguiente, y empezó a limpiar con la punta el espacio intermedio. Con una mirada, Merva le indicó que la ayudara. Cole apoyó las manos en la palanca y la ayudó a sacar material de la reluciente superficie de la coraza.

Una onda recorrió el cuerpo del escorpipiés, haciendo que algunas de las cadenas chirriaran. Abrió y cerró las pinzas más cercanas unas cuantas veces, haciendo que algunas de las mujeres se apartaran por un momento.

Merva introdujo algo más la palanca entre los segmentos y rascó con más fuerza. Cole la ayudó a empujar, hacer palanca y tirar. El escorpipiés se estremeció. Cole sintió la vibración, que hacía temblar la palanca. Luego se oyó un espeluznante rugido que era agudo y grave a la vez. El penetrante ruido retumbaba en los huesos y en los dientes. Al suelo cayeron cepillos, garfios, palancas, palos, mochos y escobas. Todas las mujeres se giraron al mismo tiempo en dirección a Merva.

Merva, pálida de pronto, apartó las manos de Cole de la palanca.

—Lo sabe —murmuró.

Merva miró al chal que le había puesto a él y luego a las demás mujeres. De pronto, Cole cayó en la cuenta de que Merva llamaba la atención porque no llevaba chal. Con gesto neutro y voz monótona, le dijo:

—Sabe que he intentado ocultarte. Puedes intentar salir corriendo.

En el momento en que el chico dio el primer paso para alejarse del escorpipiés, la criatura se levantó, reventando las gruesas cadenas como hilillos y revolviéndose violentamente. Más de una mujer salió volando, pero las otras no huyeron. Se quedaron inmóviles, mirando a Merva.

Echando la mirada atrás, Cole vio la cola de la bestia que caía con fuerza, atravesando a Merva con el aguijón. Se paró de golpe a mirar. El monstruo retiró el aguijón y atravesó a otra mujer con una precisión implacable. Merva se quedó de pie por un momento, con la mirada perdida, y luego cayó al suelo.

Cole estaba horrorizado, pero no podía hacer nada para ayudarla. Si no escapaba enseguida, el próximo sería él. El cuerpo segmentado de la bestia seguía agitándose y retorciéndose, atrapando a más mujeres con sus enormes pinzas. Ellas no gritaban ni intentaban escapar. Cole fijó la vista en la escalera y sacó la espada. El suelo temblaba con los movimientos del escorpipiés. Las paredes del castillo gemían. Todo aquello podía venirse abajo en cualquier momento, si el aguijón no lo atravesaba antes. Apuntando con la espada hacia la base de la escalera, Cole gritó:

—¡Adelante!

La espada le arrancó del suelo. Él se agarró con fuerza y salió disparado hacia delante, sin separarse en ningún momento más de un metro del suelo. Al acercarse a su destino, Cole reparó en que iba a estamparse contra los escalones de piedra. Pero la espada deceleró lo suficiente en el último momento, de modo que, en lugar de impactar con una fuerza demoledora, aterrizó casi de pie, trastabillando y cayendo sobre los escalones, en lugar de chocar de frente y morir aplastado. El escorpipiés hizo otro ruido a medio camino entre un rugido y un chillido espeluznante. Aterrorizado, Cole se puso en pie y subió las escaleras a la carrera. Se había hecho daño en una mano intentando agarrarse y se había golpeado un hombro y una rodilla, pero no había tiempo para analizar los daños. La escalera parecía alargarse más hacia arriba que hacia abajo. Sentía los muslos agotados. La escalera retumbó y luego crujió. Se oía el ruido de las piedras al caer. Se planteó usar la espada para subir más rápido, pero, como la escalera era de caracol, no podía apuntar muy lejos, y no le parecía que valiera la pena arriesgarse a caer por ir avanzando a saltitos cortos. Cole intentó recordar el camino al patio a partir de las escaleras. Los pasillos en penumbra le parecían todos iguales, y muy pronto tuvo que admitir que se había perdido. Seguía huyendo a toda velocidad, con la esperanza de no estar corriendo en círculos. El castillo seguía temblando en respuesta a los pavorosos rugidos procedentes del sótano.

Por fin Cole vio una puerta que prometía al final de un pasillo. No era la puerta por la que había entrado, pero daba al patio. El bote de salvamento flotaba en el aire, en el otro extremo, con la escalera aún colgando.

—¡Tengo que salir de aquí! —gritó Cole, sin dejar de correr. El bote salvavidas se ladeó y se acercó hacia él.

Se planteó usar la espada, pero habría tenido que cruzar todo el patio de un salto. No estaba seguro de que la espada le llevara tan lejos, y tampoco tenía claro que fuera capaz de agarrarse a la escalera si lo conseguía. Así que sostuvo la espada saltarina con fuerza y corrió con toda la rapidez que pudo.

El bote se acercaba, pero, de pronto, el enorme escorpipiés surgió entre ambos reventando el suelo, estirando su brillante cuerpo negro como la mata de habas del cuento, y agitando varios pares de pinzas en dirección al pequeño bote volador. Del agujero, como si fueran confeti, salieron disparados grandes bloques de piedra que caían en todas direcciones, estrellándose contra todo. Cole esquivó uno enorme; justo en aquel instante, el suelo tembló y le hizo caer de rodillas. Por un momento, la masa del monstruo le tapó por completo la visión del bote. En el aire flotaba una nube de polvo y suciedad. Un rugido penetrante le hizo temblar los tímpanos y, cuando volvió a ver el bote, este ya se escoraba y se alejaba del castillo, del otro lado del muro, muy lejos de su alcance.

Había perdido la ocasión de huir. Se sintió perdido. Su destino estaba sellado. El colosal escorpipiés giró sobre sí mismo y luego empezó a curvar el cuerpo en dirección a Cole. Unas mandíbulas relativamente pequeñas se abrían y se cerraban con leves chasquidos, ansiosas ante la nueva presa. El cuerpo seguía saliendo por el agujero abierto.

Lo último en salir sería la cola… y el terrible aguijón. Desde lo alto, cayó una flecha del tamaño de una jabalina. Impactó contra el reluciente caparazón y rebotó sin más. El ataque no le hizo ningún daño, pero el escorpipiés retrocedió en aquella dirección para ver qué era. La flecha descomunal debía de proceder de la balista de la cubierta de la *Domingo*. ¡Aún intentaban ayudarle! Cole se puso en pie como pudo. Quizás el bote salvavidas volviera a por él. Tenía que ganar tiempo. No podrían salvarle si permitía que la horrible bestia de cincuenta toneladas le hiciera papilla. Su única esperanza era la espada saltarina. Escrutó el patio y vio los balcones que sobresalían de un par de las torres más altas del castillo. Con otro chillido escalofriante, el escorpipiés volvió a girarse en su dirección. Cole apuntó con la espada hacia unos arbustos en la base de una de las torres y gritó:

—¡Adelante!

Estaba intentando saltar una distancia aún mayor que antes. Con el tirón de la espada, la aceleración le dejó sin aire. Voló a una velocidad que supondría la muerte al impactar contra el suelo, pero una vez más la espada deceleró un poco al final. Tocó el suelo con los pies y un instante después la inercia lo lanzó al interior de un matorral.

Cuando acabó de rodar, comprobó que no estaba herido. Salió de entre el follaje, que crujía bajo sus pies. Se levantó a tiempo de ver cómo salía la cola del escorpipiés del agujero, elevando el aguijón, listo para atacar. El monstruo avanzó hacia su posición.

Cole apuntó con la espada hacia el balcón que había

muy por encima. Si no conseguía llegar tan alto, la caída le mataría, sin duda.

—¡Adelante!

Hasta aquel momento, solo había saltado hacia delante. Esta vez se sintió como un superhéroe alzando el vuelo. El aire le soplaba contra el rostro mientras se elevaba como un cohete. Observó que, de algún modo, la espada ejercía una tracción sobre todo su cuerpo. Si hubiera tenido que confiar únicamente en su fuerza de agarre para mantenerse unido a un objeto que aceleraba tan rápidamente, nunca lo habría conseguido.

Cole llegó al balcón en lo más alto de su salto, lo que le permitió aterrizar con suavidad. Después de haber caído rodando por el suelo en los saltos anteriores, aterrizar con suavidad fue un alivio.

La cola del bicho y el aguijón se elevaron por encima del balcón y luego cayeron con fuerza, abriendo un agujero en la pared a apenas un par de metros. Cole cayó al suelo, cubierto por esquirlas de piedra que salían despedidas. El aguijón volvió atrás y cayó de nuevo sobre la base del balcón, sin llegar a alcanzarle por unos centímetros. El balcón se tambaleó y empezó a crujir. El escorpipiés estaba atacando a ciegas, pero daba la impresión de que, de seguir así, los resultados no se harían esperar.

Cole se puso en pie y apuntó hacia la torre vecina. Dando un salto, gritó:

—¡Adelante!

Volvió a sentirse como en una montaña rusa, mientras atravesaba el espacio entre ambos balcones y caía, aterrizando de nuevo en lo más alto de su trayectoria de vuelo.

El escorpipiés soltó otro rugido-chillido y agitó el aguijón por debajo del balcón. Allí no llegaba. Cole escrutó el horizonte en busca del bote salvavidas, pero no lo vio. El escorpipiés se puso a trepar por la pared de la torre.

Cole apuntó con la espada hacia un balcón aún más alto, dijo la palabra mágica y volvió a saltar. De nuevo, cayó suavemente. Miró abajo y vio que el escorpipiés trepaba a gran velocidad.

No había tiempo para establecer estrategias, pero, de pronto, se le ocurrió un plan. Cuando llegara a lo más alto, con un poco de suerte el bote salvavidas estaría a su alcance. Daría un último salto en dirección a sus rescatadores o quedaría atrapado, sin escapatoria posible.

Si saltaba a la otra torre en su próximo salto, volvería a encontrarse en el lugar por el que estaba trepando el escorpipiés. Pero también era la torre que más cerca estaba del muro externo del castillo. Eso le daría ocasión a Jed de acercar el bote lo máximo posible, limitando los riesgos al mínimo.

Extendiendo la espada, Cole saltó hacia la azotea de la otra torre, donde aterrizó flexionando las piernas. Una serie de almenas rodeaban el tejado como unos dientes romos. Cole miró en todas direcciones, desesperado. La *Domingo* flotaba por encima y, a lo lejos, flotaban otros castillos.

Cuando vio el bote salvavidas, el estómago se le encogió.

Estaba dando media vuelta para acercarse, pero estaba demasiado lejos y muy por debajo. Seguramente no le habían visto trepar hasta el último momento. Cole decidió que podía ganar algo de tiempo volviendo a saltar al tejado de la torre vecina antes de que llegara el escorpipiés. Pero, al levantar la espada, la cola apareció frente a él.

Cole vaciló. Si saltaba, ahora que el escorpipiés trepaba por la torre, quedaría al descubierto. La cola lo atravesaría. La cabeza del escorpipiés asomó por encima de las almenas, haciéndolas crujir mientras se lanzaba en su dirección. La torre tembló mientras el escorpipiés trepaba a lo más alto. El bote salvavidas no podría acercarse lo suficiente. No tenía tiempo.

Pero si esperaba, estaba muerto.

Cole corrió en dirección contraria, levantó la espada en diagonal, hacia el otro extremo del castillo y gritó «¡Adelante!», saltando con todas sus fuerzas. Despegó, en el mayor salto de todos, poniendo a prueba los límites de la espada. Oyó que la cola de la bestia golpeaba contra la piedra a sus espaldas. El escorpipiés lanzó un grito furioso.

Aún en trayectoria ascendente, Cole vio el castillo bajo sus pies. La parábola que trazaba lo llevaba más allá del borde de la nube sobre la que se apoyaba el castillo. Al perder la inercia y empezar a caer, lo único que vio fue una extensión interminable de cielo que por abajo adquiría tonos morados y se sumía en un abismo sin fin.

El chal ondeaba por encima de su cabeza. Apenas se sostenía con el broche que llevaba al cuello. Tras un momento de pánico, agitando las manos desesperadamente, Cole encontró por fin la cuerda del paracaídas. Cuando consiguió darle un tirón, estaba cayendo ya casi en picado. El paracaídas se abrió por encima, interrumpiendo su caída con un tirón seco.

Al reducirse la velocidad, el chal le cayó sobre la cabeza. Se lo quitó, se lo metió bajo un brazo y lo agarró con el codo. El corazón aún le latía a toda velocidad. Bajo sus pies se extendía un vacío tan infinito que se estremeció.

Por encima de su cabeza, el escorpipiés soltó otro rugido-chillido que resonó pese a la distancia.

—¡Ya te tenemos! —anunció una voz desde debajo, hacia un lado.

El bote salvavidas apareció por debajo, bajando a la misma velocidad que él para que el aterrizaje fuera suave. Eli le agarró, le hizo sentarse y tiró del paracaídas, recogiéndolo y empaquetándolo con gran habilidad.

Cole se quedó sentado, incapaz de hablar, mientras el *Okie Dokie* recuperaba altura. Esperaba que pudieran recogerle antes de bajar a una cota demasiado baja para el bote. Y lo habían hecho. Lo habían conseguido.

No podía creer que estuviera vivo. Había visto la muerte tan de cerca que tenía la impresión de estar únicamente posponiendo lo inevitable. Pero ahora estaba a salvo.

Eli y Jed no dijeron nada, y él tampoco. Subieron hasta llegar al *Domingo*, planearon por encima de la nave y aterrizaron en la cubierta trasera.

—Menuda actuación —dijo el capitán Post, saliendo a su encuentro mientras Cole bajaba del bote.

El chico intentó esbozar una sonrisa.

—Pensaba que me daríais por muerto.

Jace se le acercó y le dio un gran abrazo.

—Eres, oficialmente, mi mejor amigo.

—Este era de los malos, ¿no? —preguntó Cole, esperando que así fuera.

—Terrible —le confirmó Jace—. No deberías haber sobrevivido.

—Pues uno menos —respondió Cole, con voz temblorosa.

—*Bueeenooo* —respondió Jace, alargando las sílabas—. Para que contara tendrías que haber traído algo.

Cole se quedó pensando y luego chasqueó la lengua.

—Ni siquiera he tenido tiempo de pensar en eso.

—¿Y qué llevas ahí? —le preguntó el capitán.

—Tiene que ser algo de valor —apuntó Jace, vacilante—. Algo que cogiéramos a propósito.

El capitán le cogió el chal, lo sacudió y se lo quedó mirando.

—Es menos de lo que aceptamos normalmente. Pero ha sido una primera salida brutal. —Se quedó mirando el chal más de cerca—. Está en buen estado. Y puede que tenga propiedades útiles: los otros semblantes ni te miraron cuando te lo pusiste. En cualquier caso, conozco a una mujer que nos lo puede agradecer. Desde luego, el esfuerzo realizado para obtener este premio es más que excesivo, pero contaremos la misión como válida.

Cole resopló, aliviado.

—Buen trabajo, novato —dijo Jace, con una sonrisa burlona—. ¡Ya solo te quedan cuarenta y nueve!

Capítulo 10

Noche estrellada

Una estrella fugaz cruzó el cielo en diagonal, como una ardiente brasa de un blanco dorado con una larga cola. El meteoro emitía tanta luz que creaba sombras, y Cole tuvo que entrecerrar los ojos, pero desapareció antes de llegar al horizonte.

Cole tardó un rato en adaptar de nuevo los ojos a la oscuridad para poder seguir disfrutando del cielo. Algunas de aquellas estrellas brillaban más que ninguna de las que había visto en Arizona. También había más variedad de colores, especialmente en tonos rojos y azules. Distinguía las pequeñas espirales difuminadas de galaxias lejanas, y manchas difusas de luz que debían ser nebulosas o densas concentraciones de estrellas lejanas.

Lo más raro de todo era la luna. No era como la de casa. Era más pequeña, menos luminosa, más azul y más traslúcida, casi como una bola de hielo luminosa. Se preguntaba cómo podía ser que no se hubiera dado cuenta antes de la diferencia.

—No deberías salir de noche sin un buen motivo —dijo una voz a sus espaldas.

Cole se volvió y se encontró con Mira, que cruzaba el porche trasero en su dirección.

—No estoy lejos de la puerta. Y hay un muro que rodea todo esto.

—Incluso el bazar puede ser peligroso cuando se pone el sol.

—Necesitaba estar solo un rato.

—Hay sitios en las cuevas —dijo ella.

—Pero sin estrellas —respondió él.

Mira se quedó allí de pie, muy cerca, sobre los escalones del porche.

—Es cierto —dijo, mirando el oscuro bazar.

Cole había salido con la idea de estar solo, pero ahora agradecía la compañía. No había hablado con Mira desde la noche anterior, cuando le había dado el equipo.

—Acabo de ver una estrella fugaz —dijo Cole—. Muy brillante.

—Aquí el cielo es muy bonito —constató Mira, con voz melancólica.

—Es diferente al de la Tierra.

—La gente de fuera siempre lo dice. Al menos los más observadores.

—La luna es muy diferente.

—Esa no es nuestra luna más habitual —dijo ella, con una leve sonrisa—. Es Naori, la Luna Temblorosa. Solo aparece de vez en cuando.

—Ya me parecía —dijo Cole—. Creo que una de vuestras lunas más habituales se parece más a la nuestra.

—La luz puede atravesar Naori en parte, así que siempre está llena. En Necronum es todo un acontecimiento.

—¿Cuántas lunas diferentes tenéis?

—Por lo menos, unas veinte —dijo Mira.

—¿Alguna vez salen todas a la vez?

—Yo nunca he visto más de cinco a la vez. A veces no hay ninguna.

Cole se quedó mirando el cielo lleno de luces.

—Desde luego, vuestro calendario debe de ser complicado.

—En realidad, no hay ningún calendario de referencia —dijo ella—. Las lunas y las estrellas no siguen un patrón muy fiable. Nunca sabes qué te vas a encontrar en el cielo. Los años tienen unos trescientos cincuenta días, pero las estaciones son variables. El verano puede durar cien días, el otoño a lo mejor doce, el invierno cuarenta, la primavera doscientos, luego el verano otros veinte, y así, sin ningún tipo de patrón. Los días tampoco son fiables. Medimos las horas, pero solo para saber cuántas han pasado desde el amanecer. La primera hora, la segunda, etcétera. Luego las contamos de nuevo a partir del ocaso. La mayoría de los días tienen unas doce horas, seguidas de otras doce de noche. Pero pueden acortarse sin previo aviso y quedarse en cuatro horas, o alargarse hasta las treinta, aunque los extremos no son muy comunes.

—Vaya —exclamó Cole—. ¿Y tenéis más de un sol?

—Casi siempre tenemos uno. Suele salir por el este y ponerse por el oeste. A veces tenemos días crepusculares, cuando el sol parece estar saliendo en todas direcciones, pero no acaba de salir.

—Ya he visto uno de esos.

—Es verdad. Tuvimos uno no hace demasiado.

Cole se quedó mirando el bazar, atestado de formas y sombras extrañas, de todos los tamaños. Entre los objetos que podía distinguir había estatuas, árboles en macetas, jaulas, cestas de mimbre, muebles de jardín, cadenas, un enorme poste de barbero, una

vieja máquina de discos, una canoa, una antigua bicicleta con una rueda delantera enorme, y toda una serie de barracas, grandes y pequeñas, donde probablemente guardaban tesoros más frágiles. El patio estaba
en silencio y la noche era fría. La puerta que daba al
puerto estaba a solo unos pasos. Costaba creer que
hubiera algún peligro.

—No deberías quedarte aquí solo —dijo Mira—.
Todo el mundo habla de tu huida del ciempiés. Deberías ir a disfrutar de tu éxito.

—Escorpipiés —le corrigió Cole—. Al menos así le
llamaría yo. En parte era escorpión.

—Lo que sea. Deberías ir a disfrutar de los elogios.
Estos tipos han visto de todo. No se impresionan fácilmente, sobre todo cuando se trata de una primera salida.

—Debería estar muerto —dijo el chico, con un
nudo en la garganta—. Esa señora... me protegió. El
escorpipiés... —No pudo seguir hablando sin emocio-
narse, así que paró.

—¿Uno de los semblantes? —preguntó Mira.

Cole no sabía si le fallaría la voz, por lo que se limitó a asentir. Mira se puso en cuclillas a su lado y le
apoyó una mano en el hombro.

—Eres un encanto, pero no puedes dejar que eso te
afecte. No era de verdad. Ninguna lo era. No eran más
que monigotes. Peligrosos, reales, pero monigotes.

—Me dio su chal para intentar ocultarme. Parecía
muy real, Mira. Absolutamente real.

—Algunos lo parecen. Es una ilusión. Son tempora-
les. Si te la hubieras traído aquí, se habría descom-
puesto, convirtiéndose en polvo. Solo algunos de los
más sencillos tienen alguna posibilidad de sobrevivir
fuera de los castillos. Esa señora no ha muerto. No es-

123

taba viva. Además, estaba destinada a desaparecer en la nada dentro de un par de días, cuando el castillo desaparezca en la pared de nubes.

Cole se quedó mirando las manos. El sentido de culpa le había reconcomido todo el día, pero las palabras de Mira le ayudaban.

—Una misión menos.

—Al menos la otra ha dado más fruto.

Cole sonrió ante el juego de palabras. Uno de sus compañeros en el dormitorio, un chico llamado Twitch, había salido de expedición en otra nave de los Invasores del Cielo, la *Borrower*. Habían encontrado lo que parecía un poblado de enormes glorietas de madera. Las estructuras de madera eran frágiles y estaban muy ornamentadas, pero lo que más le interesaba a la tripulación eran sus enormes jardines, especialmente los árboles frutales. A petición de la *Borrower*, la *Domingo* se había unido a la recogida de la cosecha.

Los únicos obstáculos que habían encontrado eran unas cuantas hierbas carnívoras gigantes. Como las hierbas estaban fijas al suelo, no resultaba difícil evitarlas una vez identificadas. Ambas naves se habían pasado el día descargando frutas de todo tipo. Algunas eran conocidas —naranjas, limones, plátanos, ciruelas, albaricoques, manzanas, peras y kiwis—, pero había otras variedades que parecían foráneas, unas protegidas por unos zarcillos espinosos, otras que crecían en racimos como las uvas pero que tenían una corteza gruesa, y otras que había que arrancar del tronco del árbol como quien extirpa un tumor.

—Hemos traído un montón de comida —constató Cole.

—Aquí nunca pasamos hambre. Parte de la comida procede de los castillos, pero los mercaderes también se desvían de sus rutas para traernos mercancías. Saben que siempre podemos pagar con dinero o con algún intercambio.

—Esto no tiene pinta de ser peligroso —dijo, mirando alrededor. Mira se encogió de hombros.

—Es más seguro en el interior de los muros del bazar que a campo abierto. Pero el hecho de que no mueras esta noche no quiere decir que no vayas a sufrir una emboscada mañana. Por las noches suben cosas malas por el despeñadero. Cerramos las cuevas con mucho cuidado. Tenemos algunos trucos para mantener a los acechadores nocturnos alejados de Puerto Celeste. Pero la cosa puede ponerse muy peligrosa. Mucha gente ha desaparecido porque se ha aventurado por el Despeñadero de noche —dijo.

Cole se sintió menos cómodo. De pronto, algunas zonas de sombras le parecieron más sospechosas. ¿No se había movido ligeramente una de las esculturas?

—Quizá debiéramos entrar —propuso Cole, poniéndose de pie.

—Ve tu primero —dijo Mira, adentrándose en el patio y echando la cabeza atrás para contemplar el cielo—. Yo necesito un minuto para relajarme después de… —Calló de pronto y, por un instante, Cole vio una mirada de terror en sus ojos.

—¿Estás bien? —preguntó, buscando a su alrededor algún indicio de peligro. Lo único que veía eran estrellas. ¿Qué estaba pasando por alto?

—Estoy bien —respondió Mira, con una sonrisa incómoda—. Es que… Me he acordado de que tenía que hacer una cosa. Algo importante. Entraré contigo.

—¿Estás segura? Por un segundo, ha parecido como si hubieras visto un fantasma.

Ella esbozó una sonrisa no muy convencida.

—Es la vida en esclavitud. Hay una tarea que se me ha olvidado hacer; si no la hago, podría meterme en problemas.

—¿Quieres que te ayude?

Ella entró por una puerta del pasillo y él la siguió. Mira cerró la robusta puerta y pasó tres pestillos.

—Tengo que hacerlo sola. Pero gracias igualmente. Has tenido un día muy movido. Ve a descansar.

Cole se la quedó mirando mientras se alejaba. Tenía la fuerte sospecha de que no estaba siendo completamente sincera con él. Al levantar la vista había visto algo que la había asustado, y había intentado disimular su reacción. ¿Sería alguna criatura alada? ¿Acaso volarían los acechadores nocturnos? ¿Habría visto alguna amenaza en el tejado?

Volvió a girarse hacia la puerta. Podía asomarse y ver si había entrado algo en el patio. No, si algún monstruo la había asustado tanto, no sería él quien corriera el riesgo.

Pero ¿por qué querría esconder Mira algo así? Si hubiera visto algún monstruo echándoseles encima, ¿no le habría agarrado y le habría arrastrado hacia el interior? ¿Por qué tanto misterio? ¿Por qué inventarse una excusa?

A lo mejor su excusa era de verdad. Supuso que una tarea importante pendiente podría explicar su reacción. Quizá se había acordado al ver el cielo. O tal vez había sido una coincidencia.

Cole se dirigió a su dormitorio evitando el jaleo de la zona común. Ya había cenado, así que decidió que seguiría el consejo de Mira y se iría a dormir.

La estrecha habitación tenía el techo alto y un par de literas a cada lado. Cole se encontró a Twitch sentado en una de las de abajo. Levantó la cabeza de golpe, como si Cole le hubiera asustado, mostrándole suss ojos azules y redondos. El chico, bajito y flaco, tenía una cara muy infantil. No podía tener más de diez años.

—No sabía que estabas aquí —dijo Cole. No había hablado mucho con él, aparte de la breve introducción de la última noche.

Twitch se lamió los labios.

—Toda esa gente a la vez puede ser… demasiado. ¿Necesitas la habitación?

—No quería hacer nada especial. Solo estaba algo cansado —respondió. A Cole le habían asignado la litera encima de la de Twitch, frente a la de Slider.

—Espera, que bajo la intensidad de la lámpara. —El chico bajó de la cama de un salto y se acercó a la lámpara de aceite.

—Has hecho un buen trabajo, encontrando toda esa fruta.

Twitch chasqueó la lengua sin mucha convicción.

—Eso no es mérito mío. Los vigías la localizaron. Lo que sí es mérito mío es que casi se me come una planta. Me libré por poco.

La luz de la lámpara se volvió más tenue.

—Pues menudo miedo, esas plantas, ¿no?

—Cuando aprendimos a reconocerlas ya no, bastaba mantenerse alejado.

—Pero tuviste que descubrirlo por las malas. —Cole abrió el arcón que había heredado y se puso a cambiarse.

Twitch volvió a sentarse en su cama.

—A veces me dejo llevar y pienso que quizá fuera mejor que las plantas carnívoras me hubieran pillado.

—¿Qué?

—Solo por acabar con todo este suspense. Es demasiado. Si algo va a acabar conmigo antes o después, casi sería mejor cuanto antes.

—No pienses eso —dijo Cole—. Tienes que intentar llegar a las cincuenta.

—He completado dieciséis misiones. No quiero ni pensar en cincuenta. Ahí no acaba todo. Después de la cincuenta, no acaba el peligro. Los exploradores no son los únicos que sufren accidentes. Los otros trabajos son solo un poco más seguros.

—Bueno, tú llevas quince más que yo. —Cole amontonó la ropa en el arcón—. ¿Twitch es un nombre o un apodo?

—Me llamo Ruben.

—¿Y ellos qué te dicen?

—Hay quien piensa que soy muy lento explorando. Pero si no les gusta, tienen mi permiso para ocupar mi lugar.

—No tiene nada de malo ser prudente.

—¡Eso es lo que digo yo! Soy yo el que se juega el cuello. Lo hago a mi modo. Y gracias a eso me salvé de esas plantas asesinas.

—¿Qué herramienta usas? ¿Una espada saltarina?

Twitch lo miró con desconfianza.

—Déjalo ya. ¿Quién te ha metido en esto? ¿Slider?

—¿Qué quieres decir?

Twitch se lo quedó mirando.

—Nadie sabe lo que cogí. Nunca lo he usado. Algunos de los otros exploradores se empeñan en descubrirlo.

—¿Y por qué tanto misterio?

—No es asunto suyo. Ya tengo poca intimidad. Conocen mis marcas de nacimiento y hasta el color de mis calzoncillos. Mi herramienta es mía —dijo con una mirada traviesa—. Slider está como loco por saberlo.

La puerta se abrió y Jace asomó la cabeza.

—¡Ahí estás! ¡El hombre del momento! —exclamó, al tiempo que entraba—. ¿Ya te vas a la cama?

—Ha sido un día muy largo —respondió Cole.

—Y una noche animada —apuntó Jace, con una sonrisa socarrona.

—¿Qué quieres decir?

—Te he visto con Mira en el patio. Una noche estrellada, una luna temblorosa… Bastante romántico, diría.

—Venga, hombre —se defendió Cole—. Solo quería un poco de aire fresco. Mira ha salido para avisarme de que podía ser peligroso.

—Ha vuelto a entrar a toda prisa —observó Jace—. Parecía como azorada. ¿No será que alguien se le había insinuado?

—¿Qué? ¡Qué va! Solo ha dicho que se había olvidado de algo que tenía que hacer.

—Ya —respondió Jace, socarrón—. Ya te entiendo.

A Cole le molestó aquella presión de Jace. ¿Por qué le preocupaba tanto?

—Un momento —dijo Cole—. ¿Y cómo sabes tú todo lo que estaba haciendo? ¿Es que la estabas siguiendo?

—Simplemente me fijo —respondió el otro chico, un poco a la defensiva.

—No estábamos en la sala común —añadió Cole, y de pronto lo comprendió todo—. Ah, ya lo pillo. A ti «sí» que te gusta.

Twitch observó a Cole y sacudió levemente la cabeza. Jace suspiró con fuerza.

—Sí, hombre. En sus mejores sueños.

Intentaba hacerse el duro, pero no podía ocultar que Cole le había pillado. La actitud nerviosa de Twitch se lo confirmó.

—¿Cómo si no podías saber que estábamos los dos ahí afuera? —insistió Cole—. ¡La estabas siguiendo! ¿Estabas en el tejado?

—Cállate —dijo él, pero llevaba la culpa escrita en la frente.

Cole puso voz remilgada:

—Supongo que te habría gustado ser «tú» el que estuvieras con ella bajo las estrellas. Navegando juntos en un bote, poniéndole flores en el pelo.

—Guárdate tus sueños empalagosos para ti —replicó Jace, casi gritando, mirando también a Twitch.

—No era yo el que la estaba siguiendo —señaló Cole.

El rostro de Jace se volvió rígido. Tardó un momento en hablar y, cuando lo hizo, dio la impresión de que apenas conseguía mantener el control sobre su voz:

—Es una de las pocas personas de este lugar que vale la pena. Una «buena» persona. Procuro protegerla un poco. No intentes que parezca como si yo... No te conviene que te odie, Cole. No te conviene. Ve con cuidado.

Cole sabía que no debía hacerlo, pero no pudo resistirse:

—¡Bueno, me alegro de que nos estuvieras protegiendo a los dos!

Jace apretó un puño dentro del bolsillo. Miró de nuevo a Twitch, que bajaba la cabeza como deseando desaparecer.

—Solo es una broma, hombre. Te estaba buscando las cosquillas —dijo Cole por fin, intentando rebajar la tensión.

—En eso tienes razón. Espero que te parezca que ha valido la pena —respondió Jace.

Lamentó haberle tomado el pelo. Jace estaba que echaba humo.

—Gracias por los consejos de hoy.

—¿Quieres otro consejo? Apártate de mi camino.

—Dormimos en la misma habitación.

—Entonces sigue el sabio ejemplo de Twitch y aprende a bajar la cabeza. —Jace se dio media vuelta y salió de allí, dejando la puerta abierta.

Tras un segundo de silencio, Twitch se levantó y la cerró.

—¿De qué iba todo eso? —preguntó Cole.

—No eres muy prudente —respondió Twitch.

—Él tampoco lo ha sido.

—Él no es nuevo. Yo iría con cuidado. Probablemente, Jace sea el mejor explorador que tenemos. Es el último de los chicos que me gustaría ponerme en contra.

—¿Está prendado de Mira?

—Eso deberíamos olvidarlo ya, pero ¿tú qué crees?

Parecía bastante evidente, sobre todo por lo susceptible que se había mostrado al hablar de ello. Cole se preguntó cómo se sentiría si alguien se hubiera dado cuenta de que le gustaba Jenna y hubiera empezado a chincharle con ello.

—Intentaré arreglar las cosas con él.

—Eso no hará más que recordárselo. Lo más inteligente sería seguir sus instrucciones. Intenta pasar desapercibido y deja que se le pase.

131

Capítulo 11

---◦---

Campo de pruebas

Una semana más tarde, Cole embarcó en la *Domingo* para su quinta misión de exploración. Como norma, los capitanes intentaban no asignar a ningún explorador más de tres misiones por semana, pero aquello era un lujo cada vez más difícil de mantener, ya que en los últimos cinco días habían muerto dos exploradores. Cole no conocía a ninguno de los dos. No podía dejar de preguntarse si algún otro esclavo de la caravana de Halloween acabaría en Puerto Celeste. Según Twitch, Adam Jones raramente enviaba compradores a Cinco Caminos para hacer compras. Algunos mercaderes de esclavos los compraban en el mercado y luego traían, directamente a Puerto Celeste, a los candidatos que más aptos les parecían. En parte, Cole no quería que ninguno de los miembros de la caravana acabara en Puerto Celeste, pero algo en su interior esperaba que así fuera, para que al menos pudiera ver a alguien de su mundo y sentirse algo menos solo. Dalton y Jenna habían sido seleccionados para ir a palacio, así que, aunque llegara hasta allí alguien de su caravana, no serían las personas que tantas ganas tenía de ver. Intentó alegrarse por ellos. Seguramente servir al rey sería más seguro que invadir castillos flotantes.

Ninguna de las tres misiones realizadas después de la

del escorpipiés había resultado tan dura como la primera. En el peor de los casos, se había encontrado con unos semblantes sin cabeza que le habían perseguido por unas ruinas a modo de laberinto en torno a una única torre. Además, todo el suelo estaba inclinado unos diez grados, así que no había sido exactamente un paseo, pero la espada saltarina le había salvado de caer en sus garras.

Su plan de huida no había progresado mucho. Sus superiores le daban mucho trabajo. Cuando no estaba ocupado intentando salvar la vida en los castillos, tenía tareas que hacer. Puerto Celeste estaba aislado; si alguien huía, mandarían un batallón de caballería armado con herramientas especiales como su espada. Pero Cole había observado que, a medida que la gente se ganaba la confianza de los demás, le iban dando ocasión de salir en grupos que salían de viaje para hacer gestiones lejos de Puerto Celeste. Eso le daba algo en lo que soñar mientras buscaba otras ocasiones de escapar.

Mientras recorría la pasarela e iba dándoles la mano a todos, se encontró con Mira y Durny en la fila de los que le daban las gracias. Mira llevaba una espada saltarina colgada de la cintura. Cole quería preguntarle por qué había embarcado, pero se contuvo. Había seguido el consejo de Twitch de no enfrentarse a Jace, y en parte eso incluía evitar a Mira. Ella tampoco había hecho ningún esfuerzo por buscarle a él. Jace seguía sin mostrarse muy amistoso, pero al menos había dejado de mirarle con rabia.

Como Cole llevaba tiempo evitando a Mira, darle la mano le resultó incómodo. Aceptó sus gracias asintiendo con la cabeza. Resultaba raro que Durny también estuviera allí, ya que pasaba la mayor parte del tiempo en su taller, forjando objetos y enseñando a sus aprendices.

Tras los saludos, Cole fue a sentarse al banco de siempre, mientras los otros hombres ocupaban sus puestos. Mira y Durny se sentaron con él.

—¿Dónde te has metido todo este tiempo? —le preguntó Mira.

—Yo me preguntaba lo mismo —respondió él, encogiéndose de hombros y fingiendo no tener ni idea—. Tampoco te he visto por ahí.

—Esta semana he practicado mucho con Durny.

—¿Y qué es lo que os trae a bordo?

—Queremos recoger piedras de flotación —respondió Durny.

—Durny quiere enseñarme a extraerlas —precisó Mira.

—Es un trabajo peligroso —añadió Durny—. Si quitas la piedra de flotación que no conviene, todo el castillo puede caérsete encima.

—¿Y por qué hay que correr ese riesgo? —preguntó Cole. Los Invasores del Cielo tenían tres grandes naves, dos en activo y una tercera de reserva.

—No es por una razón inmediata —dijo Durny—. Es sobre todo con fines didácticos.

—Los Invasores no tenemos piedras de flotación almacenadas —señaló Mira—, así que siempre vienen bien.

—Ahí llevas razón —concordó Durny—. Por mucho cuidado que lleven los capitanes al volar, con el tiempo las naves se pierden y se dañan.

Cole frunció el ceño, pensativo.

—Si necesitan piedras de flotación para hacer las naves, y usan las naves para conseguir las piedras, ¿de dónde sacaron las primeras piedras?

—Muy espabilado, este chico. No está documentado. Suponemos que algún forjador aventurero llegaría a los castillos con globos o planeadores.

Cole asintió.

Mientras la *Domingo* se separaba del muelle, Cole se dirigió a la borda para ver el cielo. Por todas partes había nubes algodonosas que le tapaban la vista. Tenían una forma y una textura tan claramente definidas que casi parecían sólidas. Contó cinco castillos, pero el manto de nubes es probable que escondiera muchos otros.

Mira se situó a su lado.

—Si se nubla un poco más, hoy no saldremos.

—¿También puede haber niebla?

—Sí. Y tormentas. En cualquiera de los dos casos, la nave se queda en tierra.

—Me sorprende que no haya un castillo sobre cada nube.

—Los castillos no se sustentan sobre las nubes. Son las piedras de flotación las que los mantienen en el aire. Las nubes se concentran alrededor de los cimientos. Lo que no sé es por qué.

Se quedaron allí juntos, en silencio, mientras la *Domingo* se abría camino por entre las nubes, que cambiaban de forma lentamente. De vez en cuando, veían castillos que de pronto desaparecían tras alguna nube.

—¿Se ha metido contigo Jace? —preguntó Mira.

Cole se giró hacia ella, sorprendido.

—¿Qué?

—Se le había metido en la cabeza que me habías molestado —dijo—. No paraba de darme la lata con eso. Yo le dije que no era verdad, pero a veces no escucha. Intenta hacerse el protector.

Cole se preguntó si debía mencionar que Jace estaba prendadísimo de ella. Si Jace llegaba a enterarse, se pondría hecho una furia. No valía la pena; probablemente Mira ya lo sabía.

—No, no pasa nada.

Mira asintió, con la mirada en las nubes.

—¿Estás nervioso?

—¿Por el castillo? Claro.

—¿Tanto como la primera vez?

—Es diferente. Al menos ahora sé de qué va. Aunque también sé lo duro que puede llegar a ser.

La *Domingo* empezó a navegar en círculo alrededor de un complejo de construcciones conectadas por amplios patios. Eran unos edificios majestuosos, hechos de piedra blanca, con muchas columnas talladas y numerosas fuentes de mármol de las que brotaba agua. La única vegetación eran unas tiras estrechas de césped y algunos setos perfectamente podados. Había fuego encendido en unos grandes calderos, en cuencos colgantes y en unos platos sostenidos por las estatuas. Cole olía el humo.

—Muere con valentía —dijo Mira, al ver acercarse al capitán.

—Este tiene buena pinta —dijo el capitán Post—. A los vigías también les gusta. Ve a echar un vistazo.

—¿Me llevo el chal?

El capitán Post se había quedado el chal de Merva. Había enviado a algunos exploradores con él para ver si los ayudaba a ocultarse de los semblantes. Si resultaba tener algún poder, lo clasificarían como objeto especial. Pero no parecía que fuera el caso.

—No evitó que esos monstruos decapitados te persiguieran. No me pareció que sirviera de nada.

—Quizá solo funcionara en el castillo donde lo encontraste —sugirió Mira—. Algunos objetos funcionan así.

—Lo he usado todas las veces —dijo Cole—. No me importa volver a hacerlo.

—Pues cógelo. Si te sirve como amuleto, no hace ningún daño —dijo el capitán, que fue a recogerlo de un contenedor—. Quédatelo si quieres.

—Gracias.

Cole se ajustó el broche alrededor del cuello y se subió al *Okie Dokie* con Jed y Eli, que eran los que le habían llevado hasta los castillos en todas las misiones anteriores. Le saludaron con un gesto de la cabeza. Se pusieron en marcha. Jed iba al timón. Ninguno de los tres dijo palabra alguna.

—¿Alguna preferencia para el desembarco? —preguntó.

Mientras Cole escrutaba la serie de construcciones y patios, un hombre salió de entre las columnas de uno de los edificios más grandes y se dirigió hacia una fuente a grandes pasos. Iba vestido como un soldado romano, con una coraza que le cubría el poderoso torso, y llevaba una pesada espada. Levantó la vista, protegiéndose de la luz con una mano, y miró hacia el bote.

—¿Creéis que será un problema? —preguntó Cole.

—El cuchillo parece un poco grande como para cortar verduras —observó Eli.

—Nos está viendo —dijo Cole—. Lo mismo da que me dejéis cerca de él.

—Lo que tú digas —respondió Jed.

El soldado esperó hasta que el barco se detuvo por encima de su cabeza. Eli soltó la escalera de cuerda. Cole bajó con la bandera en la mano. El hombre lo observaba en silencio. No hizo ningún gesto amenazante. Aun así, cuando Cole llegó al último peldaño, vaciló antes de saltar. El soldado estaba a solo unos pasos.

—¿Te importa que baje? —le preguntó Cole.

—Allá tú —dijo el hombre. Una melena desaliñada le caía casi hasta los hombros. En el lóbulo de una oreja le brillaba una joya. Llevaba unas sandalias atadas con unas correas entrelazadas que quedaban ocultas en parte tras sendas espinilleras de metal.

Cole plantó la bandera y luego sacó la espada.

—No quiero luchar contigo.

—Yo tampoco querría luchar contra mí.

Cole bajó al suelo. El hombre lo miró con curiosidad. El chico estaba listo para saltar en cualquier momento.

—Explícame lo de la bandera —dijo el hombre.

—No es más que una señal —contestó Cole—. La prueba de que he estado aquí.

—Explícame a qué te dedicas —dijo el soldado. Tenía una voz masculina e intensa, pero no agresiva.

—Soy explorador —respondió Cole.

—Un explorador no tiene nada que hacer aquí. Este es un lugar para héroes.

—¿Tú eres un héroe?

—Yo soy Lyrus. La cuestión vital es si tú eres un héroe.

—¿Y si no lo soy?

—Entonces más vale que vuelvas a subir corriendo por esa escalera.

—Tengo una espada —dijo Cole, mostrándosela.

Lyrus puso la mirada en el cielo.

—¿Esa pequeñez es tu mejor baza?

—Combatí contra un escorpipiés.

—Eso promete algo más. ¿Qué es un escorpipiés? ¿Era grande?

—Enorme. Más grande que la mayoría de estos edificios.

Lyrus pareció animarse.

—¿Lo mataste?

—Hum… No, pero él tampoco me mató.

—¿Lo dejaste herido?

—En realidad, no. Básicamente hui de él.

Lyrus parecía decepcionado.

—Pero conseguí escapar —añadió Cole—. Fue una buena persecución.

—¿Estabas rescatando a alguien?

—No.

—¿Ibas en busca de algún tesoro?

—Más o menos.

—¿Qué te llevaste?

—Solo este chal —dijo Cole, dándole un tirón con la mano.

—Hmmm… ¿Por qué el chal? ¿Puede convertirte en un murciélago? ¿Hacerte invisible?

—No —confesó Cole—. No creo que haga gran cosa.

Lyrus frunció el ceño, pensativo.

—Y, sin embargo, aquí estás.

—¿Por qué es este un lugar para héroes? —preguntó Cole.

Lyrus miró alrededor con orgullo.

—Parona es un campo de pruebas sagrado.

—¿Donde se entrenan los héroes?

Lyrus esbozó una sonrisa socarrona.

—Aquí no se dan clases. No es ninguna escuela. Los campeones vienen aquí a ponerse a prueba.

Cole echó una ojeada más prolongada al lugar.

—¿Y cómo se ponen a prueba?

—Depende de lo que escojan.

—¿Pueden morir?

—No sería una gran prueba si no fuera así. ¿Te quedas o te vas?

—¿Aún puedo irme?

—Supongo. Yo no soy la persona indicada para responder a eso. No entiendo cómo funciona la mente de los cobardes.

—¡Vaya! ¿Me estás retando?

139

—Estoy constatando un hecho. Yo nunca he huido de una lucha ni me he echado atrás ante un desafío. Ni lo haré. Pero así soy yo. No veo que valga de nada obligar a un cobarde a ponerse a prueba cuando él preferiría huir. ¿Tú sí?

—No.

Lyrus asintió.

—El hombre que se niega a afrontar la prueba ya se ha demostrado mucho más cobarde que el que cae derrotado.

Cole no pudo evitar sentirse ofendido.

—¿Y si no he venido aquí a ponerme a prueba? Los héroes solo luchan cuando hay un buen motivo para ello. Sería estúpido arriesgar la vida porque sí.

Lyrus suspiró.

—Cada cobarde tiene sus excusas.

—¿Qué tipo de pruebas son?

—El único modo de saberlo es probar una.

—¿Qué consigo si paso la prueba?

—La confirmación de tu estatus como héroe.

—¿O sea? ¿Un certificado?

—Puedes quedarte un arma de la armería, una obra de arte de la galería y un objeto del tesoro.

Cole levantó la mirada hacia el bote.

—¿Puedo decirte por qué estoy aquí y pedirte consejo?

—Si así lo deseas.

—Somos rescatadores. Queremos llevarnos algo antes de que este lugar quede destruido. ¿Cada persona tendría que pasar una prueba, para llevarse algo?

Lyrus no respondió enseguida.

—Hay cinco pruebas preparadas.

—¿Y si superamos las cinco?

—Entonces..., prepararía otras.

—¿Tendrías tiempo?

Lyrus frunció el ceño, pensativo.

—Este lugar desaparecerá dentro de un día o dos —señaló Cole.

—Tonterías.

—Sabrás que estamos flotando por el cielo.

—Tonterías.

Cole levantó la vista.

—Yo he venido en una nave voladora. Mira a tu alrededor.

—Ton… —empezó a decir Lyrus, pero luego se detuvo de pronto. Echó un vistazo al *Okie Dokie*. Miró alrededor—. Me siento… raro. —Se frotó los ojos—. Es difícil de explicar. —Miró de nuevo, con más detenimiento—. ¿Cómo puede ser que se me hayan pasado por alto tantas cosas? —Se cruzó de brazos—. Es como si no debiera reconocer lo que veo. Como si no debiera fijarme —reflexionó, con una sonrisa tímida—. Nunca había pensado si Parona flotaba en el aire o no. No me he parado a pensar en lo raro que era que llegaras así. Sin embargo, ahora lo veo, y sea lo que sea lo que me impulsa a negármelo, no puedo hacerlo. Y nunca huyo. Nunca me escondo. De nada.

Cole se sintió mal por aquel hombretón. Le acababa de complicar la existencia. Lyrus miró al suelo con rabia.

—Tú te haces llamar rescatador. ¿Sostienes que Parona se destruirá?

—Esto es un castillo que flota en el cielo. Salisteis de una pared de nubes. Y os dirigís a otra de la que nunca regresaréis.

Lyrus cerró los ojos y se frotó las sienes, apretando los dientes.

—¿De dónde vengo yo? —murmuró—. No recuerdo de dónde vengo.

141

—Es probable que haga menos de un día que existes —dijo Cole—. Nadie sabe realmente cómo naciste.

—Yo tampoco —reconoció Lyrus, abriendo los ojos—. ¡No! ¡No, no, no! ¡Estás diciendo la verdad! ¡Soy un engaño!

Cole estaba listo para salir corriendo. El soldado no parecía muy estable.

—No tengo ni idea —dijo Lyrus, algo más sereno—. No tengo pasado. Parecía que lo tenía, antes de que pensara en ello, pero, ahora que lo examino honestamente, no tengo historia. Ni infancia. Ni recuerdos de antes de llegar a este lugar. Me presento como un experto en heroísmo, y, sin embargo, no he conseguido nada.

Cole se quedó mirando al soldado. Parecía más perplejo que enfadado o triste.

—¿Te importaría que nos lleváramos unas cuantas cosas? —dijo Cole, probando suerte—. Así, una parte de Parona perduraría.

Lyrus examinó su espada. Se miró a sí mismo, frotándose la coraza con una mano.

—Yo me veo real —dijo, fijando la mirada en Cole—. Tan real como tú.

Cole no estaba muy seguro de cómo responder.

El soldado levantó la vista hacia el *Okie Dokie* y hacia la *Domingo*, más allá.

—Aquí hay grandes tesoros. Entiendo que os puedan interesar. Pero no puedo permitir que te lleves nada sin pasar antes una prueba.

Cole se desinfló un poco. Hasta aquel momento, Lyrus parecía de lo más juicioso.

—¿Por qué no?

El soldado se irguió.

—Es mi deber. Es mi razón de ser.

—¿Por qué es tu deber? —insistió Cole—. ¿Quién lo ha dicho?

Lyrus cerró los ojos con fuerza y bajó la cabeza.

—No tengo respuesta para eso.

—¿No puedes negarte, sin más?

—Estoy aquí para poner a prueba a los héroes.

—¿Y qué es lo que te da derecho a poner a prueba a nadie?

Lyrus desenvainó la espada.

—Es mi razón de ser. Puede que no tenga pasado, pero no por eso dejo de ser Lyrus. No creas que no entiendo tu petición. Puedo ser razonable. No quiero que los tesoros de Parona se pierdan en el olvido sin más. Podemos negociar los términos, pero hay que pasar una prueba.

—Nosotros no somos héroes —dijo Cole—. Mi trabajo consiste en evitar el peligro, no en afrontarlo.

—Aunque… —empezó a decir Lyrus, que, de pronto, pareció que se estaba ahogando.

—¿Te encuentras bien?

El gran soldado asintió y se rehízo.

—Quizá… —volvió a arrancar, pero no pudo acabar la frase.

—No puedes decírmelo —dijo Cole, dándose cuenta del problema. Lyrus asintió—. ¿Quieres ayudarme?

—Sí.

Cole tuvo una idea.

—No huyas de esto. No te eches atrás. Si quieres ayudarme, debe de haber un modo de hacerlo.

El gesto del soldado se volvió serio y preocupado. Sus labios se movieron varias veces, como si quisiera hablar, hasta que consiguió decir:

—Tengo frío.

—¿Qué?

143

Lyrus le miró a los ojos.

—No sabes lo que tienes.

—Tengo frío —repitió, bajando un poco la mirada. Cole indicó con un dedo su chal.

—¿Esto?

Lyrus temblaba, pero no dijo nada. Cole envainó la espada y se desabrochó el chal. Lyrus se arrodilló. El chico le puso el chal sobre los hombros, abrochándoselo.

—¿Mejor? —preguntó.

—Mucho mejor —respondió Lyrus, sonriendo.

—¿Por qué?

—La capa hace que un semblante obedezca a quien se lo pone.

Cole parpadeó, incrédulo.

—¿Sabes que eres un semblante?

—No lo sabía hasta que me pusiste la capa. Me liberó, para entender lo que tenía que entender y poder servirte. Quienquiera que me creara se encargó de que ignorara mi verdadera naturaleza. Me estabas dando pistas, pero ahora lo veo claro. Hasta que no me has puesto la capa, no me he dado cuenta de que soy una creación. Es algo común entre los semblantes. Ejecutamos un papel, sin pensar en nosotros mismos. Nos ayuda a parecer más auténticos.

—¿Quién te creó? —preguntó Cole, sin saber muy bien si obtendría una respuesta.

Lyrus frunció el ceño.

—Sigo sin saberlo. Si lo supiera, te lo diría. No he conocido a mi creador. Nací con Parona, no hace mucho.

—Este chal me lo dio un semblante. ¿Cómo pudo quitárselo, si el chal la controlaba?

Lyrus se cruzó de brazos e hizo una pausa antes de responder.

—En un lugar como Parona, los semblantes formamos un sistema. Algunos tenemos más libertad que otros. El semblante con el que te encontraste debía de tener la libertad de decidir lo que era mejor para preservar el sistema. Yo también tengo una libertad de acción parecida.

La explicación concordaba con la conducta de Merva. Eso explicaba por qué había sido la única capaz de ofrecerle su chal.

—Un momento. ¿Tú querías que te diera el chal para poder ayudarme?

—He desarrollado más conciencia propia de la que esperaba mi creador —respondió Lyrus—. Al ayudarme a reconocer mis orígenes, he podido orientar mi valentía contra los límites cognitivos que mi forjador me había asignado. Así he conseguido abrir los ojos a muchas cosas, pero había algunas fronteras mentales que no podía cruzar. He reconocido lo que podía hacer el chal la primera vez que te he visto. Por eso te he preguntado por él, para ver si eras consciente. Sin el chal, mis opciones estaban limitadas. Pero con él, puedo hacer más cosas. Para ser honesto, ayudarte era solo una mínima parte de lo que quería hacer.

—Entonces, ¿por qué querías que usara el chal?

Lyrus levantó la cabeza bien alto.

—Quiero tener ocasión de demostrar mi valía. Si tú me lo ordenas, afrontaré la prueba por ti. Seré tu luchador.

Capítulo 12

El héroe

—¿Tú puedes afrontar la prueba? —preguntó Cole.

—Con el chal, sí. Si tú quieres.

—¿Y tú quieres?

—Yo soy Lyrus. Desde el momento en que me he dado cuenta de que no había demostrado mi valor, no deseo otra cosa.

—Y si superas la prueba, ¿podemos llevarnos el tesoro?

Lyrus hizo repiquetear los dedos contra la coraza.

—Habrá que negociar.

—¿No puedo ordenarte que nos entregues el tesoro, sin más?

—Podrías. Pero cualesquiera que sean tus órdenes, no puedo obligar a los otros semblantes de Parona a que te den ninguna recompensa, a menos que se haya superado una prueba. Aun con mi cooperación, si intentas llevarte el tesoro sin pasar una prueba, todas las defensas de Parona se activarán, incluidas las catapultas y las bestias feroces. No obstante, si negociamos, y yo hablo por toda Parona…

—Pues negociemos —dijo Cole.

—Permíteme primero que me quite el chal, para que pueda actuar como guardián de Parona. Nuestro acuerdo no sería vinculante para los demás, si estoy bajo tu control durante la negociación.

—¿Y cómo sé que luego te volverás a poner el chal?

—Tienes mi palabra.

Cole reflexionó. El soldado seguía llevando el chal, así que tenía que obedecer sus órdenes.

—Te ordeno que me digas si puedes mentirme.

—No puedo mentir. Con o sin el chal, mantengo mi palabra. Quiero negociar para poder afrontar la prueba por ti y darte acceso a nuestros tesoros.

—De acuerdo —accedió Cole—. Quítate el chal.

Lyrus se quitó el chal y se lo colgó de un brazo.

—¿Quieres negociar para tener pleno acceso a nuestros tesoros?

—No servirán de nada a nadie si acaban destruyéndose.

—Es cierto. Necesito saber tu nombre.

—Cole.

—¿Qué probabilidades hay de que otros héroes lleguen a Parona antes de que desaparezca?

—Ninguna —respondió Cole—. Solo pueden llegar hasta aquí los rescatadores. Y cuando las cosas se ponen feas, huimos.

—Muy bien. Dadas las escasas posibilidades de que lleguen más héroes, y a la vista de que Parona se enfrenta a su destrucción, en nombre de los guardianes que moran en ella, te concederé acceso pleno a nuestros tesoros para toda la tripulación de tu nave… con una condición.

—¿Cuál?

—Debes concederme que, además de mis otras responsabilidades, pueda seguir siendo el protector de Parona, lleve o no lleve el chal.

Cole vaciló.

—¿Quiere decir eso que dejarías de protegerme?

147

—Pase lo que pase, juro luchar a muerte para protegerte. Seguir siendo el protector de Parona no me permitiría alterar ninguno de nuestros acuerdos. Pero no puedo permitir acceso pleno a tu tripulación a menos que sepa que alguien será capaz de actuar para defender los intereses de Parona. Si no, de acuerdo con nuestro trato, Parona quedaría desprotegida.

—¿No nos atacarás a ninguno?

—Me comprometo a no atacarte ni a ti ni a ninguno de tus compañeros de tripulación. Tal como te he prometido, te defenderé.

—¿Y los otros semblantes?

—Los otros semblantes no podrán atacarte por haber llegado hasta aquí o por llevarte nada. Deben honrar este acuerdo. Yo hablo por toda Parona.

Cole agradeció que Lyrus fuera tan claro.

—¿En qué consiste exactamente el acuerdo?

—Si pasas una de las pruebas, usando cualquier ayuda de la que dispongas, los tesoros de Parona serán tuyos. Una vez que hayas ganado una única prueba, los guardianes de nuestro tesoro no podrán levantar un dedo en tu contra ni en la de tus compañeros por haber desembarcado o por haberos llevado nada.

—¿Incluidas las piedras de flotación?

—Lo que sea.

—Y tú me ayudarás a superar la prueba.

—Lo he jurado.

—Trato hecho.

—¿Incluido mi estatus?

—Sí. Seguirás siendo el protector de Parona.

Lyrus asintió levemente.

—El trato es firme. Ahora me puedo poner el chal, si lo deseas.

—Claro.

Con una sonrisa, se puso el chal alrededor del cuello y se lo abrochó.

—Ven, joven rescatador. Escojamos una prueba.

Cole siguió a Lyrus por una amplia escalinata de escalones bajos que se adentraba en uno de los edificios más grandes. La estructura rectangular contenía una única sala sin paredes, solo con columnas a los lados y un tejado encima. Al final de la sala, sobre una plataforma, había cinco grandes cuencos en fila.

Lyrus cogió una antorcha de un candelabro y llevó a Cole hasta la fila de cuencos.

—Escoge cuál debo encender.

—¿Tú no sabes qué prueba quieres?

—Sé qué prueba corresponde a cada cuenco. Sé qué lucha sería la más fácil. Pero solo un cobarde escogería deliberadamente la más sencilla. Yo deseo la lucha más dura: contra Gromar, el cíclope. Pero ¿sería eso justo contigo? Lo más probable es que fracasara. Y como lucho para ti, sería egoísta escoger a Gromar. Así que aceptaré lo que tú elijas.

Cole miró los cinco cuencos. Le parecían todos idénticos.

—El segundo de la izquierda —dijo, señalando.

—Ah —dijo Lyrus, con gravedad. Dio un paso adelante y acercó la punta de la antorcha al cuenco, del que salieron unas llamas escarlata, rojas como la sangre—. Harano, el león. Debería de haber supuesto que esta sería mi prueba. Será una buena lucha. Prepárate para huir. Contra este rival no tendré una segunda oportunidad.

Lyrus llevó a Cole a una gran plaza vacía rodeada por ocho edificios. Levantando la mirada, vio al *Okie Dokie*, que lo seguía a cierta distancia. Hizo pantalla con las manos alrededor de la boca y dijo:

—¡Si pierdo, tendré que salir de aquí enseguida!

Eli levantó un pulgar en señal de acuerdo.

Lyrus alejó a Cole con un gesto.

—Espera en el perímetro —dijo, y luego se dirigió al centro de la plaza, desenvainó la espada y levantó la voz—: ¡Harano, ven aquí! ¡Mátame si puedes!

De uno de los edificios que rodeaba la plaza salió un enorme león con la melena cobriza y un manto rojo como las llamas del cuenco. Cole sintió un terror instintivo. No había ninguna valla que le separara de aquel depredador. Sacó su espada saltarina.

Avanzando despacio sobre sus grandes patas, con la cabeza alta, el león cruzó la plaza. El rabo, que acababa en un mechón de pelo, se movía de un lado al otro. Con las cuatro patas sobre el suelo, Harano era tan alto como Lyrus. Cuando ese gran felino se acercó, el soldado se agazapó en posición de combate, con la espada lista.

El león rugió: su poderosa voz resonó por todo Parona. Cole sintió que se le erizaba el vello del cuello y de los brazos. Echó un vistazo al bote salvavidas, que planeaba a una distancia a la que a duras penas podría llegar saltando con su espada. Lyrus no se inmutó.

—Venga, Harano. Mídete contra mí.

De pronto, el león salió corriendo hacia Lyrus. Cole se encogió. Harano saltó. Lyrus dio un paso adelante, agazapándose y lanzando la hoja de su espada hacia arriba. El gigantesco león chocó contra el soldado, haciéndole caer hacia atrás. Ambos acabaron en el suelo. Cole oyó el chirrido de la armadura al rozar las losas del suelo.

Hombre y bestia permanecieron inmóviles unos segundos. Luego Lyrus se puso en pie. Apoyando un pie contra la cabeza peluda del león, arrancó la espada que tenía clavada la bestia bajo la mandíbula.

Mientras Lyrus limpiaba la espada contra la voluminosa melena del león, Cole se acercó tímidamente.

—¿Estás bien?

Lyrus se giró, mostrándole una amplia sonrisa.

—Ahora ya tengo un recuerdo que valga la pena.

—Has estado increíble.

—Me he sentido vivo por primera vez. Gracias por este regalo. Hemos superado la prueba. Nuestras defensas están desactivadas. Tú y tus camaradas sois bienvenidos. Podéis llevaros los tesoros.

Los tres botes tuvieron que hacer varios viajes para transportar a toda la tripulación de la *Domingo*. Aún con el chal puesto, Lyrus les enseñó dónde podían encontrar las armas, las obras de arte y los tesoros. Los botes se posaron en la misma plaza donde Lyrus había derrotado a Harano, y los invasores se pusieron a recoger los artículos de valor.

Apoyándose en su bastón, Durny se acercó a Cole. Mira iba a su lado.

—Buen trabajo, Cole. ¿Supongo que ese chal te sirvió para convencer al soldado y que luchara por ti?

—El chal le obligaba a obedecerme —dijo Cole—. Pero yo no le engañé. Él quería que yo mandara. Lo que quería era luchar. Quería ponerse a prueba.

—¿Sabías que el chal tenía ese poder?

—No, hasta que me lo ha dicho él. Lyrus pensaba que era un experto en héroes, pero a medida que hablábamos se ha dado cuenta de que era un semblante y de que nunca había hecho nada heroico. Él me insinuó lo del chal, para poder tener su oportunidad.

Durny le dio una palmadita sobre el hombro.

—Impresionante. Mucho mejor luchar con la cabeza que con las manos. ¿Te importaría ayudarnos a buscar piedras de flotación?

—Claro. ¿Qué tengo que hacer?

—Dile a Rowly que te dé mis herramientas. Debería

151

haber un azadón, una palanca, un martillo, un cincel y dos palas. Tráelas y ven con nosotros.

—Buen trabajo, Cole —dijo Mira.

—Gracias —respondió y, mientras se giraba en busca de Rowly, sintió que las mejillas se le encendían. Sospechó que se habría ruborizado.

Un par de hombres bajaron lentamente las escaleras de uno de los edificios; sostenían una enorme arpa de plata entre los dos. La apoyaron en el suelo y se detuvieron a descansar. Otro hombre llevaba un cetro con piedras preciosas en una mano y un espejo con un elaborado marco en la otra. Un cuarto hombre cargaba un busto de piedra haciendo grandes esfuerzos.

Cole encontró a Rowly en el *Charmer*, uno de los botes. Era un hombre rollizo y algo calvo, con gafas. Tras Rowly, Cole vio a Lyrus, que subía las escaleras del edificio donde habían encendido la llama de Harano.

¿Qué iría a hacer Lyrus?

Frunciendo el ceño, Cole echó a correr, dejando a Rowly atrás. Aumentó el ritmo de sus zancadas para llegar a la altura de Lyrus. Al llegar junto a la amplia escalinata, se tranquilizó, pensando que probablemente no había nada de lo que preocuparse. Pero cuando subió las escaleras y miró a través de las columnas para ver dónde estaba Lyrus, lo vio con una antorcha en la mano, encendiendo el último de los cuencos.

—¿Qué estás haciendo? —gritó Cole, entrando en la sala a la carrera.

Lyrus se giró. El cuenco donde antes lucía la llama roja estaba vacío. En los otros cuatro cuencos lucían unas llamas: verde, azul, gris y negra.

—Me concediste el derecho de seguir siendo el protector de Parona —dijo él.

—¡Pero tú prometiste defenderme!

—Y lo haré. Hasta la muerte, en caso necesario.

—¡Me prometiste que los guardianes no nos atacarían si veníamos a por el tesoro!

—Solo los infames romperían un juramento. Juré que no te atacarían por venir o por llevaros nada. Y no lo harán. Atacarán porque, como protector de Parona, yo he iniciado cuatro pruebas. Cumpliendo con mi palabra, lucharé por defenderte. Este campo de pruebas merece ser usado para lo que se creó, y yo merezco una oportunidad final de poner a prueba mi destreza —concluyó, con una gran sonrisa.

Lyrus echó a correr hacia la plaza.

—¡Te ordeno que pares! —gritó Cole.

—Me aseguraste que podría actuar en mi papel como protector —le contestó Lyrus—. No puedes deshacer lo prometido.

Cole estaba horrorizado. ¡Le había hecho una jugarreta! Lyrus iba a obtener todo lo que quería: otra ocasión de luchar por la gloria, asegurándose a la vez de que Parona ponía a prueba a sus visitantes.

El soldado corría hacia la plaza. Donde estaban los botes de salvamento. Donde saldrían las bestias. Cole corrió a toda velocidad, gritando con todas sus fuerzas:

—¡Cuidado! ¡Emergencia! ¡Volved a los botes! ¡Despegad!

Algunos de los Invasores fueron hacia Lyrus, mientras el soldado irrumpía en la plaza, con el chal ondeando tras él. El guerrero no les hizo ni caso y gritó con una voz potente:

—¡Skelock, Rulad, Nimbia y Gromar, venid a mí!

De tres lados de la plaza emergieron cuatro criaturas: un rinoceronte negro, con el cuerno bajo, que cargó con fuerza; una araña más grande que uno de los botes, gris y peluda; una enorme serpiente verde con una cabeza del

153

tamaño de un tonel; y un cíclope musculoso el doble de alto que una persona. Lyrus tenía en alto la espada.

—¡Ven, Rulad! ¡Ven, Skelock! ¡Venid, Nimbia y Gromar! ¡Vencedme si podéis!

Las criaturas se lanzaron hacia Lyrus. El rinoceronte fue el primero en llegar, pero el soldado se apartó de un salto y le soltó un mandoble vertiginoso, casi decapitando a la bestia. A continuación, llegó la enorme serpiente, que se elevó muy por encima de Lyrus, manteniéndose lejos del alcance de su espada.

Cole, que estaba ensimismado contemplando la lucha, se sobresaltó de pronto al oír el sonido metálico de un arpa al caer al suelo. Los dos hombres que cargaban el instrumento lo habían abandonado y ahora estaban trepando a uno de los botes. Dos de los botes despegaron. Otros invasores salieron de un par de los edificios corriendo, con las manos vacías. Unos cuantos saltaron sobre el último bote, que despegó.

Cuando Cole volvió a mirar hacia el campo de batalla, el enorme cíclope ya no hacía caso a Lyrus. Estaba cargando contra los botes salvavidas, al igual que la descomunal tarántula. La serpiente se deslizaba sinuosamente, moviendo la cabeza de un lado al otro, intentando golpear, pero Lyrus mantenía la espada en alto y se lo impedía. El guerrero intentó atacar, pero la serpiente no dejaba de retroceder, cediéndole terreno.

Una flecha enorme cayó desde lo alto: atravesó a la tarántula por el centro y salió por el otro lado. La araña peluda se encogió hasta convertirse en una bola temblorosa.

Un instante después de que la jabalina atravesara la araña, aparecieron catapultas por toda Parona por una serie de trampillas abiertas en los tejados y en los patios. Sin que, aparentemente, nadie las manipulara, las catapultas lanzaron bolas de brea en llamas a la *Domingo*. La nave se elevó, alejándose de Parona, pero no antes de que un par de proyectiles impactaran contra el casco.

El cíclope se acercaba a los botes, maza en ristre. Unas cuantas flechas de los botes cayeron sobre la bestia, alojándose en las pieles que lo cubrían. Una se le hundió en el hombro. El cíclope ni se inmutó.

Los tres botes se elevaron, alejándose, mientras las catapultas disparaban en su dirección. El cíclope saltó y agitó la maza, sin llegar a darle al bote más retrasado por muy poco. Dos hombres que iban corriendo hacia los botes intentaron cambiar de dirección y dirigirse a los edificios, pero el cíclope los persiguió, aplastando a uno con un mazazo y golpeando al otro con tanta fuerza que salió disparado increíblemente lejos, para acabar cayendo en el suelo, desplomado.

Lyrus corrió hacia la serpiente, que abría la boca mostrando unos colmillos del tamaño de sendos plátanos. Mientras retrocedía y se enroscaba, la serpiente atacaba al soldado repetidamente, pero a cada envite solo conseguía que le hiciera un corte con la espada. Entonces lanzó la cola contra las piernas del guerrero, rodeándolo y envolviéndolo, al tiempo que le atacaba furiosa con sus colmillos.

El cíclope corría hacia Cole, que se dio cuenta de que ya no podía contemplar la lucha desde la barrera. Todo estaba pasando tan rápido y se sentía tan responsable que casi se había olvidado de que él también tenía que escapar.

Levantando la espada hacia el bote más cercano, Cole gritó «¡Adelante!» y se elevó, al mismo tiempo que una hondonada de esferas de brea ardiente. Una bola en llamas le pasó tan cerca que sintió el calor de su estela. Los proyectiles endemoniados no alcanzaron el bote. Cole aterrizó dentro con suavidad. En el bote iban Jed, Eli y otros dos, así como unos cuantos tesoros.

—¡Nos arrancarán el pellejo si nos dejamos a Durny! —gritó Eli.

Jed dio media vuelta y descendió.

—¡Van a freírnos! —gruñó.

—¡Dale una oportunidad! —insistió Eli.

Cole se asomó por la borda, mirando hacia delante. ¡Casi se había olvidado de Durny y de Mira! Se habían ido solos. Ella y el anciano estaban bajando por una callejuela pavimentada, entre dos edificios. Durny avanzaba como podía, cojeando y apoyándose sobre el bastón. La araña los perseguía, con la flecha de la balista atravesada en el cuerpo. Cole pensaba que el impacto habría sido letal, pero resulta que no lo había sido. La veloz tarántula iba ganando terreno. Durny no podía correr mucho. Mira no se separaba de él, apremiándole. Él le indicaba con las manos que se adelantara.

156

Otra bola de brea en llamas atravesó el cielo. Jed ladeó el bote y lo hizo bajar justo a tiempo, pero unos cuantos proyectiles pasaron muy cerca. Uno de los botes que había conseguido alejarse había recibido un impacto directo y estalló en pedazos. Cole vio cuerpos calcinados cayendo entre fragmentos de madera. El bote había llegado más allá de los límites de Parona, así que ni los cuerpos ni los restos cayeron al suelo.

El *Okie Dokie* se estaba acercando a Durny y Mira. Cole fijó de nuevo su atención en ellos, justo a tiempo para ver que la tarántula se abalanzaba sobre sus amigos. El monstruo cayó encima de Durny, y una pata peluda impactó sobre Mira, que cayó. La espada saltarina se le escapó de la mano y repiqueteó contra el suelo. La tarántula agachó la cabeza, como si mordiera a Durny.

El forjador gritó algo y la tarántula se partió por la mitad, proyectando una masa viscosa negra en todas direcciones. Avanzando más rápido de lo que Cole había visto nunca en un bote salvavidas, Jed descendió y se puso casi al nivel del suelo. Eli sacó el cuerpo por la borda y le tendió la mano a Durny. Sus dedos se rozaron. Eli soltó un grito, frustrado.

Cole se giró en dirección a Mira y Durny; ambos cubiertos de jugo de serpiente. Ahora el cíclope, con la maza en alto, cargaba contra ellos. Mira se arrastró en dirección a su espada saltarina, pero estaba claro que el cíclope iba a llegar hasta ella antes.

—Vámonos —dijo Eli, con un gruñido—. Están perdidos.

El cíclope estaba a solo unos pasos de Mira y Durny. Iba a pulverizarlos.

Sin tiempo para pensar o planear nada, Cole apuntó con su espada hacia la cabeza del cíclope.

—¡Adelante!

El chico salió disparado desde el bote en dirección al coloso de un solo ojo. El aire le soplaba de frente mientras avanzaba a toda velocidad hacia su objetivo. Ajeno a la amenaza que se cernía sobre él, el cíclope miró a Mira y Durny. La espada redujo la velocidad un poco al acercarse a la cabeza de la bestia. Entonces, Cole, echándose hacia delante, se la clavó en su gran ojo azul, aprovechando la inercia del salto y empujando con todas sus fuerzas. La espada desapareció, y también su brazo, hasta la altura del codo. Sintió como si hubiera hundido el brazo en un enorme budín caliente.

El cíclope se desplomó bajo sus pies. Cayó de espaldas. Pese a la violencia del impacto, Cole no soltó la espada. Aturdido, se quedó sobre aquel gigante caído, observando la espesa sangre que brotaba de ese ojo reventado. Cole estaba vivo. El cíclope no.

157

Capítulo 13

Piedras de flotación

La espada no salió con facilidad, pero Cole consiguió sacarla. Aún atónito, se soltó del cíclope y se apartó de la enorme bestia trastabillando, con el brazo y la espada teñidos de rojo y goteando. Se encontró a Mira de pie, cubierta de vísceras negras, con la espada en la mano y un gesto de incredulidad evidente en el rostro.

—¿Cole?

A sus espaldas, el *Okie Dokie* había rebasado los límites de Parona y ahora descendía, esquivando otra bola de brea en llamas. Desapareció del campo de visión de Cole, que se giró y se quedó mirando el callejón vacío.

—Hay una serpiente.

—¿Una serpiente? —exclamó Durny, con un quejido.

—¿Durny? —dijo Mira

—¿Estás bien? —preguntó Cole, sorprendido.

—¿Qué serpiente? —insistió Durny.

—Una gigantesca —dijo Cole—. ¿Estás herido? ¿Te puedes poner en pie?

Mordiéndose el labio inferior, sacudió levemente la cabeza.

—Lo dudo. Dadme un momento. —Cerró los ojos

y se puso a frotarse el rostro, murmurando algo en voz baja.

—¿Qué está haciendo? —preguntó Cole.

—Intentando curarse a sí mismo con el forjado —dijo Mira—. No suele ser una buena solución. Debe de estar muy mal.

Cole miró a ambos extremos del callejón.

—La serpiente es grande. Y rápida. No podemos enfrentarnos a ella. —Miró hacia arriba—. Podría caer sobre nosotros.

—¿Durny? —preguntó Mira.

—No lo conseguiré —respondió, jadeando—. Usadme como cebo. Cole, escondeos y, cuando se me coma, atacad y cortadle la cabeza.

—¡No! —insistió Mira—. Si tú mueres, nosotros también moriremos. Nos han dejado solos.

—Puede que vuelvan —dijo Durny.

—No a menos que las catapultas se queden sin munición —dijo Cole—. He visto que ha caído un bote. Y la *Domingo* estaba en llamas.

Durny miró al cielo. Solo se veía un fragmento de cielo, azul y con nubes, porque los edificios de ambos lados tapaban el resto. La *Domingo* y los botes no estaban a la vista.

—Probablemente tengas razón. Estamos solos. Y aquí somos demasiado vulnerables. Deberíamos meternos en algún sitio. Tendréis que arrastrarme.

—¡Aaaargh! —gritó una voz en el callejón. Lyrus, con la coraza rayada y mellada, apareció trastabillando. Se les acercó cojeando—. ¿Quién ha matado a Gromar?

—¿Y la serpiente? —preguntó Cole.

—Yo me he encargado de Nimbia —declaró Lyrus—. Aunque fue una digna adversaria.

—¿La serpiente está muerta? —preguntó Mira.

—Decapitada y revolviéndose sobre sí misma.

—¿Era la última de los guardianes? —dijo Cole.

—Las catapultas seguirán defendiendo Parona hasta el fin —respondió Lyrus—. No las activé yo. Cuando vuestra nave disparó a Skelock, era inevitable que respondieran. Teníais permiso para aterrizar y llevaros el tesoro, no para atacar desde el aire.

—¿No puedes parar las catapultas? —sugirió Durny.

—No tengo control sobre ellas.

—¿Y nos dispararán a nosotros? —preguntó Cole.

—Solo si despegáis.

Al acercarse el guerrero, Cole vio dos grandes orificios en su coraza, de los que brotaba sangre.

—Estás herido —constató Cole.

—Me estoy muriendo —respondió Lyrus, con un jadeo fuerte—. No duraré mucho más. Pero juré protegerte hasta el fin —añadió, levantando la barbilla. Cuando llegó a la altura del cíclope, el soldado ladeó la cabeza—. ¿Quién lo ha matado?

—Cole —dijo Mira.

—¿Tú? —exclamó Lyrus. Cole le mostró la espada cubierta de sangre—. ¿Con esa espada minúscula?

El chico asintió.

—Te he juzgado mal —añadió Lyrus—. Estoy impresionado.

—Ven aquí —dijo Durny.

—Yo obedezco a Cole —respondió Lyrus.

—Hazlo —le ordenó Cole.

Lyrus se acercó y se arrodilló junto a Durny. El guerrero se quedó mirando las dos mitades de la tarántula destripada.

—¿Cómo ha podido suceder algo así?

160

—Yo soy forjador —dijo Durny—. Los semblantes son vulnerables a mí, en cierto modo. Cuando la araña me cayó encima, concentré todas mis fuerzas en partirla en dos. Nunca había hecho algo así. Pero me ha costado muy caro.

—¿Son graves tus heridas? —preguntó Cole.

—La araña me cayó justo encima —respondió Durny—. Tengo la columna rota y algunos órganos aplastados. También me mordió dos veces. He neutralizado la toxina y he reparado en parte las heridas para ganar algo de tiempo, pero las lesiones que tengo son mortales.

—Yo tampoco tengo mucho tiempo —constató Lyrus.

—Cole —dijo Durny—, pregúntale si esconde algún otro plan que pueda causaros algún daño directo o indirecto a Mira y a ti.

Cole deseó haberle planteado aquella pregunta antes.

—¿Es así?

—No tengo ningún otro plan —confesó Lyrus—. He cumplido con mi deber como protector de Parona. Todas las defensas están activadas, y por supuesto cumpliré mi palabra y no os haré ningún daño personalmente.

—¿No nos pondrás más pruebas en el camino? —insistió Cole.

—Ninguna —respondió el soldado.

—Dame la mano —dijo Durny.

Al ver que Cole asentía, Lyrus obedeció. Durny cerró los ojos, y unas gotas de sudor aparecieron en su frente. Los labios se le movieron sin emitir sonido alguno.

Los ojos del soldado se abrieron como platos.

—¿Qué has hecho?

—He anulado el veneno, he cerrado algunas heridas y he soldado algunos huesos fracturados —dijo Durny, soltándole la mano—. Es mucho más fácil curar a un semblante que a un ser vivo. No morirás antes de que Parona desaparezca.

—¿Y ahora qué? —dijo Mira.

—Las catapultas ya no disparan —apuntó Durny, con los ojos puestos en Lyrus.

—Dejan de funcionar cuando no hay objetivos al alcance —explicó el soldado.

—¿Volverán a activarse de nuevo si se acerca una nave?

—Ya están activas. Apuntarán contra cualquiera que llegue.

—¿Cuánta munición tienen las catapultas?

—Suficiente como para disparar sin cesar hasta que desaparezca Parona.

—¿Hay alguna posibilidad de que el capitán Post intente rescatarnos? —preguntó Cole.

Durny cerró los ojos.

—En estas circunstancias, no. Pocos castillos ofrecen resistencia a los intrusos. Este plantea una que es feroz. Los Invasores del Cielo no quieren perder a su forjador más experto, pero nunca enviarían rescatadores a un lugar con estas defensas, por nadie, ni siquiera por Adam.

Cole fijó la vista en Mira. ¿Estaban condenados? ¿Acabarían hundiéndose en la pared de nubes y desaparecerían con el resto de Parona?

—Debe de haber algo que podamos hacer.

Durny abrió los ojos.

—Claro que lo hay. Por algo estoy agarrándome a la vida. Tenemos que construir nuestra propia nave.

Requerirá un mínimo de cinco piedras de flotación. Sería mejor siete. Y necesitaremos algo que haga de casco de la propia nave.

—Nos iría bien tu ayuda —le dijo Cole a Lyrus.

—La tendréis —respondió el soldado.

—Supongo que no llegaste a coger mis herramientas, ¿no? —preguntó Durny.

—Estaban en uno de los botes que huyó —dijo Cole.

—¿Cuál fue el bote que cayó? —preguntó Mira.

—El *Melody* fue alcanzado por una catapulta —respondió Cole—. Se rompió en pedazos. Los hombres salieron despedidos.

—¿Los restos cayeron sobre Parona? —preguntó Durny, esperanzado.

—No, fuera.

—Esta misión es el peor desastre que hemos sufrido en años —observó Durny, frunciendo el ceño.

Cole se sintió fatal.

—He metido la pata hasta el fondo.

—No ha sido culpa tuya —le consoló Durny—. Nos has ayudado más allá de lo que era tu deber. Todos los invasores conocen los riesgos. Yo hablé con Lyrus, y Rowly también. A ninguno se nos ocurrió plantearle la pregunta clave. Tu luchador ocultó muy bien sus intenciones.

—Lamento vuestras pérdidas —dijo Lyrus—. Estaba cumpliendo con mi deber.

Durny se lo quedó mirando.

—¿Conoces Parona a fondo?

—Casi como si fuéramos una misma cosa.

—¿Podrías ayudarnos a localizar siete de las piedras de flotación más próximas? ¿Los nódulos que mantienen Parona a flote? Necesitamos extraerlas cavando lo mínimo y sin que se nos caiga algún edificio encima.

—Podemos acceder a alguna de ellas en las catacumbas —dijo Lyrus—. Seis, seguramente, siempre que las saquemos de diferentes sitios. La séptima empezaría a provocar cierta inestabilidad.

—Me bastan cinco —dijo Durny—. Pero tendrás que llevarme. Estoy paralizado de la cintura hacia abajo, y Mira carece de los conocimientos necesarios como para extraer piedras de flotación por sí sola.

Lyrus levantó a Durny del suelo, recogiendo al forjador herido en sus brazos. El soldado miró a Cole.

—Llévanos a la primera piedra flotante —ordenó Cole.

El soldado echó a andar. Cole y Mira le siguieron.

—Rezad para que Parona hoy avance despacio —dijo Durny—. Y para que esas nubes no sean lo que me parecen.

Para cuando hubieron extraído la quinta piedra, se había hecho de noche y llovía sobre Parona. Ninguno de los fuegos se había apagado en las antorchas, cuencos, calderos y platos repartidos por todo Parona, en el interior y el exterior. Las gotas lo salpicaban todo y crepitaban al entrar en contacto con las llamas.

Se había levantado viento, y la lluvia caía en diagonal. No se veían estrellas. La temperatura había descendido considerablemente.

Cole se había sentido inútil durante la recogida de las piedras. Las catacumbas que se extendían bajo Parona formaban un complejo laberinto, lo que les había permitido ir de una piedra de flotación a la siguiente sin necesidad de volver a la superficie. La mayor parte de los sinuosos pasillos entrelazados presentaban cráneos, fragmentos de esqueletos y huesos extraños incrustados en las paredes cerosas. Al llegar a cada una de las piedras, Lyrus había tenido que arrancar cera, hongos y mugre de las paredes o el suelo hasta dejar al descubierto la piedra. Mira ayudaba en lo que podía a Durny, pero era él quien hacía la mayor parte del trabajo, abriendo la superficie de piedra con la mente y manteniéndola abierta mientras Mira sacaba la piedra de flotación, de unos ocho o doce centímetros de grosor. El trabajo de Cole consistía en llevarlas. Cuando soltaba una, se quedaba flotando, en posición perfectamente estática. Las piedras de flotación se resistían al movimiento. Enseguida aprendió que era más fácil moverlas si lo hacía despacio.

Tras ayudar a Mira a extraer la quinta piedra de flotación, Durny se dejó caer hacia atrás, con el rostro pálido y cubierto de sudor. Cole dudaba de que hubiera podido extraer siete piedras, aunque estuvieran accesibles.

Habían salido de las catacumbas. Durny estaba descansando en el suelo, con los ojos cerrados, respirando sin mucha fuerza, pero de forma regular. Esperaban que Lyrus volviera con algo que pudieran usar como nave. Todos los edificios tenían una decoración espartana, y en Parona casi todo era de piedra, así que de momento no habían encontrado nada que fuera bien. El soldado les había asegurado que tenía varias ideas.

—Menudo lío. —Cole suspiró, mirando más allá de la columnata, al vapor que, crepitando, se elevaba desde los fuegos del patio, azotados por el agua de la lluvia—. Lo siento mucho.

—Me has salvado la vida —dijo Mira—. Y también a Durny.

—Si tú lo dices —respondió él, que, de pronto, sintió la mano de Mira en su hombro.

—¿Por qué lo hiciste? —preguntó ella—. ¿Por qué arriesgaste tu vida por mí? Estabas en un bote salvavidas. Podías haber escapado.

Cole se giró y vio que lo miraba con un gesto de asombro. Él mismo se había hecho aquella pregunta un par de veces mientras recorrían las catacumbas en busca de piedras de flotación. Se sentía algo culpable por haberse arriesgado así. Al fin y al cabo, Jenna y Dalton también necesitaban su ayuda. Si lo mataban, ¿quién los rescataría?

—No quería veros morir así. Habría sido culpa mía.

Ella meneó la cabeza.

—Somos esclavos, Cole. Tú viniste aquí porque te obligaron. Si quieres echar la culpa a alguien, échasela a los dueños de los Invasores del Cielo. Por muchas cosas que salgan mal, la culpa nunca será tuya.

—Quizá tengas razón —admitió Cole—. Aun así no quería ver cómo os mataban. No podía. Lo veía venir. Vi una ocasión de impedirlo y lo intenté. No había tiempo para pensárselo. Apenas me creo que funcionara.

—Bueno, es lo más valiente que jamás han hecho por mí. Y lo más inesperado. Gracias —dijo ella, que se acercó y le dio un beso rápido en la mejilla.

De pronto, Cole notó que no respiraba bien. Nunca se había sentido más cohibido ni más satisfecho. Dio orden a su boca para que no se abriera en una sonrisa bobalicona, pero los músculos de sus mejillas no le escucharon.

—¡Ajá! —exclamó Lyrus—. ¡El vencedor recoge su premio!

Cole, aún aturullado, intentó no mostrarse sorprendido ni azorado. El forzudo soldado traía algo a rastras. A lo mejor se refería a lo que había encontrado para usar como nave.

—¿Qué?

—Has salvado a una dama en apuros —expuso Lyrus—. Yo nunca he tenido ese placer. Hablas como un cobarde, pero actúas como un héroe. Eso lo respeto.

Lyrus dejó la caja en el suelo. Era un gran ataúd, con su forma tradicional, más ancho por la parte de los hombros y más estrecho por la de los pies, como un hexágono alargado. Solo que parecía hecho para un cadáver de dos metros y medio.

—¿Dónde has encontrado eso? —preguntó Cole.

—En una de las criptas. Había muchos. Deberías de haber visto el esqueleto. Tenía la cabeza de un toro. Un minotauro, probablemente.

Mira pasó una mano por el lado de la caja abierta.

—Parece sólido. No se ha podrido.

—Espero que sirva —dijo Lyrus.

Mira sacudió suavemente a Durny. El forjador chasqueó los labios y abrió los ojos. Miró el ataúd, se apoyó en un hombro y frunció los párpados para ver mejor.

—Oh, vaya. Un poco escabroso, ¿no? Pero tendremos que arreglárnoslas. —Miró a Lyrus—. ¿Cuánto tiempo tenemos?

—La tormenta ha acelerado nuestra deriva —respondió el soldado—. No más de dos horas.

Durny suspiró.

—Esperaba que los niños pudieran esperar a que pasara la tormenta antes de zarpar. Tendremos que trabajar rápido, y vosotros dos tendréis que enfrentaros a las turbulencias.

—¿No vas a venir con nosotros? —preguntó Mira, alarmada.

—No tendría sentido —insistió Durny—. Usaré mis últimas fuerzas para hacer que esto pueda volar cuanto antes. Yo tampoco duraré muchas más horas. Más vale que me despida del mundo con elegancia que pasar mis últimos momentos de vida como un peso muerto.

—Tienes que intentarlo —le suplicó Mira—. A lo mejor te pueden curar. Quizá…

Durny levantó una mano.

—Por favor, no me agotes más. No tenemos tiempo que perder. No entiendes las lesiones que hay en el interior de mi cuerpo. Me he forjado de un modo antinatural. Eso me ha proporcionado unas horas más de vida, pero ahora ya nadie puede curarme. No tengo ningún deseo de morir: es que simplemente es inevitable. Dame las piedras de flotación. Cole, ¿puedo hablar en privado contigo un momento?

—Claro —dijo Cole.

Mientras Mira y Lyrus se situaban en el otro extremo de la sala, Cole se agachó junto a Durny.

—Tienes que cuidarla —le susurró el anciano, con vehemencia.

—Lo intentaré.

—No puedo explicártelo todo, porque no me corresponde a mí hacerlo, pero esa niña es mucho más de lo que parece. Mi misión en la vida ha sido protegerla. Mi función como forjador de los Invasores del Cielo no ha sido más que una tapadera. Pero ya no podré protegerla más. Es un momento terrible para dejarla. Sin mí será vulnerable, y eso es inaceptable. El resto de las personas de Puerto Celeste no la cuidarán como yo. Nadie sabe lo que vale. Debes mantenerla a salvo a toda costa.

La intensidad de sus palabras sorprendió a Cole. Sabía que Mira era la aprendiza de Durny, pero no se había dado cuenta de que el viejo tuviera aquellos sentimientos por ella.

—¿Sois familia?

—No es de mi sangre —dijo Durny—. No tengo derecho a decirte más. Mi vida acaba aquí, esta noche. Prométeme que la protegerás.

Cole no estaba seguro de que pudiera protegerse ni a sí mismo en un lugar como Puerto Celeste. Pero le gustaba Mira, y Durny necesitaba quedarse tranquilo.

—Haré lo que pueda. Lo prometo.

El anciano parecía aliviado. Asintió lentamente.

—Eres un buen muchacho. Gracias por volver a por ella. Protégela con ese mismo valor, y estará en buenas manos —Levantó la voz—. Ya estamos. Cole, ¿por qué no vas a buscar unas cuantas armas o algún tesoro para llevaros? Me gustaría hablar en privado con Mira.

Capítulo 14

A merced de la tormenta

Siguiendo instrucciones de Durny, Lyrus colocó el ataúd sobre un costado, a su lado. Luego el soldado se llevó a Cole a unos metros.

—Durny está afrontando su fin con coraje —comentó.

—Estaría bien si no fuera por ti —respondió Cole.

—¿Le he traído yo, acaso? ¿Te he traído a ti? Esto es un campo de pruebas para héroes.

—No has hecho más que cumplir con tu deber, ¿verdad? Pues has escogido un mal momento para hacerlo tan bien.

—Te he dado toda la ayuda que he podido.

—Me sorprende que vencieras a esa serpiente. Parecía que te tenía.

—Me tenía —confirmó Lyrus—. Al final le arranqué la cabeza, pero no antes de que me hiriera de muerte. Si Durny no me hubiera curado, estaría muerto. Lo cierto es que mi enfrentamiento con Nimbia acabó en empate. Lo que me sorprendió es que tú te impusieras a Gromar.

Cole había limpiado la espada, pero la manga de su chaqueta de ante seguía luciendo una costra de sangre seca.

—A mí también me sorprendió.

—Has demostrado tu valía —dijo Lyrus—. Mereces una recompensa. ¿Qué tipo de premio prefieres?

—¿Tenéis armas especiales? Ya sabes, que estén forjadas para hacer cosas útiles... ¿O tesoros con propiedades secretas, como mi capa?

—Haces bien en preguntar. Hay tres piezas así: una pintura que predice el tiempo del día siguiente, una joya que siempre regresa a la primera persona que la besa, y un arco que no requiere flechas. Fueron creadas como recompensa para el ojo entendido, pero tú me has preguntado, y yo llevo puesto tu chal, así que estaré encantado de dártelas.

Moviéndose por las catacumbas para evitar la lluvia, visitaron tres cámaras de tesoros diferentes, todas ellas iluminadas con velas y antorchas. Lyrus envolvió cuidadosamente la pintura con un trapo. Cole besó la joya en cuanto la tuvo en sus manos. Tras recibir el arco, lo probó tirando de la cuerda. Cuando esta estuvo lo suficientemente lejos, apareció una flecha.

Lyrus sostuvo la pintura y el arco, de modo que Cole tuviera las manos libres para recoger otros tesoros. Cole intentó recoger cosas que pudieran gustar a los Invasores del Cielo, entre ellas un pequeño cofre cargado de joyas y monedas de oro. Se puso un anillo en cada dedo y varios colgantes alrededor del cuello. Lyrus también le recomendó que cogiera un par de capas con capucha para protegerse de la lluvia. Cole habría querido disponer de tiempo para examinar todos aquellos tesoros, pero Lyrus le informó de que tenían menos de media hora antes de que Parona llegara a la pared de nubes.

Al volver a donde habían dejado a Durny y Mira, Cole se encontró con Durny boca abajo. Mira estaba arrodillada a su lado. A la luz de la antorcha que iluminaba la sala, Cole vio los rastros brillantes de las lágrimas sobre sus mejillas. Tenía los ojos hinchados y enrojecidos.

—Se ha ido.

—Lo siento —dijo Cole.

—¿Consiguió acabar la nave? —preguntó Lyrus.

—Murió justo después de acabarla. Me advirtió de que podría ocurrir —dijo ella—. No podemos pilotar el ataúd, pero no debería ser necesario. Volará solo hasta el bazar. Es el destino más seguro que nos podía dar. Las entradas del despeñadero estarán cerradas de noche.

—Tenéis que zarpar —los apremió Lyrus—. Se agota el tiempo.

—¿Quieres venir con nosotros? —preguntó Cole.

—No sobreviviría al viaje. Más vale que me quede aquí, que es mi sitio.

—Durny me ha dicho que lanzáramos el bote desde el borde de Parona —dijo Mira.

—Tenía razón —confirmó Lyrus—. En cuanto estéis en el aire, las catapultas dispararán contra vosotros. La tormenta hará que no puedan apuntar bien, pero ¿por qué correr riesgos innecesarios?

—¿De verdad? —replicó Cole—. ¿Ese es tu consejo? ¡Acababas de enfrentarte con unos monstruos aposta!

Lyrus se encogió de hombros.

—Ella es una dama. Y no puedes luchar contra una bola de fuego. Cole, debería devolverte tu chal.

—Esperemos hasta que hayamos despegado —dijo él—. Por si acaso.

—Muy bien.

Colocaron las cosas que iban a llevarse en el ataúd. Cole y Mira se pusieron sus capas. Lyrus cogió el ataúd por un extremo y lo arrastró al exterior, bajo la lluvia.

Cole le siguió, sintiendo el repiqueteo de la lluvia contra la capucha. El viento soplaba a ráfagas, lo que dificultaba su marcha.

—No es la noche que yo habría escogido para volar en el ataúd de un minotauro —le dijo Cole a Mira, levantando la voz para que le oyera entre el fragor de la tormenta.

—He vivido días malos con los Invasores del Cielo —comentó Mira—, pero este se lleva la palma.

Siguieron a Lyrus hasta que este dejó el ataúd al borde de un patio y dio un paso atrás. Donde acababa el patio empezaba la noche, oscura e impenetrable.

—¿Y ahora qué? —preguntó Cole.

Mira se metió en el ataúd.

—Nos metemos dentro y yo le ordeno que se ponga en marcha.

Cole también se metió. El ataúd era lo suficientemente profundo, lo cual les daba bastante seguridad, pero lo único a lo que podían agarrarse eran los bordes. Era como ir sentado en una canoa primitiva.

—¿Quieres ya el chal? —preguntó Lyrus.

—Sí, por favor. —dijo Cole.

El soldado se quitó el chal, se lo entregó y dio un paso atrás.

—Que la suerte os acompañe.

—Muere con valentía —dijo Mira.

—Muere con valentía —repitió Cole.

Lyrus adoptó la posición de firmes, al estilo militar.

—Cuenta con ello. Que viváis una buena vida.

—¡A Puerto Celeste! —gritó Mira.

El ataúd se lanzó hacia delante. Cole se agarró de los lados con fuerza. La nave improvisada voló ligera, agitándose, tambaleándose y coleando, azotada por el viento cambiante.

Las catapultas empezaron a disparar. Unos cometas de fuego iluminaron la oscuridad, aunque ningún disparo les llegó cerca. Lanzaron tres bolas más, cada vez más lejos del blanco. Muy pronto toda la luz de los fuegos de Parona se perdió a sus espaldas.

Solo quedaba la oscuridad de la tormenta.

Entre la velocidad y el viento racheado, la lluvia les sacudía con violencia. Cole agachó la cabeza, intentando ocultarse tras los lados del ataúd. Se sentía como un avión de papel en un tornado. A veces, el ataúd se precipitaba hacia delante, a veces frenaba, a veces se hundía, a veces ascendía y a veces giraba sobre sí mismo. A menudo, se escoraba hasta casi ladearse, aunque nunca llegaba a volcar. No había modo de predecir sus movimientos, así que Cole se agarró con todas sus fuerzas.

Cole midió el tiempo contando cada segundo en que no salía disparado hacia la tormenta, cayendo hacia delante, rodeado por la lluvia. No había relámpagos ni truenos, pero el viento soplaba con furia, y la lluvia parecía decidida a ahogarle.

No tuvo ocasión de intercambiar ni una palabra con Mira. La tenía tan cerca que ocasionalmente chocaba con ella, y aquello era lo único que le decía que no estaba solo en el ataúd.

Aquel vuelo descontrolado se alargaba, y Cole empezó a dudar de que fueran a llegar nunca a su destino. No había modo de determinar si la nave avanzaba en la dirección correcta. A cada ráfaga de viento cabía la posibilidad de desviarse del rumbo. Lo único que podía hacer era agarrarse con fuerza mientras el ataúd se hundía, giraba, retrocedía, ascendía, se sacudía, traqueteaba, frenaba, aceleraba o coleaba.

El frío le hizo perder la sensibilidad de las manos. A pesar de la capa, tenía toda la ropa empapada. Los músculos le dolían del esfuerzo de mantenerse agarrado. El cuerpo le temblaba de la tensión constante. Cambió ligeramente de postura, intentando encontrar otros modos de sostenerse.

La tormenta no amainaba. No había dónde refugiarse. La furia de los elementos se desataba a su alrededor. El tiempo perdió todo significado.

Cole dejó de esperar que todo aquello acabara, y se limitó a aguantar, sin más. No supo que habían alcanzado su destino hasta que el ataúd impactó contra el patio del bazar. Mirando alrededor, vio las ventanas iluminadas de Puerto Celeste, quizás a unos cuarenta metros. Aún llovía a mares y el viento seguía aullando. Mira todavía tenía la cabeza gacha.

—¡Hemos llegado! —gritó Cole.

Ella levantó la mirada y salió del ataúd, temblando.

—Tenemos que entrar —dijo.

Antes de ponerse en marcha, Cole recogió su chal y el arco. Se había asegurado de sentarse encima de ambos. Miró el interior del ataúd, para ver si el resto de las cosas seguía allí. Estaba demasiado oscuro para estar seguro, pero daba la impresión de que todo lo demás había desaparecido, incluido el cofre de las monedas y la pintura encantada. Cole siguió a Mira por el patio, mojado y lúgubre, chapoteando entre los charcos fangosos y esquivando casetas y otros obstáculos ocultos entre las sombras. Cuando llegaron al porche, lanzó el arco y el chal por debajo de la plataforma de madera mientras Mira subía las escaleras. Le habían costado mucho esfuerzo y no tenía ninguna prisa por entregarlos. Aceleró el paso y llegó a la altura de Mira en el momento en que ella llamaba a la puerta.

—Está cerrada —dijo ella.

Al menos, en el porche, estaban a cubierto de la lluvia, aunque el viento seguía golpeándoles el rostro. Cole estaba a punto de decirle que nadie les oiría con el ruido de la tormenta cuando los cerrojos empezaron a soltarse. Eli abrió la puerta.

—¡Habíamos perdido toda esperanza! —exclamó, con una gran sonrisa, haciéndose a un lado para que pudieran entrar—. ¿Y Durny?

Mira meneó la cabeza.

—Solo nosotros dos.

Eli alargó el rostro un poco. Luego le dio una palmada a Cole con el dorso de la mano.

—¿Qué tal el aterrizaje sobre ese cíclope?

—Mejor para mí que para él —respondió Cole.

—Estás completamente loco —dijo Eli, meneando la cabeza—. Pero el caso es que aquí estás. El Creador protege a los locos y a los niños. Adam querrá veros. Nos ha dejado a unos cuantos de guardia, por si aparecíais.

Eli los llevó a la zona común, donde estaba Adam, sentado en su trono de jade. El aire cálido solo hizo que Cole se diera cuenta de lo mojado que estaba y del frío que tenía.

—¡Ooojo! —exclamó Adam—. ¡Los hijos pródigos regresan! Tenía el presentimiento de que apareceríais. ¿El forjador está con vosotros?

—No sobrevivió —informó Eli.

Adam frunció el ceño.

—¿Qué? ¿El hombre construye una nave y luego se olvida de subir a bordo?

—Murió haciéndola —explicó Mira—. Le había aplastado una araña enorme. Tuvo que emplear todas sus fuerzas para aguantar tanto.

Adam dio un puñetazo sobre el brazo de su trono.

—Por eso uno no envía a su mejor forjador a recoger piedras de flotación. Tenemos tres hombres menos valiosos que podían haber cumplido esa misión. Pero ni aunque les dieras un año de tiempo y les amenazaras de muerte, ninguno de ellos podría crear una espada saltarina. ¿Por qué dejaría que Durny me convenciera? Ahí fuera puede pasar cualquier cosa. Vosotros dos parecéis dos gatos puestos en remojo. ¿Estáis bien?

—Estamos bien —dijo Cole.

—Debió de ser un viaje de espanto —comentó Adam, chasqueando la lengua—. No me lo puedo ni imaginar. ¿Cómo guiasteis la nave?

—Durny preparó el ataúd para que llegara hasta el patio del bazar —respondió Mira.

Adam meneó la cabeza.

—Ese hombre ya no forjaba como antes. ¿Un ataúd, decís? No es que dé muy buen presagio.

—Está en el patio —dijo Cole.

—¿Habéis traído algo? —preguntó Adam.

Cole no quería mencionar el arco y el chal que había escondido bajo el porche.

—Lo intentamos. Creo que la mayoría se cayó por la borda. Ahí fuera está oscuro.

—Pero llevas unas cuantas joyas —observó Adam.

—Es cierto —respondió Cole, sonriendo tímidamente. Se le habían olvidado los colgantes y los anillos. Empezó a quitárselos.

—Joyas dignas de un rey. Los dos botes que sobrevivieron también descargaron algunas piezas valiosas. Volaremos con la *Vulture* mientras hacemos reparaciones en la *Domingo*. Como mínimo, en la caja de muertos que habéis traído habrá unas cuantas piedras de flotación que nos irán muy bien. Cole, he oído que volviste a ayudar a Durny y a Mira cuando ya habías subido a bordo de un bote salvavidas.

—Nos salvó la vida —dijo Mira—. La araña nos había dejado aturdidos, y un cíclope estaba a punto de acabar con nosotros. Cole lo mató.

—No es una acción muy inteligente —apuntó Adam—. En la mayoría de los casos, eso hace que, en vez de dos, haya tres cadáveres. Pero ese tipo de estupideces me parece admirable.

—Gracias… —dijo Cole—, supongo.

Adam le guiñó un ojo.

—Ambos habéis tenido un día muy duro. Tomaos mañana libre. Completamente: nada de tareas, nada de responsabilidades. Id a secaros y a dormir.

Capítulo 15

Mira

Cole sintió la luz del sol a través de los párpados. Estaba tan a gusto que no quería despertarse, pero abrió primero un ojo… y luego el otro.

La luz del día entraba por la ventana. La habitación estaba vacía. Las otras camas estaban hechas.

Al acostarse la noche anterior había encontrado la litera de Jace vacía. Los otros dos niños dormían. Después de ponerse ropa seca y meterse entre las sábanas, Cole había dormido como un tronco.

Sacó las piernas por el lado de la litera y se dejó caer al suelo. Cole no había tenido un día libre de verdad desde su llegada a Puerto Celeste. Cuando no estaba en alguna misión de exploración, tenía tareas que aprender y que ejecutar. Apenas sabía qué iba a hacer con un día entero para descansar, pero le pareció que el desayuno sería un buen inicio.

En la cocina, rascó el fondo de una tinaja y se echó un cucharón de gachas pringosas en un cuenco. También cogió algo de fruta, una manzana y una especie de cítrico morado. Últimamente tenían mucha fruta.

Cole se tomó su tiempo para desayunar. La zona común estaba desierta. En el exterior, el sol brillaba en un cielo azul como si la tormenta no hubiera existido. La *Bo-*

rrower y la *Vulture* probablemente estaban de expedición.

El cítrico morado resultó ser lo mejor del desayuno. Cole fue a coger una segunda pieza. En el camino de vuelta a su habitación, Mira salió a su encuentro, alcanzándole desde atrás.

—Buenos días —lo saludó—. Te has levantado tarde.

—A lo mejor llevo cuatro horas despierto —dijo Cole.

—Ni hablar. He ido a buscarte unas cuantas veces. Tenemos que hablar —dijo con tono serio.

Cole intentó pensar qué habría hecho mal. ¿Sabría algo del arco y el chal de debajo del porche? No se había molestado en esconderlos bien.

—¿Qué pasa?

Mira se le acercó algo más y bajó la voz.

—No nos deben oír. Ven conmigo.

Se puso delante y le guio por diferentes escaleras, pasando por el sótano, hasta llegar a las cuevas. Aunque los suelos, techos y paredes eran de piedra natural, la incorporación de pasarelas y escaleras de madera facilitaban los movimientos. En algunas partes, las cuevas tenían tantas alfombras, tapices y muebles que Cole casi se olvidó de que estaba bajo tierra.

De una de las pasarelas principales salía otra más estrecha. Al final encontraron una puerta. Mira se detuvo.

—Esta es mi habitación.

—Aquí no hay muchas puertas —observó Cole.

—Es verdad. Durny me consiguió esta habitación. Está aislada. Nunca entra nadie más que yo —dijo. Sacó una llave, abrió la puerta y entró—. Ven.

Cole entró tras ella y se quedó de piedra. La habitación era impresionante. Lo que más llamaba la atención era una enorme cama con dosel y sábanas de seda. También había un escritorio con elaboradas tallas, dos bonitos sofás, un par de sillones regios y una mesa de madera con dos bancos a juego. De las paredes colgaban bonitos cuadros, algunos de ellos tan anchos que no podía abarcarlos con los brazos abiertos. El suelo estaba cubierto de hermosas alfombras. En los estantes y en los rincones había estatuas de animales agazapados y merodeando. Unas lámparas de cristal lo iluminaban todo.

—¿De dónde has sacado todo esto?

—Lo he hecho yo —dijo Mira.

—¿Qué?

—He tejido las alfombras, he pintado los cuadros, he esculpido los animales y he construido los muebles.

Cole miró un cuadro más de cerca. Mostraba un tigre saltando por encima de un estanque, cerca de un bonito castillo, y el agua agitada reflejaba la imagen del felino algo borrosa. Parecía la obra de un profesional.

181

—Ni hablar. Te estás quedando conmigo.

—Me lo tomaré como un cumplido. Por favor, no menciones a nadie las piezas que tengo aquí. Durny quiso que ocultara mi talento, para que Adam no me tuviera esclavizada como artesana, trabajando día tras día.

—¿Lo dices de verdad? ¿Tú has construido esa cama?

—Las sábanas, las almohadas, todo. Durny me ayudó algo. Utilicé un poco el poder de forjado.

Cole se mordió el labio inferior.

—Si has utilizado tus dotes como forjadora, puede que empiece a creerte.

Ella suspiró, desalentada.

—Si eso te parece difícil de creer, espera y verás.

—Casi se me olvida —dijo Cole—. Hay más. ¿Qué es lo que querías decirme?

—Tú siéntate —dijo Mira, sentándose a su vez en uno de los sofás. Mira normalmente parecía muy segura de sí misma, pero ahora parecía bastante inquieta.

Los dos sofás estaban en ángulo recto. Cole se sentó en el otro, pero en el lado más próximo a ella.

—Tengo… algunos secretos.

—Vale —dijo Cole, paciente—. El primer paso para contar secretos es admitir que los tienes.

Mira bajó la vista.

—Mis secretos podrían ser peligrosos, Cole. Podrían meterte en problemas.

—Este lugar no es otra cosa que un nido de problemas. ¿Qué más da? Ya hemos vivido cosas bastante duras.

Ella lo miró fijamente.

—Lo sé. Por eso sé que puedo confiar en ti. Tengo que escoger bien a la gente en la que confiar. En Parona no tenías por qué arriesgar la vida por mí, pero lo hiciste. No creo que confiara en ti de no haber sido por algo así, pero ahora que no tengo a Durny necesito a alguien de mi lado. Antes de morir, me dijo que deberías ser tú. Y creo que tenía razón.

—Me pidió que te protegiera —dijo Cole—. Cuando hablamos en privado.

—¿Te lo digo?

—Ahora tienes que hacerlo. Me tienes intrigado.

—No es un cotilleo —le advirtió—. Estos secretos son importantes. Hay gente que ha muerto por ellos.

Cole se lo pensó. Su vida ya era una pesadilla. ¿Quería de verdad meterse en nuevos peligros? Era evidente que Mira le necesitaba. ¿Hasta qué punto podía ser grave?

—Adelante.

Ella soltó una risita nerviosa.

—Nunca le he contado esto a nadie que no supiera ya la mayor parte de la historia. Tú eres tan nuevo aquí… Casi no sé ni por dónde empezar.

—Tú ve al grano.

—¿Has oído hablar del Cruce? ¿Del forjador supremo?

—¿Es como el rey supremo?

—Sí —dijo Mira—. El forjador supremo es el rey supremo.

—Entonces sé que se quedó con algunos de mis amigos como esclavos —dijo Cole, malhumorado.

—¿De verdad?

—¿No te acuerdas? Yo llegué aquí porque habían secuestrado a mis amigos.

—Ya. Pero ¿cómo sabes que iban a ir con el rey supremo?

—Cuando me capturaron, una mujer me examinó. Dijo que no tenía ningún potencial como forjador. Pero a algunos de los otros (los que sí tenían potencial) los reservaron para el rey supremo. Entre ellos a Dalton y Jenna, dos de mis mejores amigos.

—Hmmm —dijo Mira—. Debe de necesitar más esclavos con potencial como forjadores. Podría ser malo para tus amigos.

—¿Y eso?

—Los esclavos que saben forjar son los que reciben el mejor trato. Y si van a ser esclavos, el palacio real es más cómodo que la mayoría de otros lugares en los que podrían acabar. Pero el rey supremo es un lunático. Cualquiera que trabaje cerca de él está en peligro.

—¿Qué quieres decir?

—Eso tiene que ver directamente con mi secreto. ¿Qué sabes del gobierno de los Cinco Reinos?

—Nada. Ni siquiera sé muy bien qué son.

Mira asintió.

—Hay cinco grandes reinos en las Afueras: Sambria, donde estamos ahora; Necronum; Elloweer; Zerópolis y

183

Creón. El Cruce se encuentra más o menos entre todos los reinos. Es donde está Ciudad Encrucijada, la capital de las Afueras. Los Cinco Reinos antes estaban gobernados por cinco grandes forjadores. El forjador supremo estaba por encima de todos ellos y vivía en Ciudad Encrucijada. Juntos formaban el Consejo de Gobierno y gobernaban sobre las Afueras de común acuerdo. Solo que hace unos sesenta años el forjador supremo decidió que quería todo el poder para sí. El gran forjador de Zerópolis se convirtió en su marioneta, y los otros cuatro se escondieron.

—¿Es ese el secreto?

—Ese es el contexto. No sabías nada de todo esto, ¿no?

—No. ¿Y ahora quién es el forjador supremo?

—El mismo que entonces —dijo Mira—. Los forjadores más expertos tienen medios para ralentizar el proceso de envejecimiento. Pueden vivir cientos de años.

—¿Y los grandes forjadores son muy poderosos?

—Suelen ser los mejores.

—¿Y qué tiene esto que ver contigo?

—Ya voy, espera. Hace más de sesenta años, el forjador supremo vivía con su esposa y sus cinco hijas. Las cinco niñas prometían como forjadoras. Su padre, no tanto. Aunque procedía de una larga dinastía de forjadores, y se había casado con una mujer que era una forjadora de gran talento, tenía el cargo más por pedigrí y por sus estrategias políticas que por su talento. En cualquier caso, un día se produjo un terrible accidente, y todas sus hijas murieron.

—¿Qué ocurrió?

—Su carroza cayó de un puente y se hundió en un río caudaloso. Fue un notición por todas las Afueras. Todos los reinos guardaron luto. Pero yo sé algunos secretos sobre el accidente. Secretos que tienen que ver con el forjador supremo. Cosas que él haría lo que fuera para tapar.

—¿Estaba implicado?

Mira se quedó mirando a Cole en silencio.

—Estamos hablando de la persona más poderosa de todas las Afueras. Y sí, él fue el responsable del accidente. Él lo planeó.

—¿Sus propias hijas?

—No creo que nunca las viera siquiera como hijas —dijo Mira—. Más bien eran rivales.

—¿Ese tipo mató a sus propias hijas? —exclamó Cole—. ¿Y no le hicieron nada?

—Aún gobierna en las Afueras —le recordó Mira—. Casi nadie sabe lo que pasó de verdad. El rey supremo es implacable y egoísta. Destruyó a su propia familia para obtener lo que quería. Cuanto más crece su poder, más gente ve ese lado suyo. Y su poder crece cada año. Cada día.

—¿Y mis amigos iban a ir con ese tipo? —preguntó Cole, horrorizado.

—Con un poco de suerte no trabajarán directamente para él —dijo Mira—. El secreto no acaba ahí, pero, de momento, no quiero decirte más. Cuanto más sepas, más peligro correrás. El forjador supremo ha matado para mantener estos secretos a salvo y no dudará en volver a hacerlo. Pero yo quería que supieras lo suficiente como para darte cuenta de la gravedad de mi situación.

—¿Y cómo te has enterado tú de todo eso?

—Mi madre está próxima al forjador supremo. Yo antes vivía en su palacio. Ella aún está allí. Si sigo, acabaré contándotelo todo. Mi madre me alejó de ese lugar por mi propia seguridad y luego envió a Durny para protegerme.

—¿Tu madre y tú erais esclavas?

—No éramos esclavas. Me marcaron como parte de

mi tapadera, para ayudarme a esconderme. Pero cualquiera que sea el motivo de mi marca, el hecho de llevarla me convierte en esclava, igual que tú o cualquier otro.

Cole acarició el brazo del sofá. Solo el hecho de que Mira hubiera aceptado convertirse en esclava para poder ocultarse daba idea de su desesperación.

—¿Y por qué me lo cuentas?

Después de echar un vistazo a la puerta, Mira bajó la voz:

—Porque Durny y yo estábamos planeando la huida.

—¿De Puerto Celeste?

Mira asintió.

—¿Y eso?

—Mi madre usa una señal especial para avisarme cuando se avecinan problemas —dijo Mira—. La señal también puede servir para que sus mensajeros me encuentren. Pero solo la usa en caso de emergencia. Hace poco apareció, y Durny decidió que teníamos que irnos a otro sitio.

—¿Qué señal? —preguntó Cole—. ¿Qué tipo de peligro se avecina?

Mira escrutó a Cole atentamente.

—No puedes soltar ni una palabra de todo esto. A nadie. Nunca.

—Te lo prometo.

—Mi madre es forjadora. Puede poner una estrella especial en el cielo, justo encima de mí. No muy brillante, pero con un tono rosado característico.

—Un momento —dijo Cole—. ¿Tu madre puede crear una estrella?

—En realidad, no la crea. Eso ni siquiera sería útil, porque el cielo cambia continuamente. Es más bien la imagen de una estrella, tan arriba que se pierde en el cielo nocturno. La primera y única vez que lo hizo, mi estrella se quedó justo encima de mí hasta que Durny me encontró, y luego desapareció.

—¿Y no es posible que algún enemigo siga la estrella para encontrarte?

—Si supiera lo que busca, sí. Por eso el secreto no debe salir de aquí. Sin ayuda externa, habría que conocer muy bien las estrellas para reconocerla. Mi estrella es de un color característico, pero bastante tenue. Aquí casi nadie estudia las estrellas, porque el cielo nocturno tiene un comportamiento muy extraño. Sería complicado detectar una nueva estrella entre todo ese caos. Y aunque se dieran cuenta de que había una nueva estrella fija, a menos que entendieran qué significaba, no tendrían motivo para seguirla hasta situarse justo debajo.

—¿Sabe tu madre que Durny ha muerto? ¿Enviará a alguien en tu ayuda?

Mira se agarró al borde del sofá.

—La señal llegó antes de que Durny muriera. No creo que mi madre sepa que he perdido a mi protector. Es posible que la estrella esté guiando a un mensajero a mi encuentro. Pero también podría ser solo un aviso. En todos mis años de vida, la única vez que puso una estrella en el cielo fue para guiar a Durny hacia mí. Eso fue todo. Pero hace siete noches mi estrella volvió a aparecer.

—Un momento. ¿Es eso lo que viste? ¿Cuando estábamos en el patio, junto al porche?

—No pude ocultar mi sorpresa. Miro las estrellas cada noche, por si acaso. Nunca hay nada, pero, aun así, sigo mirándolas. Lo último que esperaba era ver mi estrella en lo alto. Me asustó.

—Y Durny decidió que debías escapar.

—Sí. En cierto modo, la estrella le causó la muerte. Probablemente sea algo más que una advertencia, porque sigue en el cielo. Un aviso solo habría durado una noche o dos. Pero como la estrella se mueve conmigo, un mensajero podría seguirnos allá donde fuéramos. Cuando le conté a Durny lo de la estrella, quiso recoger unas cuantas piedras de flotación para hacer una nave.

—¿No bastaba con robar un bote salvavidas?

—Aquí son muy implacables con los esclavos que huyen —dijo Mira—. Los Invasores del Cielo estarían furiosos solo con eso, aparte de con el hecho de que les robáramos. El plan de Durny consistía en sisar unas cuantas piedras mientras recogíamos otras para los Invasores. Él construiría la nave fuera de Puerto Celeste, de modo que pudiéramos partir en cualquier momento. Habríamos despegado desde el borde del Despeñadero, cerca de una de las paredes de nubes, y luego lo habríamos dejado caer al vacío una vez lejos de aquí, y habríamos seguido a pie. Habríamos desaparecido sin dejar rastro.

Cole se sentó al borde del sofá.

—¿Aún quieres huir?

—No «quiero» huir —aclaró ella—. Es increíblemente peligroso. Los Invasores del Cielo vendrán a por mí y me castigarán si me pillan. Pero la señal de mi madre estaba tan clara ayer como la primera noche, y no seguiría ahí si no fuera algo importante. Si escapo, puede que consiga evitar el peligro, y el mensajero podrá llegar hasta mí igualmente.

—¿Y si no es más que un mensaje importante? ¿Si la gran amenaza no es tal?

—Entonces no hace falta que huya. Pero estoy segura de que el mensaje supone grandes problemas. Probablemente algo de vida o muerte. No puedo arriesgarme a quedarme quieta, sin más. Durny ya arriesgó mucho pidiendo permiso para ir personalmente a recoger piedras de flotación.

Cole se quedó pensando en todo aquello. Solo se le

ocurrió un motivo por el que Mira querría explicarle tantas cosas.

—¿Me estás pidiendo que huya contigo?

Ella se lo quedó mirando.

—Ya he esperado demasiado. Tengo que irme. Las únicas preguntas son cuándo, cómo, y si tú quieres venir conmigo.

Cole hundió la cara en las manos. Digerir todo aquello de golpe no era fácil. Él quería escapar desde el momento en que había llegado. Tenía que ir a por sus amigos. Sería estupendo tener compañía, especialmente alguien que supiera tanto de las Afueras. Y, aparentemente, Mira sabía cómo llegar hasta el rey supremo.

—Si escapamos, ¿me ayudarás a encontrar a mis amigos? —preguntó Cole.

—Podría indicarte el camino a Ciudad Encrucijada —dijo Mira—. Pero sería una locura intentar llevarte esclavos del rey supremo tú solo —Mira bajó la voz—. Conozco a gente que quiere derrocar al rey supremo. Gente que podría ayudarte a encontrar a tus amigos. Gente con la que tendrías alguna ocasión de conseguirlo.

—¿De verdad? —Cole casi no se lo quería creer.

—Yo quiero que el forjador supremo caiga —susurró Mira—. Si conseguimos huir, te ayudaré en lo que pueda.

Cole se sintió tan aliviado que habría querido darle un abrazo. ¡Aquello era más de lo que podía esperarse! La idea de no tener que afrontar el rescate de sus amigos solo y sin conocer el terreno le quitaba un enorme peso de encima.

Pero aún no habían escapado. Mira tenía muchos ojos encima. Además, ambos eran esclavos marcados. ¿Hasta dónde podrían llegar sin que les descubrieran?

—¿Cómo crees que deberíamos hacerlo? —preguntó Cole.

189

—¿Vendrás? —dijo Mira, con un tono de alivio en la voz que hizo que Cole acabara de decidirse.

—Siempre que tengamos un plan decente.

—No tienes por qué dejarte arrastrar por mí. Sin mí probablemente no correrías ningún peligro.

—Tienes razón. Mejor ve sola.

—Lo entiendo —dijo ella, con gesto de decepción.

—Es broma —respondió él, con una gran sonrisa—. Es que me ha hecho gracia que me pidieras ayuda y que intentaras quitarme la idea de ir al mismo tiempo. Mira, yo haría cualquier cosa por salvar a mis amigos. Si además puedo ayudarte a ti, mejor aún.

—Desde luego, podemos ayudarnos el uno al otro —dijo Mira—. Pero, aunque yo quiera ayudarte, no olvides que ir conmigo puede suponerte la muerte. El forjador supremo me odia, y odia a la gente que pueda ayudarme. Los secretos que conozco suponen un peligro para él. Si estás conmigo, acabará odiándote a ti también.

—La verdad es que no me importa —replicó Cole—. Él tiene esclavizados a mis amigos. No es que le tenga un especial cariño.

Mira respiró hondo.

—Vale. O sea, que vamos a huir juntos.

—La cuestión es cómo.

—Ahí es donde se complica la cosa. A pie, tan cerca del Despeñadero sería temerario, pero si escapamos de día nos encontrarían enseguida. Tanto si vamos a pie como si robamos caballos, nos darán caza en un momento. No creo que lo consiguiéramos.

—¿No podemos robar una nave?

—Para gobernarla necesitaríamos llevar una piedra de pilotaje —dijo Mira—. Si no, no respondería. Durny robó unas cuantas por si necesitábamos un bote salvavidas, en caso de emergencia, y sé dónde las tiene. Pero eso pondría doblemente rabiosos a los Invasores del Cielo. Sabrán cómo hemos huido y nos perseguirán sin darnos tregua.

—¿Y si intentas modificar el ataúd? —sugirió Cole—. ¿Podrías hacerle algo que permitiera gobernarlo?

—Podría intentarlo —dijo Mira con un suspiro—. No estoy muy segura de conseguirlo. Nunca he hecho nada parecido yo sola. Estoy convencida de que los otros forjadores ya se habrán llevado las piedras de flotación para usarlas en un nuevo bote salvavidas. Adam querrá reemplazar lo antes posible el que hemos perdido.

Cole cruzó las manos.

—Yo creo que solo por el hecho de escaparnos ya estarán suficientemente enrabietados. Si robar un bote salvavidas aumenta nuestras posibilidades de huir, creo que deberíamos correr el riesgo de hacerlos enfadar aún más.

Mira asintió.

—Eso tiene sentido. Probablemente, sea nuestra única opción realista.

—¿Cuándo pensabas partir?

—Pronto. Probablemente mañana a primera hora, en cuanto abran el muelle, pero antes de que zarpe ninguna nave. Cuando las naves vuelven, al final del día, cierran el muelle de despegue enseguida.

—Nos perseguirán —dijo Cole—. Las naves no pueden volar mucho por encima de tierra firme, ¿verdad?

—Como mucho unos cien metros —respondió Mira—. Las piedras de flotación solo funcionan en el cielo, más allá del Despeñadero.

—¿Mañana?

Mira lanzó una mirada a la puerta y, con gesto serio, asintió.

—Mañana.

Capítulo 16

El mensajero

Mientras Cole comía algo, en la zona común, un extraño entró por la puerta. Twitch estaba sentado algo más allá, con los codos plantados sobre la mesa, mordisqueando una gran costilla de buey. Mira comía fruta en el otro extremo de la sala. Cole había estado observando a todos los que comían y charlaban en el comedor con cierta distancia. Aquel sería su último día. Por la mañana, Mira y él huirían para siempre. No volvería a comer allí. No vería más a Twitch, a Jace, a Adam ni a ninguno de los demás. No tendría que embarcarse en misiones de rescate en las que arriesgaba la vida constantemente. Y por fin tendría una ocasión real de encontrar a Dalton y a Jenna. Si acababa regresando a aquel lugar, sería que Mira y él habrían fracasado, y a saber qué castigos les esperarían.

Un par de rescatadores escoltaron al extraño. Llevaba vaqueros oscuros, unas botas polvorientas y una chaqueta de cuero gris con tiras negras a lo largo de las mangas. El tipo se quedó mirando la sala con más interés que temor. Era de altura media, llevaba el cabello corto y una perilla. Podría tener treinta años, pero quizá se acerara más a los cuarenta.

Muchos dejaron de comer al ver entrar al extraño, al

que escoltaron hasta donde estaba Adam, sentado en su trono de jade.

—¿Quién es este? —preguntó Adam.

—Quiere verte —dijo uno de los que lo acompañaban.

—No conozco a este tipo —replicó Adam—. ¿Quieres unirte a nosotros?

—No —dijo el hombre.

—Los compradores tienen que hablar con Rowly o Hollis. Los mercaderes con Finch.

—Yo necesito hablar contigo —dijo el hombre, recorriendo la sala con la mirada—. En privado —añadió.

—¡Ja! —gritó Adam, dando una palmada contra el brazo de su trono.

—Aquí todos tenemos participación en el negocio, amigo, y los que aún no la tienen la tendrán, si viven lo suficiente. Así que lo que tengas que decirme a mí se lo puedes decir a todos.

—Muy democrático —respondió el hombre, aunque no parecía estar de acuerdo—. Pero es que lo que tengo que decirte no es apto para todos los oídos.

Adam frunció los párpados.

—¿Cómo te llamas, extraño?

—Joe McFarland.

—¿Eres de Zerópolis?

—¿Cómo lo has sabido?

—¿Aparte de tu vestimenta, tu actitud y el arma escondida bajo la axila izquierda, quieres decir? Joe, estás lejos de casa, así que te ahorraré tiempo. Esta gente se juega la vida a diario. Tu mensaje no inquietará a nadie tanto como crees. No le demos más vueltas. Suéltalo.

Joe suspiró.

—Un gran destacamento de la Legión Central se dirige hacia aquí. Quieren capturar a uno de tus esclavos —dijo.

Mira y Cole se miraron desde extremos opuestos de la sala y apartaron la vista enseguida. Tampoco tenía por qué ser ella, ¿no? Pero el forjador supremo vivía en Ciudad Encrucijada, sede de la Legión Central, y su madre le había enviado un aviso.

—¿Legionarios? —preguntó Adam, incrédulo—. Nadie va a hurgar en mi negocio y a llevarse a uno de mis esclavos. El forjador supremo es uno de mis mejores clientes.

—El forjador supremo quiere a ese esclavo mucho más de lo que desea tus cachivaches —dijo Joe—. Estamos hablando de cuatrocientos soldados profesionales.

—¿Cuatrocientos? —respondió Adam con arrogancia—. ¿Sabes lo que tardarían cuatrocientos legionarios en llegar desde Ciudad Encrucijada hasta el Despeñadero? ¡La mayoría del territorio intermedio está vacío!

—Ya lo he visto —dijo Joe, sin inmutarse—. El forjador supremo no está para bromas. Reducirán tu negocio a cenizas para conseguir lo que quieren.

—Que lo intenten —fanfarroneó Adam, y varias voces en la sala salieron en su apoyo.

—Si no hacéis nada, se llevarán lo que han venido a buscar —le advirtió Joe—. No puedes imaginarte el valor que tiene esa persona. Déjame que me la lleve de aquí. Si registran el lugar y ven que no está, tus problemas se acabarán enseguida. —Miró alrededor y vaciló antes de proseguir—. ¿No podemos seguir hablando de esto en privado?

—¿Registrar este lugar? —protestó Adam.

—Escucha, amigo. Nadie se cruza en el camino del forjador supremo. No es bueno tenerlo de enemigo.

—Eso ya lo sé. Pero el Despeñadero está en un extremo del mapa, muy lejos de todas partes, y este negocio lleva en marcha cientos de años. No me importa cuántos hombres vengan; no vamos a dejar que nadie nos mangonee, y mucho menos en nuestra propia casa. ¿Qué tipo de artimaña es esta? Me huele a que quieres llevarte gratis a uno de mis esclavos.

—No es ningún truco —replicó Joe—. No quiero ningún regalo. Te pagaré el doble del valor de mercado del esclavo. No perderás nada. Pero la legión no tardará en llegar. Si queremos disponer de alguna oportunidad, tenemos que irnos lo antes posible.

—¿De qué esclavo estamos hablando? —preguntó Adam—. Casi todos nosotros hemos sido esclavos en algún momento. ¿Has venido a por mí?

Joe echó una mirada a la sala; se estaba empezando a desesperar.

—Ese dato solo puedo comunicártelo en privado. Es una información peligrosa para cualquiera que la oiga.

—Entonces no veo por qué debería tener tanta prisa por oírla yo —respondió Adam, que se cruzó de brazos.

Joe suspiró.

—Sea como sea, lo sabrás muy pronto. La legión me sigue los pasos. Retrasa tu decisión, y tus opciones menguarán. Acabarás traicionando a uno de los tuyos. ¿Quieres que el forjador supremo demuestre que puede llevarse todo lo que quiera de tu casa? Al principio serán diplomáticos, pero, de un modo o de otro, acabarán por llevarse lo que vienen a buscar.

—¿Qué esclavo es? —dijo uno de los presentes.

—Suéltalo —exclamó otro.

Con las manos en las caderas y la mirada en el suelo, Joe meneó la cabeza.

—¿Se trata de Cole? —dijo Adam, probando suerte—. Es nuestra última adquisición.

Todos los ojos se posaron en Cole, que se encogió en su silla.

Joe siguió con la vista las miradas de los demás y resopló levemente.

—No puedo decirlo. No quiero mostrarme enigmático ni difícil. Es que simplemente sería más seguro para todos acabar con esto de la forma más discreta posible.

Adam apoyó las botas en un taburete.

—Lo de enigmático no se te da muy bien, pero desde luego lo de difícil sí. Aquí todos nos conocemos, Joe. Si alguien desaparece, todos los demás se darán cuenta de que ya no está.

—No de inmediato —respondió Joe—. Y no sabrán por qué. Necesitamos todo el tiempo y toda la discreción posibles.

Adam frunció el ceño.

—¿Quién podría interesarle al forjador supremo? ¿Es Durny? ¿Nuestro Forjador Jefe? Si es así, llegas tarde. Lo hemos perdido.

—No es él —aseguró Joe.

Cole evitó mirar en dirección a Mira. Estaba preocupadísimo. Tenían que estar hablando de ella.

Adam levantó la voz:

—¿Algún rastro de legionarios?

—Hemos visto señales de que se acerca un gran grupo —respondió una voz, cerca de la puerta—. Muy grande. Pensábamos que podía ser un rebaño de búfalos. También podrían ser jinetes. Si es así, son muchísimos.

—Cientos —precisó Joe.

Adam se puso en pie. Era más alto que Joe, y más corpulento.

—No estoy seguro de si intentas solucionar nuestro problema, de si tú eres la causa o de si pretendes aprovecharte de él.

—Puedo aclarártelo todo en privado —insistió Joe.

—En cuanto hayamos acabado, se lo contaré a los demás.

—Correré el riesgo.

Adam se lo quedó mirando con cara de muy pocos amigos.

—Llegan jinetes —anunció alguien desde el exterior—. Tres legionarios.

—Se nos acaba el tiempo —le apremió Joe.

—Una avanzadilla —dijo Adam—. Quizá lo mejor sea oír ambas versiones.

—Mentirán —insistió Joe—. Te presionarán. Escúchales… y acabarás entregándoles al esclavo.

Se oyeron las pisadas de unos caballos en el exterior. Todo el mundo se giró hacia la puerta.

—Has perdido la ocasión de exponer tu causa —dijo Adam.

Joe se acercó a Adam y le susurró algo al oído. Los hombres que escoltaban a Joe se abalanzaron para intervenir, pero Adam, con los ojos como platos, levantó una mano para evitarlo. Adam le contestó algo, también en un susurro. El extraño le respondió.

—¿Quieres esconderte? —le preguntó Adam.

—Solo si me entregas al esclavo.

Adam frunció el ceño. Los pasos de los caballos se pararon al otro lado de la puerta. Joe se apartó y se sentó a una mesa. Adam volvió a su trono. Un hombre vestido con uniforme azul oscuro y bordones dorados entró, seguido de otros dos. Los tres avanzaron con paso firme. Llevaban espadas al cinto y el casco bajo el brazo.

—Soy el capitán Scott Pickett y busco a Adam Jones —anunció el primer legionario. Lucía un pequeño bigote perfectamente perfilado y el cabello sudoroso aplastado por haber llevado el casco.

—Me ha encontrado, Pickett —respondió Adam—. No nos conocemos. ¿Qué le trae al fin del mundo?

—Un asunto de escaso calado para usted, pero de gran importancia para nuestros líderes —respondió Pickett—. ¿Podemos hablar en privado?

—Aquí dirigimos el negocio en público —dijo Adam—. La mayoría de los presentes tienen participación en la empresa.

—Como quiera —se apresuró a responder Pickett. Parecía algo incómodo, pero no apartaba la mirada de Adam—. Hace un tiempo robaron una esclava al rey supremo. Su majestad querría que se la devolvieran. Hemos seguido su rastro hasta este lugar. En principio, no le consideramos responsable a usted del asunto; es posible que no supiera que era una propiedad robada.

Cole hizo grandes esfuerzos por no mirar a Mira. Ella le había dicho que antes de huir del forjador supremo no era esclava. El soldado debía de estar mintiendo para obtener lo que quería.

Adam echó una mirada rápida a Joe y cambió de postura sobre el trono.

—Todos los esclavos que tenemos han sido comprados y pagados.

—Lo entiendo —dijo Pickett, asintiendo—. Teniendo en cuenta la molestia, le daremos cinco veces su valor.

Adam soltó un silbido suave pero prolongado.

—Los esclavos no salen baratos. Si esta esclava ya es propiedad del forjador supremo, ¿por qué va a pagar tanto por ella?

—El rey supremo le tiene un gran apego…, y quiere que el asunto se resuelva lo antes posible.

—¿Trae los papeles?

—El asunto es… delicado —respondió Pickett, evasivo.

—Pero sin duda tendrá un certificado de propiedad.

—Tiene la palabra de la legión y del rey supremo.

Adam se frotó la barbilla.

—Si puede pagar cinco veces su valor, sin duda podrá ofrecer diez —propuso.

Pickett tardó un momento en reaccionar.

—Supongo que podría arreglarse —respondió.

Cole se agarró al borde de la mesa con fuerza. ¿Adam iba a ponerse a regatear? Mira tenía que salir de allí de inmediato.

—Ya veo —dijo Adam—. ¿Y si puede pagar diez, por qué no cien?

—No vamos a… —replicó Pickett, pero Adam le hizo callar levantando un dedo.

—El forjador supremo tiene un gran capital, este es un asunto delicado y yo ofrezco artículos de gran valor. ¿Por qué no mil?

Pickett irguió la espalda y endureció el gesto.

—No crea que puede abusar de la legión, señor. El rey supremo preferiría resolver este asunto de forma civilizada. Entiende el valor de esta operación, pero no dudará en llevarse sin más lo que le pertenece. El comandante Rainier se dirige hacia aquí con un destacamento de…

—¿Cuatrocientos hombres?

—Al menos.

Adam frunció los párpados.

—¿Y por qué iba a enviar a tantos hombres para una sola esclava que no puede demostrar que es suya?

—No hemos venido solo a por la esclava —explicó Pickett—. También nos vamos de expedición para enfrentarnos a Carnag.

—¿Carnag? —repitió Adam—. ¿Por fin el rey supremo va a tomar cartas en el asunto?

Pickett se pasó una mano por el cabello.

199

—Las noticias sobre el monstruo son muy inquietantes. Hemos visto cosas raras en los Cinco Reinos, pero nunca algo así. Está vaciando ciudades más rápido que una peste. La milicia local y los pequeños destacamentos de legionarios enviados ni siquiera han conseguido recabar información fiable.

Adam frunció el ceño y miró fijamente a Pickett.

—¿Quién es esa esclava?

—Actualmente se hace llamar Mira.

A diferencia de todos los demás, Cole no se volvió en dirección a su amiga. La noticia no le sorprendió. Pero al menos ahora estaba seguro. Jace se puso en pie de un salto.

—¿Mira? ¿Qué queréis de Mira?

Pickett la miró a ella, y luego a Jace.

—No quiero nada. Cumplo órdenes. Ninguno de vosotros conocéis a esta esclava. No sabéis nada de ella. Llegó aquí con una identidad falsa. El rey supremo recuperará lo que es suyo.

Cole oyó a lo lejos el repiqueteo de un gran grupo de caballos al trote. Muchos otros reaccionaron al murmullo. Por un momento, no se oyó nada más en la sala.

Pickett se aclaró la garganta cubriéndose la boca con la mano enguantada.

—Créanme que este asunto se resolverá de un modo mucho más agradable para todos si lo hacemos antes de que llegue el comandante Rainier.

Cole se arriesgó a echar una mirada a Mira, que tenía los ojos bien abiertos, con el miedo y la incertidumbre grabados en el rostro. Las cosas se estaban precipitando. Tenían que huir. ¿Qué podía hacer?

—La niña tiene habilidades como forjadora —dijo Adam—. Eso le da un valor nominal de al menos cinco veces el de un esclavo sin talento.

—Entendido.

—¿Y nos dará diez veces su valor?

—¿Cincuenta veces el valor de un esclavo común? Supongo que podría arreglarse.

—¿Lo supone o está seguro? ¿Está autorizado a negociar o no?

Pickett se frotó el bigote.

—Muy bien. Si zanjamos el asunto sin altercados, de acuerdo.

Cole se puso en pie y se dirigió hacia la puerta trasera.

Si se mantenía pegado a las paredes, lejos del centro de la sala, quizá pudiera pasar desapercibido. Twitch se lo quedó mirando con gesto de reproche, pero consiguió alejarse sin atraer la atención. Algunos hombres le miraron, pero la mayoría tenía los ojos puestos en la negociación.

Adam se frotó las manos.

—Esa es una oferta generosa. Parece demasiado buena como para ser verdad. Los negocios casi nunca son así. Eso hace que me pregunte qué me estoy perdiendo.

—El rey supremo quiere a la niña y preferiría solucionar el asunto discretamente —respondió Pickett—. Aun así, esta es mi mejor oferta. No puedo darle más.

Cole llegó al vestíbulo donde se abría la puerta trasera. Se giró hacia los negociadores y luego embocó el pasillo. Unos pasos más y ya no le verían desde la zona común.

—¿Dónde te crees que vas, chico? —le espetó Pickett.

Cole se quedó de piedra. Se volvió intentando mantener la compostura. El legionario le miraba fijamente, al igual que todos los demás.

—Tengo que ir al baño —se disculpó Cole—. Estaba intentando aguantarme, pero no podía más —dijo, esbozando una sonrisa y cruzando las piernas.

Pickett lo despachó con un gesto de la mano.

—Bueno. Pero no tardes.

Cole recorrió el pasillo a paso ligero y se echó a correr cuando supo que ya no le veían. Atravesó la puerta trasera y oyó con mucha más claridad el estruendo de los caballos que se acercaban. La legión no estaba aún a las puertas, pero a juzgar por el ruido, los soldados no tardarían más de un minuto o dos.

Encontró el arco y el chal bajo el porche, justo donde los había dejado. ¿De verdad iba a ponerse a disparar a esos soldados?

Por Mira, si tenía que hacerlo, quizá sí. Puede que hubiera un gran ejército de camino, pero Cole dudaba de que los caballos volaran. Mira tenía que subirse a una nave.

Cole atravesó a la carrera otros pasillos y llegó a su habitación. Si iban a escapar, necesitaría sus cosas. Cogió la espada saltarina y luego se echó el chal sobre los hombros. Volvió a la sala común por el pasillo que daba a las escaleras del hangar. En el exterior, el trote de los caballos se iba haciendo cada vez más lento al otro lado de los muros.

Ahora Adam estaba de pie, estrechando la mano a Pickett.

—Acaba de comprar una esclava muy cara —le dijo.

—Es un gran negociador —respondió Pickett.

Adam le soltó la mano y se encogió de hombros:

—Así es como nos ganamos el pan.

Nadie se había dado cuenta del regreso de Cole. Había visto como Adam había vendido a Mira. En cualquier momento, entrarían más soldados. Cole no quería que la capturaran; no podía perder su única oportunidad para encontrar a sus amigos. Era ahora o nunca.

El corazón le latía con fuerza. Levantó el arco y tiró de

la cuerda hasta que apareció una flecha. Con las plumas de la flecha cerca de la mejilla, apuntó a Pickett. Nadie le miraba.

—¡No tan rápido! —gritó, y todos se giraron hacia él.

Pickett y los otros dos legionarios echaron mano de las espadas. Pickett se quedó mirando a Adam.

—¿Qué significa esto?

Adam levantó ambas manos.

—No es cosa mía. Ese chico es un esclavo, no un propietario. Deseará no haber nacido cuando lo desarmemos. La niña es suya. Si huye, le ayudaremos a darle caza. Tiene demasiados colegas ahí fuera. No quiero estropear la venta.

En el otro extremo de la sala se abrió la puerta delantera, por la que se podía ver una marea de legionarios. Entre la multitud que se acercaba a la puerta, Cole vio unos cuantos a caballo y a otros que desmontaban. El primer par de legionarios atravesó la puerta.

—¡Venga, Mira! —gritó Cole—. Nos vamos.

Capítulo 17

La huida

Por un momento nadie se movió. Los legionarios que estaban en la puerta se detuvieron. Sin duda, Cole era el centro de atención: algunos lo miraban confundidos, la gran mayoría estaban furiosos.

Entonces Mira echó a correr y se rompió el hechizo.

Pickett y sus dos camaradas sacaron las espadas y se lanzaron hacia delante, agazapándose y usando a los invasores que estaban sentados a la mesa como escudos. Los legionarios de la puerta desenvainaron y también entraron a la carrera.

Joe dio un salto desde su silla y placó a Pickett con fuerza. Se puso en pie y sacó un tubo plateado con el que apuntó a uno de los otros legionarios, pero no pasó nada, así que le dio un golpe al tubo y volvió a apuntar.

Otro legionario avanzaba rápido y acabaría cortándole la vía de escape a Mira. Cole se giró y se dispuso a soltar la flecha, pero, antes de que pudiera hacerlo, una especie de látigo dorado se enroscó entre las botas del legionario, levantándolo por los aires. El látigo lanzó brutalmente al soldado contra una viga de madera, de donde cayó al suelo, hecho un ovillo. Jace tenía agarrado el otro extremo de la cuerda dorada.

Mira pasó corriendo junto a Cole, que aguantó la posición, con el arco tenso, cubriéndola. Jace dio un latigazo a otro legionario en la cara con su cuerda dorada y, saltando por encima de una mesa, cargó contra el soldado aturdido por el otro lado.

—¡No podemos perder la venta! —gritó Adam—. ¡A por ella!

Los Invasores se pusieron en pie por toda la sala y muchos se dirigieron hacia donde estaba Cole. Otro grupo enorme salió por el pasillo hacia la puerta de atrás. Cole observó que Pickett entraba en ese pasillo, a la cabeza del grupo de Invasores.

Jace y Twitch pasaron corriendo junto a Cole, antes de que llegaran los demás.

—¡Saquémosla de aquí! —dijo Jace sin dejar de correr.

Caminando de lado para no perder de vista a sus perseguidores, Cole retrocedió, sin dejar de apuntar. Los Invasores chocaban unos con otros al pasar de la amplia sala al cuello de botella que era el pasillo. Algunos cayeron al suelo, bloqueando aún más el paso. Empujándose entre sí, fueron avanzando lentamente. Eli estaba entre los primeros. Le echó una mirada cómplice a Cole y, con un gesto de la cabeza, le indicó que corriera. De pronto, Cole lo entendió. Los Invasores no se habían convertido en unos bobos patosos de la noche al día: estaban bloqueando deliberadamente los pasillos para darle una oportunidad.

Se giró y salió corriendo por el pasillo hasta llegar a las escaleras que daban a las cuevas. Sin pensárselo dos veces, bajó a la carrera y siguió la única ruta subterránea que conocía bien: la que llevaba al muelle. Por delante oía otros pasos a la carrera, probablemente los de Jace y Twitch.

¿Por qué habían decidido ayudarlos los Invasores?

205

¿Mantendrían los pasillos bloqueados mucho tiempo? No tenía respuestas, pero sabía que, si Mira no zarpaba enseguida, probablemente no podría hacerlo nunca. Era plena tarde. Las expediciones de rescate ya habían regresado. ¿Estaría cerrado el muelle? Y, si así era, ¿podrían abrirlo?

Mientras avanzaba hacia el hangar, Cole oyó pasos a sus espaldas. Echando la vista atrás, vio a Mira. Frenó un poco para que ella se pusiera a su altura.

—¿Por qué te has quedado rezagada?

—Tuve que pasar por mi habitación —dijo sin aliento, alcanzándole y luego adelantándose—. Necesitamos una piedra de pilotaje para maniobrar un bote.

Cole observó que también había cogido su espada saltarina. Corrió con todas sus fuerzas. Mantener el paso de Mira no era fácil, corría más rápido que él.

Atravesaron la puerta que daba a los muelles a la carrera y se encontraron con todas las salidas al despeñadero cerradas. El hangar estaba completamente bloqueado, y las tres grandes naves sumidas en las sombras.

Jace estaba gritándole a un anciano llamado Martin.

—¡Adam te cortará la cabeza si no abres enseguida! —grito Jace—. Es una situación crítica. Lo ha dicho dos veces.

—¿Y si no es verdad? —replicó Martin.

—¡Entonces seremos nosotros los que estaremos hasta el cuello! —gritó Jace.

—No miente —le secundó Twitch.

—Tengo una piedra —dijo Mira, que sacó su espada saltarina y se subió de un salto a bordo de la *Vulture*.

Jace agarró un extremo de su cuerda dorada y lanzó el resto hacia la *Vulture*. La cuerda se desenroscó más de lo que había visto nunca Cole; el extremo se enredó en el mástil. De pronto, se volvió a encoger, levantando a Jace del suelo y llevándole a bordo. Una vez en cubierta, la cuerda se desenredó del mástil.

Cole no oyó los pasos hasta el momento en que el capitán Pickett entraba en el muelle, espada en mano. Al instante, Cole tiró de la flecha y apuntó bajo, hacia las piernas del legionario. Apenas tres metros separaban a Cole del oficial. Lanzó la flecha, pero Pickett se apartó hacia un lado y le pasó rozando.

Pickett se lanzó hacia delante y Cole se escabulló, al tiempo que volvía a tirar de la cuerda del arco hasta hacer aparecer una nueva flecha. Pickett cargó de frente, Cole soltó la flecha, que atravesó el muslo del oficial. El hombre cayó al suelo con un gruñido mientras Cole salía corriendo. No apareció nadie tras el legionario. De momento, estaba solo.

Cole desenvainó y apuntó con su espada a la cubierta de la *Vulture*. Gritó «¡Adelante!» y, como siempre, con el salto le dio la impresión de que le flotaban las tripas. Se agarró fuerte a la espada, que lo levantó por encima de la barandilla y lo dejó en la cubierta, donde aterrizó trastabillando. Twitch subió a la *Vulture* por la pasarela.

Mira y Jace estaban subiéndose a un bote salvavidas llamado *Compañero de Travesía*. Martin accionó una rueda instalada en la pared y empezó a abrir una de las compuertas más pequeñas que daban al despeñadero, no mucho mayor que una típica puerta de garaje. La luz del atardecer entró en el hangar, iluminándolo todo.

Cole subió corriendo al bote. Jace estaba sentado detrás, al timón. Llevaba una piedra lisa y oscura colgando de una cadena alrededor del cuello. Miró a Cole con frialdad:

—¿Tú vienes?

Twitch llegó al bote salvavidas y saltó en el mismo momento en que subía Cole.

—¿Estás seguro, Twitch? —preguntó Jace.

—Estoy con vosotros —respondió él.

—¡Deprisa! —gritó Pickett—. ¡Están a bordo de la *Vulture*!

Jace agarró el timón y tiró de una de las palancas. El bote se lanzó hacia delante, haciendo caer hacia atrás a Cole, que se agarró desesperadamente a la borda: el bote se inclinó tanto que a punto estuvo de caer. Tras un frenazo repentino, el *Compañero de Travesía* se niveló y orientó la proa hacia la abertura.

El muelle se llenó de legionarios con la espada desenvainada; algunos llevaban arcos. Desde el suelo, Pickett hacía gestos desesperados al bote que emprendía la huida.

—¡Paradlos! —gritó—. ¡Cierren la compuerta!

Varios de los legionarios repitieron la orden mientras corrían hacia la abertura, cada vez mayor. Cole se agazapó; las flechas les pasaban muy cerca, silbando, y algunas de ellas se clavaron en la popa del bote, cerca de Jace.

—¿Te has quedado sin flechas? —le preguntó Jace, que intentaba gobernar el bote y agacharse al mismo tiempo.

Cole no tenía ningunas ganas de levantar la cabeza, pero si disparaba a los legionarios los obligaría a ponerse a cubierto y frenaría su ataque. Se irguió, tiró de la cuerda del arco y disparó contra los soldados una y otra vez, con flechas que no dejaban de aparecer. Mantenía la cabeza baja, y no se preocupaba mucho de apuntar, sino más bien de lanzar con fuerza y que no le dieran. Una flecha pasó por su lado silbando, casi rozándole, y tuvo que volver a agacharse. Otras muchas seguían impactando contra el casco.

—¡Alto el fuego! —gritó Pickett, con voz tensa—. Podríais darle a la niña. ¡Cerradles el paso!

Horrorizado, Cole vio a Martin tieso contra la pared, atravesado por tres flechas. Con la boca abierta y la cabeza caída, el invasor los miraba sin expresión en los ojos. Una mano aún le temblaba. ¡El bote casi había llegado a la salida! La trampilla no estaba aún muy levantada, y muchos legionarios se acercaban a la carga. Iría muy justo.

—¡Bajad la cabeza! —ordenó Jace, mientras el bote pasaba rascando por la abertura, rozando el suelo del muelle de despegue con la quilla.

Cole se agachó y luego miró atrás; por la abertura del despeñadero empezaron a aparecer legionarios. Mientras el *Compañero de Travesía* se alejaba del muelle a toda velocidad, Cole lanzó una flecha tras otra hacia la abertura, obligando a los soldados a apartarse. Consiguieron dispararles algunas flechas, pero ninguna alcanzó el bote.

—¿Vamos a ponernos a nivel? —preguntó Cole.

—Si subimos demasiado rápido, la caballería se pondrá a practicar el tiro con nosotros como blanco —respondió Jace—. Subiremos más cuando estemos lejos del Despeñadero.

—Hoy, por supuesto, nada de nubes —gruñó Twitch.

Cole miró alrededor. El sol iba cayendo hacia la masa oscura de la Pared de Nubes del Oeste. Aparte de las paredes, las únicas nubes que había eran unos jirones blancos y deshilachados. Los castillos eran pocos y estaban lejos.

—No hay muchos sitios donde esconderse —dijo.

—¿Cuánto tiempo tardarán en salir a por nosotros? —preguntó Mira.

—Exigirán una nave —dijo Jace—. Adam no puede negársela. Se resistirá un poco, pero no mucho. Una situación crítica no justifica la resistencia directa.

—También nos seguirán por el borde del despeñadero —señaló Twitch—. Incluso a velocidad máxima, un bote salvavidas no es más rápido que un caballo.

—Quizás a galope tendido no —observó Jace—, pero un caballo no puede cabalgar indefinidamente.

—La legión tiene buenos caballos —adujo Twitch—. Es probable que puedan galopar lo suficiente como para evitar que aterricemos en el Despeñadero mientras la nave no está lista para perseguirnos. Y aunque les saquemos ventaja, con el tiempo tan claro de hoy verán donde desembarcamos y podrán seguirnos la pista.

—Si tan mal está la cosa, ¿por qué has venido? —le espetó Jace, malhumorado.

Twitch se encogió un poco de hombros.

—Ya no puedo más de Puerto Celeste. Arriesgamos la vida a cada misión. Esto parecía peligroso, pero prefiero correr un gran riesgo antes que enfrentarme a todas las misiones que nos quedan. Si conseguimos aguantar hasta que caiga la noche, podríamos escabullirnos en la oscuridad.

El bote volvía a ascender. Puerto Celeste se hacía pequeño tras ellos, y los caballos y los legionarios se habían convertido en un ejército de hormigas. Con la fresca brisa en el rostro y sintiendo la calidez del sol poniente, Cole casi se olvidó de que estaban en peligro.

—¿Con qué contamos? —preguntó Jace—. Yo tengo mi cuerda. Mira y Cole tienen sus espadas saltarinas. ¿De dónde has sacado ese arco, Cole?

—De la última misión —dijo Cole—. Me lo guardé por si lo necesitaba.

Jace soltó un silbido.

—Con eso te podías haber metido en un buen lío. Aunque no es que me queje. ¿Cuántas flechas tiene?

—Se supone que infinitas.

—Será útil en caso de que se acerquen. Tienes una

puntería que da asco, pero puedes compensarlo con volumen. Por cierto, cuando un tipo se te eche encima, no le apuntes a las piernas. Si vale la pena dispararle, vale la pena matarle. Apunta al centro del pecho. Si te conformas con mermar a un enemigo, acabarán matándote.

—No quería matar a ese tipo solo porque obedeciera órdenes —dijo Cole, algo avergonzado por la reprimenda.

—Las órdenes que tenía eran las de matarte —dijo Jace—. Evidentemente, quieren a Mira con vida, pero a los demás nos liquidarían sin pensárselo dos veces.

—Tiene razón, Cole —intervino Twitch—. La legión no se anda con tonterías.

—¿Y tú qué, Twitch? —preguntó Jace—. ¿Qué tienes tú que nos pueda servir de ayuda?

—Buen intento —dijo Twitch.

—Esto ya no es un juego —insistió Jace—. Cuéntanoslo.

—Nunca ha sido un juego —respondió Twitch, retorciéndose los dedos—. He mantenido mi herramienta especial en secreto hasta ahora, y lo seguiré haciendo. Saber lo que es no cambiará nuestros planes. Descubriréis qué es si llega la ocasión en que tenga que usarla.

—¿Puede servirnos de camuflaje? ¿Nos puede hacer invisibles? —preguntó Jace—. ¿Derribar una nave?

—Si pudiera hacer algo así, os lo diría. Mi secreto no afectará a nuestro plan de acción.

—¿Y «cuál» es nuestro plan de acción? —le increpó Mira—. ¿Intentar ocultarnos hasta que oscurezca? ¿Esperar que esta noche no haya luna?

—El muelle de despegue se está abriendo —dijo Cole, con la vista puesta en el Despeñadero—. Las tres entradas grandes.

Jace asintió.

—Nos alejaremos del Despeñadero todo lo que podamos. Un bote salvavidas es algo más rápido que las grandes naves. Viraremos hacia la Pared de Nubes del Este. Está casi el doble de lejos que la del Oeste, así que tendremos más espacio para maniobrar. Además, por allí hay más castillos.

—¿Cuántos veis al este? —preguntó Twitch.

—Cinco —respondió Jace.

—Seis, seguramente no has visto ese pequeñito —dijo Twitch, señalándolo.

—Tienes razón, ese no lo había visto. Aunque no es que importe. Está casi en la pared de nubes. No podríamos llegar a él antes de que desaparezca.

—¿Creéis que podríamos escondernos en uno de los castillos? —preguntó Cole.

—Quizá valdría la pena, pero como último recurso —respondió Mira—. El problema es que cualquier castillo que sea lo bastante seguro como para ocultarnos, probablemente también sería fácil de atacar. Acabaríamos acorralados.

—Si ellos usan varias naves, también podrían acorralarnos en el aire —adujo Cole—. A lo mejor alguno de los castillos tiene defensas, como las catapultas de Parona.

—Quizá valga la pena comprobarlo —accedió Jace—. Aunque solo sea porque nuestras opciones son muy limitadas.

—Esto no va a ser fácil —dijo Mira—. Lo siento.

—Tú no nos has obligado a venir —respondió Jace.

—¿Por qué has arriesgado el cuello por mí? —preguntó Mira.

Jace se encogió de hombros, apartando la mirada.

—No tenían pruebas de que les pertenecieras. Me daba rabia pensar que se te iban a llevar.

Cole se preguntó si realmente Mira no se daba cuenta

de lo mucho que le gustaba a Jace. No lo parecía, desde luego.

—¿Te daba rabia, y por eso te pusiste a atacar a los legionarios y huiste con nosotros?

—Tengo mal carácter —masculló Jace.

—¿De verdad eras propiedad del forjador supremo? —preguntó Twitch.

—¿Quién eres tú para preguntar por los secretos de los demás? —protestó Mira.

Twitch parpadeó varias veces y chasqueó la lengua en una reacción nerviosa.

—Soy uno de los que ha huido contigo, jugándose la vida por ello. Simplemente, me pregunto si su reclamación es legítima.

—El forjador supremo me conoce —dijo Mira—. Nunca fui esclava suya. No debería decir más. Podría poneros en un peligro aún mayor.

—Ahí salen las naves —dijo Cole, que vio como la *Vulture*, la *Borrower* e incluso la dañada *Domingo* se deslizaban suavemente por las aberturas del muelle, saliendo al Despeñadero.

—Ya estamos metidos hasta el cuello —dijo Jace—. Probablemente, nos capturarán, caeremos al vacío o moriremos. ¿Por qué te tiene tanto apego el forjador supremo?

—Es complicado —respondió Mira—. En realidad, no soy esclava. La marca es real, pero es una tapadera. Durny me estaba ayudando a ocultarme. ¿Basta con eso?

—Supongo, si es todo lo que quieres decir —dijo Jace—. ¿Conocías a ese tipo de Zerópolis, Joe?

—Nunca lo había visto —dijo Mira, echando una mirada a Cole—. Pero creo que sabe quién soy.

—Espero que así sea. —Jace chasqueó la lengua—. Probablemente, le hayan matado por ti. —Hizo una

213

pausa—. El forjador supremo envió cuatrocientos legionarios para atraparte. Eso es lo más raro de todo. ¿Por qué iba a hacer algo así por nadie?

—También era por Carnag —le recordó Mira.

—Sí, es cierto, pero el Despeñadero no les quedaba de camino —observó Jace—. Podían haber enviado un destacamento menor. En cambio, vinieron los cuatrocientos. ¿Por qué?

—Buena pregunta —murmuró Twitch, mordiéndose la uña del pulgar.

Mira los miró de frente:

—La visita de la legión significa que estoy metida en un problema muy gordo. Cuanto menos os impliquéis, mejor para vosotros. Mi secreto no es ningún juego. Os convertiría en objetivos para el resto de vuestras vidas.

—En cualquier caso, nos matarán —respondió Jace—. No estaría mal saber por qué.

Mira suspiró.

—Muy bien. Esta es la versión reducida: el forjador supremo es un monstruo. Sé algunas cosas sobre la muerte de sus cinco hijas. Las planeó él, y evitó que le acusaran de asesinato. Incluso tengo pruebas. Él haría lo que fuera por mantener eso en secreto.

—¿Lo dices en serio? —exclamó Jace, atónito.

Ella asintió.

—Tan en serio como que hay cuatrocientos legionarios ahí atrás —dijo.

Todos guardaron silencio durante un buen rato.

—Las naves se están separando —informó Twitch.

—Han botado todos los salvavidas. Avanzan hacia aquí, pero, al mismo tiempo, cortan cualquier posibilidad de regresar al Despeñadero.

—¿Y no podemos seguir alejándonos del Despeñadero? —preguntó Cole—. Da la impresión de que no tiene fin.

—Podría ser —contestó Jace, enigmático—. Pero no podemos. Si nos alejamos demasiado de él, puede que el cielo ya no nos aguante. Lo mismo ocurre si nos elevamos o descendemos demasiado, o si nos adentramos en tierra firme. No es algo que cambie de golpe. Notaremos que el bote se nos empieza a ir de las manos cuando nos alejemos demasiado, más allá de la zona por la que se mueven los castillos, cerca de donde acaban las paredes de nubes.

—¿Las paredes de nubes tienen fin? —exclamó Cole—. ¿Y podemos rodearlas?

—El bote no llegará tan lejos —apuntó Twitch—. No podemos superarlas, ni por encima, ni por debajo, ni rodeándolas.

—Estamos atrapados —concluyó Cole, frunciendo el ceño.

—Más bien —concordó Jace.

—¿Crees que podemos esquivarlos hasta que oscurezca?

Jace se quedó mirando las naves que avanzaban en su dirección:

—No tardaremos en averiguarlo.

215

Capítulo 18

La pared de nubes

Mientras el sol se hundía en la Pared de Nubes del Oeste, Jace intentaba mantener el *Compañero de Travesía* al lado del enjambre de naves que se les echaba encima, las tres grandes naves y los siete botes salvavidas. El plan de escapar de la legión en un bote salvavidas parecía cada vez peor, a medida que la insistente armada les cortaba cualquier intento de regreso a tierra, alejándoles del Despeñadero en dirección al final de la Pared de Nubes del Este.

Por lo que podía ver Cole, en las naves iban sobre todo legionarios uniformados, con invasores al timón y en el control de las armas en las grandes. La flotilla avanzaba con una coordinación implacable, elevándose cuando lo hacían ellos, descendiendo cuando ellos bajaban; parecían estar llevándolos hacia un rincón del que no habría escapatoria.

Cole y sus compañeros ya habían echado un vistazo a los castillos que tenían a su alcance. Uno estaba hecho de metal negro y, desde luego, tenía pinta de trampa mortal. El otro estaba en ruinas y ofrecía escasa protección. Había un tercero hecho de cristal, que tampoco daba ninguna confianza. Con las naves pisándoles los talones, no había tiempo para trazar plan alguno. Lo único que podían hacer era huir y rezar para que oscureciera muy pronto.

El *Compañero de Travesía* se alejó aún más del Despeñadero y empezó a temblar, cayendo de golpe e inclinándose hacia la derecha. Jace hizo virar la pequeña nave hacia el distante Despeñadero.

—Si nos alejamos más, nos caemos.

Cole se giró hacia la Pared de Nubes del Oeste, donde había desaparecido el sol. Aquel lado del cielo seguía rojo y naranja. Aún quedaba una hora antes de que cayera la noche. Echó una mirada a las otras naves, que se acercaban, anulando cualquier posibilidad de escapatoria.

—Nos tienen —constató—. No tenemos espacio suficiente para avanzar hasta que oscurezca. Tendremos que pasar por entre las naves.

Jace meneó la cabeza.

—Si cargamos en su dirección, se cerrarán desde todos los lados y nos rodearán. Tienen ganchos y muchas armas. No tenemos ninguna posibilidad de pasar por en medio.

—Tiene razón —dijo Twitch, humedeciéndose los labios—. Evitar el riesgo es mi especialidad. Cargar contra ellos no funcionará.

La Pared de Nubes del Este estaba más cerca que nunca. Imponente, de una oscuridad impenetrable y con una superficie lisa, antinatural, se extendía arriba y abajo, a derecha e izquierda. Cole aferró el arco. Ninguna de las otras naves estaba lo suficientemente cerca como para poder dispararles, pero a las más próximas no les faltaba mucho.

—Quizá nos queden diez minutos de recorrido.

—Twitch —dijo Jace—, ¿qué otra cosa podemos probar?

217

—Quieren a Mira —respondió Twitch, tamborileando los dedos contra la rodilla—. Quizá podamos echarnos un farol. Si amenazamos con introducirnos en la pared de nubes, puede que se echen atrás.

—¿Y hacerles perder tiempo hasta que oscurezca del todo? —preguntó Mira.

—Vale la pena intentarlo —dijo Jace—. A menos que alguien tenga otra idea.

Cole no veía otra solución. Si intentaban volar entre sus perseguidores, no lo conseguirían. Si intentaban combatir, sería aún peor. La única opción era seguir volando hacia la pared de nubes.

—¿Y si no se tragan nuestro farol? —preguntó, preocupado.

—No tendremos escapatoria —respondió Jace, frunciendo el ceño—. Si no responden, y si no nos metemos en la pared de nubes, llegarán aquí y nos pillarán en segundos.

—Es una posibilidad mínima, si no estamos dispuestos a seguir adelante —señaló Twitch.

—Si nos adentramos en la pared de nubes, moriremos —dijo Cole—. Al menos si nos capturan, tendremos alguna ocasión de sobrevivir.

—Puede que yo sí —dijo Mira—. Encarcelada. Querrán interrogarme, confirmar lo que sé y a quién se lo he dicho. Vosotros sois esclavos huidos. Jace ha herido a algunos soldados. Cole ha disparado a un oficial. Todos me habéis ayudado. Saben que puedo haberos contado mi secreto. Os ejecutarán.

—No sabemos *con seguridad* que entrar en la pared de nubes suponga la muerte —dijo Twitch, lentamente—. Lo único que sabemos es que nadie ha regresado.

—Estás desvariando —dijo Jace.

—¿Ah, sí? —respondió Twitch, entrechocando los

nudillos—. Ahí dentro no nos seguirán. Podríamos adentrarnos solo un poco, lo justo para que no nos vean. Mi instinto me dice que eso es mejor que dejar que nos atrapen.

—Pero primero probamos a soltar el farol —aclaró Cole.

—Por supuesto —dijo Mira—. Pero, si siguen avanzando, nos ocultaremos en la pared de nubes. Y si no podemos volver a salir, esperemos poder sobrevivir al otro lado.

Jace chasqueó la lengua amargamente.

—Si vamos a morir, lo mismo da que sea haciendo algo muy muy tonto.

Cole se asomó a la borda del bote y vio el abismo infinito que se extendía por debajo. Ninguno de ellos llevaba paracaídas: no habían tenido tiempo de cogerlos. Levantó la mirada y contempló la imponente pared de nubes. ¿Qué peligros ocultaría? ¿Los desintegraría en átomos? ¿Albergaría monstruos letales? ¿O había algún otro motivo que explicara por qué la gente nunca volvía? ¿Podría ser un portal unidireccional hacia otro lugar? A medida que se acercaban a la nube, las otras naves también se acercaban a ellos. Cole preparó el arco. La *Vulture* probablemente ya estaba a distancia de tiro, al igual que dos de los botes. Pero muchos de los legionarios tenían arcos. Si todos se ponían a disparar, Cole dudaba de que él y sus amigos sobrevivieran.

Mira se puso en pie.

—¡Atrás! —gritó—. ¡Dejadnos en paz o entraremos en la pared de nubes!

En la *Vulture* un hombre se puso en pie para responder. Tenía el cabello gris y una nariz prominente.

—Preferiríamos llevarte viva, niña, pero, si quieres morir, no podemos evitarlo. Haz lo que debas.

—Entremos —murmuró Mira—. Rápido.

—¿Estás segura? —respondió Jace, también murmu-rando—. Aunque a los demás nos maten, tú podrías so-brevivir.

—No estoy tan segura —dijo Mira—. Correré el riesgo con la pared de nubes. No dejes que se acerquen demasiado. Venga.

Aferrando el arco con fuerza, Cole miró de nuevo ha-cia la pared de nubes. Estaba a menos de un minuto de su posición. Cuanto más se acercaban a aquella barrera va-porosa, más claro quedaba que no era perfectamente lisa: unas volutas de niebla sobre la superficie brillaban con la luz del ocaso. ¿Significaba eso que podía haber un espacio abierto antes de que empezara la pared de verdad, un lu-gar donde ocultarse?

—¡No seáis tontos! —gritó el hombre de la *Vul-ture*—. No querréis sufrir una muerte horrible en la os-curidad. Mira, si te entregas, perdonaré la vida a los tres esclavos que te han ayudado.

—¡No te creo! —respondió Mira, a todo pulmón.

—Soy el comandante Rainier, el oficial de mayor rango de la legión —respondió el hombre, gritando—. Tengo autoridad suficiente para hacer este trato. Juro por mi cargo y por mi honor, ante todos los presentes, que tus tres compañeros volverán con su dueño ilesos si acabas con esta locura y te entregas.

Con los brazos cruzados sobre el pecho, Mira miró a sus amigos.

—Por mí no te entregues —dijo Jace, sin dejar de guiar el bote a toda velocidad hacia la pared de nubes.

—Por mí tampoco —dijo Cole, aunque no estaba muy seguro de ello.

—Tú decides —añadió Twitch.

Mira frunció las cejas y bajó la mirada.

—Yo estoy dispuesta a correr el riesgo, pero no es justo obligaros a que vosotros también lo hagáis.

—Está tensando la cuerda —dijo Jace—. No dejes que nos use en tu contra. Si te rindes por mí, te juro que salto. Además, podría estar mintiendo. ¿Quién sabe? Quizá sobrevivamos a la pared de nubes. Olvídate de nosotros. Haz lo que tengas que hacer.

—¡No, gracias! —gritó Mira.

—¡Paradlos! —rugió el comandante Rainier—. ¡Paradlos cueste lo que cueste!

Varios ganchos llegaron volando por el aire, tres desde la *Vulture* y otro desde un bote salvavidas. Uno de ellos no dio en el blanco. Jace desvió de una patada otro que habría caído en el timón. Hubo dos que cayeron dentro del bote y fueron deslizándose hasta el lateral, frenándolos de golpe y haciéndolos virar.

Cole dejó el arco y sacó su espada saltarina, con la que cortó una de las cuerdas que sostenían los ganchos. Mira cortó la otra.

Todas las naves se acercaron a máxima velocidad. Una nueva andanada de ganchos se les vino encima. Cole desvió uno en pleno aire con la espada. Twitch agarró con habilidad otro y lo tiró por la borda. Unos cuantos se quedaron cortos. Al ver que otro había aterrizado en el interior del bote, Mira se apresuró a cortar el cable de nuevo.

—¡Inconscientes! —gritó el comandante Rainier.

Mirando por encima del hombro, Cole vio la turbia superficie de la pared de nubes a quizá cinco segundos de distancia. ¿Sería así como iba a morir? ¿Dolería? ¿Se daría cuenta siquiera de que moría? Solo podía esperar que consiguieran sumergirse lo suficiente para ocultarse hasta que cayera la noche.

Cole volvió la vista hacia la *Vulture*, donde el comandante Rainier extendía una mano en su dirección, con

221

una expresión entre el pánico y la rabia. Se dio cuenta de que, si usara la espada saltarina, podría llegar tranquilamente a la *Vulture*. ¿Y si probara a enfrentarse a los legionarios? No, eso no acabaría bien. Una vez perdida Mira, se desquitarían con él.

Mira y Twitch le agarraron de las manos para que se agachara. Hasta entonces no se dio cuenta de que los otros ya no estaban de pie. Estaban agachados. Envainó la espada y siguió su ejemplo.

—¡Venga! —gritó Jace—. ¡Ahí vamos!

La proa del *Compañero de Travesía* se hundió en la niebla. Todo se volvió borroso. Cole apenas veía a Mira, que estaba a su lado. Un momento más tarde, se sumieron por completo en una oscuridad húmeda. Cole se giró, pero ya no veía el exterior de la pared de nubes. Ni siquiera se veía las manos.

—¡Da media vuelta! —gritó Twitch, en la oscuridad—. ¡Frena! No debemos adentrarnos demasiado.

—Estoy intentándolo —respondió Jace, forzando la voz—. No responde.

Iban ganando velocidad. El aire húmedo silbaba a su alrededor. El bote se agitó y tembló.

—¡Agarraos! —gritó Mira.

Cole se aferró a la borda del bote, bajó la cabeza y se agachó todo lo que pudo. El aire se convirtió en un vendaval húmedo que rugía por todas partes. El bote traqueteó, dio bandazos y saltos. Era como estar en una pista de *bobsleigh* demencial, sin recorrido fijo ni línea de meta.

¿Y si se caía? ¿Iría dando tumbos por aquel abismo oscuro y húmedo hasta morir de hambre? ¿Cambiaría su destino si aguantaba?

El bote siguió avanzando como una exhalación. No parecía que estuvieran girando. Cole solo veía oscuridad.

Tenía la ropa y el cabello empapados. Le pareció oír gritar a Jace, pero las palabras se perdieron en el vendaval. El *Compañero de Travesía* crujió y chirrió, estremeciéndose.

De pronto, la oscuridad desapareció, aunque el bote iba igual de rápido que antes. En la penumbra, frunciendo los párpados para protegerse del viento húmedo, Cole divisó un castillo a lo lejos, rodeado por un amplio recinto, con muros y setos, fuentes y estatuas, prados y árboles.

Sus ojos registraron aquella visión halagüeña como un destello, justo antes de que la proa del bote se hundiera por un remolino más amplio que un estadio de fútbol. Era como estar en el interior de un tornado, arrastrados por la fuerza de succión, dando vueltas y más vueltas hacia una oscuridad infinita. Unas estelas de vapor procedentes de la pared de nubes cayeron también en aquella espiral caótica, siguiendo el rastro del *Compañero de Travesía*.

Jace estaba de pie, batallando con los controles.

—¡No responde! —gritó, desesperado y congestionado por el esfuerzo.

Girando más rápido que nunca, el bote llegó al borde del torbellino y empezó a dar vueltas por la enorme boca del embudo. Cole miró a todas partes, pero no había escapatoria. Ya estaban demasiado abajo como para ver el castillo. A cada vuelta, el bote se hundía más y más en el torbellino. A pesar del inmenso tamaño del recorrido circular, giraban tan rápido que sentían la poderosa fuerza de aceleración del giro constante. Mira gritó algo, y Jace algo más, pero todas las palabras se perdían en aquella cacofonía de viento y agua. Otros objetos caían con ellos, abrazando las borrosas paredes de aquel vórtice infinito: una carroza maltrecha, una alfombra bordada, un tigre disecado, un montón de maderas revueltas, un bebedero para pájaros de cobre... Algunas de aquellas cosas parecían mantenerse a un nivel estable o incluso subir, pero el bote sin duda seguía una espiral descendente.

Sin previo aviso, el *Compañero de Travesía* embistió una enorme campana de iglesia, que abolló la proa emitiendo un profundo *gong*. El impacto lanzó a Jace por la borda del bote, hacia la lúgubre garganta del torbellino.

Al instante, Twitch saltó del barco. En la espalda le aparecieron unas alas, que le permitieron salir tras Jace y agarrarlo justo antes de que fuera a parar a la frenética pared del vórtice. Agitando las alas y bajando lentamente, Twitch se llevó a Jace hacia el centro del tornado. Ambos quedaron atrás enseguida, puesto que el bote seguía descendiendo impulsado por el fragoroso torbellino.

—¿Has visto eso? —le gritó Cole a Mira.

Ella no le oyó, o no le entendía; la chica gritaba algo y señalaba la base del bote. Cole miró en la dirección que señalaba su dedo, hasta una pequeña grieta en el casco, que temblaba y se iba haciendo cada vez mayor.

—¡Oh, no! —consiguió decir, antes de que el *Compañero de Travesía* se partiera en dos mitades, que salieron volando por separado.

Por un momento, planeó por el aire, con el arco flotando ante él. Lo agarró un momento antes de hundirse en el furioso torbellino de la pared del vórtice.

Se quedó sin aliento. Al intentar aspirar, la nariz se le llenaba de vapor de agua a presión, ahogándole y haciéndole toser. Daba vueltas y más vueltas, como un surfista arrastrado por un *tsunami*. El estruendo era ensordecedor; el viento y el agua lo cegaban. Daba igual cómo se moviera: estaba a merced del inmenso remolino.

Tapándose la nariz y la boca con una mano, Cole consiguió filtrar el tumultuoso aire lo suficiente como para aspirar a sorbos cortos. No tenía ni idea de dónde estaba en relación con los otros, ni con ninguna otra cosa. Lo único que sabía era que estaba moviéndose muy rápido. Si impactaba con alguna otra campana de iglesia o con una de las mitades del bote, sería el fin.

De pronto, se encontró enredado en la malla de una red, que le rodeaba por todas partes, ciñéndose a él cada vez más. Al tensarse, la red le arrancó de la pared del remolino, llevándole al vacío central.

Balanceándose como un péndulo, Cole recorrió con la mirada el turbulento vórtice y el oscuro abismo insondable que se extendía hacia abajo. El estruendo era tremendo, un coro de aullidos que resonaba en el interior de su pecho y le hacía vibrar la cabeza. Aquello no era un simple tornado, un remolino o un huracán normal y corriente. Era como el desagüe del cosmos, que lo arrastraba todo hacia un vacío eterno.

Levantando la vista, Cole observó que su red colgaba de una máquina voladora que recordaba un insecto. Las alas de la máquina se movían con un zumbido apenas discernible que recordaba las de una abeja o las de un escarabajo. Aunque estaba hecha de un metal plateado, gran parte de su superficie estaba decorada con un mosaico de caparazones de caracol, cristales de colores y macarrones.

Estirando el cuello mientras la red seguía girando, Cole observó que otras tres máquinas voladoras habían recogido a Mira, a Jace y a Twitch, cada una en su propia red. Otras dos máquinas voladoras más llevaban redes vacías. Las máquinas no eran mucho más grandes que una persona. Cole no vio indicios de que nadie las pilotara o las controlara. Salvo por las alas, no recordaban mucho a un ser vivo. Sus ojos eran anillos de latón.

Tras reunirse en el centro del vórtice, las máquinas voladoras se elevaron. Los compañeros de Cole parecían incómodos en sus redes: Mira estaba hecha un ovillo, sobre la espalda; Twitch estaba de lado, y Jace hacía esfuerzos por ponerse de pie.

Cole se dio cuenta de que estaba prácticamente boca abajo, con casi todo el peso cargado sobre el hombro y el costado izquierdos. Agarrándose a la red, intentó erguirse. Aquello hizo que se balanceara, pero poco más, porque la red le oprimía demasiado como para permitir ese tipo de movimientos.

Aunque estuvieran en posiciones forzadas, los otros parecían contentos de verse. Debían de estar sorprendidos de seguir con vida. Cole, desde luego, lo estaba. La caída vertiginosa por el torbellino parecía el fin. Intentó preguntarles qué estaba pasando; ellos también gritaron cosas, pero el fragor del remolino no permitía oír nada.

Las máquinas voladoras levitaron gradualmente hasta la boca de la vorágine. Siguieron elevándose un rato antes de alejarse de la pared de nubes. Por encima de ellas, en la penumbra del ocaso, aparecieron unas estrellas. Al otro lado del frenético torbellino, apareció de nuevo el castillo, con varias de las ventanas iluminadas, pero con muchas más a oscuras.

¿Quién viviría en el castillo? ¿Sería la gente que controlaba las máquinas voladoras? Quienquiera que fueran, no podían ser peores que la muerte ineludible en el vórtice, ¿no?

Las máquinas voladoras avanzaron hacia el castillo, volando cada vez más bajo al llegar a los amplios jardines. El paisaje le recordó a Cole el Despeñadero: nubes y un cielo que se hundía en las profundidades hasta donde, de pronto, empezaba la tierra.

Ahora que el estruendo del torbellino era menor, Cole volvió a dirigirse a Mira:

—¿Dónde estamos?

Ella le miró, extrañada.

—Estamos fuera del mapa. Esto no debería estar aquí —gritó, aunque él apenas la oía.

Jace les indicó con un gesto que miraran hacia delante.

Por debajo de ellos, en un amplio jardín, les esperaba una figura humana rodeada de un grupo de toscos gigantes de gruesas extremidades. Al acercarse, se hizo evidente que la figura era una mujer y que los gigantes estaban hechos de piedra erosionada, como la de los acantilados. Los gigantes formaban un círculo perfecto, y las máquinas voladoras descendieron hasta el centro del círculo. Al mismo tiempo, soltaron sus redes. Cole cayó deslizándose más de un metro y aterrizando de costado sobre la hierba perfectamente cortada. Agitó los brazos en el interior de la red, intentando encontrar una salida.

—Quedaos quietos —ordenó la mujer con voz severa. Se acercó, con las manos tras la cintura. Tenía el cabello recogido en un moño apretado, rasgos duros, unas cejas muy marcadas y la mandíbula bien definida. Llevaba unas botas negras brillantes casi hasta las rodillas y una espada fina y larga al costado—. Esto es propiedad privada. Los extraños no son bienvenidos. Vuestras vidas dependen de la respuesta a estas dos preguntas: ¿quiénes sois y qué hacéis aquí?

Capítulo 19

---○---

Asia y Liam

Cole levantó la vista y miró a la mujer a través de la red. ¿Qué podía responder? Vaciló, al igual que los otros. Ella se situó justo delante de él, mirándolo fijamente.

—No mientas —dijo, muy seria—. Lo sabré. Desembucha.

—Me llamo Cole —dijo—. No soy de aquí. De las Afueras, quiero decir. Vine para intentar ayudar a mis amigos, que habían sido secuestrados, pero me capturaron, me hicieron esclavo y me vendieron a los Invasores del Cielo. Estaba huyendo de ellos con estos amigos.

—Tú —dijo, acercándose a Twitch— no eres lo que pareces.

Cole observó que las alas habían desaparecido. ¿Aquello era su herramienta especial? ¿Un par de alas?

—No —dijo Twitch—. Soy de Elloweer. También me hicieron esclavo.

—¿Cómo has recuperado tu verdadero aspecto?

—Tengo un anillo —dijo.

—¿Y tú? —le preguntó a Jace.

—¿Qué más le da? —respondió él.

—Sois intrusos en esta propiedad —vociferó ella—. De los intrusos me encargo yo.

—¿Tiene nombre? —preguntó Jace.

—Tengo tres: Juez, Jurado y Ejecutora. Respóndeme o muere. ¿Quién eres? ¿Qué habéis venido a hacer aquí?

Jace respondió a regañadientes:

—Soy esclavo desde que tengo memoria. No conocí a mis padres. Me vendieron a los Invasores del Cielo porque mis antiguos propietarios me odiaban. Estaba huyendo con estos.

—¿Y para huir atravesáis la pared de nubes? ¿Tan ignorantes sois?

—Estábamos acorralados —dijo Jace.

Ella asintió una vez y se acercó a Mira.

—¿Y tú?

—A estas alturas ya se lo imaginará —dijo Mira.

—No, no me imagino nada —respondió la mujer—. Tú no eres lo que pareces. Tienes un gran potencial como forjadora. Algo que no me resulta fácilmente identificable. Y también noto una gran potencia en ti.

—¿Usted es forjadora?

La mujer esbozó una sonrisa sarcástica.

—No has conocido a otra como yo.

—Yo también sé forjar, un poco —dijo Mira—. Quizá es eso lo que percibe.

—Si esquivas mis preguntas, atente a las consecuencias —le advirtió la mujer, chasqueando los dedos.

Uno de los gigantes de piedra dio un paso adelante y elevó su tosco puño por encima de Mira. El gran puño de roca era lo suficientemente grande como para aplastar la mitad de su cuerpo de un porrazo.

De la red de Jace, con un destello dorado, salió disparada su cuerda, que se enroscó alrededor de la garganta de la mujer.

—¡Deténgalo! —le gritó.

De pronto, apareció un joven subido a un disco plateado del tamaño de una tapa de alcantarilla que se deslizaba zumbando por el aire a toda velocidad. El chico no tendría más de veinte años; tenía rasgos infantiles y ojos traviesos. Vestía una chaqueta de piel marrón y botas de piel de cocodrilo, y en cada mano llevaba lo que parecía una especie de saleros plateados. Con las rodillas ligeramente flexionadas, flotaba a unos tres metros del suelo, aunque el disco no presentaba ningún mecanismo de propulsión evidente.

—Ya basta —dijo el joven en tono amable.

Señaló hacia la cuerda, que se soltó del cuello de la mujer y cayó sobre la hierba, inerte. Le soltó un manotazo al gigante de piedra, que de pronto se transformó en una figura de cartón y retrocedió unos pasos.

La mujer, airada, se giró hacia el recién llegado.

—Esto no es asunto tuyo.

—Yo construí los voladores —la corrigió el joven—. Y he oído la conversación.

Jace no dejaba de agitar la muñeca, pero su cuerda dorada no respondía más allá de cómo lo haría una cuerda cualquiera.

—¿Qué le has hecho?

—La he desconectado —dijo el joven, sin darle mayor importancia—. No te preocupes. Si nos gustas, puedo volver a conectarla. Está bastante bien. ¿La sacaste de un castillo flotante?

—Estás estropeando el interrogatorio —le increpó la mujer.

—Reconócelo, Asia —dijo el joven—. El interrogatorio se te estaba complicando un poco.

—Estaba a punto de cortar la cuerda…

—Lo cual la habría destrozado —la interrumpió el joven.

—Tenía la situación bajo…

—Asia, con un simple «gracias» basta…

—¿Y qué te tengo dicho de usar mi nombre en presencia de extraños?

—A lo mejor era tu «nombre en clave» —respondió él, con un guiño.

Cole hizo un esfuerzo por no reírse.

El joven del disco se giró hacia él.

—No pueden ser tan malos. Este incluso tiene sentido del humor, y eso que está atrapado en una red, después de estar a punto de ser absorbido hacia un vacío terminal.

Con los músculos de la mandíbula en tensión, Asia cogió aire y lo soltó lentamente.

—Déjame hacer mi trabajo.

—¿Y nuestro nuevo capitán de la guardia? —preguntó él.

—Le he enviado en busca de refuerzos —dijo Asia—. Puede ocuparse de los semblantes, pero estos son nuestros primeros intrusos vivos en mucho tiempo.

El joven agitó una mano en dirección a los chicos.

—Son esclavos fugitivos. Encaja. Suena a que es verdad.

—Tenemos que comprobar…

—Evidentemente no son la vanguardia de un ejército de conquista.

—Podrían ser espías.

El joven se quedó pensando.

—Es cierto.

—Hay cientos de legionarios avanzando hacia aquí —añadió Asia.

El joven ladeó la cabeza, pensativo.

—Eso también es cierto.

—No podemos exponernos.

El joven miró a los niños.

—Yo me llamo Liam. ¿Alguno de vosotros es espía? Responded en voz alta.

—No —dijo Cole, y los otros también, solapándose unas respuestas con otras.

—¿Y tú? —preguntó Liam, mirando a Mira con desenfado—. Lo cierto es que tienes unas dotes de forjadora nada habituales. Cuéntanos tu historia.

—¿Esto qué es? —preguntó Cole—. ¿Jugáis a poli bueno, poli malo?

—¿Cómo? —exclamó el joven, echándose hacia atrás y tapándose los ojos—. ¿Sabes lo del poli bueno y el poli malo? ¿Quién te lo ha dicho? ¡Asia, lo sabe!

Asia se puso frente al joven, implorándole:

—Por favor, ¿me dejas…?

—¿Machacarlos contra la hierba? —la interrumpió el joven, que luego se quedó como pensando—. Quizá como fertilizante no estén mal…, pero no, creo que ya he oído bastante. Dejaremos que la decisión final la tome Ya Sabes Quién.

—¿Quieres llevar a unos espías potenciales ante Ya Sabes Quién?

—Si son espías, los convertiremos en fertilizante. No, mejor, pensaremos un deseo y los lanzaremos al vacío terminal, como quien echa una moneda a un pozo.

—¿Y si la capacidad peculiar de forjar que tiene la niña le permitiera comunicar a través de la pared de nubes? —insistió Asia.

—¿Has percibido alguna transmisión por parte de alguno de ellos?

—Ella tiene extrañas conexiones con el forjado —dijo Asia.

—Sí, vale, pero nada de comunicaciones. No son espías. Y si lo son, él lo sabrá, y los castigaremos. Me hago responsable.

Asia suspiró, derrotada.

—¿Por qué te aguanto?

—Porque no depende de ti —dijo él.

—En eso tienes razón —respondió ella, resoplando.

Liam se puso frente a Cole y sus amigos.

—Si me entregáis vuestras armas, recreaciones y objetos potenciados, os sacaré de esas redes.

—¿Y si nos negamos? —preguntó Jace.

—No te preocupes —dijo Liam—. Si le gustáis, lo recuperaréis todo. No quiero ninguno de vuestros... Bueno, la cuerda me gusta bastante, pero lo superaré. Venga, dádmelo todo. Se está haciendo tarde.

Tenía razón. Anochecía y apenas quedaba luz en el cielo. Ya se veían muchas estrellas.

Cole tenía problemas para desenvainar la espada saltarina.

—Es bastante difícil, con la red...

—Se acepta —concordó Liam—. ¿Me prometéis no hacer tonterías? Si intentáis algo una vez que os quite las redes, nuestros matones se ocuparán de vosotros —dijo, señalando hacia el gigante de cartón, que volvió a convertirse en áspera piedra.

—Nos comportaremos —dijo Cole.

—¿Y tú, chico de la cuerda? —preguntó Liam.

—Si tú no te metes con nosotros, yo no me meteré contigo —respondió Jace.

—Supongo que es justo. ¿Prometido? ¿Me lo juras por Snoopy?

—Creo que eso es algo que decían las niñas hace veinte años —dijo Cole.

Liam lo miró, sorprendido.

—Tienes razón. ¿Cómo se promete algo con mucha fuerza?

—«Que me muera si no cumplo mi palabra» —dijo Cole.

—Oh, me gusta —respondió Liam. Miró a Asia y señaló hacia Cole con un gesto de la cabeza—. Este podría ser útil.

—¿Juráis portaros bien? —preguntó Liam—. ¿Que os muráis si no cumplís vuestra palabra? Necesito confirmación verbal.

Todos dijeron que sí. Liam agitó una mano y las redes se abrieron, convirtiéndose en humo y dispersándose en el aire al momento.

—Eres bueno —dijo Mira.

—No soy completamente inútil —replicó Liam, encogiéndose de hombros—. Ahora dadme esos objetos.

Cole le entregó su chal, su arco y su espada. Twitch se lo pensó un poco a la hora de darle el anillo.

—Significa mucho para mí.

—Lo cuidaré bien —le aseguró Liam—. A mí ni siquiera me serviría. No soy de Elloweer.

Twitch se lo entregó. Jace le dio su cuerda inerte. Mira le entregó su espada saltarina. Liam volvió junto a Cole.

—Tú aún tienes algo pequeño.

—Se me olvidaba —se disculpó Cole, sacándose del bolsillo el anillo que había cogido en Parona.

Liam lo cogió y lo examinó.

—No te preocupes. No vale la pena que me lo quede —dijo, y se lo devolvió—. Quédatelo. O no. En cualquier caso, no lo perderás.

—Ahí viene —anunció Asia.

Cole miró tras ella, donde apareció un gran guerrero a la cabeza de un grupo de soldados vestidos con armadura. Aunque estaba oscuro, Cole reconoció al líder.

—¿Lyrus?

El gran guerrero aceleró el paso.

—¿Cole? ¿Eres tú?

Liam parecía desconcertado.

—¿Os conocéis?

—Nos hemos encontrado antes —dijo Cole.

Lyrus se acercó y le hizo una pequeña reverencia a Cole.

—Estoy asombrado. ¿Cómo has llegado hasta aquí?

—Atravesando la pared de nubes —respondió.

—¿Los conoces? —preguntó Asia—. ¿Son Invasores del Cielo?

—Rescatadores, sí —dijo Lyrus—. Y Cole ha demostrado ser un héroe.

—¿Ves algo sospechoso en ellos?

Lyrus sacudió la cabeza.

—Solo conozco a Cole y a Mira, pero creo que son buenas personas. Cole me ayudó a despertar y a reconocer mi verdadera naturaleza.

—¿Por qué no estás muerto? —preguntó Cole.

—Ya había aceptado mi trágico fin —dijo Lyrus—, pero me rescataron. Y me curaron todas las heridas.

—Muchos semblantes caen en el vacío terminal —dijo Liam—. Podemos echarles una mano solo a una pequeña parte de ellos. Nuestro maestro percibió una conciencia inusual en Lyrus. Le rescatamos y decidimos que sería un buen capitán para nuestra guardia.

—¿Podemos seguir con esta reunión en el castillo, por favor? —rogó Asia.

Liam se tocó la frente a modo de saludo militar.

—Como desees. ¡Seguidme! —dijo. Dio media vuelta con su disco y salió disparado a una velocidad que ninguno de ellos podía igualar. Sus insectos voladores salieron zumbando tras él, pero muy pronto quedaron atrás.

—Venid conmigo —gruñó Asia—. Aún tenéis que ser juzgados. Vamos a ver al maestro.

Capítulo 20

Declan

El castillo se elevaba majestuoso, con una arquitectura curiosa en la que dominaban las curvas convexas. Unas paredes lisas se hundían hacia el interior, para luego apuntar hacia el exterior por la parte superior. Las torres se volvían finas por el centro y volvían a ensancharse por la parte alta. Y aquel patrón estilizado, a modo de reloj de arena, se repetía en las almenas y en las ventanas.

Cole se mantuvo la mayor parte del tiempo que duró la caminata en silencio. Lyrus se mostraba reticente a hablar puesto que, técnicamente, Cole era un prisionero hasta que el maestro decidiera lo contrario. Cada vez que Cole hablaba con sus amigos, Asia se situaba cerca, evidentemente para escuchar.

Sumido en sus pensamientos, Cole se preguntó por la identidad de la persona a la que servían Asia, Liam y Lyrus. Si el maestro era enemigo de la legión, con un poco de suerte estaría de su lado. Pero no necesariamente. El maestro podría ser solo un solitario que odiara a los intrusos. Obviamente, quería mantenerse oculto. Si no, ¿por qué iba a vivir tras la pared de nubes, con todos aquellos guardias y un remolino gigante al lado para tragarse a los visitantes?

En el recinto del castillo había poca luz y, aunque las

estrellas eran luminosas, no había luna a la vista, lo que hacía difícil distinguir los setos, el césped, los árboles y las fuentes, convertidos en formas vagas entre la penumbra. El castillo era más fácil de ver, gracias a las luces de las ventanas y los fuegos que ardían al lado de las paredes.

Cuando llegaron a las enormes puertas ya era noche cerrada. Al acercarse a las paredes inclinadas del castillo, las puertas se abrieron y se alzó el rastrillo. El grupo entró a un gran patio iluminado por unas elaboradas fuentes de agua y fuego. El baile de sombras y las luces que creaban se reflejaba en las altas paredes. Unos personajes con armadura se movían por todas partes, emitiendo brillos metálicos al reflejar la luz de las llamas.

Asia les indicó las puertas principales del castillo, que se abrieron. Al momento emergió un personaje con la cabeza cubierta de cabello castaño rizado y el cuerpo voluminoso, aunque no flácido. Llevaba una túnica verde y sandalias, y podía tener entre treinta y cuarenta años.

—Bienvenidos —dijo el hombre con una graciosa reverencia—. Hace mucho tiempo que no disfrutamos de la compañía de ningún visitante.

—No les hagas reverencias a los prisioneros, Jamar —le regañó Asia.

—¿Son prisioneros? —respondió él, levantando las cejas—. No es eso lo que me ha dicho Liam.

—¿Y desde cuando sabe Liam algo que no sea forjar?

Jamar sonrió al grupo, como disculpándose.

—Asia se toma muy en serio la defensa de este castillo —dijo, mirando a Cole y a los demás, uno por uno—. Puede que llegue el día en que tengamos que dar las gracias por su desconfianza, pero sospecho que no será hoy. El maestro tendrá la palabra final. Sabe de vuestra presencia y desea recibiros enseguida.

Jamar se hizo a un lado. Asia le indicó a Mira que entrara. Cole pasó tras ella. La puerta daba a un salón de varios pisos de altura, con escaleras en el extremo más alejado y balcones y galerías en la pared. Unos globos brillantes repartidos por toda la cámara proporcionaban una iluminación constante. Varios árboles de cristal con hojas de colores transformaban gran parte de la sala en un brillante jardín.

No muy lejos de Jamar había una docena de figuras de cera blanca. Tenían la forma y tamaño de seres humanos, pero sin rostro, y su superficie era suave, como la de algunos maniquíes que había visto Cole en los grandes almacenes. Aunque eran de diferentes tamaños y constituciones, todas llevaban una túnica verde y un arma: una espada, una lanza o un cuchillo. La mayoría de ellas estaban quietas, pero algunas iban cambiando de posición, dejando claro que se podían mover. Una incluso se estiró, levantando los brazos y arqueando la espalda.

—¿Habéis visto eso? —murmuró Jace, con los ojos como platos y sin aliento.

No sabían dónde mirar. Había nichos con preciosas estatuas de mármol tallado. El techo estaba decorado con frescos, los suelos con mosaicos, y de las paredes colgaban tapices. Los pasamanos y los muebles estaban cubiertos de ornamentos dorados y joyas enormes.

Asia dejó al resto de la escolta en el exterior y entró tras ellos. Se dirigió a Jamar:

—¿Dónde los recibirá el maestro?

—En el Salón Silencioso —respondió Jamar.

Ella levantó una ceja.

—¿Quiere que estemos presentes?

—Solo al principio.

—Se está volviendo descuidado —protestó Asia, que meneó la cabeza.

Jamar le lanzó una mirada de reproche.

—Él es el maestro. A nosotros no nos corresponde cuestionar sus decisiones.

—A mí me corresponde protegerlo —dijo Asia con firmeza.

—Aquí no —la corrigió Jamar—. Tú controlas las defensas externas. Dentro de estos muros me ocupo yo.

—¿Y eso en qué lugar deja a Liam? —preguntó una profunda voz femenina.

Una cerdita gigante hecha de pedazos de colcha zurcidos entró contoneándose por la puerta de la sala. Sus cortas patas hacían esfuerzos por mover aquel cuerpo voluminoso. Aunque era rechoncha y desgarbada, también era bastante alta. Cole habría tenido que saltar para tocarle el morro.

—A cargo del cielo y de los espías —respondió Asia—. ¿Ya viene?

—Está trabajando —explicó la cerdita hecha de retales.

—¿Y parte de ese trabajo no lo estará haciendo en la cama? —preguntó Asia, escéptica—. ¿Con la luz apagada? ¿Y roncando?

—Quizás un poco —respondió la cerda—. Me ha enviado como representante, para que me encargue del transporte de nuestros invitados.

Cole cruzó una mirada con Mira, pero tuvo que apartar la vista, porque tenía miedo de que su expresión le hiciera reír. La cerdita de tela resultaba bastante ridícula.

Asia suspiró, evidentemente irritada.

—Aún no son nuestros invitados. Son enemigos potenciales. No sé por qué no me sorprende que Liam no se tome la menor molestia en preocuparse.

—Se ha molestado en enviarme a mí —dijo la cerdita.

—El maestro espera —les recordó Jamar a las dos.

La cerdita hecha de retales se agachó.

—Soy Lola. Subid a mi grupa, por favor.

—Cada vez que pienso que esto no puede ser más raro, se vuelve aún más extraño —dijo Jace, cruzando los brazos frente al pecho.

Cole estaba de acuerdo. En los castillos flotantes había visto algunas cosas raras, pero nada parecido a tener que subirse a lomos de una cerdita acolchada hecha con retales para recorrer el palacio más opulento que había visto nunca.

—Son forjadores de gran talento —dijo Mira, dándole una palmadita a Jace en el hombro—. Pueden hacer todo tipo de semblantes extraños.

—En eso tengo que darle la razón al chico —concedió Asia—. Liam no pone muchos límites a su imaginación.

—Aún sigo aquí —protestó la cerdita.

—Y eres encantadora —le dijo Jamar—. Una cerdita blandita y suave como un almohadón de plumas.

—Eso está un poco mejor —respondió Lola, ofendida—. Niños, subid antes de que sigan jugando con mis sentimientos.

Agarrándose a la tela, Cole subió por la grupa de la cerdita, hundiendo las rodillas y los pies para apoyarse. Era como subirse a un almohadón del tamaño de un henar. Una vez arriba, abrió bien las piernas, colocando una a cada lado de su amplio cuello. Aunque el relleno de la cerdita dejaba espacios como para que estuviera mullida, resultaba relativamente estable. Los cuatro cabían encima sin problemas: Cole delante, Mira tras él, luego Jace y Twitch al final. Si hubiera subido alguien más, habrían tenido que apretarse un poco.

—¿Cómodos? —preguntó Asia, sarcástica.

Cole frotó las palmas de las manos sobre la tela que tenía delante.

—La verdad es que sí. ¿Qué material es este? Es suavísimo, casi como la seda.

—El chico tiene buen gusto —dijo la cerdita.

—Acabemos con esto —masculló Asia.

Jamar y ella se pusieron en marcha, y la cerdita tras ellos.

La cerdita se contoneaba al caminar, pero Cole se sentía razonablemente seguro. Pasaron por una sala llena de instrumentos musicales, entre ellos tambores del tamaño de bañeras y un órgano de tubos relucientes que ocupaba casi toda una pared. Atravesaron unas cortinas hechas con largas guirnaldas de campanillas que tintinearon al pasar. Al otro lado había una sala donde todo estaba hecho de hielo tallado: los muebles, las estatuas, la chimenea e incluso las alfombras.

—Sí —murmuró Jace—. Cada vez más raro.

—Pero muy chulo —dijo Cole, que veía ante sí las volutas que formaba su aliento en aquel ambiente gélido.

Tras atravesar otras cortinas de campanillas, entraron en una amplia sala de baile con un suelo de madera pulida y una lámpara de araña colosal. Jamar agitó un brazo, y el centro del suelo se desvaneció, dejando a la vista una amplia escalera que descendía hasta donde se perdía la vista.

—¡Hala! —exclamó Cole, mientras la cerdita avanzaba hasta el inicio de las escaleras.

En terreno llano, la cerdita se las arreglaba bien, pero a Cole le preocupaba caerse hacia delante al inclinarse.

—¿Bajamos?

—No te preocupes —dijo la cerdita—. Las escaleras son mi especialidad.

Lola se inclinó hacia delante y se dejó caer, deslizándose sobre el vientre. Apretando las piernas y agarrándose con las manos al tejido lo mejor que podía, Cole se echó atrás, sobrecogido. No obstante, una vez en marcha, el descenso fue sorprendentemente rápido y suave. Tras llegar al pie de las escaleras, la cerdita siguió deslizándose un poco hacia delante por el pasillo de mármol pulido que se abría ante ellos.

—Hemos perdido a Twitch —anunció Jace.

Cole miró hacia atrás. Twitch había desaparecido.

—Se ha bajado en lo alto de las escaleras —dijo la cerdita—. Tendrá que bajar a ritmo lento, con los otros.

Al cabo de unos momentos, vieron aparecer a Twitch, que bajaba las escaleras junto a Jamar, Asia y cuatro de los guardias de cera con túnica. Al ver que sus amigos le miraban los saludó con la mano.

—Tenías que haberte quedado —dijo Mira—. Ha sido divertido.

—No soy muy partidario de los riesgos innecesarios —respondió él.

Cuando los otros llegaron a su altura, Lola se agachó para que Twitch volviera a subirse. Jamar se puso a la cabeza del grupo. Al final de la sala había una gran puerta tallada. Al acercarse se abrió. Entraron entonces en una cámara larga con dos filas de columnas que soportaban el alto techo arqueado. Las columnas estaban talladas en forma de cabezas superpuestas, y cada cabeza tenía cuatro caras, una hacia cada lado. El suelo era de mármol rojo veteado de negro, y las paredes estaban revestidas con cortinajes oscuros. En el centro de la cámara vieron a un anciano menudo sentado en una silla modesta. Se puso en pie al verlos entrar, apoyándose en un par de bastones. La cerdita se detuvo a diez pasos del anciano y se agachó.

—¿Bajamos? —preguntó Jace.

—Sí —respondió Lola.

Todos se dejaron caer por el mismo lado. El suelo de mármol era duro y liso. La cerdita de retales se retiró. El hombrecillo avanzó unos pasos, apoyándose pesadamente en los bastones. Era casi calvo, con una franja de cabello blanco por ambos lados de la cabeza cubierta de manchas de la edad. Tenía el rostro surcado de arrugas y parecía frágil. Daba la impresión de que estaría mejor con un pijama de hospital, pero, en cambio, llevaba un suéter verde y pantalones marrones. Las zapatillas dejaban a la vista unos pálidos tobillos huesudos.

El anciano se detuvo.

—¿Quieres cerrar la puerta, Jamar? —dijo con una voz débil.

La puerta se cerró.

El viejo esbozó una sonrisa algo forzada. Tenía los dientes muy regulares.

—Bueno, habéis descubierto nuestro pequeño secreto, ¿no? Sucede a veces, pero no mucho, no mucho.

Parecía esperar a que respondieran.

—¿Es usted el maestro? —preguntó Mira.

El anciano sonrió con más ganas y chasqueó la lengua.

—Supongo que sí, especialmente si seguimos manteniendo esto en secreto. Bienvenidos a Cloudvale, uno de los refugios menos conocidos de los Cinco Reinos. Es una pequeña provincia, pero es libre. Y preferiríamos que siguiera siéndolo.

—No somos espías —dijo Cole.

—Ahora que os veo, supongo que es cierto —dijo el hombre, algo más serio—. La única de vosotros con el potencial de transmitir información al exterior sin duda no está aliada con el forjador supremo. Vosotros tres, ¿sabéis a quién estáis acompañando?

—Sabemos lo suficiente —dijo Jace.

—¿Cuánto? —preguntó el hombre, dirigiéndose a Mira.

243

—No todo —respondió ella—. ¿Sabe quién soy yo?

—Sí —dijo él—. ¿Hasta qué punto confías en ellos?

—Todo lo que puedo confiar en alguien. Han arriesgado su vida por mí.

Él asintió.

—¿Y tú te imaginas quién soy yo?

—Creo que sí —respondió ella.

El hombre levantó uno de sus bastones un momento y la señaló.

—Pues suéltalo, jovencita. ¿Quién soy yo?

—Usted es Declan Pierce, el gran forjador de Sambria.

El anciano volvió a sonreír con ganas; se le iluminaron los ojos.

—Pillado. Soy culpable de los cargos. ¿Piensas seguir en compañía de estos tres chicos?

Cole la miró, al igual que Jace y Twitch. Ella parecía pensativa.

—No tenéis por qué quedaros conmigo. Los problemas me perseguirán allá donde vaya.

—Yo no voy a dejarte desprotegida —dijo Jace.

—Yo tampoco —le secundó Cole.

—Hemos llegado hasta aquí, ¿no? —añadió Twitch.

—Entonces sí —dijo Mira, que se giró hacia Declan—. Se quedan conmigo.

—¿Quieres que estén presentes mientras hablamos? —preguntó Declan—. Supondría revelar tu identidad.

—Sí —dijo Mira.

La sonrisa desapareció del rostro del anciano.

—Dejadnos, Asia, Jamar. Lola, dile a tu creador que se tome más interés en los acontecimientos del momento.

—¿Está seguro, señor? —preguntó Asia.

Declan la despachó con cara de hastío:

—Tenemos asuntos delicados de los que hablar. No

nos hemos reunido en este lugar porque me gusten los incómodos salones subterráneos. Podréis participar cuando llegue el momento. Ocupaos de nuestras defensas. Debemos mantenernos en alerta máxima. Eso es todo.

Las puertas se abrieron. Jamar salió con sus hombres de cera. Asia fue tras él, junto a la cerdita. Las puertas se cerraron de golpe.

Declan volvió a la silla, apoyándose en sus bastones.

Una vez sentado, se secó el sudor de la frente y respiró afanosamente.

—Siento estar sentado y dejaros a vosotros de pie.

—No pasa nada —dijo Cole.

—Es de mala educación —respondió Declan—. Mis huesos son viejos. No se puede evitar. Bueno, podría haberse evitado, quizá, si se hubiera planificado mejor. Pero no esperaba visitas, y necesitamos un silencio absoluto.

—¿No puede forjarnos unas sillas? —preguntó Jace.

—En cualquier otro lugar, sí. Pero no debo arriesgarme a forjar nada aquí. Cualquier cosa nueva que forje podría alterar el equilibrio que hace que esta sala sea inescrutable desde el exterior.

—¿No nos pueden oír? —preguntó Mira.

—Probablemente no podrían oírnos aunque estuviéramos en cualquier otro lugar de Cloudvale, pero esta sala hace del todo imposible las escuchas. Jovencita, es hora de revelar tu verdadera identidad. ¿Quieres hacer tú los honores o los hago yo?

—Adelante —accedió Mira.

—Las cinco hijas de Stafford Pemberton, forjador supremo de los Cinco Reinos, eran Elegance, Honor, Constance, Miracle y Destiny. No tuvo ningún hijo varón. Supuestamente, las hijas murieron en un accidente hace más de sesenta años. Solo que no fue así. Sobrevivieron.

—¿Cómo sabe usted eso? —preguntó Mira.

—Sigo en contacto con Harmony —dijo Declan—. Stafford fingió su muerte para poder tenerlas presas. De algún modo, les había robado sus poderes, pero las necesitaba vivas, o perdería sus habilidades recién adquiridas. Así que despeñó una carroza sobre las aguas torrenciales de un río. Aunque encerró a sus hijas en una mazmorra, el forjador supremo fingió que lloraba su pérdida como todos nosotros.

—Cuando les quitó su capacidad como forjadoras, las chicas dejaron de envejecer —añadió Mira—. No es solo que el proceso se ralentizara: hoy en día, son tan jóvenes como el día en que su padre las traicionó.

—Su madre, Harmony, se enteró de la treta y ayudó a sus hijas a huir —prosiguió Declan—. Hasta la fecha, las cinco princesas (Elegance, Honor, Constance, Miracle y Destiny) viven ocultas en el exilio. Algunas ni siquiera se molestan en usar un nombre falso.

Al comprenderlo de golpe, Cole sintió como si se hubiera quedado sin aliento. Tardó un momento en poder articular palabra:

—Tú eres Miracle.

Mira alzó las cejas.

—Los primeros veinte años usé un nombre menos evidente. Mi familia siempre me había llamado Mira. Con el paso del tiempo, la gente se olvidó de mi muerte. Si hubiera sobrevivido, ahora sería adulta. Pero, en cambio, era una niña esclava. Me mantuve alejada de cualquiera que pudiera recordar mi rostro. Recuperar mi apodo de infancia nunca me causó ningún problema.

—¿De verdad? —exclamó Jace—. ¿Tú eres la princesa Miracle? —preguntó con una sonrisa bobalicona y asintiendo.

—La gente dice que esas cinco princesas son el tesoro

perdido de Ciudad Encrucijada —añadió Twitch—. Todo el mundo conoce la historia. Todas eran unas forjadoras fantásticas. Desde su desaparición, el rey supremo nunca fue el mismo.

Declan chasqueó la lengua con amargura.

—Es cierto. Les había robado su don, y con aquel poder recién adquirido, encontró el valor para mostrarse tal como era.

—Casi no lo puedo creer —dijo Twitch, poniendo una rodilla en el suelo—. Debía haberme mostrado más respetuoso. Debería…

—No —le interrumpió Mira—. Levántate. No quiero nada de eso. Todos habéis sido exactamente lo que yo necesitaba. Amigos de verdad en tiempos de dificultad.

Cole se la quedó mirando, arrugando la nariz mientras hacía un cálculo rápido:

—¿Tienes más de setenta años?

—No, tengo once —dijo Mira, que se ruborizó—. Es solo que hace mucho tiempo que tengo once años.

—Tu apodo debería ser «Abuelita» —dijo Jace.

—Ja, ja —respondió Mira—. No soy una adulta con aspecto de niña. Soy una niña que nunca ha llegado a ser adulta. Pasar años no es lo mismo que envejecer. Yo no cambio. Siempre me han tratado como si tuviera once años. Siempre he tenido el aspecto de una niña de once años. Y no me siento mayor.

—Pero has vivido muchísimo tiempo —adujo Twitch.

—Estoy segura de que sé más de lo que sabe una niña de once años normal —dijo—. Es, simplemente, que no me siento mayor. ¿Cómo iba a sentirme mayor? Nunca he «sido» mayor.

—Debes de haber visto como envejecía mucha gente —dijo Cole.

Mira se apartó unos mechones de cabello de los ojos.

—No mucho. Nos hemos movido mucho. Mirar atrás me resulta raro. Casi no me acuerdo de cuando tenía diez años. Y hace muchísimo que no veo a nadie de mi familia. Aunque sí vi envejecer a Durny, desde que vino a mi lado.

—¿Durny era tu guardaespaldas? —preguntó Jace.

—Mi segundo protector. El primero, Roderick, envejeció y al final murió. Aunque nos movíamos mucho, mi madre siempre sabe cómo llegar a mí. Muchos forjadores tienen especialidades. Mi madre tiene dos: las visiones y las estrellas. Esas habilidades se complementan entre sí. Puede encontrar a sus hijas allá donde vayamos. Envió a Durny en mi busca cuando sintió que Roderick había muerto.

—Ya sabes —dijo Declan— que una vez coincidí con tus hermanas mayores, Elegance y Honor. Por aquel entonces, eran bastante jóvenes. Fue durante mi última visita a Ciudad Encrucijada, cuando empezaba a sospechar que tu padre no era de fiar. Tenía que haber hecho más caso a mi instinto.

—¿Cómo ha reconocido a Mira? —preguntó Jace.

—Sé un par de cosas sobre forjadores, chico —dijo Declan—. Percibo el poder de un forjador. A ella le han arrebatado el suyo, y ahora está vinculado a una gran masa de energía de forjado en algún otro lugar de Sambria. Pero va recuperando lentamente una pequeña parte de su don. Solo una niña en todas las Afueras encajaría con esa descripción. —Su gesto se suavizó—. Pobre niña. Has pasado unos años muy duros. Desgraciadamente, me temo que a partir de ahora las cosas no harán más que empeorar.

—¿Qué debo hacer? —preguntó ella.

—Esa es la cuestión. No debes quedarte aquí, y tampoco deberías marcharte, pero tenemos que hacer algo. ¿Qué sabes de lo que te hizo tu padre?

—Sé que me quitó mi poder. Aún no entiendo cómo.

—No eres la única —le aseguró Declan—. Es algo inexplicable para cualquier forjador.

—Sé que dejé de hacerme mayor —añadió Mira—. Sé que hasta hace poco mi poder no ha empezado a volver. Y ahora mi padre ha enviado a cientos de legionarios en mi busca.

—¿Solo sabes eso? —dijo Declan, que tenía un deje de tristeza en la voz—. Desde luego, tenemos que hablar.

Twitch se sentó en el suelo, cruzando las piernas. Cole lo imitó, igual que Jace.

—Me disculpo de nuevo por la falta de asientos —dijo Declan.

—Esto no está mal —le aseguró Cole.

—Frío y duro. —Declan meneó la cabeza.

—¿Qué me puede decir de mi padre? —preguntó Mira, mirándolo fijamente y sin sentarse.

—No todo —respondió Declan—. Pero puedo arrojar luz sobre algunos asuntos. Por favor, siéntate. Puede que nos lleve algún tiempo.

Capítulo 21

Respuestas

—¿Cada cuánto mantienes correspondencia con Harmony? —preguntó Declan, después de que Mira se sentara.

—Mi madre solo contacta conmigo de forma indirecta —respondió la chica.

—¿Nada de mensajes?

—En realidad, no. Hace poco lo intentó. Tiene una señal para cuando se acerca un peligro. También puede enviarme mensajeros o nuevos protectores.

—¿Dónde está tu protector actual?

—Acaba de morir. Tuvimos problemas en un castillo flotante. Mi madre había enviado su señal de aviso, así que estaba intentando recoger piedras flotantes para hacer una nave con la que escapar de Puerto Celeste, pero le mataron. Y hoy mismo ha llegado un mensajero, justo antes de que se presentara un gran destacamento de legionarios. El mensaje no me llegó. Solo puedo suponer que era un aviso de que mi padre me había encontrado. No habría podido escapar de Puerto Celeste sin la ayuda de mis amigos.

—Así que estos niños tomaron cartas en el asunto —dijo Declan, observándolos—. Supongo que tendréis nombre, ¿no?

—Jace.

—Yo soy Cole.

—A mí me llaman Twitch.

—Tres jóvenes esclavos huidos de los Invasores del Cielo —observó Declan—. No es la escolta que uno esperaría que llevara una princesa del más alto linaje de los Cinco Reinos. ¿Todos habéis nacido en Sambria?

—Yo sí —dijo Jace—. Soy esclavo desde que tuve uso de razón.

—Yo nací en Elloweer —dijo Twitch.

—Yo soy de la Tierra —dijo Cole.

—Liam mencionó tu nombre —respondió Declan—. ¿Cómo llegaste aquí?

—Unos cazadores de esclavos se llevaron a mis amigos. Yo vine a intentar ayudarlos, pero me pillaron.

—¿Viniste de forma voluntaria?

—Nadie me obligó —respondió Cole—. En realidad, no sabía dónde me estaba metiendo.

—Interesante. Un esclavo recién marcado, ¿no?

—Hace un par de semanas. A dos de mis mejores amigos se los llevaron para que fueran esclavos del rey supremo. Mira me prometió ayudarme a encontrarlos.

—Y mantendré esa promesa —le aseguró Mira.

El hombre esbozó una sonrisa a medias.

—Conversaremos más adelante, jovencito —dijo, y se quedó observando a Mira—. ¿Qué sabes de toda la información que ha circulado desde tu huida?

—Sé lo básico —dijo Mira—. Intentábamos estar informados. Mi padre envió a los grandes forjadores al exilio. A todos menos a Paulus, que se unió a él. En los otros cuatro reinos puso a gobernadores en lugar de los grandes forjadores.

—Correcto —dijo Declan—. Tu padre quiere hacer creer a la gente que los grandes forjadores renunciamos a nuestros cargos voluntariamente. Que nos retiramos.

—La gente no se cree esa tontería —intervino Jace.

—Te sorprenderías —dijo Declan—. Con el tiempo, cada vez es más fácil aceptar las afirmaciones del gobierno actual, el que tienes delante, el que controla el presente. Por ejemplo, a los gobernadores que nombró Stafford ahora les ha dado por autodenominarse reyes. Ni siquiera los grandes forjadores usábamos ese título.

—¿Y cómo acabó aquí? —preguntó Mira.

Declan miró a su alrededor, como si de pronto recordara dónde se encontraba.

—Sabía de la existencia de este lugar antes de que tu padre decidiera destituirme. Las paredes de nubes siempre me han fascinado, más que ningún otro accidente geográfico de Sambria. Al estudiarlas, descubrí este espacio detrás de la Pared de Nubes del Este. Conseguí llegar con un mecanismo para circunnavegarla y me pareció que podría ser un buen refugio en caso de peligro. Cuando Stafford vino a por mí, me refugié aquí con algunos miembros clave de mi séquito y con un par de mis alumnos más prometedores. Y aquí nos hemos quedado, esperando pacientemente. Todo lo que ves, lo hemos forjado de la nada.

—¿Asia, Jamar y Liam están con usted desde el principio? —preguntó Cole.

—Asia y Jamar, sí. Liam vino más tarde. Todos tienen un gran potencial y habilidad, pero ninguno está preparado para asumir mis obligaciones como gran forjador. Asia es demasiado brusca y sus habilidades como forjadora son demasiado limitadas. Jamar está excesivamente interesado en agradar a los demás. Y Liam, el más dotado sin duda, también es el menos serio. Ni siquiera estoy seguro de que aprenda nunca a centrarse, a planificar, a dirigir.

—Parece que tiene ganas de jubilarse —observó Jace.

Declan suspiró con fuerza.

—¡Mírame! Nunca he sido un hombre fuerte. Mi cuerpo va apagándose. He vivido más años de los que me tocaban; más que muchos hombres juntos. Incluso la mente me empieza a flaquear. Veamos, tenemos a Cole: me gusta su energía. Twitch, me gustan sus gestos. Y, tú, perdóname, ¿cómo te llamas?

—Jace.

—Jace, claro. Se me había olvidado. No hace tanto tiempo podía aprender cien nombres en un momento y repetirlos una semana más tarde. Mi memoria a corto plazo empieza a fallar. He tenido este cargo demasiado tiempo, pero ¿cómo se supone que voy a encontrar y formar a un sucesor digno desde aquí? Mi refugio es también mi prisión. Nada me gustaría más que ser gran forjador emérito. Pero la realidad no siempre se ajusta a nuestras preferencias.

—¿Cuántas personas más viven aquí? —preguntó Mira.

—¿Personas reales? Ya los conocéis a todos. Yo, Jamar, Asia y Liam. El resto son semblantes.

—¿Y los otros que trajo con usted? —preguntó Jace.

—La gente que vino conmigo ya murió —dijo Declan—. Solo los que tienen una gran habilidad como forjadores pueden ralentizar el proceso de envejecimiento, tal como han hecho mis aprendices. Si hubiera sido más previsor, habría traído a más parejas, pero no había mucho tiempo. Entre los que traje se formó una pareja, pero no consiguieron tener descendencia. El último de mis súbditos sin poderes falleció hace ya más de diez años.

—Habrán llegado otros exploradores a través de la pared de nubes —dijo Twitch.

—Los últimos exploradores de los que tenemos noticia llegaron hace más de cincuenta años —respondió Declan—. Solo rescatamos a tres de las decenas que iban en la gran nave. Liam no estaba aún entre nosotros, así que nuestros semblantes voladores eran mucho menos sofisticados. Los tres que rescatamos murieron hace mucho tiempo.

—¿Cuándo llegó Liam? —preguntó Cole.

Declan cruzó las manos y frunció el ceño; parecía un anciano ingresado en un hospital al que no le hubieran servido el almuerzo.

—Liam vino buscándome hace casi veinte años, y encontró el camino hasta aquí igual que yo, a través del bosque del Boomerang.

—¿Por qué le buscaba? —preguntó Mira—. ¿Era un mensajero?

—No —respondió Declan—. Era un forjador joven, de gran poder, en busca de un maestro. Había caído en manos de los cazadores de esclavos, pero había usado su habilidad en el forjado para escapar.

—Un momento —dijo Cole—. ¿Liam? ¿Hizo una cara sonriente parlanchina en un carro de esclavos?

—Posiblemente. Ya de niño tenía un gran talento. Yo he hecho lo posible por enseñarle, pero nuestros estilos son muy diferentes. Gran parte de lo que hace no se puede enseñar ni aprender. Forja por instinto. Pero me estoy yendo del tema. La maldición de la vejez. Te vas quedando solo, la mente se te vuelve perezosa y vas de una cosa a otra. Deberíamos estar hablando de Miracle y de su padre, Stafford Pemberton.

—¿Qué me puede decir? —preguntó Mira.

—Hasta que os quitaron vuestros poderes, nunca imaginé que algo así fuera posible. Cuando Harmony me lo contó, casi no la creía. Aunque tu padre procede de una familia de forjadores de gran habilidad, con él, al parecer, el talento se saltó una generación. Yo tuve la ocasión de comprobarlo cuando era joven. Tenía una capacidad para el forjado nada extraordinaria. Pero quizá se me pasara algo por alto. No sabía que la capacidad de forjar se pudiera manipular, así que en su caso quizá no sabía qué era lo que tenía que buscar.

—Nunca le vi forjar mucho —recordó Mira—. Yo aprendí de mi madre y de tutores privados.

—Stafford no tenía un talento apreciable —confirmó Declan—. Eso te lo puedo asegurar. Sin embargo, ocultó bien su mediocridad, sobre todo evitando tener que forjar en público. Todos veíamos que cualquiera de sus hijas o su mujer eran superiores a él. Sé por experiencia que Harmony, Elegance y Honor tenían un talento difícil de ocultar. ¿Conclusión? O tu padre tiene un talento único, o tiene acceso a algún conocimiento arcano desconocido para todos los demás.

—¿Tiene alguna idea de dónde pudo aprender algo así? —preguntó Mira.

—Aquí entramos en el campo de la conjetura —dijo Declan, encogiéndose ligeramente de hombros—. Hay rumores de que sus mejores ejecutores tienen unos poderes de forjado excepcionales. ¿Comparten todos el mismo secreto? Yo tengo cierto talento para todos los aspectos conocidos del forjado y, sin embargo, después de saber que es posible, no he conseguido alterar el poder de forjado en grado alguno, a pesar de mis años de estudio y de esfuerzo. O Stafford es muy superior a mí, o conoce alguna técnica que se me escapa.

—¿Ha hablado de ello con los otros grandes forjadores? —preguntó Mira—. Quizá la clave se encuentra en alguna otra disciplina.

—Es posible —concedió Declan, acariciando el ex-

255

tremo de su bastón—. El forjado funciona de un modo diferente en cada reino. La técnica del forjado en Creón no tiene nada que ver con la de aquí. Solo me he arriesgado a comunicar con Harmony. No estoy muy seguro de cómo llegar a los otros. Ninguno de nosotros tiene ganas de exponerse demasiado. Honestamente, a pesar de las diferencias evidentes, no creo que los estilos de forjado de Zerópolis, Elloweer, Creón o Necronum puedan servir para arrebatar el talento a un forjador más de lo que pueda hacerse con el forjado que practicamos aquí, en Sambria.

—Entonces, ¿qué hacemos? —preguntó Mira.

—Mantén los ojos bien abiertos y no bajes la guardia —sugirió Declan—. Tiene que haber una respuesta a este acertijo. Saber cómo te quitaron los poderes podría acabar siendo esencial para contraatacar.

Mira resopló, socarrona.

—Quizá sea demasiado tarde para contraatacar. Yo me conformaría con evitarlo.

—Lo entiendo. Tu padre tiene más control sobre las Afueras que cualquier otro soberano que recuerde. Yo llevo aquí oculto muchos años: estudiando, haciendo planes, trazando estrategias y actuando muy poco. Pero un anciano puede soñar.

—Después de todo este tiempo, ¿por qué estoy recuperando los poderes? —preguntó Mira.

Declan sonrió; las arrugas alrededor de sus ojos se hicieron más evidentes. Señaló a Mira con un dedo huesudo y nudoso.

—Ahora pasemos al asunto más importante. ¿Has recuperado muchas de tus antiguas habilidades?

—Solo un poco —dijo Mira—. Forjo cosas sencillas. Nada parecido a antes de que me quitaran mis poderes.

—Y apenas estabas empezando a desarrollar tu potencial —recordó Declan—. Tu padre ha estado usando el poder combinado de todas vosotras para ejercer su dominio sobre los Cinco Reinos. Cuando desaparecisteis, fue revelando gradualmente sus nuevas habilidades. La mayoría no teníamos motivo para sospechar que antes no tenía todo aquel poder. ¿Quién iba a discutírselo a un hombre que no solo era el forjador supremo y el comandante de la legión, sino también un experto en los cinco estilos principales de forjado? A los que le han planteado algún tipo de oposición los ha liquidado sin más miramientos. Solo que ahora… corre el rumor de que, de pronto, su poder está menguando.

—¿Por qué? —preguntó Mira.

—Sea cual sea el canal que le vinculaba con los poderes de todas vosotras, se está rompiendo —dijo Declan—. Pero solo una pequeña parte de ese poder está regresando a vosotras. La mayoría se está concentrando en algún otro lugar de Sambria.

—¿Está yendo a parar a otra persona? —preguntó Mira, con rabia.

—Evidentemente no. Liam y yo hemos trazado las conexiones con sumo cuidado. Tu poder se está descontrolando, Mira. Por su cuenta. De algún modo, está evolucionando, convirtiéndose en un poderoso semblante.

—¿Qué? —exclamó Mira.

—Lo sé —dijo Declan, levantando ambas palmas de las manos, cuya piel parecía más suave y más joven que todo su cuerpo—. No hay precedentes. Pero tu poder se ha organizado en forma de algún tipo de entidad independiente.

—Que mi padre me robara el poder es una cosa —dijo Mira—, pero ¿cómo puede existir mi poder fuera de una persona?

—Sigue vinculado a ti. Al fin y al cabo, es tu poder.

Si tú mueres, morirá contigo. Por eso quería tu padre hacerte prisionera, no matarte. Si hubieras muerto, Stafford habría perdido esa parte del poder robado. Lo mismo pasa ahora, solo que tu poder opera de forma independiente.

—¿Cómo puede tener mi poder una personalidad propia?

Declan separó las manos.

—Para empezar, yo no sé cómo se hizo la separación, así que es difícil especular sobre lo que está pasando. Supongo que tiene que ver con el modo en que creamos una personalidad para un semblante. Quizás algún aspecto de tu padre se ha combinado con tu poder y ha evolucionado, hasta convertirse en algo nuevo. Tal vez el hecho de separarte de tu poder haya hecho posible que tome forma independiente. Son solo suposiciones. Lo único que sabemos, sin duda, es que últimamente tu poder ha estado provocando el caos cerca de la ciudad de Alvindale.

—¿Qué ha hecho? —preguntó Cole.

—Ningún testigo que se haya acercado ha salido con vida para contarlo —dijo Declan—. Y lo mismo pasó con los semblantes que Liam envió a espiar: muchos no volvieron. Los que regresaron solo han oído rumores. La gente lo llama Carnag.

—¿Qué? —exclamó Mira—. ¿Carnag es mi poder de forjado?

—¿Has oído hablar de él? —preguntó Declan.

—¡Todo el mundo ha oído hablar de él! ¡El clamor se ha extendido por toda Sambria!

—Supongo que así es —murmuró Declan—. Hay decenas de rumores incorrectos sobre su origen. Lo que todos dicen es que tu poder está arrasando casas, dispersando rebaños, arrancando árboles y cambiando el aspecto del campo de un modo aleatorio. Mucha gente ha desaparecido.

Mira se llevó una mano a la boca. No era capaz de comprenderlo.

—¿Es por mi culpa? ¿Estoy haciendo daño a la gente? ¿Provocando el caos en los pueblos? Mi poder está atacando a la gente, del mismo modo que ayudó a mi padre a hacerse con el control de los Cinco Reinos.

—Es involuntario —matizó Declan.

—Será. Pero sigue siendo «mi» responsabilidad.

—Lo provocó tu padre. No tú.

—Si estuviera muerta, no sucedería nada de todo esto.

Declan levantó la vista al cielo y meneó la cabeza.

—¿Por qué los jóvenes sois tan dramáticos? ¿Y tan impulsivos?

Mira parecía enfadada.

—¿Y cómo debería sentirme?

—Deberías pensar —dijo Declan—. Resuelve el problema. No te lances al suicidio como mejor opción.

—¿Hay otras opciones?

—Espero que sí. Se trata de una gran cantidad de energía. No es energía pasiva que se pueda acumular. Ahí fuera hay energía activa, que interactúa con el mundo. Tu poder está desatado, libre de cualquier limitación física que tu cuerpo o tu mente le hubieran impuesto. Es puro, libre de ataduras y volátil. Si desconectamos esa energía de su fuente, podríamos sufrir un desastre de proporciones épicas. Sin duda, matándote, destruiríamos tu poder. La pregunta es hasta dónde quedaría destruida Sambria al acabar con ese poder.

—¿Explotaría? —preguntó Jace.

—O peor aún —replicó Declan—. Todo ese poder descontrolado no desaparecería sin hacer ruido.

259

—¿Y entonces qué puedo hacer? —insistió Mira.

Declan juntó las palmas de las manos, tamborileando con los dedos.

—Tenemos que tomar algunas decisiones. Tu padre está desesperado por encontraros a ti y a tus hermanas. Quiere recuperar sus poderes, y sin duda no desea que uséis vuestro poder en su contra. A lo mejor ya sabe que vuestro poder se está concentrando en algún lugar externo a vosotras… o quizá no.

—Envió a cientos de soldados a por ella —señaló Cole—. Dijeron que luego iban a ir a por Carnag.

—Tu padre ya te ha buscado antes —dijo Declan, con los ojos puestos en Mira—. Pero quizá no tan desesperadamente. Tenía tus poderes, tú estabas fuera de juego, y llevaba décadas actuando con total libertad. Su situación no era demasiado urgente. Habría sido más seguro tenerte bajo llave, pero no era imprescindible. Sin embargo, ahora que sus poderes robados van mermando, las cosas están cambiando. A partir de ahora dedicará todos sus recursos a encontraros a ti y a tus hermanas.

—¿Dónde se puede esconder? —le apremió Jace.

Declan volvió a separar las manos.

—Este es uno de los mejores escondites de los Cinco Reinos. Por desgracia, los legionarios os han visto venir hacia aquí. Una parte de los poderes de Mira sigue en manos de su padre. Continúa mermando, pero está ahí. Mientras conserve algo de poder, sabrá que ella está viva. No descansará hasta que descubra adónde ha ido.

—Lo cual lo atraerá hacia usted —dijo Mira.

Declan esbozó una sonrisa tensa.

—Sin duda, algunos legionarios atravesarán la pared de nubes, probablemente poco después del amanecer. Todos morirán. Todo lo que atraviesa la pared de nubes es absorbido al vacío. Es una creación perfecta; se diseñó para eso. Podemos intervenir entrando en el vórtice desde nuestro lado, pero, por supuesto, no vamos a rescatar a nuestros enemigos.

—¿La diseñó usted? —preguntó Twitch.

La respuesta de Declan fue una carcajada que degeneró en una tos áspera. Se limpió la flema de la garganta y con una mano temblorosa sacó una bolsita y escupió dentro.

—Si hubiera sido capaz de producir el vacío terminal, no me preocuparía estar en las Afueras, ni más allá. No tengo ni idea de quién diseñó la Pared de Nubes del Este y el vacío, ni la Pared de Nubes del Oeste y todo lo que sale de ella. No puedo llegar a imaginarme la mente que habrá diseñado todo eso, ni concebir la posibilidad de ejecutar algo de tales dimensiones.

—¿Y esa persona no podría estar oculta tras la Pared de Nubes del Oeste? —preguntó Cole.

—Eso es muy improbable —respondió Declan—. He estudiado la Pared de Nubes del Oeste durante años, y no hay modo de pasar por detrás o por en medio sin quedar destruido por el horno creador que genera los castillos. Las paredes de nubes existen desde que tenemos historia escrita. Supongo que su creador las diseñó para que resultaran sostenibles por sí solas.

Jace se aclaró la garganta.

—Si todo el que viene es absorbido por el vórtice, quizá Mira debiera quedarse aquí.

Declan frunció el ceño y meneó la cabeza.

—Los legionarios que se lancen contra la pared de nubes morirán. Pero hay otro camino. Cloudvale no es una isla en el cielo. Es una península, unida al Despeñadero. El acceso es difícil, pero yo llegué hasta aquí, igual que Liam. Ahora que Stafford sabe dónde buscar, su gente encontrará el camino.

—Siento causarle todos estos problemas —dijo Mira, con una mueca de dolor.

—Es inevitable —respondió Declan—. No ha sido deliberado. En cualquier caso, tu padre nos habría encontrado antes o después. Este lugar no nos habría ocultado para siempre. Le ayudan poderosos forjadores, espías y mercenarios. No solo tiene la legión a su disposición, sino también a su policía secreta, los Ejecutores. Era cuestión de tiempo que decidiera empezar a buscarme.

—¿Y adónde debería ir? —preguntó Mira.

Declan suspiró. Su mirada se volvió triste.

—Si te quedas aquí, te rodearán y te atraparán. Si corres, antes o después darán contigo. Yo te sugiero que pases al ataque. Busca tu poder.

—¿El poder que corre desbocado? —replicó Jace—. ¿Ese que no deja testigos con vida?

—«Su» poder —puntualizó Declan—. Podría ser la ocasión que estabas esperando, Mira. Recupera tu poder. Ayuda a tus hermanas a que recuperen el suyo. Yo no puedo arriesgarme a hablar más con tu madre, con todos los ojos puestos en mí, pero a mi entender esto es lo que habría querido. No bastará con huir de Stafford. No bastará con ocultarse. Tienes que derrotarlo.

—¿Cómo puedo recuperar mi poder? —dijo Mira, que fijó la vista en Declan.

—No estoy seguro —respondió él, haciendo una mueca—. No entiendo cómo te lo quitaron. No llego a comprender cómo actúa de forma independiente. Pero sí sé que es «tu» poder. No puede sobrevivir sin ti. Así que derrótalo. Haz que se someta a ti. Si tienes que hacerlo, mata la forma que haya adoptado. Ejerce tu dominio sobre tu poder, y volverá a ti.

—¿Y cómo sabemos que no está diciéndole que

haga lo que más le conviene a usted? —dijo Jace, desafiante—. Si se va, desviará la atención. Si vuelve ahí afuera, se cuestionarán si de verdad atravesó la pared de nubes. Quizá consiguió rodearla, de algún modo, u ocultarse temporalmente en su interior, como planeamos hacer. Luego Mira ataca a su poder. Si lo derrota, estupendo. Si el poder acaba con ella, se destruye a sí mismo. En cualquier caso, para usted desaparece el problema.

Declan sonrió levemente a Mira.

—A este tenlo siempre a tu lado. Está claro que quiere lo mejor para ti. El consejo que te he dado, evidentemente, también me beneficia a mí. Pero eso no hace que no sea honesto. Síguelo si quieres. No soy yo quien debe seguir tus pasos.

—¿Y cómo salimos de aquí? —preguntó Mira.

—Eso no será difícil —dijo Declan—. Liam os enseñará el camino. Y yo os daré toda la ayuda que pueda. ¿Por qué no os quedáis esta noche? Decidid qué vais a hacer por la mañana.

—De acuerdo —dijo Mira—. Gracias por su hospitalidad.

—Ojalá pudiera hacer algo más para aliviar vuestra carga —dijo Declan. Dio un golpecito en el suelo con uno de sus bastones, y la puerta de la cámara se abrió de par en par—. Id a descansar. Jamar os espera. Os llevará a vuestras habitaciones.

—Gracias —dijo Cole, sumándose al murmullo de agradecimiento de Jace y Twitch, aunque se preguntó cómo se suponía que iban a dormir con todos los problemas en los que tenían que pensar.

Capítulo 22

Visitantes

En la habitación de Cole, todos los muebles se apoyaban en una sola pata. No solo las sillas y la mesa, sino también el sofá y la cama. Supuso que el forjador que los había creado los había hecho así para su lucimiento personal. La cama doble, apoyada en un fino poste central, parecía más que precaria, por decirlo así. Cole la puso a prueba apretando el grueso colchón y sacudiéndolo con fuerza. Aunque se balanceó levemente, la cama parecía sorprendentemente estable.

Cole se sentó en una de las sillas. La pata no estaba fijada al suelo: lo comprobó llevándola de un lado a otro. Pero al sentarse en ella, por mucho que inclinara el cuerpo, no se caía.

Alguien llamó a la puerta. Mientras cruzaba la habitación, se preguntó si sería Mira, para hablar sobre la decisión que tenían que tomar. Aún no podía creer que fuera una princesa.

Abrió la puerta y se encontró allí a Jace. Parecía cansado. En la manga, rasgada, tenía manchas de hierba.

—Eh —dijo Jace.

—¿Qué hay?

—¿Podemos hablar un minuto?

264

Cole dio un paso atrás y Jace entró, paseando la mirada por la habitación.

—¿Todo tiene una pata?

—Y no se cae.

—En mi habitación todo es comestible —aseguró Jace.

—¿Sueles probar los muebles?

—Me lo ha dicho Jamar.

—¿Y están buenos?

—No mucho. Las cortinas no están mal. Oye, tenemos que hablar de lo de mañana.

—Vale —dijo Cole—. ¿Quieres sentarte?

—Estoy bien. Por la mañana, Mira saldrá en busca de su poder.

—¿Te lo ha dicho?

—No hacía falta. Está claro. Ya has oído a Declan. En realidad, es su única opción.

—A lo mejor decide huir.

Jace meneó la cabeza.

—Ni hablar. Declan le dijo que así podría recuperar su poder. Y que evitaría que hiciera más daño a la gente. Y que es mejor estrategia que correr u ocultarse. Le he visto la cara. Seguirá su consejo.

Cole se quedó un momento en silencio.

—Supongo que tendremos que ir con ella.

—No necesariamente —dijo Jace poco a poco—. Yo no la dejaré sola. Pero tú no hace falta que vayas con ella. Contará con ayuda. Tú no eres de aquí. Esta no es tu guerra.

Cole frunció el ceño. Jace le estaba dando puerta. ¿Acaso la quería? Cole no quería abandonar a Mira, pero también le preocupaba encontrar a Dalton y a Jenna, y dar con un modo de volver a casa. Tenía la impresión de que Declan podría proporcionarle alguna idea para orientarle en la dirección adecuada. Se lo mencionaría al día siguiente, sin duda.

Jace nunca había sido especialmente amable con él. ¿Qué pretendía?

—¿No quieres que venga? —le preguntó.

—En realidad, no me importa —respondió Jace, aunque daba la impresión de que sí le importaba—. Allá tú. Solo digo que no tienes que sentirte obligado.

—¿Y Twitch?

—Ya he hablado con él. No parece especialmente emocionado, pero parece que viene, más por sentido del deber que por otra cosa. No quiere que el forjador supremo se salga con la suya. Pero creo que en parte es porque no quiere tener que arreglárselas solo, como esclavo fugitivo, con la legión y los Invasores del Cielo siguiéndole el rastro. Si decides ir por tu cuenta, es posible que quiera acompañarte.

—Tú lo que quieres es quedarte a solas con ella —dijo Cole, cayendo de pronto en ello.

Jace se puso rojo.

—¿De qué estás hablando?

—No puedo creerlo —dijo Cole—. Con todo lo que estamos pasando, y lo único que te preocupa es poder ligártela…

Jace aspiró hondo, furioso.

—No intentes colocarme a mí tus sentimientos. Solo porque…

—¿Mis sentimientos? ¿Lo dices en serio?

—Cole, no me toques las narices con esto.

—Quizá tenga que hacerlo, si lo que quieres es convencerme para que no venga.

—Eso no es cosa mía. La elección es tuya. Pero yo, personalmente, no me involucraría en una situación en la que no pinto nada.

—¿Qué? —exclamó Cole—. ¿Te das cuenta de que iba a fugarse conmigo? Íbamos a escaparnos mañana por la mañana. Lo que pasa es que, de pronto, apareció la legión.

Jace se quedó inmóvil.

—Eres un mentiroso.

—¿Por qué crees que ella sabía que el rey supremo tiene retenidos como esclavos a mis amigos? Iba a ayudarme a encontrarlos. Nos oíste hablando de ello. Ve a preguntarle a ella.

Jace apartó la mirada, apretando los labios y tensando los dedos.

—Esto es de risa. ¿Qué me estás diciendo? ¿Que el intruso soy yo?

—No. Estoy diciendo que Mira y yo íbamos a escaparnos y a ayudarnos el uno al otro. Me contó su secreto porque le salvé la vida. Decidió que podía confiar en mí.

Jace asintió, muy tenso.

—Entonces, ¿quieres venir?

—La verdad es que no —dijo Cole—. No sé cómo vamos a derrotar a esa criatura. Y si la mata, parece que vamos a ver de cerca lo que es una buena explosión.

—Primero tendrá que acabar conmigo —replicó Jace.

—Ya lo pillo. Eres valiente. Desde luego que lo eres. Tiene suerte de contar contigo. Necesita toda la ayuda posible. Hemos llegado hasta aquí colaborando todos juntos.

—Entonces, ¿vienes?

Cole se lo pensó. ¿Quería dejar a Mira sola con sus problemas? Era la única amiga de verdad que había hecho en las Afueras. Y tras ella venían Jace y Twitch.

¿Podía abandonarla a su suerte? Le había prometido a Durny que la cuidaría, pero Mira le había dicho que se podía ir. ¿Quería ir solo por ahí? En realidad, no. Pero ¿y Jenna? ¿Y Dalton?

—No lo sé —dijo Cole—. Mis amigos no tienen a nadie que los ayude.

—Ya —dijo Jace—. ¿O sea?

—O sea, que necesito más información. Quiero oír qué sabe Declan. Mis amigos me necesitan de verdad.

—Vale. Es bueno saber lo que piensa cada uno.

—¿No estabas intentando librarte de mí?

—Cole, Mira no me gusta como tú crees. Acabamos de descubrir que es más de lo que ninguno de nosotros tenemos derecho a soñar. Es una verdadera amiga. La aprecio. No es que… Simplemente no quiero que le pase nada.

—Vale.

—Más vale que no digas nada.

—Ya lo pillo. No lo haré.

Jace parecía más tranquilo.

—Muy bien. Nos vemos por la mañana —dijo, y se fue.

Cole se acercó a la cama y se dejó caer. Tras todo lo que habían pasado aquel día, no podía creer que Jace quisiera dar más dramatismo a la cosa. Evidentemente, estaba coladísimo por Mira. ¿Y qué? Ahora todos tenían problemas mucho mayores.

Cole hundió el rostro en una almohada. ¿De verdad iba a dejar tirada a Mira? Quizá… si eso suponía salvar a Jenna y a Dalton. Pero ¿y si estaban bien? ¿Y si se estaban volviendo buenos forjadores? ¿Y si les «gustaba» trabajar en un palacio? Cuanto más pensaba en aquello, más dudas tenía.

Llamaron otra vez a la puerta. Cole levantó la cabeza. ¿Sería Mira esta vez? ¿O sería Jace, que volvía con algún otro de sus pensamientos profundos?

Cole fue hasta la puerta. Al abrirla, se encontró con Liam esperando al otro lado.

—¿Puedo entrar?

—Claro —dijo Cole, dando un paso atrás.

Liam entró. Llevaba un pijama azul holgado. Era la primera vez que lo veía sin su disco.

—Yo hice esta habitación —dijo.

—Es rara —respondió Cole.

—Gracias. ¿Te importa si me siento?

—No.

Liam se dejó caer en el sofá, haciendo que se balanceara levemente.

—¿Cómo está Happy?

—¿La cara del carro? ¡Fuiste tú!

—Fue uno de mis primeros semblantes. Me gustó saber que aún sigue ahí. Me pregunto cuántas personas lo habrán visto a lo largo de los años.

—Aún habla de ti.

—Y aquí estamos hablando de él. ¿Consiguió alegrarte?

—La verdad es que sí. Estaba siendo un día muy malo.

—Cualquiera que vaya en ese carro tiene un día muy malo.

—Es verdad —dijo Cole, que se sentó en una silla, cerca del sofá—. ¿Te ha hablado Declan de nuestra conversación?

—No, os he espiado.

—¿Qué? Pensé que nadie podía escuchar lo que se decía en esa sala.

—Nadie puede penetrar desde el exterior. Hice que la cerdita Lola dejara una abertura mínima. En-

269

vió vibraciones a un auricular que llevaba puesto. No hay peligro de que lo haya oído nadie más. Los sucesos de estos días me interesan mucho más de lo que Declan cree.

—Entonces oíste lo de Mira.

—Miracle, sí —dijo Liam—. Sospeché que era ella cuando la vi de cerca y sentí la potente barrera que la mantiene apartada de su poder. Hace mucho que ayudo a Declan a seguir la pista del ente que se ha materializado con sus poderes. Es todo un rompecabezas. Aunque sea algo tan tangible, sigo sin tener ni idea de cómo lo hicieron. Un trabajo asombroso, desde luego.

—Para ella no es ningún chiste —señaló Cole.

Liam señaló hacia la silla de Cole, que se torció de golpe.

—No seas tan cenizo. Claro que para ella no es ningún chiste. Pero, aun así, es increíble.

Cole había conseguido evitar la caída poniendo las manos sobre el suelo.

—Todo un detalle. Gracias.

—Intento dar alguna lección allá donde voy —dijo Liam. Agitó una mano sobre el sofá y el soporte desapareció. Pero en lugar de caer, el sofá se quedó flotando suavemente.

—¿Por qué estás aquí? —preguntó Cole, cambiando de posición y arrodillándose sobre la silla.

—Esa es una gran pregunta —dijo Liam—. No sé si sabré centrarme y responder.

—Ya has oído lo que ha dicho Declan de ti.

—Al menos, cuando habla a mis espaldas, dice las mismas cosas que me dice a la cara —respondió Liam, encogiéndose de hombros—. La verdad es que es admirable.

—¿Es cierto que no te centras?

—Absolutamente. Decía la verdad. No soy un tipo muy serio. Pero no estoy muy seguro de que eso sea tan malo como él cree. Si te pones muy serio, puedes quedarte tieso. Quizá yo no me centre mucho, pero algunas cosas importantes atraen mi interés.

—¿Cómo qué?

—Los destellos. Las fichas de dominó. El milloncete.

—Las máquinas de milloncete emiten destellos —observó Cole.

—Parece que la cosa sigue un patrón —admitió Liam, con una sonrisa socarrona.

—¿Aquí tenéis milloncete?

—En Zerópolis. Fui allí como esclavo. Sabemos muchas cosas de tu mundo. La mayoría de nosotros procedemos de allí. Observo muchas cosas de tu mundo en los castillos que se dirigen hacia el vacío. No estoy seguro de cómo llegan hasta allí esas cosas.

Cole se puso en pie.

—¿Quieres arreglarme la silla?

Liam chasqueó los dedos y la silla volvió a ponerse derecha.

—Debes odiar estar aquí.

—No sé —dijo Cole, sentándose con cuidado, asegurándose de que la silla volvía a sostenerle.

—¡Te esclavizaron! —dijo Liam—. No es una gran técnica de promoción turística.

—¿Cómo acabaste siendo esclavo tú?

El sofá había ido subiendo lentamente hacia el techo. Liam dio una palmadita y el sofá fue volviendo a su sitio.

—Salvé a un puñado de huérfanos de un incendio, y mi marca de libertad se quemó. Al día siguiente, los cazadores de esclavos me atraparon.

—Estás de broma.

—Sí. ¿Quieres oír la verdad? Mis padres me vendieron. Aunque no eran mis padres de verdad. Nunca los conocí. Se supone que murieron en una revuelta. La pareja que me crio decidió venderme.

—¿De verdad?

—Sí. Vivíamos en la frontera entre el Cruce y Sambria. A mis padres no les gustaba que forjara. Querían que lo ocultara. No lo hice. ¡Era lo único que se me daba bien! Un día me vendieron, me marcaron y me metieron en un carro de esclavos. ¡Gracias, mamá! ¡Gracias, papá! ¡No os lo gastéis todo de golpe!

Liam hablaba como si fuera una broma, pero Cole detectó la amargura que había tras aquellas palabras.

—Así que viniste aquí.

—No fue enseguida —dijo Liam—. Primero tuve que escapar. Y me costó bastante encontrar a Declan. Pero es una historia larga y aburrida.

—¿Fue difícil dar con la entrada?

—Mucho más difícil que salir. Descubrí por dónde había entrado Declan y seguí el leve rastro que había dejado.

—Un momento. ¿No había venido años antes que tú?

—El bosque que atravesó para venir te hace dar media vuelta sin que te des cuenta. Es el bosque del Boomerang. Entras, sigues una trayectoria recta y acabas saliendo por donde has entrado, sin dar la vuelta siquiera.

—¿De verdad?

—Sí. Pero Declan rectificó con su poder de forjado cada punto en que el bosque intentaba hacerle dar la vuelta. Adaptó algunos espacios del bosque para poder avanzar de lado o en diagonal, en lugar de hacia atrás.

Sus forjados quedaron allí, y yo los seguí hasta aquí.

—¿Y te gusta esto?

—Es mucho mejor que ser esclavo… y que estar con unos padres que quieren venderte como esclavo. He aprendido mucho. Es como una cárcel voluntaria, donde puedo forjar cosas asombrosas constantemente. No me quedaré aquí para siempre. Y parece que vosotros cuatro no os quedaréis ni un día.

—Eso parece —dijo Cole, asintiendo.

—Te divertirás —replicó Liam—. Nuevas experiencias. ¿Combatir contra un monstruo hecho de poder de forjado? ¡Eso nadie lo ha hecho nunca! Nadie puede imaginarse siquiera cómo será. La idea es revolucionaria.

—¿Crees que podremos sobrevivir?

Liam arrugó la nariz, pensativo.

—Probablemente debería haceros una lápida. Ya sabes, uno de esos monumentos conmemorativos que se erigen cuando no se pueden encontrar los cuerpos. Podemos celebrar el funeral antes de que os vayáis, si queréis. Podría haceros algo de ropa negra.

—¿Tan mal lo tenemos?

—¿Quién sabe? No hay precedentes. A mí me ha sonado mal.

—A mí también.

Liam movió los dedos y el sofá volvió a su aspecto original. El fino soporte volvió a aparecer.

—Debería dejarte descansar.

Liam se puso en pie y se dirigió hacia la puerta.

—Liam —dijo Cole, poniéndose en pie—. ¿Por qué has venido?

—Tenía curiosidad por saber de Happy. ¡Qué mundo más pequeño!

—¿Eso es todo?

—No podía dormir y estaba algo aburrido.

—Vale —dijo Cole—. Buenas noches.

—Mantendremos la guardia esta noche. Estaréis a salvo. Intenta descansar. Parece como si hubieras visto un fantasma.

—Lo he visto. El mío.

Liam se rio.

—Muy bien. Siento que no os podáis quedar por aquí.

Salió y chasqueó los dedos. La puerta se cerró de un portazo. Cole se quitó la ropa y se metió en la cama. Liam tenía razón, al menos en una cosa: necesitaba dormir. ¿Quién sabe cuándo se le volvería a presentar la ocasión de dormir bien? No tenía ni idea. Más valía que no se obsesionara con lo que podría traer el mañana.

Capítulo 23

Regalos

El desayuno, a la mañana siguiente, fue espectacular. Habían preparado huevos de diversos modos: revueltos, duros, pasados por agua, pochados, fritos, rellenos y al plato con encurtidos. Unas gruesas tiras de crujiente beicon brillaban, espléndidas. Varios tipos de tostadas y pastas se disputaban el protagonismo, servidas junto a mantequilla, miel y mermelada. Un gran cuenco contenía copos de avena endulzados con bayas y azúcar. También había tartas de patata, de verduras, de huevos y de salchichas. Y leche y zumos de frutas, y numerosas bebidas calientes.

Cole se sentía casi como un condenado a muerte ante su última comida. Le estaban engordando para que los poderes desbocados de Mira lo encontraran más apetitoso.

Jace actuaba como si nada. Lanzaba bayas al aire y las atrapaba con la boca. Mira y Twitch estaban más preocupados. Declan y Jamar comieron con ellos: el primero mordisqueando una tostada, y el chico escogiendo una porción de la tarta más picante y huevos rellenos. Los blancos asistentes de cera de Jamar servían la comida y las bebidas.

Al despertar, Cole se había encontrado unas ropas

estupendas preparadas, justo de su talla. Jace y Twitch también llevaban ropa nueva. Mira iba mucho más arreglada y lucía hasta un fino collar de plata y relucientes horquillas.

Cole aún no estaba muy seguro de qué pensaba hacer. Quería buscar la ocasión para pedirle consejo a Declan, pero le pareció violento sacar el tema durante la comida. A menos que Declan tuviera alguna otra propuesta irrefutable, Cole suponía que se iría con los otros, y que posiblemente se separaría de ellos cuando llegaran a algún camino que llevara al Cruce.

Tras el desayuno, Declan se puso en pie, apoyándose en la mesa.

—Supongo que habréis decidido cómo proceder —le dijo a Mira.

—Vamos a irnos —respondió Mira—. Iré en busca de mis poderes. Los otros pueden ir conmigo o marcharse por su cuenta, como decidan.

Cole y Twitch cruzaron las miradas. Cole se preguntó hasta qué punto se sentiría tentado Twitch de jugársela por su cuenta.

—Muy bien —dijo Declan—. Es lo que esperaba. En realidad, es la única opción, dadas las circunstancias. No os dejaré a vuestra suerte sin ayuda. La mayoría de los semblantes y recreaciones que preparamos solo funcionarán cerca del Despeñadero. La atmósfera próxima a las paredes de nubes es mucho más generosa para el forjado que la de cualquier otro lugar de Sambria. No obstante, he dado instrucciones a cada uno de mis aprendices para que os den un objeto que os pueda ayudar. Estos regalos funcionarán en cualquier lugar de Sambria. Todos pertenecerán a Mira. Los que la acompañen también se beneficiarán de ellos. ¡Asia! ¡Liam!

Asia entró en la sala, seguida de Lyrus, que llevaba

una cesta de mimbre. Le hizo un gesto, y el soldado volcó la cesta en el suelo. A la vista apareció una maraña de cadenas y bolas de hierro.

—Yo a esto lo llamo el Mayal del Forjador —dijo Asia—. Responde a unas cuantas órdenes. ¡Mayal, preparado!

Inmediatamente, las cadenas se desenredaron. Cinco de las bolas de hierro se quedaron flotando en el aire, hacia atrás, listas para atacar, unas más alto que otras, todas unidas a una de las gruesas cadenas. Una bola se quedó en el suelo. Cada bola debía de pesar diez o quince kilos, y todas las cadenas estaban conectadas a un anillo de hierro central.

—También responde a órdenes como «regresa», que la mandará de vuelta a la cesta; «sigue», que hará que te siga; «defiende», que hará que proteja a alguien o a algo; y «ataca», que solo debes decir si estás segura de que es eso lo que quieres. Para que funcione, siempre hay que decir la palabra «mayal» antes de cualquier orden. ¡Mayal, regresa!

Con un sonido metálico, la masa de cadenas y esferas se metió suavemente en la cesta. Cole y Twitch se miraron. Desde luego, aquella nueva arma les ofrecía cierta protección.

—El mayal está vinculado a Mira y solo funcionará con ella —dijo Asia—. Mira lo dirigirá a los blancos con sus pensamientos, pero no tendrá que hacer esfuerzo alguno para variar la intensidad del ataque. El mayal también responderá a las órdenes «captura» y «amenaza». Como podéis imaginar, no conviene intentar capturar nada muy fino. No es una recreación delicada.

—Gracias, Asia —dijo Declan—. ¿Jamar?

El forjador de cabello rizado se puso en pie y mostró una bolsa de terciopelo rojo con un cordón dorado.

—He recogido uno de nuestros recursos naturales más abundantes. En el vacío terminal caen unas cantidades ingentes de vapor de agua cada día, que hace que la pared de nubes recupere constantemente su humedad. Esta bolsa contiene veinte mil metros cúbicos de niebla. Se puede vaciar en veinte segundos. Una vez vacía, si le dais la vuelta, puede absorber hasta veinte mil metros cúbicos de niebla en el mismo tiempo. Podéis usarla tantas veces como queráis.

—¿Hay órdenes? —preguntó Mira.

—«Vacía despacio», «vacía medio», «vacía rápido» —dijo Jamar, sin inmutarse—. Funcionan cuando la boca de la bolsa está abierta. Cuando está del revés, «llena despacio», «llena medio» y «llena rápido». No es nada complicado.

—Ni útil —dijo Liam, entrando en la sala sobre un disco flotante—. A menos que queráis arruinarles la mañana a unos bañistas en la playa.

—Quizá necesiten confundir a sus enemigos —dijo Jamar.

—¿Es que ellos ven mejor que los demás entre la niebla? —preguntó Liam.

—Cuando huyan, pueden liberar la niebla tras ellos —dijo Jamar, perdiendo un poco la paciencia—. O podrían llenar con ella los barracones del enemigo. U oscurecer un patio de armas.

—Supongo que podría ser práctico —concedió Liam—. El regalo de Asia, tan sutil como siempre, por cierto.

—No estoy muy segura de que la sutilidad sea precisamente lo que más necesitan —dijo ella.

—Bueno, en cualquier caso, yo os traigo algo sutil —respondió Liam. Silbó, y apareció un pajarillo que se posó en su hombro: era un lorito, una ninfa blanca y gris con la cresta amarilla y los pómulos anaranjados—. Esta es Mango.

—Sois mis nuevos dueños —dijo la ninfa, con una voz animada que apenas recordaba a la de un pájaro—. Espiaré para vosotros y haré todo lo que pueda para vuestra seguridad y para que estéis informados.

—Responderá ante cualquiera de vosotros —dijo Liam—. Así, si Mira queda inconsciente o está indispuesta por cualquier otro motivo, podréis seguir dándole órdenes a Mango. Pero si os separáis, Mango se quedará con Mira.

La ninfa alzó el vuelo desde el hombro de Liam y se posó en el de Mira. Medía unos quince centímetros, sin contar las largas plumas de la cola. El ave ladeó la cabeza y soltó un silbido. Mira la acarició suavemente.

—Sus alas tienen un tacto extraño —dijo.

—¿Extraño? —replicó Mango, erizando las alas.

Ahora que Mira lo había mencionado, Cole vio, al acercarse, que el pájaro tenía algo raro. La textura de sus plumas parecía demasiado brillante.

—Mango está hecha de una sustancia ligera que yo mismo he diseñado —dijo Liam—. La llamo *ristofly*. Le da mucha más resistencia que si estuviera hecha de carne y plumas. Puede volar más rápido y ver mejor que la mayoría de otros pájaros. No necesita alimento ni agua, no duerme, no necesita hacer de vientre, y se encuentra en su medio tanto en el agua como en el aire.

—¿Ves lo práctica que soy? —dijo Mango—. Y tú todo eso lo llamas «extraño».

—Lo siento —se disculpó Mira—. No lo he dicho con mala intención.

Asia soltó un suspiro, como aburrida.

—¿Un semblante que exige disculpas? Un trabajo brillante, Liam. Muy sutil.

—Soy de lo más sutil —replicó Mango, que se acercó al oído de Mira—. No dejaré que nadie te espíe. Te apartaré de los peligros. Y puedes ordenarme que haga prácticamente cualquier cosa. Si no lo entiendo, te lo diré.

—¿La has hecho en una noche? —le preguntó Mira a Liam.

—Más o menos —respondió Liam—. He modificado uno de mis mejores pájaros espía. Pero la he redefinido por completo y le he dado un nuevo aspecto, le he dado más garra.

—Parece real —exclamó Mira.

—No muchos forjadores pueden crear algo así —reconoció Declan—. Hacer un semblante volador es difícil. Uno con personalidad, más difícil aún. Ninguno de nosotros podemos replicar humanos y otras bestias vivas con el realismo de las creaciones que salen de la Pared de Nubes del Oeste. Los semblantes como Lyrus son de un realismo único.

—¿Lyrus podría venir con nosotros? —preguntó Cole.

—Nada me gustaría más que emprender una aventura —dijo el soldado.

—Soy consciente de ello —respondió Declan—. Pero no podemos hacer nada que te permita sobrevivir lejos de aquí. Alterar ese aspecto tuyo queda más allá de nuestras posibilidades. Sería como intentar forjar a un humano de verdad: es algo demasiado complejo, y si lo intentáramos el resultado sería sin duda desastroso. Los semblantes de los castillos voladores solo pueden sobrevivir en los castillos o aquí, en la península.

—Entonces ¿por qué Mango sí puede venir con nosotros? —preguntó Cole.

—Es más fácil crear semblantes aquí, más allá del

Despeñadero —explicó Declan—. La mayoría de los semblantes y recreaciones que preparamos no pueden salir de aquí. Pero con cierto esfuerzo podemos diseñar semblantes y recreaciones capaces de sobrevivir en el resto de Sambria, del mismo modo que la mayoría de las recreaciones no vivas de los castillos voladores pueden sobrevivir en otros sitios.

—Perdóneme si he hablado cuando no me correspondía —dijo Lyrus, agachando la cabeza.

—Aprecio tu entusiasmo —respondió Declan—. Si pudiera regalarte a estos jóvenes para que los ayudaras en su camino, no lo dudaría.

—Ya ha hecho mucho —dijo Mira, que miró a los ojos a Asia, Jamar y Liam—. Muchas gracias por los regalos.

—Aún no hemos acabado —replicó Declan, casi levemente ofendido—. No os he dado el mío.

—¿Hay más? —preguntó Mira.

—¿Qué tal esto, para empezar?

Agitó un brazo con un amplio gesto y Cole sintió un cosquilleo en la muñeca. Los cuatro niños sintieron aquella sensación, que no comprendían. Cole vio que la marca tatuada había cambiado. Jace contuvo una exclamación.

—Es una marca de libertad —dijo, admirado.

—Así es —confirmó Declan—. Sería difícil ir por ahí marcados como esclavos.

—¡No se puede cambiar una marca! —exclamó Mira.

—La mayoría no puede —dijo Declan, esbozando una sonrisa—. Fueron diseñadas para que sean permanentes. El forjador que las desarrolló era discípulo mío.

—¡Así de fácil! —exclamó Twitch, frotándose la muñeca.

—¡Parece real! —se admiró Jace.

—Es que «es» real —dijo Declan—. Vuestras nuevas marcas son imposibles de distinguir de las marcas auténticas de libertad. Han sido reforjadas. No queda ni rastro de las marcas originales. Ningún forjador o maestro marcador podría decir lo contrario.

—Casi no me lo puedo creer —dijo Mira.

—Hay más —añadió Declan—. Seguidme al exterior —dijo, moviendo un dedo, que hizo que su silla levitara y se alejara de la mesa.

Avanzando a un paso que los demás pudieran seguir, los condujo hasta el patio. Al principio, Jace no siguió al grupo. Cole tuvo que darle un codazo para que dejara de contemplar su marca de libertad.

Más allá de las puertas del castillo, en el patio, había un extraño carruaje. El compartimento de pasajeros tenía cuatro ruedas, nada elegantes, pero limpias y bien elaboradas. Al frente, en lugar de un caballo, había un enorme ladrillo negro con patas.

—Un autocarro —dijo Jace.

—¿Para nosotros? —preguntó Mira, ilusionada.

—Para vosotros —confirmó Declan—. Podría haberlo modificado para que avanzara más rápido. Podría ser más elaborado, pero pensé que sería mejor que pareciera lo más tradicional posible.

—¿Y no levantará sospechas ver a cuatro niños, libres o no, con su propio autocarro? —preguntó Twitch.

—Muy astuto —dijo Declan—. Llevar buenas ropas ayudará. Por eso he actualizado vuestro vestuario. La última parte de mi regalo también pretende abordar ese problema. ¿Bertram?

La puerta del autocarro se abrió y asomó un anciano con una barba blanca muy corta. Llevaba ropas muy clásicas y algo viejas.

—¿Qué ha sido eso? Mi oído no es lo que era.

—Explica a qué te dedicas —le ordenó Declan.

El hombre abrió más los ojos.

—¿El qué? ¿A qué me dedico? —preguntó, tanteándose los bolsillos distraídamente—. Sí, bueno, si quiero enseñarles un poco el campo a mis sobrinos nietos, supongo que me dedico a eso. Pero ya basta de charla. Hoy no es mi mejor día, y las articulaciones me duelen terriblemente. —Tosiendo, cerró la puerta de la carroza y desapareció de la vista.

—¡Menudo semblante! —dijo Mira.

—No es mi mejor obra —se lamentó Declan—. No esperéis tener conversaciones profundas con él, pero debería mantener el tipo mientras estéis en Sambria. No se alejará de la carroza, a menos que se vea obligado, sobre todo porque dudo que tras una inspección hecha con cierta profundidad siguiera pareciendo tan real. Pero debería servir para desviar la atención si alguien pregunta qué hacen cuatro jovencitos viajando solos.

—Cuatro niños y un viejo —murmuró Cole—. ¿Y si alguien decide robarnos?

—Tenemos nuestro equipo —le recordó Jace—. ¿No?

—Vuestras cosas ya están guardadas en el autocarro —anunció Liam—. He reforzado el forjado de las espadas saltarinas para asegurarme de que aguantarán bien por toda Sambria. Los otros objetos deberían seguir funcionando sin problemas.

—¿Cómo está mi cuerda? —preguntó Jace, inquieto—. La última vez que la vi, no funcionaba.

—Sí que funcionaba —le corrigió Liam—. Simplemente había cortado la conexión contigo, para que no respondiera a tus órdenes.

—¿Y ahora sí lo hará?

—He restaurado la conexión —le aseguró Liam—. No te enfurruñes tanto. Te estaba haciendo un favor. Asia habría cortado la cuerda en dos.

—La cuerda es dura. No es fácil cortarla —dijo Jace.

—Quizá con armas normales —respondió Liam—. La hoja de Asia tiene un filo milagroso. Habría cortado tu cuerda como si fuera humo, y tu recreación habría quedado inservible, probablemente para siempre.

—Entonces gracias…, supongo —murmuró Jace.

—Hemos cargado bastante comida y agua en el autocarro —dijo Asia—. La comida está bajo los asientos, y vuestro equipo en un compartimento bajo el suelo. También hemos puesto algo de dinero para ayudaros en vuestro viaje. Bertram puede ayudaros si no encontráis alguna cosa. Es mejor que os vayáis enseguida. Cuanto menos tiempo le deis al forjador supremo para que desplace sus fuerzas por la zona, más oportunidades tendréis de escapar sin problemas.

—El autocarro no tiene una gran velocidad punta —advirtió Jamar—. Es más o menos como la de un caballo al trote. Pero puede mantener esa velocidad indefinidamente. No necesita alimento, agua ni descanso.

—Así que si nos persiguen, podemos tener problemas —observó Cole.

—Si os sigue de cerca algún enemigo peligroso, puede que tengáis que abandonar el vehículo —confirmó Asia—. Pero el autocarro solo funcionará con Mira. No tiene nada de extraordinario, así que no despertará el interés de ningún ladrón. Vuestras pertenencias sí, son otra historia.

—¿Sabe dónde tiene que ir? —preguntó Mira.

—A menos que le des nuevas instrucciones —dijo Declan—, el autocarro os llevará a Middlebranch. Bertram puede aconsejaros rutas alternativas u otros destinos. Si llegáis a Middlebranch, buscad a Gerta, la forjadora. Los lugareños la llaman «la herbolaria». Puede daros consejo y haceros de guía. La mayoría de mis antiguos colegas están muertos o escondidos. Gerta no le tiene ningún cariño al forjador supremo y es de las pocas personas de los viejos tiempos en las que podéis confiar de verdad.

Mira asintió.

—Gracias por todo. Es mucho más de lo que podíamos esperar.

—Ojalá pudiera hacer más —dijo Declan—. Por primera vez en décadas, tu padre ha mostrado su vulnerabilidad. Se volverá más agresivo para recuperar el dominio de su reino. Evítalo. Sobrevive. Confía en tus instintos. Liam os dirá cómo salir de Cloudvale.

Mira le dio un beso en la mejilla a Declan y fue hacia el autocarro. Jace había levantado la trampilla del suelo y estaba examinando su cuerda dorada. A su lado, Twitch observaba el compartimento, probablemente en busca de su anillo.

Tras ellos, Cole miraba al anciano sentado en la silla flotante. Declan le observaba, expectante.

—Tenemos que hablar antes de irnos —dijo Cole—. Yo no soy de aquí. ¿Tengo alguna posibilidad de volver a casa algún día?

Declan acercó la silla y habló lo suficientemente bajo como para que solo él le oyera.

—Empezaba a preguntarme si buscarías mi consejo o no. Hay formas de volver a tu mundo. Quedarse allí será más complicado. Es una pregunta para los guardianes de los Pasos de Creón.

—Hablé un poco con un guardián —dijo Cole—. Era el tipo al que habían pagado los cazadores de esclavos para que los ayudara a entrar en mi mundo. Me dijo lo mismo: que podía volver a casa, pero que sería difícil quedarme allí. Aún no entiendo muy bien dónde estoy. ¿Qué son las Afueras? Es casi como un sueño.

Declan resopló.

—Especialmente aquí, en Sambria, ciertos aspectos de la realidad se pueden ajustar. He estudiado la cuestión, al igual que otros. Por lo que yo entiendo, las Afueras es un lugar intermedio. Según parece, uno de los Cinco Reinos se encuentra entre la vida y la muerte; el otro, entre la realidad y la imaginación; el otro tiene bolsas fuera del orden natural del tiempo y el espacio; el otro se extiende más allá de los límites de la innovación tecnológica. Como habrás visto, Sambria parece encontrarse entre la vigilia y el sueño. ¿En qué otro lugar, aparte de tus sueños, puedes cambiar la disposición del mundo según tu capricho?

Cole asintió.

—Solo aquí.

—Cada reino tiene su propio estilo de forjado —prosiguió Declan—. Cada uno tiene sus misterios y sus maravillas. Te contaré un secreto de Sambria. Puede que solo sea una elucubración de un pobre viejo, pero sospecho que la Pared de Nubes del Oeste forma los castillos inspirándose en los sueños. Puede que sean sueños de tu mundo, del nuestro... o de ambos, o de otros mundos que ni nos imaginamos. Sueños de personas angustiadas, me parece. O quizá de personas fracasadas. No sé.

—Eso explicaría por qué algunos de los castillos contienen cosas de mi mundo —dijo Cole.

—Explicaría eso y mucho más. Pero el asunto es más complicado. Lo que tienes que aprender es esto: las Afueras puede parecer un lugar de ensueño a veces, pero no es un sueño. En un sueño, si te metes en un lío, puedes despertarte y ya está. De esto no te despertarás,

Cole. Si te hacen daño, sufrirás. Si te matan, morirás.

—Lo creo. Ya veo la diferencia entre estar despierto y en un sueño. Aquí también he dormido y he tenido sueños. He sentido el hambre y la sed, el cansancio y el miedo. Y nada de eso tenía pinta de sueño. Algunas cosas son increíblemente raras, pero son reales.

—Exacto —dijo Declan.

—Me preocupan los otros niños que vinieron conmigo desde mi mundo —confesó Cole—. Sobre todo mis dos mejores amigos.

—Los dos que mandaban al rey supremo como esclavos —recordó Declan—. ¿Estás seguro de su destino?

—Una mujer examinó nuestro potencial como forjadores —dijo Cole—. Yo no tenía ninguno. Dijo que era el peor del lote. A los niños con más potencial los metieron en jaulas destinadas al rey supremo. Entre ellos iban mis amigos Jenna y Dalton.

—La primera vez que hablamos, mencionaste que viniste a las Afueras voluntariamente —dijo Declan.

—Es cierto. No sabía adónde iba, pero nadie me obligó. Solo intentaba ayudar a mis amigos.

—¿Los cazadores de esclavos no sabían que habías llegado por tu cuenta?

Cole meneó la cabeza.

—El guardián de los pasos me vio cuando salí, y me ayudó un poco. No quería meterlo en un lío, así que fingí que había llegado con los otros y me había escapado.

Declan chasqueó la lengua suavemente.

—Eso explica por qué no te enviaron al rey supremo.

—¿Qué quiere decir?

—La gente que viene a las Afueras desde tu mundo

suele tener más potencial para el forjado que el ciudadano medio nacido aquí. Por eso los cazadores de esclavos fueron a tu mundo a buscaros. El potencial de la gente que viene voluntariamente desde tu mundo, y no por accidente u obligada, suele ser muy superior al resto.

—Entonces, ¿por qué no vio ningún potencial en mí esa mujer? Cuando llegué, en realidad, no sabía adónde iba. A lo mejor eso cuenta como «accidente».

—No —dijo Declan—. Si tú seguiste a los cazadores, entraste aquí por voluntad propia. No fue por casualidad. Aunque no estuvieras seguro de adónde ibas, decidiste seguirlos, y eso es un acto deliberado. El poder de forjado se manifiesta de un modo diferente en alguien que decide venir a las Afueras. No pasa a menudo.

—¿Por qué es diferente?

—Es mucho más probable que llegues a desarrollar un talento especial para más de un tipo de forjado, y esos talentos suelen ser excepcionalmente fuertes. Pero también tardan más en hacerse evidentes. Ahora mismo no veo ningún potencial en ti. Ninguno. Eso es raro. Casi todo el mundo tiene al menos un poco. No tener absolutamente ninguno es menos frecuente incluso que tener mucho. Supongo que, algún día, descubrirás alguna gran habilidad tuya.

—¿De verdad? —dijo Cole, excitado ante la idea de poder ayudar a sus amigos haciendo algo más que dar brincos por el aire con una espada—. ¿Cuánto tardaré?

—Esa es la parte complicada —respondió Declan, encogiéndose de hombros—. Podrían pasar años. O puede que no suceda nunca.

La excitación de Cole se desvaneció de golpe.

—¿Puedo hacer algo para acelerar el proceso?

—No me consta que haya ninguna técnica para eso,

pero sí sé una cosa: si los cazadores buscaban a esclavos con potencial de forjado, y si sabían que llegaste voluntariamente, aunque vieran que no tuvieras ningún potencial, tendrían que haberte convertido en su mayor apuesta.

—¿Aunque fuera un zoquete?

—Seguro que se la jugaban. Con toda probabilidad, tu talento aparecerá en un momento u otro, y cuando lo haga, será fuerte.

—Pero ese potencial no me ayuda mucho ahora mismo.

—Es cierto —admitió Declan—. Quizá durante mucho tiempo.

Cole se irguió con un gesto resuelto.

—Bueno, con o sin poderes, tengo que ayudar a mis amigos. ¿Sabe cómo puedo encontrarlos?

—Si han ido a Ciudad Encrucijada, podría mostrarte la dirección —dijo Declan—. Y Mira también. Muchas de las personas que encontrarás podrían indicarte el camino. Pero robar un esclavo es un delito grave. Según las leyes del territorio, legalmente tus amigos pertenecen al rey supremo. No creo que puedas liberarlos tú solo. Y aunque lo consiguieras, dudo que pudieras conservar la libertad. Te atraparían y te castigarían, y a ellos también.

—¿Me está diciendo que no puedo hacer nada? —respondió Cole, abatido—. Tengo que intentarlo. Si mis amigos están aquí, es por culpa mía. Yo los llevé al lugar donde los secuestraron.

—¿Deliberadamente?

—No fue adrede —dijo Cole—. Pero los pillaron. Yo me libré por puro accidente.

Declan juntó las puntas de los dedos.

—Puede haber algún modo de ayudar a tus amigos.

No obstante, si te presentas en Ciudad Encrucijada solo e intentas liberarlos, lo más probable es que fracases. Mi consejo es este: no te separes de Mira. Si derrota a Carnag y recupera su poder, será un duro golpe para el rey supremo. Mira podría ser la líder de una revolución. Antes de que Stafford accediera al trono, era ilegal salir de las Afueras para cazar esclavos. El mejor modo de liberar a tus amigos sería derrocar su régimen.

—¿El rey supremo legalizó la caza de esclavos en la Tierra?

—Antes de Stafford, eso estaba prohibido —dijo Declan—. En las Afueras tenemos una larga y desgraciada historia de esclavitud, pero al menos había límites. Lo creas o no, el forjador supremo que había antes de Stafford quería abolir la esclavitud. Pero Stafford llevó las cosas en la dirección contraria. Ahora el comercio de esclavos está más activo que nunca.

—¿Mis amigos y yo no somos los primeros que traen de mi mundo como esclavos?

Declan negó con la cabeza.

—Para nada.

—Entonces, ¿por qué no he oído hablar nunca de secuestros en masa? —preguntó Cole—. Cuando los cazadores vinieron a por mí y mis amigos, se llevaron a decenas de niños. Eso será una noticia de impacto mundial.

—Ah —exclamó Declan—, el guardián de los pasos no te lo explicó todo.

—Solo hablamos un poco.

—Cole, la gente que conoce y quiere a las personas que viajan de tu mundo al nuestro apenas se acuerda de sus seres queridos desaparecidos.

En la caravana de esclavos, el guardia pelirrojo ya le había dicho que sus padres no le recordarían. Cole había supuesto que el tipo exageraba. Tardó un momento en poder responder:

—¿Mis padres no me recordarán?

—Los que deberían recordarte más ya te habrán olvidado por completo —confirmó Declan—. Ya no saben de tu existencia.

—¿Y alguien como mi profesora? —preguntó Cole—. Estoy en la lista de clase. ¿No notará mi ausencia cuando pase lista? Dirá mi nombre…

—Tu profesora no lo notará. Cuando intenten pensar en ti, la cabeza se les irá a otra cosa. Pueden quedar pruebas de tu existencia, pero la gente no prestará atención. Ni tu familia ni nadie.

El niño se mordió el labio inferior. Sus amigos y él estaban más solos de lo que pensaba. Nadie los echaba de menos. No había nadie buscándolos. Si quería volver a casa, todo dependía de él. Y si conseguían llegar a casa… ¿qué?

—¿Y eso se puede cambiar? ¿Nos recordarán algún día?

—Guárdate esa pregunta para un guardián de los pasos —respondió Declan—. Yo no lo sé.

Cole quería gritar. ¿Y si le habían borrado permanentemente de la memoria de sus familiares? Si alguna vez conseguía volver a casa, su vida nunca sería lo mismo. Era una perspectiva horrenda. Tenía que creer que habría un modo de arreglar aquello.

—¿Por qué amplió las posibilidades de cazar esclavos el rey supremo?

—Solo puedo hacer suposiciones, Cole. A lo mejor por la economía. Los esclavos aumentan las posibilidades de que las clases más altas se enriquezcan. Por otra parte, los esclavos de la Tierra suelen convertirse en mejores forjadores. Sé que adora el poder.

—En una cosa tiene razón —dijo Cole, con rabia—: el rey supremo es mi enemigo. Nos arrebató nuestras vidas a mis amigos y a mí. Tiene prisioneros a mis mejores amigos. ¡Pero es el rey! ¿Cómo se supone que voy a derrocarlo?

—No estás solo —respondió Declan—. Eso es lo que quiero decir. Necesitas ayuda. Se está gestando una rebelión desde hace tiempo. Los cuatro grandes forjadores en el exilio quieren ver caer a Stafford. Durante su ascenso, se creó muchos enemigos. El regreso de sus hijas perdidas podría ser la clave de su perdición. Ayuda a Mira y se te abrirá la probabilidad de liberar definitivamente a tus amigos. Incluso una rebelión fallida te aportaría la ayuda y la distracción que necesitarías para liberarlos.

Cole intentó analizar los pros y los contras. Quedarse con Mira significaría retrasar cualquier intento de rescate. Pero si así mejoraban sus posibilidades de tener éxito, quizá valiera la pena. Cuando había intentado salvar a sus amigos, en la caravana, le habían pillado enseguida. No quería repetir aquel error. Probablemente, la liberación de Jenna y Dalton en el palacio real sería mucho más difícil. Y una vez libres, ¿adónde iban a ir? Cole no estaba seguro siquiera de que pudieran volver a casa.

Miró al autocarro. No quería abandonar a Mira. Aquello le daba un motivo de verdad para quedarse con ella. Además, le ayudaría a ver si desarrollaba algún poder para el forjado. Si podía ayudar a Mira a debilitar al rey supremo antes de lanzarse al rescate de sus amigos, quizá después Mira y alguno de sus aliados le devolverían el favor ayudándole a él.

Se cruzó de brazos. ¿Quería ir a por sus amigos él solo? ¿O preferiría enfrentarse a Carnag con Mira? Cualquiera de las dos opciones podía conducirle al fracaso… y podía morir. Ninguno de los dos caminos sería fácil, pero sintió que lo correcto era quedarse con Mira.

—Parece que lo más sensato sería quedarse con Mira —dijo por fin.

—Estoy de acuerdo —respondió Declan—. Vuestros intereses coinciden. Os necesitáis el uno al otro. Ayúdala en su lucha, y tú también conseguirás lo que buscas.

La siguiente pregunta le daba tanto miedo que casi no quería hacerla:

—¿Qué posibilidades tenemos? ¿Podemos derrotar a Carnag? ¿Podemos vencer si estalla la revolución?

—Las posibilidades que tenéis no son muchas —reconoció Declan—. Pero los grandes movimientos de la historia han empezado siendo pequeños. Ve paso a paso. Tienes más poder del que crees. Y Mira también.

Cole asintió, pensativo. Tenía la sensación de que debía hacer que Declan siguiera hablando. Había muchas preguntas más que él podía responder. Cole sabía muy poco de las Afueras, y Declan sabía mucho. Pero sus amigos le esperaban en el autocarro, y no conseguía encontrar las preguntas.

—¿Los guardianes de los pasos están en Creón?

—Y en otros sitios —respondió Declan—. Pero proceden de Creón. En cuestión de viajes más allá de los Cinco Reinos, el último de ellos sabe más que yo.

Cole rebuscó en su mente por si había algo más que pudiera preguntar. Sabía que luego se arrepentiría de no haberlo hecho. No se le ocurría nada, y tenían que irse.

—Veo tu ansiedad —dijo Declan, comprensivo—. Relájate, hijo. Estás aquí. Eso no puedes cambiarlo de golpe. Ve día a día. Aprende por el camino. Tienes muchos nudos que deshacer, pero no podrás soltarlos todos de golpe. ¿Hasta dónde conocías tu antiguo mundo, cómo se originó, sus misterios y secretos más profundos? Sé que las Afueras te parece un mundo extraño, pero no hace falta conocerlo todo de un mundo para vivir en él. No te alejes de Mira. Mis mejores deseos os acompañan.

—Gracias por los consejos —dijo Cole—. Cuidado con los malos.

Declan hizo un leve gesto con la mano.

—Siempre estamos en guardia.

—Disfruta de tu aventura —dijo Lyrus, apoyando una mano enorme sobre el hombro de Cole—. Te envidio.

—Gracias, Lyrus. Intentaré ser valiente.

—No tengo ninguna duda —respondió el guerrero.

Sus amigos lo esperaban, así que Cole corrió al autocarro y se metió dentro de un salto. Se sentó junto a Twitch y Jace, frente a Mira y Bertram.

—Vamos —dijo Mira, echándose hacia delante un poco para cerrar la puerta.

El autocarro se puso en marcha con gran suavidad.

Capítulo 24

El bosque del Silencio

—Menuda charla has tenido con Declan —dijo Jace—. ¿Ya has decidido cuándo nos vas a dejar tirados?

La pregunta incomodó a Mira. Era evidente que no quería que Cole se fuera. Pero contaba con Jace y Twitch, mientras que Dalton y Jenna no tenían a nadie.

—Me quedo con vosotros, al menos hasta encontrar a Carnag —respondió Cole—. Mi mejor apuesta para ayudar a Jenna y Dalton es debilitar al rey supremo. Y eso significa ayudar a Mira. Consigamos que recupere su poder, y luego ya pensaremos cuál es el paso siguiente.

—No hay ninguna garantía de que consigamos derrotar a Carnag —advirtió Mira.

—Lo sé —dijo Cole—. Pero tampoco creo que tenga muchas posibilidades si intento llevarme a dos esclavos del rey por mi cuenta.

—Eso es cierto —reconoció Mira.

—Tu padre creó las leyes que permiten que esa gente venga a por nosotros —dijo Cole, intentando no perder los estribos al recordarlo. Estaba furioso con su padre, no con Mira. El rey supremo también le había arruinado la vida—. Según esas leyes, mis amigos son propiedad suya. Declan quiere que lo derroquemos. Y me gusta la idea.

—Es algo difícil de imaginar —dijo Mira—. Es inteligente e implacable. No obstante, esto podría ser un primer paso. Cuando mi madre nos mandó lejos, nos prometió que un día regresaríamos y recuperaríamos todo lo que habíamos perdido.

—Vamos paso a paso —intervino Jace—. Primero tenemos que salir de aquí de una pieza.

Cuando llegaron al límite del refugio de Declan, Liam apareció junto a la ventana y le pidió a Mira que detuviera el autocarro. El vehículo se paró, y los niños bajaron. Frente a ellos, el camino desaparecía en el interior de un bosque frondoso y cubierto de musgo. A Cole le sorprendió ver que otros dos autocarros los seguían.

—¿Y esos? —preguntó Cole, señalando a los autocarros con un gesto de la cabeza.

—Declan tenía unos cuantos extras a mano —dijo Liam—. Decidió que si enviaba un par de autocarros vacíos en diferentes direcciones, confundiría a vuestros perseguidores. Si os volvéis a cruzar con uno de ellos, responderá a las órdenes de Mira. Si no, seguirán avanzando en un bucle, siguiendo una ruta predefinida.

—Muy inteligente —señaló Twitch, asintiendo.

—Tiene siglos de experiencia —dijo Liam—. He ordenado a Mango que se adelantara. Os informará periódicamente, pero especialmente si se avecina algún peligro.

—¿Este bosque tiene algún truco? —preguntó Jace.

—Que no se sale de él —dijo Liam—. Pero el autocarro se encargará de eso. No dejéis que las salidas fáciles os engañen. Si intentáis volver a este punto, con o sin el autocarro, no lo conseguiréis. Casi es más fácil atravesar la pared de nubes de nuevo.

—Con una vez ha sido más que suficiente —dijo Mira.

—Al atravesarlo, observaréis que los árboles se vuelven más altos —prosiguió Liam—. Ese es el bosque del Silencio. No habléis hasta que los árboles se vuelvan pequeños otra vez. Puede que oigáis sonidos extraños. No digáis nada. Ni entre vosotros ni a las criaturas que veáis. Tampoco habléis solos. Si habláis, os perseguirán.

—¿Y ahora nos cuentas todo esto? —exclamó Cole.

—Ahora es cuando necesitáis saberlo —respondió Liam sin alterarse—. ¿Por qué crees que he venido hasta aquí? ¿Para despedirme otra vez? En la dirección en la que vais, tardaréis una hora o más en atravesar el bosque del Silencio. Cuando los árboles vuelvan a recuperar el tamaño normal, estaréis fuera. No deberíais tener ningún problema si no abrís la boca.

—¿Qué tipo de semblantes podrían atacarnos?

—Imagínate osos gigantes atacando en manada, pues eso.

—¿Lo dices en serio? —dijo Cole, asustado—. ¿Qué es lo que tiene este sitio?

La pregunta pareció pillarle por sorpresa:

—En Sambria, los forjadores llevan siglos alterando el entorno. Algunos profundamente, otros en pequeñas cosas. Algunos de los grandes cambios acaban desvaneciéndose; algunos de los menores suelen durar más. Es difícil de predecir. El bosque del Silencio no es la región más extraña ni la más peligrosa de Sambria. Bertram os llevará por las zonas más tranquilas. Seguirá las carreteras más seguras hasta Middlebranch. Si algo se os interpone en el camino, improvisará. ¿No es así, Bertram?

—No hace mal tiempo para ir de excursión —ob-

297

servó el hombre, desde el autocarro—. No tengo ocasión de sacar a mis jóvenes sobrinos nietos de paseo todos los días.

—No es que tenga una gran personalidad —susurró Liam, con un gesto cómplice—. Declan suele centrarse más en la funcionalidad que en los ornamentos. —Luego, recuperando el volumen normal de la voz, añadió—: Bertram conoce el terreno. Un problema de Sambria es que, con el paso de los años, los forjadores han abierto muchas carreteras y caminos, incluso por lugares salvajes e inaccesibles.

—¿Algún otro peligro? —preguntó Twitch.

—Los hay a montones. Pero ¿quién sabe cuáles os encontraréis? No disponemos de las semanas que harían falta para hacer una lista completa. Contáis con recreaciones prácticas y con vuestro sentido común. Usadlos bien. —Se elevó con su disco—. Insisto, una vez más: nada de hablar en el bosque del Silencio. Recordad eso, y vuestro viaje empezará bien. Olvidadlo, y no tendréis una segunda oportunidad.

—Gracias por todo —dijo Mira, de corazón—. Llegamos aquí pensando que moriríamos. Nos vamos con la esperanza de, por lo menos, poder luchar.

—Buena suerte en vuestro viaje —dijo Liam, levantando una mano a modo de despedida—. ¡Recordad: si os encontráis en un trance insuperable y me necesitáis desesperadamente, estaré demasiado ocupado con mis propios problemas!

Y salió a toda velocidad.

Los cuatro niños se miraron entre sí. Jace y Cole se echaron a reír.

—Dentro de poco, puede que no tenga ninguna gracia —murmuró Twitch.

Jace dejó de sonreír:

—Puede que nos metamos en un buen lío, pero seguirá siendo divertido.

—Deberíamos irnos —dijo Mira, que volvió a subir al autocarro—. Vosotros tres, ¿creéis que podréis mantener la boca cerrada?

—Lo intentaremos —dijo Cole—. A veces, cuando todo está en silencio, durante un examen, o en la biblioteca, me entran estas ganas locas de gritar algo, solo por romper el silencio y sorprender a todo el mundo.

Mira lo miró con gesto de hastío.

—Hum… Cole, vas a tener que controlar esa tentación.

—Nunca he cedido y he gritado —le aseguró él—. Y que conste que la posibilidad de ser devorado por unos osos gigantes es el mejor motivo que me han dado nunca para mantener la boca cerrada.

—¿No deberíamos callarnos ya, no sé, para mayor seguridad? —preguntó Twitch.

—Aún no estamos en marcha —señaló Jace.

—Adelante —ordenó Mira.

El autocarro se puso en marcha, con el sonido rítmico de los pasos del ladrillo con patas. Escuchando atentamente, Cole podía oír el avance de los otros autocarros.

—Ahora ya estamos en marcha —observó Twitch.

—Entonces estoy de acuerdo en que deberíamos callarnos —dijo Jace.

—¿Todos a favor? —preguntó Cole, levantando una mano.

Los otros tres levantaron la mano.

—Vale —dijo Mira.

—Siempre que yo tenga la última palabra —precisó Jace.

—¿Y si quiero tenerla yo? —preguntó Mira.

Jace esbozó una sonrisa.

—Tendrás que pelear por ella.

—Quizá lo haga —dijo Mira.

—Yo desde luego que lo haré —respondió Jace, mirándola fijamente a los ojos.

—Chicos, ¿de verdad os parece el momento de jugar al gato y al ratón? —preguntó Cole.

El autocarro estaba entrando en el bosque.

—Tenemos tiempo hasta que los árboles se vuelvan grandes —dijo Jace.

—Primero va el bosque del Boomerang —apuntó Mira.

—La posibilidad de ser devorados por osos gigantes supone un riesgo demasiado grande —recordó Twitch.

—¿Quieres participar en la competición, Twitch? —preguntó Jace.

—Simplemente intento poner sentido común —explicó Twitch—. ¿Qué tal si decís los dos algo a la vez y luego os calláis de una vez? ¡Así los dos tendréis la última palabra!

Jace se encogió de hombros.

—Parece una solución correcta, razonable y cobarde. No cuentes conmigo.

—Pues conmigo tampoco —dijo Mira—. No vas a ganarme.

—O sí —respondió Jace, socarrón—, si estoy dispuesto a que me devoren los osos.

—¿Lo harías?

—¿Por simple tozudez? —dijo Jace—. Claro. ¿Por qué no? Ya me consideraba muerto cuando salí en mi primera misión a los castillos. Me ayudaba a controlar los nervios. Todo lo que ha venido después ha sido extra. Un regalo.

—Pero las cosas han cambiado —dijo Mira, frunciendo las cejas—. Ya no eres un invasor del cielo.

Jace ladeó la cabeza, como si no la creyera del todo.

—La sensación de peligro es la misma. O peor.

—¿Qué hay de la marca de libertad? —preguntó Mira, posando la mirada en su muñeca.

Jace se movió en su sitio, como si aquello le desenmascarara un poco. Se frotó la muñeca y miró por la ventana.

—Tienes razón. Eso no he acabado de asimilarlo —dijo, y luego la miró a ella—. Supongo… que sería una estupidez jugarme la vida para ganar un jueguecillo así.

—Exacto —dijo Mira.

—Claro que, si vas a morir… —añadió Jace.

—¿… lo mismo da que sea haciendo una tontería? —remató Mira—. Una tontería vale la pena cuando es un acto de valor. Cuando hay algún motivo de peso. Todo lo demás son tonterías sin sentido.

—Lo mismo te digo —replicó Jace—. Te estás mostrando igual de obstinada. Igual de tonta. ¿Por qué soy yo el que tiene que ceder?

—¿Para demostrar que eres el mayor?

—No veo por qué voy a parecer mayor si pierdo —dijo Jace.

Ya se habían adentrado bastante en el bosque. Cole miró por la ventana. El camino se volvió sinuoso. ¿Eran más grandes los árboles? Quizás un poco. Pero no mucho más grandes. ¿Cuánto más grandes tenían que ser?

—Chicos —intervino Cole—. Estamos en pleno bosque. Los árboles parecen más grandes. Esto no tiene ninguna gracia.

—Te equivocas —respondió Jace—. Aquí es donde

se pone divertido. ¿Sabes cuál será la frase del día? «Parece que se acercan los osos».

—Sí, me parto de la risa —dijo Mira, con gesto apático.

—Pues yo me mondo —replicó Jace—. Venga, ponme a prueba.

Cole tenía la impresión de que la situación estaba descontrolándose.

—Mira, esto es una locura. Déjale que diga la última palabra. ¿A quién le importa? Tenemos mucho por delante, demasiados peligros de muerte de verdad. Si quiere llevarse el premio al más bobo, que se lo lleve.

Mira observó a Cole, luego a Jace y de nuevo a Cole. Lo único que se oía era el paso tranquilo del ladrillo con patas.

—No. No puede salirse siempre con la suya.

—Pues más bien sí —dijo Jace—. ¿Sabes cuál es el secreto? No soltar faroles.

Hasta aquel momento, Cole pensaba que Jace estaba de broma, pero algo en su modo de hablar le hizo dudar. Claro que seguramente eso era lo que intentaba.

—Mira —repitió Cole.

—Cole tiene razón —murmuró Twitch.

—¡Y el saltamontes vuelve a la competición! —exclamó Jace.

Twitch apretó los labios, rabioso, pero no dijo nada más. Bertram se les acercó.

—Quizá queráis dejar de hablar. Nos acercamos a una zona donde eso podría crearnos problemas.

Todo el mundo se calló. Cole se asomó por la ventanilla y miró hacia delante. El camino se había vuelto casi recto. Unos cien metros más allá, en su lado, cubierto en parte por la vegetación, vio un árbol altísimo, con el tronco más ancho que el autocarro. El camino pasaba justo al lado. Más allá se veían otros.

—Podría ser que Liam nos estuviera tomando el pelo —dijo Jace—. Ya sabéis, que fuera una broma para novatos.

—Sabes que va en serio —dijo Mira.

—Lo descubriremos muy pronto —remató Jace.

Si Cole hubiera podido dejarlos a los dos inconscientes de un golpe, lo habría hecho. Pero Jace era más grande que él y ya tenía su cuerda dorada en la mano. Él se planteó desenvainar la espada saltarina. Quizá la necesitara cuando aparecieran los osos.

—Por favor, Mira —le suplicó.

—De acuerdo —suspiró ella, exasperada—. Muy bien, Jace, tú ganas. Di tu última palabra, y sobrevivamos a esto para que nos maten de un modo más sorprendente.

La sonrisa de Jace se hizo más grande. Le tendió una mano a Mira y asintió.

—¿Ya está? —preguntó Mira, y Jace volvió a asentir—. ¿Solo querías que dijera que podías ganar?

Jace asintió más despacio aún y la señaló.

—Muy caballeroso —dijo ella, cortante.

Jace se encogió de hombros. Cole se pasó la mano por delante de la boca, imitando una cremallera que se cerrara. Los otros asintieron. Pasaron al lado del primer árbol enorme. Los siguientes tenían el tronco aún más grande. El camino seguía trazando curvas y más curvas. Algunos de los árboles eran más anchos que la casa de Cole. Las hendiduras de la corteza eran como profundos abrevaderos. El camino zigzagueaba a través del bosque. Entre aquellos troncos surrealistas crecían frágiles helechos, rodeados de una tierra oscura y de rocas cubiertas de musgo. Los colosales árboles filtraban la luz del sol, transformando el mundo bajo sus enormes ramas en un reino en penumbra.

Lo que más se oía era el paso rítmico del ladrillo con patas. En la distancia, resonaban también los pasos de los autocarros que los seguían. A pesar de lo irregular del camino, cubierto de hierbas en algunos tramos, el autocarro no hacía mucho ruido; solo crujía un poco cuando pasaba por algún bache. Por lo demás, su avance era sorprendemente suave y tranquilo, sobre todo comparado con el traqueteo y las sacudidas del carro de esclavos en el que había ido Cole.

Bajo los árboles había un ambiente sombrío y silencioso, casi como si la naturaleza hubiera detenido su curso y estuviera escuchando. Cole supuso que aquella sensación se la producía el saber de la existencia de osos gigantes.

Con el paso de los minutos, Cole se relajó lo suficiente como para sentir la pequeña tentación de gritar algo. Intentó pensar qué sería gracioso. Se le ocurrió «¡He ganado el juego!», pero su favorita era «¡Los osos son unos peleles!». Por supuesto, no dijo nada. Aparte de que quería vivir, cualquier ruido intenso en aquel imponente bosque quedaría absolutamente fuera de lugar, como gritar en una iglesia. Pensó en su espada saltarina y se arrepintió de no haberla sacado cuando había tenido ocasión. Aunque técnicamente los osos solo se despertarían si hablaban, no quería arriesgarse a hacer ruido abriendo el compartimento.

De pronto, se oyó una voz en la distancia.

—¿Hola?

Cole se quedó mirando a Mira, que tenía los ojos bien abiertos.

—¿Hola? —repitió la voz—. ¿Hay alguien?

Era la voz de un hombre, amortiguada por los árboles. Quizá no estuviera tan lejos como parecía la primera vez. Daba la impresión de que podía ser un cazador o un excursionista perdido.

Jace le apretó el brazo a Cole y sacudió la cabeza con fuerza. Twitch se llevó un dedo a los labios. Mira asintió, con ambas manos sobre la boca.

Cole sabía que tenían razón. Tenía que ser un truco. Y, además, si era cierto, aquel tipo ya había sellado su destino.

—¡Por favor! —gritó la voz otra vez, algo más débil, como si se alejara—. ¡Que alguien me ayude!

Muy pronto, el bosque volvió a quedar en silencio. Cole observó, escuchando y preguntándose si verían algún rastro de los osos gigantes. Sabía que, si veía uno, se moriría de miedo, pero no podía evitar la tentación de mirar.

—¿Hola? —dijo otra persona, desde el lado contrario del autocarro. Esta vez era una mujer, con voz ronca—. ¿Anthony? ¿Dónde estás? ¡Di algo!

—Quería enseñarles a mis sobrinos nietos algunos de los lugares destacados de Sambria —dijo Bertram—. Y a mi sobrina nieta. ¡Supongo que no hay leyes que impidan eso!

Cole se quedó rígido al oír aquello. Bertram era un semblante, así que podía hablar tranquilamente, pero aquella respuesta inesperada le sobresaltó. Jace estaba conteniendo la risa. Cole estaba demasiado tenso como para encontrarlo divertido.

—¿Hay alguien ahí? —dijo la voz ronca de mujer—. ¡Por favor! ¡Me he perdido!

Mira meneó la cabeza. Todos estaban de acuerdo en no hablar.

—¡Por favor, respondan! —insistió la mujer, con aquella voz ronca desesperada.

—Lo cierto es que estamos de vacaciones —dijo Bertram, animadamente—. Me voy haciendo viejo, y he pensado que era mi última ocasión.

—¡Por favor, que alguien me ayude! ¡Por favor! ¡Aquí!

—Hoy no es mi mejor día —se disculpó Bertram—. Más vale que me quede en el coche. Mis articulaciones se resienten.

Los ruegos de la mujer se perdieron a lo lejos.

Los árboles seguían siendo enormes. Oyeron a un par de personas más pidiendo ayuda, diferentes voces, una masculina y otra femenina, almas perdidas vagando por el bosque. Los gritos distantes se oían tan flojos que Cole se empezó a preguntar si sus oídos no le estaban jugando una mala pasada.

Por fin los árboles empezaron a volverse más pequeños. Aún eran enormes, pero ahora la mayoría de los troncos eran menores que el autocarro, y ninguno tenía el grosor de una casa. Por el lado de Cole pasó un ciervo que se puso a trotar a su misma velocidad. El niño observó a aquella grácil criatura, preguntándose cuánto duraría su curiosidad.

—Saludos —le dijo el ciervo, con voz masculina—. ¿Os habéis perdido, buena gente?

Cole se quedó mirando al animal en silencio, atónito.

—¿Me oís? —preguntó el ciervo. Cole miró a sus compañeros. Twitch imitó de nuevo el gesto de abotonarse la boca. Él asintió—. Este camino no es muy seguro —dijo el ciervo—. ¿Adónde os dirigís?

Cole saludó al ciervo con la mano, despidiéndose.

—¿Creéis que conocéis estos bosques mejor que yo? —preguntó el ciervo, dando media vuelta—. Os dirigís a vuestro funeral.

—Uno y uno, dos —dijo una voz al otro lado del autocarro. Cole se giró y vio a otro ciervo—. Dos y dos son…

De forma automática, su mente respondió «cuatro», pero mantuvo la boca cerrada.

—Yo tenía diez perritos, yo tenía diez perritos —recitó el ciervo—. Uno no come ni bebe, no me quedan, no me quedan más que…

Apenas podía creer que el ciervo usara aquellos trucos tan descarados para hacerles hablar. Twitch espantó el ciervo con la mano, y el animal se alejó dando brincos.

El autocarro siguió avanzando. Los árboles siguieron disminuyendo de tamaño hasta recuperar su tamaño normal. Pasaron un cruce. El autocarro siguió recto, pero uno de los que les seguía giró a la derecha, y el otro a la izquierda. Cole y los demás continuaron en silencio un buen rato más. Por fin Mira le dio unos golpecitos a Bertram y le preguntó con gestos si podía hablar.

—¿Qué problema hay, querida? —dijo Bertram—. Lo siento, tendrás que levantar la voz. Mi oído no es lo que era.

Inclinándose hacia él, Mira le susurró al oído. Cole no oyó una palabra.

—Oh, ya estamos a salvo —respondió Bertram—. Puedes conversar libremente. Al fin y al cabo, estamos de vacaciones.

—Es un alivio —dijo Mira.

—La verdad es que ya estaba convencido de que ibais a conseguir que nos mataran a todos —dijo Twitch—. Estaba listo para salir volando.

—A veces uno tiene que defender sus decisiones —afirmó Jace.

Mira le dio una patada en la espinilla.

—Eres como un niño mimado que no para de llorar hasta que le dan la golosina que quiere.

—¿Y en qué te convierte eso a ti? —preguntó Jace, girando el cuerpo para evitar el golpe.

—En la adulta que ha tenido que ceder —dijo Mira.

—Pues me funcionó perfectamente. Conseguí que me dieras lo que quería, pero te he dejado ser la caprichosa que tiene que decir la última palabra.

Mira se puso en pie, agachándose para no darse con el techo. Le soltó otra patada, no demasiado fuerte, pero esta vez sí que acertó. Jace se rio, y los demás con él.

Entonces, Mango entró por la ventanilla y se posó en el hombro de Mira.

—Bueno, bueno —exclamó el pájaro—. Parece que os divertís. Siento estropearos el momento, pero tenemos compañía.

—¿Cómo? —preguntó Mira, que se sentó de nuevo. Las ganas de jugar se le habían pasado de pronto.

—Se acercan unos legionarios. A caballo. Y son muchísimos.

Capítulo 25

Perseguidos

—¿Legionarios? —exclamó Cole—. ¿Cuántos son muchísimos?

—Ciento cuarenta y cuatro —dijo Mango—. Están al oeste de aquí. Se acercan en cuatro grupos iguales, por cuatro rutas diferentes.

Jace abrió la trampilla del compartimento donde estaban sus armas. Le dio a Mira su espada saltarina. Luego le pasó a Cole la suya y su arco.

—¿Cómo han podido encontrarnos tan rápido? —preguntó Twitch.

—No os han encontrado —respondió Mango—. Han barrido una zona muy amplia. Están buscando.

—Deben de sospechar que hemos huido por aquí —dijo Mira—. O van buscando por todas partes. En cualquier caso, supongo que saben que estamos vivos.

—Tal como nos advirtió Declan —le recordó Cole—. Tu padre debe detectar que no has muerto. Se lo habrá dicho a ellos.

—Lo importante es decidir qué hacemos ahora —dijo Jace, expeditivo—. Mango, ¿nos encontrarán si seguimos por este camino?

Mango picoteó suavemente el collar de plata de Mira mientras hablaba.

—Si no dan media vuelta o cambian de rumbo, os alcanzarán antes de que acabe el día.

—¿Podemos ir en otra dirección? —preguntó Mira.

—Podríais dejar el autocarro —dijo Mango, mientras tiraba de una de las horquillas de su pelo—. Ellos no se apartan de los caminos. Pero avanzar campo a través por Sambria puede ser peligroso, especialmente en un territorio tan salvaje como el norte del reino.

—Deberíamos quedarnos en el autocarro hasta que veamos que nos van a encontrar —propuso Twitch—. ¿Puedes avisarnos cuando estén cerca, Mango?

—Sí, señor —respondió el pájaro.

—Si encuentran una carroza vacía, puede que registren los alrededores a fondo —señaló Jace.

—Yo no digo que abandonemos la carroza un minuto antes de que nos vayan a pillar —aclaró Twitch—. Más bien una hora antes. El autocarro avanzará una buena distancia antes de que lo encuentren, y tendremos tiempo de alejarnos de la carretera.

—Bien pensado —dijo Cole.

—Lo mejor es aprovechar el autocarro todo el tiempo que podamos —subrayó Mira—. A pie iremos mucho más despacio. Y Mango tiene razón. Esta zona de Sambria es peligrosa.

—A lo mejor podemos aprovechar eso en nuestro beneficio —propuso Jace—. Como hicimos con la pared de nubes. ¿Hay algún lugar al que podamos ir y donde los legionarios no querrían seguirnos? ¿Algún lugar que supondrán que evitaremos? Sobre todo si está lejos de nuestro destino.

Mango agitó las alas y soltó un leve graznido.

—Hay muchos lugares peligrosos. Los legionarios están al oeste, algunos avanzan hacia el noreste y otros hacia el sureste. Ahora mismo no podéis ir hacia el oeste, y no creo que podáis evitarlos si os dirigís directamente hacia el sur. Si huis al norte, llegaréis al bosque del Silencio, y al final quedaréis atrapados en el bosque del Boomerang. Si intentáis rodear el bosque del Boomerang por el este, acabaréis de nuevo en el Despeñadero.

—A mí el bosque del Silencio no me parece mal —dijo Jace.

—Pero no queremos quedar bloqueados —advirtió Twitch—. El bosque del Boomerang es como un callejón sin salida. Y sin una nave, el Despeñadero también.

—Para la mayoría de nosotros —puntualizó Mira.

—Ya hablaremos de mí más adelante —dijo Twitch, sonrojado.

—¿El Despeñadero sigue hacia el este, más allá de la pared de nubes? —preguntó Cole.

—Sí —dijo Mira—. Las paredes de nubes solo limitan una parte del Despeñadero. El bosque del Boomerang evita que la gente meta la nariz más allá de la Pared de Nubes del Este, al igual que la Llanura de las Zarzas mantiene a la gente alejada de la Pared de Nubes del Oeste. Pero el Despeñadero sigue más allá del bosque del Boomerang. Las piedras de flotación allí no funcionan, así que tener una nave no valdría de nada.

—¿Qué otra opción tenemos, Mango? —preguntó Jace.

—Podéis correr al noreste —dijo la ninfa—. Os alejaríais de la civilización para adentraros en un territorio salvaje y peligroso. Hay muchos caminos por los que podríais perderos. Por el patrón de búsqueda que siguen, supondrán que os dirigís hacia allí.

Bertram se aclaró la garganta sonoramente.

—Si aún quieren llegar a Middlebranch y no les importa correr el riesgo, la Tierra de Brady es una opción.

—He oído hablar de ese lugar —dijo Jace—. ¿Se podría ir?

—Está en la dirección correcta —respondió Mango—. Bastante al este, un poco hacia el sur. No esperarán que os arriesguéis a ir hacia allí, y ellos mismos no tendrán muchas ganas de aventurarse. Tiene bastante mala fama.

—Yo también he oído hablar de ese sitio —dijo Twitch—. Da la impresión de que la gente solo habla de los peores lugares.

—De los peores lugares nadie habla —puntualizó Mira—. No hay nadie que vuelva para contarlo. ¿No fue allí donde un forjador se volvió nova?

—¿Nova? —preguntó Cole.

—A todos los forjadores les preocupa volverse nova —explicó Mira—. Cuando un forjador de gran talento se excede, puede perder el contacto con la realidad y no distinguir las cosas reales de los semblantes. Entonces se apoderan de él la codicia, la paranoia o la locura, y se pone a forjar de un modo descontrolado, normalmente hasta que eso lo mata. A veces dejan tras de sí un gran caos.

—¿Qué sabemos de ese lugar? —preguntó Cole.

Mira se encogió de hombros:

—Yo no he oído mucho.

—Se sabe poco —dijo Mango—. Se cuenta que Brady era un niño que vino del exterior. Tenía mucho poder… y una mente infantil. Forjó con decisión, pero sin control. Eso ocurrió hace unos cuarenta años. Desde entonces no se ha sabido nada más de él.

—Un forjador tan fuerte no desaparece así como así —apuntó Mira—. Debió de forjar algo que lo mató.

—¿Tú has estado allí, Mango? —preguntó Twitch.

—Solo donde empieza. Allí no entra nadie, así que no he rastreado la zona.

—¿Aún hay caminos?

—Tres caminos —dijo Bertram. Cole observó que el anciano semblante hablaba con más claridad y autoridad cuando se trataba de caminos y carreteras—. Es difícil saber en qué estado se encontrarán. Podemos esperar que estén transitables. En ese caso, supondría un buen atajo para ir a Middlebranch.

—¿No parece que vayan en esa dirección los soldados? —preguntó Mira.

—Ahora mismo no —respondió Mango—. Pero no hay garantía de que no cambien de ruta, claro.

—Si los soldados que están más cerca giran hacia allí, ¿llegaremos antes que ellos? —insistió Twitch.

—Probablemente —dijo Mango—. Por poco.

—Yo digo que lo intentemos —decidió Jace—. Podemos afrontar lo que sea que haya soñado esa mente infantil.

—Ese lugar tiene mala fama por algún motivo —señaló Twitch.

—Y todos hemos sobrevivido a unos cuantos castillos llenos de trampas —rebatió Jace—. No digo que vaya a ser fácil. Pero esto se nos da mejor que luchar contra un ejército de legionarios. Plantéatelo como si fuera un gran castillo.

—Yo odio los castillos —dijo Twitch—. ¿Por qué crees que hui?

—Los odias, pero has sobrevivido a ellos. Estamos mejor equipados que nunca. Trabajaremos en equipo. Los legionarios no nos seguirán ahí dentro, especialmente si no tienen ni idea de que estamos allí.

—No podemos permitir que la legión nos encuentre —dijo Mira—. ¿Tú qué opinas, Cole?

Cole se lo pensó antes de responder. Desde luego no tenía ningunas ganas de meterse en el territorio de un forjador, si era algo parecido a un castillo flotante gigante.

Pero aún le apetecía menos dejarse atrapar por los legionarios.

—¿Hay otras opciones parecidas a la Tierra de Brady? —le preguntó a Mango.

—Al este de Cloudvale, el Despeñadero se curva hacia el norte —dijo ella—. Así que podríais ir al noreste o al este. Parece que allí es donde se dirigen los soldados, probablemente porque es el lugar más sensato para huir. No hay escondrijos decentes en aquella dirección, a menos que os metáis por entre la vegetación, a pie. Y aunque avanzarais con el autocarro esquivando a los legionarios todo lo posible, si siguen en esa dirección, mañana ya os habrán alcanzado.

—Parece que tendremos que probar suerte en las tierras de ese Brady —dijo Cole

—No me entusiasma la idea —dijo Twitch—, pero estoy de acuerdo.

—Muy bien —decidió Mira—. ¿Bertram? ¿Puede llevarnos a la Tierra de Brady?

—A la Tierra de Brady —dijo Bertram—. ¿Y luego hacia Middlebranch, supongo?

—A menos que nos veamos obligados a desviarnos —dijo Mira.

—Ya sé cómo iremos —apuntó Bertram—. Esperemos que las carreteras estén en buen estado y podamos pasar.

—Yo seguiré explorando —dijo Mango—. Tendréis noticias mías si hay que replantearse la maniobra.

—Gracias, Mango —contestó Mira, en el momento en que el pájaro daba un saltito desde su hombro, aleteaba y desaparecía por la ventanilla.

—No ha tardado en animarse la cosa —gruñó Cole.

—¿Es que pensabas que esos legionarios iban a desaparecer? —preguntó Jace.

—Esperaba que buscaran por donde no estamos.

—Es más fácil buscar en el lugar correcto cuando buscas por todas partes —apuntó Twitch.

Siguieron avanzando en silencio. Cole miró a Twitch.

—Al final no nos has contado lo de las alas.

—Ah, sí —dijo Jace—. Ahora tenemos tiempo. ¿Tú eres de Elloweer? ¿Naciste allí?

—Supongo que ya se ha descubierto el secreto —respondió Twitch con una risita nerviosa—. Soy uno de los grinaldi. La gente nos llama saltadores.

—Nunca he oído hablar de ellos —confesó Jace.

—Mucha gente no sabe nada de los grinaldi. No somos muchos. Tenemos alas, pero no volamos distancias largas. Usamos las alas para saltar más.

—¿Cómo funciona el anillo? —preguntó Cole—. ¿Lo trajiste desde Elloweer?

—No —dijo Twitch—. Si tuviera el anillo, dudo que me hubieran hecho esclavo. Encontré el anillo en el almacén de Puerto Celeste y lo elegí como objeto especial. Nunca he tenido que usarlo, hasta ayer.

—El anillo muestra tu verdadero aspecto —explicó Jace.

—¿Y por qué no muestras siempre tu verdadero aspecto? —preguntó Cole.

—A veces se me olvida que eres nuevo aquí —dijo Twitch—. Elloweer está lleno de seres extraños. Algunos de ellos no pueden salir de allí. Chocan contra una barrera. Otros, como yo, adoptan una forma humana si salen.

—Y el anillo te devuelve a tu forma natural —dijo Cole.

—Estos anillos no se encuentran fácilmente —explicó Twitch, mostrándolo. Era plateado, con una hilera de minúsculas piedras azules que lo rodeaban—. Los hacen los encantadores de Elloweer. No estoy seguro de cómo acabó este en Puerto Celeste, pero ahí estaba, así que me lo quedé.

Cole volvió a pensar en los carros de esclavos.

—Cuando los cazadores de esclavos estaban en mi mundo, llevándose a mis amigos, uno de ellos tenía pinta de hombre lobo dorado. No volví a verlo.

—Uno de los lupianos —dijo Twitch—. Un pueblo guerrero. No se ven muchos con el manto dorado. Debió de recuperar su forma original en tu mundo.

—Muéstranos tu aspecto real —soltó Jace—. Yo no pude verlo bien.

—¿No me viste cuando te agarré? —preguntó Twitch—. Mira nos ha contado sus secretos. Sabemos de dónde es Cole. Pero de ti no sabemos mucho, Jace. ¿Por qué no nos hablas de tu pasado, y luego te enseño mi verdadero aspecto?

—No hay mucho que contar —dijo Jace, con una sonrisa incómoda—. He sido esclavo toda mi vida. No conocí a mis padres. Odio que me controlen, y nadie podía dominarme. Aun así, encontraba maneras de divertirme. Y me esforzaba mucho en evitar los esfuerzos. Mis dueños se cansaron de mí. Me vendieron un par de veces, y al final se hicieron conmigo los Invasores del Cielo. Era lo mejor que me había ocurrido. Por fin podía vivir. Era peligroso, pero iba a mi ritmo la mayor parte del tiempo. Venga, Twitch, vamos. Enséñanos tus cosas de bicho raro.

Twitch se frotó los labios. Uno de sus párpados le tembló.

—Gracias por expresarlo con tanta delicadeza. —Se desabotonó la camisa y se la quitó—. Las alas me rompieron la otra —explicó.

Twitch se puso su anillo: en la frente le aparecieron un par de antenas de insecto. En la espalda tenía cuatro alas traslúcidas, dos a cada lado, como una libélula, pero plegadas hacia abajo. Se levantó una pernera del pantalón y apareció una pata que parecía más bien de saltamontes gigante.

Cole se encogió un poco, pero intentó mantener la compostura. Las patas de insecto eran demasiado.

—Tienes las rodillas al revés —observó Jace.

—Comparado con vuestra anatomía, sí —respondió Twitch con una risa—. Pero puedo saltar unas veinte veces más alto. Y volar, más o menos. Aunque no lo parezca, también soy algo más fuerte.

—Tu aspecto humano te debe parecer una gran limitación —comentó Mira.

—Pues sí —respondió Twitch, tamborileando rápidamente con los dedos—. Por eso voy con tanto cuidado. Imagínate si de pronto te sintieras más débil y más lenta, y si tu espada saltarina te funcionara mal.

—¿Corrías grandes riesgos cuando estabas en tu tierra? —preguntó Jace.

—Soy prudente por naturaleza —aclaró Twitch—. Para los míos, eso es una virtud.

—Parece de lo más emocionante —bromeó Jace.

—Nosotros preferimos vivir tranquilos y felices —dijo Twitch, quitándose el anillo. Las alas y las antenas desaparecieron—. Pero no siempre tenemos lo que queremos —añadió, y empezó a ponerse la camisa de nuevo.

—¿Y tú, Cole? —preguntó Jace—. ¿Cómo era tu vida antes de llegar aquí?

—Fácil. En comparación con esto, quiero decir. Mis padres se ocupaban de casi todo. Tenemos una casa bonita. Mi hermana piensa que es espectacular, pero simplemente no está mal, sobre todo comparada con los cazadores de esclavos y los escorpipiés. Iba al colegio. Practicaba deporte.

—Parece que eras rico —dijo Jace.

—A mí no me lo parecía —respondió Cole—. Quizás en comparación con algunas personas. Estábamos más o menos en la media.

—¿Alguna vez te has manchado las manos? —preguntó Jace—. ¿Has trabajado en una mina? ¿O en un campo? ¿Has manejado ganado? ¿Has construido una casa?

—Nada de eso —dijo Cole—. Básicamente, iba al colegio, y hacía deporte y el vago.

—Pues en el lugar donde vivías ser rico debe de ser la media —dijo Jace—. Yo me apunto.

—Yo también me apuntaría —replicó Cole—. Quién sabe si podré volver alguna vez.

—Vamos paso a paso —dijo Mira—. Como en Puerto Celeste. Lo primero, sobrevivir hoy. Lo segundo, sobrevivir mañana.

—¿Cuánto falta para llegar a la Tierra de Brady? —preguntó Twitch.

—Si no hay retrasos, llegaremos mañana por la mañana —respondió Bertram.

—Entonces voy a ponerme cómodo —decidió Jace, que se acurrucó en su rincón de la carroza—. Despertadme si algo intenta matarnos.

Capítulo 26

La Tierra de Brady

Unas galletas de chocolate del tamaño de hula-hoops flotando en un estanque de leche le dieron a Cole el primer indicio de que estaba pasando algo raro. Miró por la ventanilla, frunciendo los párpados para protegerse de la luz de la mañana. Sobre el fango del estanque crecían arbustos y arbolillos, y había rocas y palos en la orilla. Parecía un bosque normal, salvo por el líquido blanco cremoso y las enormes galletas, inconfundibles, flotando como hojas de nenúfares.

Twitch se había hecho un ovillo en el suelo del autocarro, entre los asientos. Jace estaba acurrucado en su rincón. Mira apoyaba la cabeza sobre el regazo de Bertram. Todos respiraban como si durmieran. El viejo semblante miraba plácidamente por la ventanilla.

Cole solo había dormido a ratos toda la noche. A pesar de que la carroza avanzaba con suavidad, le costaba dormir sentado. Mango había venido a verlos antes del amanecer, para confirmarles que los legionarios se desviaban hacia el norte y hacia el sur, evitando la Tierra de Brady. Tras la visita de la ninfa, Cole estaba demasiado nervioso como para dormir. No había vuelto a pegar ojo, escrutando el paisaje por si surgía algún problema.

—Chicos —dijo—, mirad esto.

Mira levantó la cabeza, como si no hubiera estado durmiendo.

—¿Qué pasa?

Jace se acercó para mirar por la ventanilla de Cole, y de pronto se despertó del todo.

—¿Eso son galletas?

—Y leche —dijo Mira.

Twitch también levantó la cabeza y se estiró. Seguía en el suelo, demasiado bajo como para ver lo que pasaba fuera.

—¿Todo bien?

—Sí —respondió Cole—. Solo es un estanque de leche con galletas de chocolate.

—Yo quiero una —dijo Jace—. Para la carroza.

—Tenemos comida —replicó Mira.

—Sí, carne seca y galletas saladas. Nada de galletas de chocolate.

—Probablemente estén rancias —apuntó Cole—. La leche tiene que estar agria.

—No huele a agrio —protestó Jace—. Es lo que pasa al forjar algo. Las reglas normales no siempre funcionan.

—Podría ser una trampa —señaló Mira.

—Eso ya os lo diré yo —dijo Jace—. ¿Te acuerdas de aquel castillo con el jardín de golosinas? El mejor día de mi vida.

—Nos vienen persiguiendo —insistió Mira.

—No hemos parado en toda la noche —replicó Jace—. El pájaro nos ha dicho que les llevamos ventaja. Es la hora del desayuno.

—Está bien. ¡Alto! —El autocarro respondió inmediatamente—. ¿Irás con cuidado?

—Me tiraré de cabeza desde el árbol más alto que

encuentre —dijo él. Abrió la puerta y bajó de un salto, con la cuerda dorada en la mano—. ¿Vienes, Cole?

—Claro —respondió el chico, buscando su espada. Mira le puso una mano sobre el brazo—. No tienes que ir.

—Galletas de chocolate gigantes —respondió Cole, a modo de explicación, mientras saltaba de la carroza. Era agradable estirar las piernas. Se colgó la espada del cinto.

—¡Venga! —le animó Jace, que ya se había puesto en marcha—. Tú vigila mientras yo tomo un bocado.

Cole salió corriendo tras él, con una mano en la empuñadura de su espada. Al borde del estanque, Jace se agachó y cogió un poco de leche haciendo un cuenco con las manos.

—Está fría —Se la llevó a los labios—. Mmmm. Rica y cremosa.

Sacudiéndose la leche de los dedos, Jace se puso en pie y apuntó con su cuerda hacia la galleta más próxima. La cuerda dorada se enrolló alrededor de su objetivo varias veces. Con un giro de muñeca, la cuerda sacó la enorme galleta de la leche, pero se rompió, y los pedazos cayeron en el líquido, salpicando.

—No es muy sólida —dijo.

Cole se arrodilló sobre un saliente rocoso plano. La leche cubría las piedras bajo sus pies y la orilla fangosa, pero no parecía que contuviera ninguna suciedad. Metió un dedo dentro y vio que Jace tenía razón: estaba bastante fría.

Jace atrapó otra galleta y tiró de ella lentamente, arrastrándola hasta el lugar donde estaba Cole.

—Ayúdame a sacarla.

Cole cogió la galleta por debajo. Aunque la parte de arriba estaba seca, por debajo estaba mojada. Entre los dos, la sacaron de la leche. Las manos de Cole se hundieron en la galleta por debajo, hasta llegar a una parte más sólida. La leche le goteaba por las muñecas, mojándole las mangas y los zapatos. Para sostener su mitad de la galleta empapada tuvo que emplear todas sus fuerzas.

Cargando su presa entre los dos, Jace y Cole volvieron hacia el autocarro. Cole hacía esfuerzos por no respirar demasiado fuerte. Los brazos le dolían del esfuerzo. Cuando se acercaron, Mira salió.

—Eso no vais a meterlo aquí dentro —dijo.

—¿Por qué no? —preguntó Jace.

—Porque es un pringue… y chorrea. Nos comeremos un trozo aquí fuera.

—Rompe unos trozos —sugirió Cole.

Usando las dos manos, Mira separó un trozo de uno de los bordes. El pedazo era demasiado grande como para llevárselo a la boca entero, pero se lo comió a mordiscos.

—¡Mmm, qué bueno!

Twitch también salió y arrancó un trozo. Los ojos se le iluminaron cuando le hincó el diente.

—Parte un trozo para nosotros —pidió Jace—. Tenemos las manos ocupadas sosteniéndola.

Mira dejó su trozo a un lado y cortó dos más.

—¿Tiramos el resto? —preguntó Jace.

—¿Usted quiere, Bertram? —le ofreció Cole.

—No, gracias —respondió el anciano—. Yo estoy aquí, de vacaciones con mis sobrinos nietos.

Agitando los brazos, Cole y Jace lanzaron la galleta, que cayó con un ruido sordo, aplastando las altas hierbas. Cogieron los trozos que les ofrecía Mira.

—Deberíamos ponernos en marcha —sugirió ella.

—Aquí no nos seguirán —dijo Jace—. Nadie quiere batallar contra la leche con galletas.

Todos volvieron a subir a la carroza. Cole observó que la galleta sabía como si estuviera recién hecha, y que aún estaba templada, como si apenas hubiera tenido tiempo de enfriarse tras el horneado. Las partes mojadas eran aún más buenas. En su trozo solo había un poco de chocolate, pero era más grande que su puño.

Cole fue dando cuenta de su galleta mientras la carroza avanzaba. Al final, el estómago le empezó a protestar. Si seguía comiendo, quizá se pondría malo.

—¿Alguien quiere más?

—Yo estoy servido. Y es demasiado pringosa como para guardarla —dijo Jace, lanzando el resto por la ventana.

—¿Piensas dejar un rastro de migas? —preguntó Twitch.

—No sabrán que son nuestras.

Los demás también tiraron lo que les sobraba. Cole miró por la ventana en busca de algún otro estanque con galletas o cualquier otra cosa fuera de lo común. No tuvo que esperar mucho.

El siguiente claro al que llegaron estaba lleno de fichas de dominó puestas de pie, cada una del tamaño de un colchón, blancas con los topos negros. Había cientos de ellas. Formaban un sinuoso circuito, listas para caer cuando derribaran la primera.

—Eso es muy tentador —dijo Cole—. Me encanta tirar fichas de dominó.

—No podemos pararnos en todas partes —respondió Mira—. Cualquiera de estas cosas puede ser una trampa.

—No puedo creer que nadie las haya tirado hace ya tiempo —exclamó Cole.

—A lo mejor sí que lo han hecho, y se ponen de

nuevo en pie solas. No te olvides que han sido forjadas —le recordó—. Quién sabe lo que pueden hacer.

—Usa el arco contra las fichas —propuso Jace—. Así haces puntería.

—Vale —respondió Cole, emocionado.

Jace había vuelto a colocar el arco en el compartimento la noche anterior. Abrió la trampilla, lo sacó y se lo entregó.

Cuando Cole acercó la cuerda a su mejilla, apareció la primera flecha. Habían pasado ya la primera ficha de dominó, pero, al cabo un minuto, estarían enfrente de la última. Cuando la tuvo delante, lanzó la flecha, que hizo blanco algo más alto de donde había apuntado. La ficha cayó hacia atrás sobre la siguiente, provocando una reacción en cadena. Fueron cayendo todas a ritmo constante, trasladando el movimiento por todo el campo hasta que la última cayó al suelo.

Cuando acabó el ruido de las fichas, todo parecía muy tranquilo. Hasta que oyeron unos rugidos lejanos, largos, graves y salvajes. Se miraron unos a otros.

—Quizá no haya sido una gran idea anunciar nuestra presencia —dijo Twitch.

—En cualquier caso, los malos sabrán ya que estamos aquí —respondió Jace.

—Y claro, no podíamos intentar pasar desapercibidos o algo así —protestó Mira.

—Lo siento —dijo Cole—. No lo he pensado.

—Si tenemos que culpar a alguien —apuntó Jace—, el tipo que ha disparado la flecha es el primero de la lista.

—No se trata de echar la culpa —dijo Mira—. Yo solo quiero vivir. Voto por que a partir de ahora no salgamos de la carroza.

—Estoy de acuerdo —la secundó Twitch.

—Y yo también —afirmó Cole.

—Yo no opino —dijo Jace.

—Pues gana la mayoría —le informó Mira.

Jace le mostró la muñeca.

—Eso no me afecta. Soy libre.

Mira puso la mirada en el cielo.

—Técnicamente, soy una princesa. Podría declarar que esto es una monarquía.

—Más técnicamente aún, eres una fugitiva —señaló Jace—. No te lo tomes a mal.

—¡Mirad! —exclamó Cole.

Al trazar la siguiente curva, apareció ante sus ojos una magdalena del tamaño de una colina, de vainilla con cobertura de chocolate. Todos se amontonaron en un lado de la carroza para echar un vistazo.

—¿Qué? ¿Te replanteas tu política? —sugirió Jace.

—Aún estoy llena de la galleta —dijo Mira—. Además, ¿por dónde ibas a empezar, con algo tan grande?

—Necesitaríamos un equipo de excavaciones —supuso Cole.

—Pues mirad por mi lado —dijo Twitch.

Todos se fueron al otro lado de la carroza, donde había una tarta de limón al merengue grande como una carpa de circo. Enfrente de la enorme tarta, había sándwiches de galleta del tamaño de mesitas tirados entre las flores, rezumando chocolate por todas partes.

—Se acabó el viaje —declaró Jace—. Hemos encontrado nuestro nuevo hogar.

—¿Tú ves que haya alguien más por aquí? —preguntó Mira.

—No. Ellos se lo pierden.

—Comida gratis por todas partes —dijo Twitch—. Y nadie a la vista. ¿Eso qué os dice?

—¿Que tocamos a más? —elucubró Cole, que se ganó la aprobación de Jace.

Ambos chocaron las manos.

—Muy graciosos —dijo Mira.

—Pues sí —respondió Jace—. Es demasiado bueno para ser verdad. Tiene que haber trampa. Pero es divertido bromear.

—Puede que ni siquiera sea una trampa tendida deliberadamente —señaló Mira—. Pero el chico que creó todo esto desapareció. Algo salió mal. La gente evita este lugar por algún motivo.

Oyeron unos golpes lejanos. A medida que fueron avanzando, el sonido se volvió más intenso.

—¿Estamos a punto de descubrir el motivo? —preguntó Cole.

—Deberíamos prepararnos —respondió Jace, de pronto serio.

Cole se puso su chal y cogió el arco, agarrando suavemente la cuerda con los dedos. El volumen de aquellos golpes iba en aumento. Después de atravesar un campo de árboles frutales cargados de gominolas, hallaron la fuente de aquel estruendo: un enorme tablero de damas, rojo y negro, donde se desarrollaba una partida a toda velocidad. Cada ficha tenía la anchura de la calle donde vivía Cole; iban deslizándose o saltando de cuadro en cuadro. Las damas se movían solas, y ninguno de los dos bandos hacía ninguna pausa. Las comidas se iban amontonando a un lado del tablero. Ante sus ojos, ambos bandos iban coronando reinas. Enseguida, el bando negro ganó. Inmediatamente, las damas volvieron a su posición inicial y empezó una nueva partida.

—Una de esas puede dejarte plano —observó Twitch.

—Basta con que no te acerques al tablero —dijo Jace.

Por su ventana, Cole vio una noria que tenía la altura de un edificio de diez plantas. Giraba rápidamente, con todas las góndolas vacías. Junto a ella, del otro lado de un pequeño arroyo, había un montón de autos de choque amontonados sobre una amplia superficie negra. A medio camino entre las dos atracciones, rodeada de árboles, Cole vio que sobresalía una montaña rusa.

—Mirad por aquí. Este lugar es impresionante —dijo.

—¿Eso qué es? —preguntó Jace.

—Una noria y autos de choque. Atracciones de mi mundo. Este chico tenía que proceder de la Tierra.

El autocarro siguió adelante, sin variar de rumbo. Cole seguía mirando por la ventana. Por extrañas que fueran algunas de aquellas cosas, era el entorno lo que las volvía aún más raras. Una cascada de chocolate fundido caía por una ladera rocosa. Unas hamburguesas del tamaño de automóviles poblaban un campo de hierba alta rodeado de maleza y de rocas. Un grupo de superhéroes de plástico del tamaño de personas normales posaban junto a un bosque de abedules.

En cierto modo, la Tierra de Brady era como un sueño alocado convertido en realidad. La mayor parte de todo aquello era tonto e imposible. Si no fuera porque les perseguían los legionarios, porque tenían que ir en busca de los poderes perdidos de Mira y por la mala fama que tenía aquel lugar, allí podrían haberse divertido mucho.

Cole se preguntó si sus amigos perdidos alguna vez veían cosas como aquellas. En Ciudad Encrucijada, ¿encontraría Dalton el equivalente de estas tartas gigantes y estas cascadas de chocolate fundido? ¿Usaría Jenna algo parecido a una espada saltarina o a la cuerda de

Jace? Esperaba que estuvieran experimentando al menos alguna de aquellas cosas buenas, para que les compensara por su vida de esclavitud en un mundo extraño.

—Más leche con galletas —dijo Mira, asomada a la ventana—. No sé quién era Brady, pero le gustaba comer.

—Mira, hay de diferentes tipos —señaló Jace.

Cole vio un estanque cremoso lleno de unas galletas que podían ser de copos de avena o de mantequilla de cacahuete. Otro contenía galletitas de chocolate con trozos de chocolate blanco. En un tercero había unas galletas enormes de color claro, probablemente de mantequilla, con canela por encima.

—¿Alguien quiere ir de pesca otra vez? —preguntó Jace—. Mañana nos arrepentiremos, cuando solo tengamos carne seca y galletas saladas para comer.

—No me fío de este lugar —dijo Mira—. Fijémonos como prioridad la supervivencia.

—¿Por qué simplemente sobrevivir, cuando te puedes dar un festín? —insistió Jace.

—Yo aún estoy que reviento —dijo Cole—. Tienen buena pinta, pero dudo que pudiera comer mucho.

A lo lejos, oyeron la llamada de un cuerno, larga y con un tono grave que se elevaba un poco hacia el final.

—¿Qué ha sido eso? —preguntó Mira.

—¿Legionarios? —propuso Twitch.

—Mango nos habría avisado —dijo ella.

—¿Y si la han pillado? —respondió Twitch.

Otro cuerno respondió, esta vez más cerca. Se oyeron otros dos, procedentes de diferentes direcciones. Entonces un instrumento más metálico emitió un sonido aún más potente.

—¿Eso ha sido una trompeta? —preguntó Cole.

—¡Mirad! —gritó Twitch.

Cole siguió su dedo, que indicaba el estanque de leche con las galletas de mantequilla. Algo salía de la leche, cerca de la orilla, como si emergiera de las profundidades. Asomó una calavera chorreando, luego unas clavículas, un tórax y los huesos de los brazos. El esqueleto tenía un escudo oxidado en una mano y una vieja espada corroída en la otra. La pelvis se elevó sobre la superficie de la leche, y luego los fémures. De los huesos colgaba muy poco tejido, básicamente algunos tendones podridos y ligamentos en las articulaciones. Después de salir del estanque, el esqueleto se les acercó a paso ligero, con los ojos brillantes de la leche que aún los cubría.

—¿Qué es eso? —dijo Cole, con un tono de voz más agudo de lo que habría querido.

—Ese es el motivo por el que hacemos caso a Mira —dijo Jace.

—Mirad al otro lado —señaló ella.

Varios esqueletos salían del bosque por el otro lado de la carretera, avanzando lentamente. Los más rápidos iban al trote. Un par de ellos caminaban. A uno le faltaba una pierna e iba dando saltitos, usando una maza a modo de muleta. Todos llevaban armas: unas cuantas espadas, un mazo, una palanca, una piedra.

—Se acabó la diversión —anunció Jace.

Sonaron cuernos y trompetas, por delante, por detrás y por los lados. A lo lejos, Cole distinguió el sonido inconfundible de las gaitas.

—Es una emboscada —dijo Twitch—. Han esperado a que avanzáramos y luego han accionado la trampa.

—Eso parece —dijo Jace—. Al menos no son muy rápidos.

Asomado por la ventanilla y mirando hacia atrás, Cole vio a los esqueletos, que se esforzaban por mantener la velocidad del autocarro. Todos, a excepción de un

par de ellos, se estaban quedando atrás. De entre los árboles de la derecha se elevó un rugido por encima del
sonido de cuernos y trompetas. Aquel grito feroz hizo
vibrar algo en su interior y le dejó temblando.

Mango entró volando por la ventanilla.

—Tenemos problemas. Vienen esqueletos por todas
partes.

—¿Cuántos? —preguntó Mira.

—Cientos —respondió el pájaro—. Quizá miles.
Cementerios enteros. Todos vienen hacia vosotros. Y
hay cosas peores: criaturas salvajes que no se parecen a
nada de lo que he visto. Vais a tener que abandonar el
autocarro. Aquí seréis una presa fácil.

Cole respiraba más rápido. Sentía que el corazón le
latía con fuerza. ¿Llevaba todo lo que necesitaba? Tenía
su espada, su chal y su joya. Cogió el arco. ¿Algo más?
¿Y la comida?

El suelo vibraba con unas pisadas monstruosas, procedentes de algo situado por delante de ellos. Mirando
hacia allí, vio una docena de esqueletos que corrían hacia el autocarro. Unos cuantos llevaban armas vikingas
variadas. Un gran esqueleto en primera fila blandía una
larga espada con ambas manos. Llevaba un casco con
cuernos.

Pero los esqueletos no eran los que hacían temblar el
suelo.

Por detrás de los huesudos guerreros asomó un estegosaurio de color naranja opaco con marcas granate.
Aunque era evidente que era de plástico, tenía el tamaño de un autobús escolar. Unas placas recortadas le
cubrían toda la columna vertebral; en la cola tenía cuatro púas. El estegosaurio rugió, mostrando unos dientes
afilados como cuchillas. Pero ¿no eran herbívoros? Aparentemente, aquel no.

El enorme dinosaurio de plástico cargó contra el autocarro, derribando los esqueletos vikingos como bolos y triturando sus huesos con las patas. La bestia siguió galopando ajena a todo hasta impactar de frente con el ladrillo, que no había dejado de trotar.

Otro rugido aún mayor eclipsó todo lo demás por un momento. Cole levantó la vista y vio un tiranosaurio rex avanzando hacia ellos por un lado, mostrando una boca reptiliana que parecía un bosque de afilados dientes.

A Cole el miedo lo paralizó. No había tiempo para pensar, para reaccionar. Los ojos se le iban de una amenaza a otra. Los esqueletos llegaban por todas partes. Los dos dinosaurios estaban a un par de segundos. Bajando el arco, se agazapó y se preparó para el impacto.

Capítulo 27

———◦———

Locura desatada

—¡Eh, descerebrado! —gritó Jace, agarrando a Cole del brazo—. ¡Sal! ¡Rápido!

Mira y Twitch ya habían abandonado el autocarro. Cole cogió su espada saltarina casi sin mirar y dejó que Jace lo sacara de un tirón por la puerta opuesta al tiranosaurio. El grupo de harapientos esqueletos más cercano estaba a solo unos pasos. En el momento en que notó que había dado con el suelo, Cole desenvainó, apuntó con la espada hacia un lugar despoblado en una ladera cercana y gritó: «¡Adelante!»

Se elevó por encima del montón de esqueletos y cayó de costado sobre un arbusto, junto a un sándwich helado de nata del tamaño de una cama. Estaba tan cerca que sentía el frío que irradiaba, a pesar de la calidez del sol. El corazón le seguía palpitando con fuerza, pero ya no se sentía paralizado. Mientras estaba encerrado en el autocarro se sentía condenado. Pero Jace le había sacado de allí. Harían lo que estaban entrenados para hacer en momentos así. Correrían. Y, ¿quién sabe?, quizá lo consiguieran.

Girándose hacia atrás, Cole vio que Mira señalaba hacia el tiranosaurio.

El Mayal del Forjador salió despedido, hecho una

maraña de recias cadenas y bolas de hierro, y se enredó entre sus patas. El gigantesco lagarto de plástico cayó hacia delante, haciendo un agujero en el suelo a un paso de la carretera.

Mientras tanto, el estegosaurio había cambiado de rumbo y perseguía a Twitch, que, delante de él, pegaba unos saltos tremendos, impulsado por sus patas y sus alas. Jace se abría camino hacia Mira, destrozando esqueletos con su cuerda dorada y lanzándolos unos contra otros.

Cole oyó un repiqueteo de huesos a sus espaldas y se giró justo a tiempo para esquivar el hachazo de un esqueleto ataviado con un casco de conquistador español. Mientras el esqueleto intentaba desencajar el hacha del suelo, Cole le rebanó la cabeza. El conquistador decapitado se le acercó tambaleándose, agitando las manos. Cole salió de allí corriendo.

333

Mira recuperó el Mayal del Forjador y lo lanzó trazando un círculo alrededor del lugar donde estaban ella y Jace. Las bolas de hierro rodaron, destrozando huesos a su paso. Las cadenas arrollaron decenas de esqueletos, lanzándolos al suelo.

Los esqueletos que perseguían a Cole lo tenían rodeado. Fueron cerrando el círculo, con sus órbitas oculares vacías, carentes de emoción. La mitad, más o menos, tenían armas: picas, espadas y cuchillos. Uno que llevaba un delantal hecho jirones blandía un cuchillo rectangular de carnicero.

Cole observó que, a medida que los esqueletos se le echaban encima, dejaban libre un gran espacio tras ellos, por lo que fue situándose en el centro y dejó que se le acercaran. En el último momento, apuntó con su espada por encima de sus cabezas y gritó: «¡Adelante!».

Algo le rozó la pierna mientras escapaba de los esque-

letos, rasgándole los pantalones y arañándole la pantorri-
lla. Había apuntado a un lugar a cierta distancia, a unos
tres metros de altura, y allí acabó. Como no tenía ninguna superficie sobre la que aterrizar, cayó desde los tres
metros de altura y dio contra el duro suelo, rodando para
absorber el brutal impacto. Rebotó y salió disparado por
en medio de los matojos, perdiendo la espada.

Descolocado y dolorido, con el sabor a tierra y a sangre en la boca, Cole gateó en dirección a su espada. Aquello le serviría para recordar que solo debía apuntar con la
espada hacia lugares sólidos. No obstante, más valía
aquello que acabar hecho pedacitos por los esqueletos.

Con la espada en la mano, se puso en pie y vio que un
grupo de esqueletos aún mayor se dirigía hacia él. De
pronto, vio una enorme porción de tarta de queso en un
lugar casi al límite del alcance de la espada. Sin tiempo
para pensar, Cole tendió la espada, dijo la palabra y salió
despedido a una altura de miedo. Se elevó y voló sintiendo una violenta ráfaga de aire en el rostro. Una vibración extraña en la empuñadura le hizo pensar que quizás
aquello fuera un esfuerzo excesivo para la espada.

Mientras descendía en dirección a la tarta de queso,
Cole constató, horrorizado, que no iba a llegar. Había intentado alargar demasiado el salto. Acabaría cayendo de
una altura equivalente a un quinto piso.

Unas manos le agarraron por detrás; de pronto, sintió
un impulso extra. Twitch aterrizó tras él, sobre la enorme
tarta de queso, hundiéndose hasta las rodillas.

—Gracias —dijo Cole jadeando, girándose hacia su
amigo.

—De nada —respondió Twitch—. Nos dirigimos al
mismo terreno elevado.

Cole levantó la pierna de un tirón, sacándola de la
tarta de queso, aunque a punto estuvo de perder un za-

pato. Luego sacó la otra. Observó que la superficie de la porción de tarta era lo suficientemente firme como para sostenerse en pie, si caminaba despacio.

Estaban a unos diez metros de altura. Por debajo, el estegosaurio daba mordiscos a la tarta de queso y la golpeaba con la cola. Empezaron a aparecer esqueletos que se pusieron a trepar, clavando sus huesudos dedos en la tarta.

Mira llegó dando brincos desde el llano y de un salto se plantó en lo alto de la tarta. La cuerda de Jace se enrolló creando un muelle a sus pies y luego se estiró como un resorte gigante, lanzándolo también a él a lo alto de la tarta.

—Ya no le hacen ni caso al autocarro —observó Mira.

Cole vio que el ladrillo seguía trotando por la carretera, perdiéndose entre los árboles. Con las prisas por salir de la carroza, se había dejado el arco dentro.

—No le verán ninguna gracia si no estamos nosotros dentro —dijo Jace. Se agachó y cogió un puñado de tarta de queso—. Al menos podemos probar esto. —Dio un bocado—. ¡Vaya, no está nada mal!

Por debajo de ellos, el tiranosaurio se acercaba a la carrera en dirección a la tarta de queso. No era lo suficientemente alto como para llegar hasta ellos, pero de cerca resultaba aterrador. Se puso a saltar desesperado, rugiendo y abriendo y cerrando la boca, destrozando a muchos de los esqueletos que trepaban en su afán por alcanzarlos.

—Mayal, ataca —dijo Mira, señalando hacia abajo.

El Mayal del Forjador se lanzó como un ariete, derribando esqueletos y lanzando huesos rotos por todas partes.

—Con el mayal, quizá podamos aguantar aquí arriba —dijo Cole.

—No por mucho tiempo —señaló Twitch—. ¿No ves que el lagarto de cuatro patas se está comiendo la base? Harán que la tarta de queso se venga abajo.

—Tiene razón —dijo Mira—. El mayal no parece hacerles nada a esos lagartos gigantes. Solo los derriba y los aturde un poco.

—Son dinosaurios de plástico —dijo Cole—. Juguetes gigantes.

—Pues qué divertidos —respondió Mira.

—No, normalmente son de plástico y los niños juegan con ellos haciendo que ataquen a otros juguetes. Pero estos son de tamaño real.

—¿Eso son dinosaurios? —preguntó Jace—. Es la primera vez que los veo. ¿Los tenéis en tu mundo? Debes de ser más valiente de lo que yo creía.

—Los teníamos —le corrigió Cole—. Están extinguidos. Solo sabemos de su existencia por los fósiles. Estos son dinosaurios de juguete gigantes. Lo cual puede ser peor que la versión real. Los dinosaurios de verdad tenían huesos y sangraban.

La porción de tarta de queso tembló: el tiranosaurio había dejado de dar saltos hacia arriba y arremetía directamente contra un lado, mordiendo y clavando las garras. El estegosaurio ya casi había desaparecido de la vista, cavando con furia en la base de la enorme tarta.

Mango llegó aleteando y se posó sobre el hombro de Mira.

—He encontrado la ruta con menos enemigos…, por el momento. Yo os guiaré. Si vais lo suficientemente rápido, puedo sacaros de aquí.

—El pájaro es nuestra mejor baza —dijo Jace.

Cole miró hacia abajo. Hordas de esqueletos cercaban el pastel de queso, secundados por un flujo interminable de refuerzos. No dejaban de sonar cuernos y trompetas.

Un tricerátops del tamaño de un bulldózer corría también hacia ellos.

No quería encontrarse entre todas esa terribles criaturas. Aquello era un caos. Podía pasar cualquier cosa, y ninguna buena. Ahora mismo, la batalla parecía haberse tomado una pausa. Pero si se quedaban allí, acabarían con la tarta de queso. Y eso sería el fin. Aunque algo en su interior le decía que se quedara quieto porque estaba lejos del alcance de los monstruos, tenía claro que lo único sensato que podían hacer era huir de allí.

—Tienes razón —dijo Cole.

—Estoy de acuerdo —se les sumó Twitch—. Mango es nuestra nueva mejor amiga.

—¿Qué tal funcionan las espadas cuando se salta de un punto alto a otro bajo? —le preguntó Cole a Mira.

—Bastante bien. Frenarán hacia el final, como en cualquier salto. Saltar hacia abajo parece más difícil que hacia arriba, y puede resultar más duro, pero sobrevivirás.

—¡Esqueletos! —anunció Twitch.

Varios de los esqueletos estaban alcanzando la parte superior de la tarta. Mira dirigió el mayal contra ellos y salieron volando, pero aparecieron otros en su lugar.

—Es hora de largarse —dijo Jace—. ¿Mango?

—Seguidme —dijo la ninfa, que se situó en el lado de la tarta más alejado de donde estaban los dinosaurios y se posó en el borde—. Pinta bien. ¿Estáis listos?

—¡Vamos! —ordenó Mira.

El ave emprendió el vuelo. Mira apuntó su espada saltarina hacia abajo, dio la orden de salto y salió disparada hacia un claro del bosque.

Cole apuntó hacia el mismo sitio. Era como disponerse a saltar de un edificio; solo la confianza que tenía en la espada le decía que podía aterrizar sin problemas.

Pero la tarta de queso se tambaleaba, y cada vez llegaban más esqueletos a la parte superior, así que dio la orden y salió volando.

En lugar de caer en vertical, la espada le hizo descender en una trayectoria inclinada hacia delante. Rozó con las piernas las copas de los árboles que rodeaban el claro, e impactó contra el suelo con fuerza, cayendo de rodillas. Las heridas que ya se había hecho en las caídas anteriores le quemaban con el roce.

Twitch aterrizó muy cerca, y también Jace, que usó su cuerda a modo de liana, colgándola de las ramas de los árboles. Mira señaló hacia donde estaba Mango y volvió a saltar, esta vez más lejos y sin elevarse. Cole imitó su salto y fue a aterrizar delante de un árbol, con el que tropezó.

Unos esqueletos vestidos de pirata los perseguían. Algunos llevaban bufandas. Uno lucía un sombrero de capitán y una pata de palo. La mayoría de ellos iban armados con cuchillos y sables.

Jace le adelantó, lanzando la cuerda hacia las ramas de árboles distantes, colgándose y columpiándose de una a otra. Twitch les pasó zumbando por encima. Cole extendió el brazo con la espada y volvió a saltar, siguiendo una trayectoria casi horizontal entre los árboles.

Un salto más y llegaron a un campo lleno de columpios. Cole nunca había visto tantos juntos. La complicada disposición de toboganes, escaleras, túneles, paredes de escalada, columpios con un neumático, palos para trepar, cuerdas con nudos, trampolines, escaleras para colgarse y palancas habría llenado un bloque de diez pisos, todo junto, formando un enorme laberinto. Era un terreno ideal para jugar al escondite, pero la idea de que los esqueletos le estaban buscando para matarlo le quitaba toda la gracia al juego.

Mira saltó a lo más alto de los columpios y aterrizó en un puente colgante hecho de cuerda y tablones. El Mayal del Forjador la siguió a una distancia prudente. Cole llegó junto a ella, esta vez aterrizando con más suavidad, después de saltar hacia arriba.

—¡Eh! —dijo una voz.

Cole se giró de golpe, sobresaltado. De la boca de un tobogán en forma de tubo asomó el ancho rostro de una niña pecosa de pelo cobrizo recogido en dos trenzas. Parecía algo mayor que él, de unos catorce años quizá.

—¿Tú quién eres? —preguntó Mira.

—Puedo ayudaros. Pero tenéis que venir enseguida —dijo la niña—. No parecía asustada. Si acaso, algo mandona.

—¿Tú quién eres? —repitió Mira.

—No es ninguna trampa —respondió ella—. Me llamo Amanda. Soy la cuidadora de Brady.

—¿Su canguro? —dijo Cole.

—No exactamente. Me hizo a imagen de ella. Yo la ayudaba a protegerle. He visto que os perseguían y he pensado que podría echaros una mano. Dentro de nada, todos se unirán a la persecución para daros caza.

Llegaron Twitch y Jace. El puente se balanceó con su peso.

—¿Esta quién es? —preguntó Jace.

—Es la canguro de Brady —respondió Cole.

—Ahora o nunca —dijo Amanda, echando un vistazo fuera del tubo.

—Dice que puede ayudarnos —añadió Mira.

—Solo si os dais prisa —les apremió Amanda.

—¿Quieres ponerte este chal? —preguntó Cole, echando mano al broche que lo sujetaba.

—¿Por qué? —replicó Amanda—. ¿Qué me va a hacer?

Cole no sabía qué responder, así que se encogió de hombros. Amanda resopló. Estaba perdiendo la paciencia.

—No me interesa. Solo quería haceros un favor. Aún no han llegado los peores: los hombres del barro, los ciegos, los monstruos voladores con cara de calamar…

—Vamos —decidió Mira.

Amanda se dejó caer un poco por el tubo.

—¿Estás segura? —preguntó Jace.

—Lo suficiente —dijo Mira, que se lanzó por el tubo y desapareció.

El Mayal del Forjador se deslizó tras ella. A continuación, se metieron Jace y Twitch.

Mango se lanzó a toda prisa hacia Cole y se posó en un barrote cercano.

—¿Adónde vais?

—Creo que hemos encontrado ayuda —dijo Cole—. Volveremos.

Capítulo 28

Amanda

Cole no quería quedarse atrás, así que se lanzó por el to-bogán. El tubo metálico daba vueltas y más vueltas, hasta llegar a una sala subterránea iluminada con una sola bombilla azul desnuda. Los otros ya le esperaban.

—¿Electricidad? —preguntó Cole, mirando la bombilla.

—La ha falseado —dijo Amanda—. La bombilla no tiene cables. Pero no se apaga nunca. Por aquí —dijo.

Los condujo por un camino a través de túneles llenos de obstáculos, espejos distorsionados y paneles pivotan-tes. Todo estaba bajo tierra. No dejaba de insistirles en que se dieran prisa. De vez en cuando, veían otros tobo-ganes de acceso procedentes del parque de arriba. Por fin llegaron a un gran espacio delimitado cubierto de arena, como en los parques infantiles. Amanda se situó en una esquina y empezó a hundirse.

—Es un arenero de arenas movedizas —dijo, antes de desaparecer por completo.

Mira dio un paso adelante, pero Jace la apartó de un empujón.

—Déjame probar primero a mí.

Se hundió tan rápido como Amanda.

—Creo que no pasa nada —dijo Jace, cuando ya le cubría hasta el pecho—. No duele, siento un espacio bajo los pies.

La arena le llegó al cuello, y un poco más tarde desapareció también la cabeza.

Mira fue la siguiente, y luego Twitch. Cole oía repiqueteos en los toboganes y en los túneles a sus espaldas. Debían de ser los esqueletos.

Se metió en la arena y empezó a hundirse lentamente. En las partes del cuerpo que quedaban en la superficie no sentía ninguna humedad. Cuando tuvo la arena al nivel de la cintura, sintió que los pies asomaban por el fondo. Cogió aire en el momento de hundirse y cayó entre una arenilla que lo envolvió por unos segundos antes de aparecer en una nueva sala que tenía el suelo acolchado.

Se pasó la mano por el pelo, pero curiosamente no tenía ni rastro de arena.

—No te preocupes —le dijo Twitch—. No tenemos arena.

Unas colchonetas de gimnasia cubrían el suelo y las paredes de la sala, que, por lo demás, estaba desnuda. La luz procedía de unos cubos luminosos situados en las esquinas. Un cuadrado liso en el techo mostraba el lugar por el que habían entrado.

—Venid —dijo Amanda, presionando una de las superficies acolchadas de las paredes, que osciló—. No perdáis tiempo.

La siguieron por un laberinto de salas y puertas secretas hasta que llegaron a una sala muy iluminada llena de sofás, animales disecados y pufs.

—Aquí estamos seguros.

—¿Estás siempre aquí escondida? —preguntó Mira.

—Me muevo por ahí —respondió Amanda—. Sin Brady es aburrido.

—¿Qué le pasó? —dijo Jace.

Por un instante, Amanda hizo una mueca de dolor, pero enseguida la eliminó de su rostro.

—Le pillaron. No podía dejar de hacer malos. Yo intentaba ayudarle. A mí me hizo para que le ayudara.

—¿Qué edad tenía? —preguntó Jace.

—Seis años —dijo Amanda—. Tenía un talento especial para hacer cosas aquí, en la Tierra de los Sueños.

—¿Tú crees que esto es un sueño? —le preguntó Mira.

—Él lo creía —dijo Amanda—. Dijo que había llegado aquí soñando. Esperaba despertarse en cualquier momento. Yo pensé que debía de tener razón, hasta que le pillaron y el sueño prosiguió.

—Estaba haciendo cosas de verdad —dijo Mira—. Nosotros lo llamamos forjar. Las cosas vivas son semblantes, y los objetos son recreaciones.

—Vale —dijo Amanda, que no parecía demasiado interesada—. Yo llevo aquí mucho tiempo. No cambia nada. No me hago mayor. No puedo irme. Ya lo he intentado. Así que me escondo. He aprendido a sobrevivir bastante bien. Mucho mejor que cuando Brady estaba conmigo.

—¿Te complicaba la vida? —preguntó Cole.

—No, no es eso. Siempre encontrábamos formas de evitar a todos los monstruos que creaba, pero luego se le ocurrían nuevas criaturas, más listas o con nuevas habilidades. No podía evitarlo. Cuando me dejó, los monstruos dejaron de mejorar, y las cosas se volvieron algo más fáciles para mí.

—¿Hay otros como tú? —preguntó Mira—. ¿Semblantes buenos?

—Hizo unos cuantos héroes, pero al final murieron —dijo Amanda—. Eran demasiado osados. No queda nadie de mi lado. Pero parecía que vosotros necesitabais ayuda, y él me hizo para que cuidara a los niños pequeños.

—Nosotros no somos pequeños —protestó Jace, ganándose un codazo de Twitch, que estaba a su lado.

—Síguele el juego —murmuró Twitch en voz baja.

—Ningún niño piensa que es pequeño —dijo Amanda—. Yo tengo quince años. Es la edad en que ya eres grande.

—¿Estamos atrapados? —preguntó Mira.

—Yo sí —dijo Amanda—. No puedo cruzar la frontera de la Tierra de los Sueños. Vosotros no. Os enseñaré un truco para salir de aquí. Pero, antes, ¿alguien quiere palomitas?

—¿Alguien quiere qué? —preguntó Twitch.

—Sí —dijo Cole—. Las palomitas son buenas.

Amanda fue a la sala contigua.

—¿Los cuatro venís de fuera de la Tierra de los Sueños?

—Sí —dijo Cole.

—¿Y qué hay en el exterior?

—Más cosas raras.

Amanda volvió con cuatro cuencos, dos en las manos y dos apoyados en los antebrazos.

—¿Vosotros no creéis que formamos parte de un sueño?

—A veces sí que tengo esa impresión —reconoció Mira—. Especialmente aquí. Pero todo esto es real.

—¿Y los personajes de los sueños no piensan que son reales? —preguntó Amanda— ¿Cómo pueden decidir los personajes de un sueño si son reales o no? Brady pensaba que era él quien soñaba. Yo no podía discutir con él, puesto que me había creado. Me puso montones de detalles. Recuerdo cómo es estar despierto, aunque nunca he estado despierta. Empezaba a preguntarme si Brady no estaría soñando desde el interior del sueño de otra persona. Eso me convertiría a mí en un sueño dentro de otro sueño.

—Me estás dando dolor de cabeza —protestó Twitch.

Amanda soltó una risa.

—¡Ya sé lo que es eso! No te preocupes. Si tú crees que eres real, ¿quién soy yo para contradecirte? No me importa si sois reales o no. Es agradable conocer a alguien que no quiere matarme.

—Has mencionado que podríamos salir de aquí —dijo Mira—. ¿Iba en serio?

Amanda frunció el ceño.

—No sois espías, ¿verdad? ¿Os han enviado para investigar mis secretos?

—Tú misma has dicho que no han aparecido enemigos nuevos desde que Brady te dejó —le recordó Cole.

—Es cierto. Después de que Brady se fuera, este lugar dejó de cambiar. ¡A lo mejor sois reales! Las únicas otras personas que han llegado del exterior eran adultos. Si no saben enfrentarse a un dinosaurio, es su problema.

—¿Cómo podemos salir de aquí? —insistió Mira.

—Muy fácil —dijo Amanda, que salió un momento de la sala. Volvió con unas caretas de esqueleto hechas de plástico—. Poneos esto.

—¿Estás de broma? —exclamó Jace—. Vinieron a por nosotros cuando estábamos dentro del autocarro. ¡Y ahí estábamos más escondidos que detrás de una careta!

—Si tan listo eres, quizá yo me equivoque —dijo Amanda—. A lo mejor estas máscaras no han funcionado perfectamente durante años y más años.

—Tú eres un semblante —señaló Jace—. Es probable que a ti no te persigan, lleves máscara o no.

—A Bertram no le perseguían —apuntó Cole.

—No conozco a Bertram —respondió Amanda—. A lo mejor no lo creó Brady. Brady me hizo para que le acompañara. Sus monstruos siempre me han perseguido. Aún me persiguen si no me pongo la máscara. Pero cuando llevo la máscara, no hacen nada. Ninguno. Se nos ocurrió la idea antes de que los ciegos pillaran a Brady. Él pensaba que funcionaría, y funcionó. Al fin y al cabo, es su Tierra de los Sueños. Y como luego desapareció, ninguno de los malos pudo idear nada para contrarrestar el truco.

—¿Solo tenemos que ponernos unas caretas de calavera de plástico y salir caminando? —preguntó Cole.

—Sí —respondió Amanda—. Pero, primero, probad las palomitas.

346 Cole salió del túnel de metal con cuidado. A pesar de lo que decía Amanda, le parecía ridículo que con aquella careta de plástico que simulaba una calavera y su ropa normal fuera a engañar a nadie. Avanzó lentamente, con la espada saltarina en la mano, dispuesto a meterse de nuevo en el tubo en cualquier momento.

El túnel le había dejado a nivel del suelo, al borde de la elaborada zona de juegos. Los esqueletos se movían por allí sin rumbo fijo. No se oía ningún cuerno. La organización que habían mostrado antes, lanzándose todos hacia el mismo punto, había desaparecido. Un esqueleto con una túnica de monje hecha jirones se le acercó tanto que podría haberlo tocado extendiendo el brazo. Cole se quedó inmóvil, intentando parecer más relajado de lo que estaba. El esqueleto pasó de largo.

Mira, Jace y Twitch llegaron a su altura. Tras ellos, Amanda observaba desde el túnel, también con una careta puesta. Después de tomarse unas palomitas calientes con mantequilla y una limonada fresca, les había asegurado que podían hacer lo que quisieran, incluso hablar. Todo salvo quitarse las caretas.

Mango llegó revoloteando y aterrizó sobre el hombro de Mira. La ninfa le picoteó suavemente una de las horquillas.

—¡No me digas que esas caretas funcionan! —graznó el pájaro.

—Eso parece —susurró Mira—. Deberíamos poder salir de aquí a pie.

Cole siguió observando los esqueletos. La conversación de Mira con Mango no parecía llamar la atención de ninguno.

—Le dije a Bertram que nos esperara al final de la Tierra de Brady —dijo Mira—. ¿Crees que puedes guiarnos hasta él?

—El camino serpentea mucho —respondió Mango—. Si usáis vuestras recreaciones, podría ayudaros a llegar al autocarro antes de que llegue a ese punto.

347

—¿Tú qué crees? —preguntó Mira, girándose hacia Cole, que se sintió halagado de que le consultara.

—No debemos hacernos ver demasiado. Si con tanto movimiento perdiéramos las caretas, tendríamos problemas.

—Mantengámonos en el suelo a menos que tengamos que esquivar algún dinosaurio perdido —propuso Twitch.

Amanda les había advertido de que aún podrían cruzarse con algún monstruo gigante. A veces aplastaban a los esqueletos accidentalmente.

—A mí me parece bien —dijo Jace—. Todavía no puedo creer que hayamos sobrevivido a esto. Tenía toda la intención de salir pitando de aquí, pero habría sido difícil.

—Iremos a pie —decidió Mira.

—Yo os guiaré —dijo el pájaro, adelantándose.

Cole lo siguió, con la espada desenvainada. Los esqueletos pasaban sin hacerles ni caso. Algunos llevaban restos de una mortaja fúnebre. Otros vestían unos uniformes militares viejos. Muchos no llevaban nada. De estos últimos, había algunos más limpios y en mejor estado que otros. La mayoría llevaba algún arma.

El Mayal del Forjador flotaba por el aire tras ellos, tintineando al entrechocar las cadenas. Los esqueletos no prestaban ninguna atención.

Pasaron por muchos objetos asombrosos. Un tiovivo de tres pisos giraba al son de una música de organillo, con sus caballos decorados unidos a palos verticales que subían y abajaban. Un rebaño de descomunales braquiosaurios se paseaba por unas marismas, arrancando largas tiras de queso fundido de unos árboles blancos. Un banana split del tamaño de un bloque de oficinas proyectaba una larga sombra; rebosaba jarabe de chocolate y caramelo que caía por una ladera de color cremoso.

Cole no tenía ganas de hablar. Y, por lo que parecía, los otros tampoco. Se limitaron a seguir a Mango, intentando apartarse del camino de los esqueletos errantes.

La ninfa les guio bien. Los únicos monstruos que encontraron fueron los esqueletos, que sumaban una cantidad tan enorme que resultaban imposibles de esquivar. A veces veían a lo lejos dinosaurios de plástico. Cole reparó en unas criaturas voladoras a lo lejos, y una vez vio unos matojos movedizos avanzando por un campo, a cierta distancia. Por lo demás, no sufrieron ningún contratiempo.

Entrada la tarde, Cole arrancó un trozo de un Donut glaseado más grande que una rueda de tractor. Los otros también cogieron algunos fragmentos, que se fueron comiendo levantando lo justo las caretas. Ninguno de los esqueletos se mostró interesado.

Al ir poniéndose el sol, retomaron un sendero y muy pronto llegaron al autocarro, que esperaba junto al camino, al lado de un arroyo. Con la careta aún puesta, Mira entró la primera. Cole encontró su arco en el mismo sitio donde lo había dejado.

—Niños, no tendríais que alejaros tanto —les regañó suavemente Bertram—. Tenemos que ir a muchos sitios. ¿Seguimos hacia Middlebranch?

—Sí —respondió Mira.

—Llegaremos mañana, a mediodía, más o menos —dijo Bertram—. En marcha.

El autocarro reemprendió la marcha. Se quitaron las caretas. Cole tenía el cuerpo lleno de arañazos y magulladuras, los pies doloridos y los ojos cansados, pero el autocarro le pareció mucho más cómodo que la noche anterior.

Capítulo 29

Middlebranch

Middlebranch era una ciudad mayor de lo que Cole había esperado. Aquella animación le hizo darse cuenta de que no había visto una ciudad propiamente dicha desde su llegada a las Afueras: solo había estado en Puerto Celeste, en el castillo escondido de Declan y a campo abierto, durante la travesía de la caravana de esclavos.

Los edificios típicos de Middlebranch tenían unos cimientos de piedra que sobresalían de la superficie del pavimento y en los que se apoyaban unas paredes de madera. Varias calles importantes cruzaban la ciudad. Sin incluir las granjas que habían visto en las cercanías durante la última hora de viaje, Middlebranch tenía decenas de edificios, quizá cientos, algunos de ellos de cuatro pisos de altura.

Llegaron a una calle adoquinada con varias mansiones con jardines rodeados por vallas. Cole estiró el cuello para ver aquellas casas impresionantes. La más rara tenía varias torretas y chapiteles, y estaba hecha en parte de piedra negra brillante, en parte de ladrillos en diferentes tonos de azul, y en parte de madera dorada. El resultado era muy curioso y un poco confuso, algo a lo que contribuía la fuente de cuarzo que había delante.

—Fijaos en qué casa más rara —dijo Cole.

—Probablemente pertenezca al jefe de forjadores del lugar —apuntó Mira—. Solo un forjador construiría algo tan excéntrico.

—A mí me gusta —decidió Twitch—. Es original.

—¿Deberíamos hablar con el jefe de forjadores? —preguntó Cole.

—Normalmente, el jefe de forjadores tiene una relación estrecha con el gobierno local —dijo Mira—. Eso, en muchos casos, supone una relación estrecha con mi padre. Esta calle probablemente es donde viven todos los altos funcionarios. Deberíamos buscar a Gerta, la herbolaria. ¿Bertram? ¿Podrías llevarnos a la taberna principal de la ciudad?

—Hay dos bastante populares —respondió Bertram.

—Pues la que los altos funcionarios de la ciudad visiten menos —dijo Mira.

—Entonces, la Posada de la Hilandera.

—Vamos allá —dijo Mira.

Jace estaba rebuscando en el espacio de almacenaje que había bajo su asiento. Levantó la cabeza, con un saco marrón en la mano.

—Esto está lleno de rondeles —dijo.

—Ya nos dijeron que nos darían dinero —respondió Mira.

—Me acuerdo. ¡Pero es que está lleno! Rondeles de cobre, de plata, de oro, e incluso de platino. Podríamos comprarnos un rancho y nos sobraría dinero. Nos podríamos comprar una de esas mansiones.

—Tenemos que ir con cuidado de no enseñarlo —advirtió Mira—. No hay nada que atraiga los problemas más rápido que ir enseñando dinero.

Con una sonrisa burlona, Jace empezó a ensartar

anillos del mismo tamaño por un extremo de un cordón de cuero.

—Soy libre y tengo dinero.

—Eso es demasiado —le regañó Mira—. Nada de oro. Desde luego, nada de platino. Usa sobre todo los de cobre, y un par de plata, si hace falta.

—No los enseñaré —prometió Jace—. Solo quiero un fondo de emergencia. Ya hemos estado a punto de perder la carroza una vez.

—¿Vuestras monedas son anillos? —preguntó Cole.

—Casi todo el mundo en los Cinco Reinos usa los rondeles —dijo Mira—. Supongo que para ti es algo nuevo. Diez de cobre son uno de plata; cinco de plata son uno de oro; diez de oro son uno de platino. También hay cuartillos de cobre, que valen un cuarto de redondo de cobre, y cuartillos de plata, que valen medio redondo de plata. Son más pequeños y cuadrados.

—Aquí no hay cuartillos —dijo Twitch, también él ensartando unos cuantos rondeles en un cordón.

—Va contra la ley forjar rondeles —señaló Mira—. Algunos forjadores se encargan de comprobar que los rondeles sean auténticos. Yo supongo que Declan habrá forjado estos, y sospecho que nadie podrá darse cuenta.

—Yo también debería coger unos cuantos —dijo Cole—. Ya sabes, para emergencias.

—No te conviene que te pillen con demasiadas monedas encima. Pensarán que has robado una casa de la moneda —le advirtió Mira, que a su vez cogió un puñadito y empezó a ensartarlas en un cordón.

Cole sacó un cordón de la bolsa, lo cargó de rondeles de oro y de platino, y se lo ató a la pierna, por dentro del calcetín. Satisfecho, empezó a ensartar un cordón más largo con rondeles, sobre todo de cobre, para llevarlos colgados del cuello.

—Tintinearás —dijo Twitch.

—¿Qué?

—Los rondeles de la pierna te tintinearán —le advirtió Twitch—. Así no engañarás a nadie.

—¿Y qué hago?

—Coge menos y repártelos más. Métete unos cuantos en una bota, y otros en la otra. Un par dentro del cinturón. Si los pones en un cordón para atártelos a la pierna, haz nudos de separación.

—¿Qué eres tú, un contrabandista? —le preguntó Cole.

—He viajado —dijo Twitch.

—O podrías coserte unos bolsillos secretos —sugirió Jace.

—¿Tú sabes coser? —preguntó Cole.

Jace se encogió de hombros.

Cole se desató el cordón y se puso a recolocar los rondeles. Observó que un autocarro similar al suyo pasaba a su lado, en dirección contraria.

—Ahí está la posada, a la izquierda —observó Mira.

—Correcto —dijo Bertram—. Me temo que yo tendré que esperar en el autocarro.

—Espera —dijo Jace—. Veo algo que necesito. Ya os pillaré.

Antes de que ninguno pudiera responder, abrió la puerta y saltó de la carroza en marcha.

—¿Quieres que le siga? —se ofreció Twitch.

—Tenemos que confiar los unos en los otros —dijo Mira—. Ya es mayorcito. Sabrá cuidarse.

—Es su primer día de libertad de verdad con los bolsillos llenos de dinero —le recordó Twitch.

Mira no pudo disimular una mirada de pánico.

—Antes o después tendrá que irse acostumbrando.

El autocarro se detuvo con suavidad.

—Ya hemos llegado —anunció Bertram—. Yo esperaré por aquí.

—Gracias —dijo Mira, bajando de la carroza.

Cole y Twitch le siguieron.

Cole observó que la gente los miraba. Algo más allá
vio otro autocarro, así que no podía ser por el vehículo.
Quizá fuera que no estaban acostumbrados a ver forasteros. O quizá fuera por su edad.

La Posada de la Hilandera tenía un comedor largo y
rectangular lleno de simples mesas de madera, todas vacías. En un hogar de piedra en un extremo, había un
gran caldero negro. El techo se apoyaba en unas vigas
negras largas y gruesas que iban de lado a lado. Un pasillo se adentraba en el edificio, y tras el mostrador de
piedra se veía la cocina.

Un hombre se les acercó cojeando en cuanto entraron. Tenía la nariz deforme; probablemente se la habrían roto más de una vez.

—¿Qué queréis? —les espetó.

—Comida —dijo Mira—. ¿Hemos venido al lugar
equivocado?

—¿Podéis pagar?

—Tenemos dinero.

—No os importará enseñármelo —insistió el hombre.

Con un suspiro, Mira se sacó el collar fuera de la camisa para que el hombre pudiera ver los anillos de cobre. Él asintió.

—No os he visto nunca.

—Estamos viajando con nuestro tío abuelo —dijo
Mira.

—¿Y estos niños no hablan?

—Antes de comer, no —respondió Cole.

—Sentaos a una mesa —dijo el hombre—. Llegáis

pronto para almorzar, y tarde para desayunar. Debe de ser agradable no tener responsabilidades. ¿Qué queréis?

—¿Qué están cocinando? —preguntó Mira.

—Sopa de huevo, brochetas de pollo, pan, patatas, beicon, chuletas de cerdo, y quedan gachas de esta mañana. La especialidad de la casa es el bizcocho. Hoy lo hay glaseado y de albaricoque.

—¿Qué tal es la sopa de huevo? —dijo Mira.

—Es exactamente como suena —respondió el hombre, resoplando.

Cole observó la marca de esclavo en su muñeca. Desde luego, aquel tipo no intentaba hacer amigos. A lo mejor les trataba a ellos de esa manera porque no se atrevía a hacérselo a otros.

—Yo quiero sopa —decidió Mira.

—Yo también —se apuntó Twitch—. Y brochetas de pollo.

—Yo tomaré las brochetas y el beicon —dijo Cole.

—¿Cómo se supone que voy a meter el beicon en las brochetas? —replicó el hombre.

—Brochetas de pollo —dijo Cole, lentamente— y beicon.

El hombre se dispuso a retirarse.

—Will, microbio, tráeles agua a estos clientes —dijo.

Un niño flaco, un par de años menor que Cole, se acercó corriendo a la mesa con una bandeja llena de vasos y una jarra de madera. También tenía una marca de esclavo. Llenó tres vasos, se los dio y luego volvió correteando a la cocina.

—¿Es que aquí todo el mundo es tan maleducado? —preguntó Cole.

—Dependerá de la ciudad —dijo Twitch—. Y del local. Y de quién eres. No ayuda ser un niño.

355

—En mi tierra, a los clientes se les trata bien —dijo Cole—, porque quieren que vuelvas.

—Aquí eso también puede pasar —respondió Mira—. Estamos en una ciudad apartada. No hay muchas opciones.

Jace entró en el comedor con un sombrero de copa de fieltro gris que tenía una tira negra. No era muy alto, pero sí vistoso.

Mira hundió el rostro en las manos.

Jace se acercó a la mesa con una gran sonrisa.

—Lo he visto en el escaparate.

—¡No… está mal! —dijo Cole.

—¿Verdad? —respondió Jace—. No entiendo cómo pueden tener un sombrero tan alucinante en un lugar como este.

—¿Cuánto? —preguntó Mira.

—Dos de plata —dijo Jace.

Mira apretó los labios y se puso roja.

—Nunca había comprado nada —le susurró Jace a Cole, orgulloso—. ¿Qué hay para almorzar?

—Tienen pollo, cerdo y sopa de huevo —enumeró Twitch—. Y bizcocho.

—¿Bizcocho? —preguntó Jace, abriendo bien los ojos—. ¿Relleno?

—De albaricoque o glaseado.

—Ya sé lo que quiero —dijo.

El joven esclavo llamado Will volvió con dos cuencos sobre una bandeja. Colocó uno delante de Mira, y el otro delante de Twitch.

—¡Patán inútil! —gritó el esclavo calvo, saliendo de la cocina. Fue hasta donde estaba Will y le tiró de la oreja—. ¡Te he dado pan! ¿Dónde está el pan?

—Lo habré dejado en la cocina —respondió Will, asustado.

—No me cuentes tu vida —le gritó de nuevo el calvo—. ¡Ve a buscarlo!

Luego, con las manos en las caderas, el esclavo calvo se giró hacia la mesa.

—Te has comprado un sombrero de copa. Todo un caballero —dijo, con un sarcasmo más que evidente.

Jace le miró con dureza.

—¿Alguna vez te has comprado un sombrero, calvo?

El hombre levantó la cabeza y le miró fijamente.

—Si alguna vez me lo comprara, tendría una indumentaria que hiciera juego.

—Entonces te comprarías un trapo —respondió Jace, socarrón—. Pero eso no escondería ni tu nariz ni tu marca. ¿Quién te ha enseñado a responder a tus superiores?

El hombre lo miró, apretando los dientes:

—Más vale que vayas con cuidado…

—¿Más vale que vaya con cuidado? ¿Yo? —replicó Jace, con una carcajada—. ¡Eres un esclavo, zoquete! ¡No cierras la boca, y no tienes ni idea de con quién estás hablando!

Cole intentó indicarle a Jace que bajara el tono, pero no había manera. Estaba lanzado.

Jace se quitó el sombrero, le dio la vuelta y echó la sopa de Twitch dentro.

—Esto me lo he comprado para divertirme. —Se acercó al esclavo y, estirándose para llegar a su altura, le puso el sombrero sobre la cabeza. Una sopa grasienta le cayó por el cuello y los hombros—. Ahora es tuyo.

Al hombre se le hincharon las venas del cuello. Tenía los puños apretados y lo miraba con odio.

—¿Me estás mirando mal? —dijo Jace con un gruñido—. ¿Has olvidado quién eres, despojo? Dame un

357

puñetazo, anda. Me encantará verte colgar del cuello, con ese cómico sombrero sobre tu fea cabeza.

El esclavo se retiró, con una expresión de desconcierto en el rostro. Jace dio un paso adelante y le quitó el sombrero.

—Deberías estar de rodillas, suplicando que te perdonáramos. Ya he tenido bastante. ¡Ve a buscar a tu dueño! Vamos a tener unas palabras.

El hombre calvo vaciló, como si fuera a responder.

—¿Hasta dónde llega tu estupidez? —le gritó Jace—. ¡Nos has arruinado la comida! ¡Muévete!

El calvo se fue enseguida. Cole evitó mirar a Jace. El esclavo calvo había sido un estúpido, pero Jace se había pasado. Lo único que le aliviaba era ver que Jace dirigía sus pullas a alguien que no era él.

Un momento más tarde, un hombre bajo salió de la cocina.

—¿Cuál es el problema?

—¿Es usted el propietario del calvorota? —preguntó Jace.

—Soy el propietario de él y de la posada —respondió el hombre.

—Su esclavo abre demasiado la boca —dijo Jace—. Es inaceptable.

—Gordon no siempre... —se excusó el hombre, frotándose las manos nerviosamente—. Es que es así.

—No debería tratar con el público —dijo Jace.

—Quizá no. —El hombre suspiró—. Le caerá una reprimenda.

—Muy bien —dijo Jace, estirando el cuerpo, muy digno.

—Dejadme que os compense. ¿Qué tal un poco de bizcocho glaseado? Lo hemos hecho esta misma mañana.

—En realidad, eso es lo que iba a pedir —dijo Jace, volviendo a su asiento.

—Cuatro raciones, invita la casa —exclamó el hombre—. Siento las molestias. ¿Queréis que os atienda yo personalmente?

—El otro esclavo nos va bien —dijo Jace—. Will. Y tendrá que traerle más sopa a mi amigo. El calvorota se llevó su ración.

—Por supuesto. Me encargaré yo mismo —contestó el dueño, que se retiró a la cocina.

—Desde luego, tienes don de gentes —dijo Cole.

Twitch tosió, quizá para disimular la risa.

—¿Qué? —replicó Jace, con tono inocente—. Sé cómo se supone que tienen que actuar los esclavos. ¡He sido benevolente con él! —dijo, y luego bajó la voz—. ¡Si alguna vez yo hubiera tratado así a un hombre libre, me habrían dado diez latigazos!

—¿Hacía falta que tiraras la sopa? —preguntó Cole.

—Claro que sí —respondió Jace, mirando su sombrero con cara de pena—. Ya has visto cómo trataba al niño. Conozco a la gente como él. Podridos por dentro. He trabajado a las órdenes de tipos así. Un esclavo malo puede ser peor que un dueño malo. Se lo ha ganado.

—Has dejado el sombrero hecho un asco —dijo Mira.

—Quizá pueda limpiarlo —respondió Jace. Volvió a bajar la voz—. Es la primera cosa que he comprado en mi vida. Los esclavos cogen lo que se les da. No podemos comprar nada. El sombrero era perfecto, algo que nadie me habría dado nunca. Me ha dolido mucho destrozarlo.

Will salió de la cocina. Les dio a cada uno un trozo de pan oscuro y una porción de bizcocho, y luego colocó un nuevo cuenco de sopa frente a Twitch. Cole pensó que el bizcocho tenía más bien pinta de bollo de canela.

—Gracias, Will —dijo Jace—. ¿Alguna vez has comido bizcocho?

Will soltó una risita nerviosa.

—No, señor. Es caro. No es para el servicio.

—Hubo un tiempo en que yo nunca habría pensado en comer bizcocho —dijo Jace—. Veía la pinta que tenía, pero mi… madre no me daba. —Le pegó un bocado, cerrando brevemente los ojos mientras lo masticaba—. Es delicioso. Quiero que te comas la mitad del mío.

Will miró hacia la cocina.

—No puedo.

—Tienes que hacerlo —ordenó Jace, partiendo su bizcocho en dos y dándole el pedazo más grande—. Si no, me quejaré. Es una orden. Métetelo en la boca.

Tras echar otra mirada a la cocina, Will le dio un bocado. Los ojos se le iluminaron.

—Siempre me había preguntado a qué sabría —reconoció.

—Bueno, ¿verdad? —preguntó Jace, masticando su trozo.

—Impresionante —dijo Will, dando nuevos bocados al bizcocho—. Una vez le di un pellizquito a uno. ¡Olía tan bien! Pero sabe aún mejor. Gracias. —Se metió el resto en la boca, se frotó los labios y luego se limpió las manos con el delantal.

—Bien hecho. Más vale que vuelvas a la cocina.

—Muchas gracias —dijo Will, antes de salir corriendo.

—¿Es la primera vez que comes bizcocho? —susurró Mira.

—Lo has adivinado —dijo Jace, acabándose su trozo—. La libertad es deliciosa.

Will volvió con una brocheta de pollo y un plato de beicon. Puso el pollo frente a Cole, Twitch y Jace.

—Le he dicho al señor Dunford que faltaba el pollo —le confesó a Jace.

—Eres el mejor —dijo él.

—Will —le llamó Mira—. Mi prima tiene urticaria. Hemos oído hablar de una mujer en la ciudad a la que se le dan bien las hierbas.

—¿La herbolaria? —preguntó Will—. Sí, vive en una casita al otro lado del puente. La gente de aquí dice que es la mejor.

—Gracias, Will. Probablemente vayamos a verla.

361

Capítulo 30

Hierbas

Cole se sintió aliviado al volver el autocarro. Se temía que el esclavo humillado les creara algún que otro problema, pero, al final de la comida, Mira arregló las cosas con el señor Dunford, y el dueño se despidió disculpándose de nuevo.

362

—Después de cruzar el puente, tenemos que girar a la izquierda por el primer camino que encontremos —le dijo Mira a Bertram, repitiendo las indicaciones de Will—. Buscamos una casita con un jardín cercado.

El autocarro se puso en marcha, y Mira se giró hacia Jace.

—Si quieres seguir viajando conmigo, tienes que cambiar de actitud.

—¿Yo? —exclamó Jace—. ¡Ese tipo era un capullo!

—Has iniciado una disputa innecesaria. Hemos tenido suerte de que el dueño se haya puesto de nuestra parte. Tratar mal al esclavo de otra persona puede tomarse como un insulto personal. El señor Dunford no sabía quién nos esperaba en el autocarro. No quería arriesgarse a vérselas con alguien importante. Si no, las cosas habrían ido de modo muy diferente.

—Ese esclavo se había pasado de la raya —insistió Jace.

—Estuvo maleducado —concedió Mira—. Sé más comprensivo. Probablemente, el pobre hombre odie su trabajo. No le hacía ninguna gracia tener que servir a cuatro niños malcriados justo cuando no había trabajo.

—No olvides que he sido esclavo —dijo Jace—. Sé cómo es. No tienen que tratarnos así. Nunca. Y no solo a nosotros. Ya has visto cómo abusaba del pequeño Will.

—Entiendo que tenías motivos —dijo Mira—. Pero solo porque «puedas» castigar a alguien no quiere decir que «debas» hacerlo. Contente un poco. Muestra un poco de clase.

Jace frunció el ceño.

—No veo que sea tener clase dejar que la gente te pisotee. ¿Hay que dejar que nos avasallen? ¡Tenéis suerte de que haya alguien con agallas en el grupo!

—Tienes valor —admitió Mira—. Pero lo que cuestiono es tu sentido común. No queremos perder la guerra en batallas inútiles. Sé más paciente. No crees alborotos por pura vanidad. Usa tu experiencia como esclavo para ser más tolerante, no para ser más duro.

Jace resopló, airado.

—No puedo creer que una princesa me esté dando lecciones sobre lo que debería aprender de mis años como esclavo.

—A mí me marcaron como esclava antes de que tú nacieras —le replicó Mira—. Ha sido mi tapadera durante más de sesenta años.

—Exacto. Tu tapadera. Sabías que era un engaño. Siempre has tenido a alguien que te cuidara. Entiendo que ha sido duro, que no te has pasado la vida en palacios y en fiestas. Pero no me digas lo que debería aprender de mi vida. No se sobrevive mostrándose débil. Eso te convierte en víctima.

A Cole aquel enfrentamiento le resultaba violento. Era como si estuviera espiándolos. Desde luego, le habría gustado mantenerse al margen. Twitch parecía igual de incómodo. Con aparente desinterés, Cole miró por la ventana mientras el autocarro cruzaba un ancho canal por un sólido puente de piedra.

—¿Qué habría pasado si las cosas se hubieran torcido ahí dentro? —planteó Mira.

—Yo llevaba mi cuerda —dijo Jace.

—Así que resolvemos el problema con violencia. Si hubieras usado la cuerda para darles una paliza, ¿cuánto crees que tardaría en extenderse la noticia? No es una ciudad muy grande. Yo diría que en minutos. ¿Cuánto crees que tardaría en enterarse la legión de que un niño ha arrasado una taberna con una cuerda dorada? ¿Cuánto tardarían en mandar a centenares de jinetes a buscarnos? ¿Y por qué? Porque no tolerabas que un pobre esclavo se riera de tu sombrero.

Jace se cruzó de brazos y la miró malhumorado. A punto estuvo de decir algo una vez, dos veces, pero decidió mantener la boca cerrada.

—¿Y bien? —preguntó Mira.

—Puede que tengas razón —admitió él, a regañadientes.

—Llevo décadas ocultándome —añadió ella—. Y es algo imposible de hacer si atraes la atención. Tenías tus motivos para actuar así. Tienes razón en que el tipo se lo merecía. Lo que te pido es que seas más listo que todo eso.

—¿Quieres que deje que la gente nos trate como basura?

—No dejes que los demás te controlen. No dejes que te inciten a hacer una estupidez. Déjales que ganen disputas sin valor. Olvídate de todo eso. Piensa más a lo grande. Juega a ganar.

—Vale, no moveré un dedo —dijo Jace, como tomando nota mentalmente—. Veremos qué tal nos va.

Mira meneó la cabeza.

—No tergiverses las cosas. Cuando sea algo importante, echa toda la carne en el asador, lucha hasta el final. Pero no lo hagas cuando sean cosas sin importancia que puedan estropear lo que deseas de verdad.

—¿Y si lo que deseo es algo de autoestima? —replicó Jace—. ¿Y si resulta que eso es lo más valioso para mí? ¿Y si, sin autoestima, me convierto en alguien que no se la juega cuando las cosas van mal?

—La forma en que te traten los demás no tiene por qué afectar a tu autoestima. Perdonar a un pobre hombre que no sabía con quién se estaba metiendo no tiene que afectar a tu autoestima. Ni tampoco ser listo. Ni jugar a ganar.

Jace chasqueó la lengua con socarronería.

—Desde luego, naciste para gobernar. Sabes todo lo que debo hacer. Incluso sabes lo que debo sentir. Tú no quieres tener amigos, Mira, quieres tener semblantes. ¿Sabes qué? Que yo no soy una marioneta. Y no soy tonto. A lo mejor que me metiera con el calvorota hizo parecer que éramos de verdad niños ricos de vacaciones. Quizá fuera por eso por lo que nos trató tan bien el dueño. Quizá vosotros, en cambio, parecíais impostores porque dejabais que un esclavo bocazas se comportara como si fuera vuestro superior.

Mira vaciló, y por fin se encogió de hombros.

—Quizá. A mí me pareció innecesario.

—Muy bien —dijo Jace—. Lo pillo. Intentaré escoger las batallas correctas. Pero también necesito seguir mis instintos. A mí también se me da bien sobrevivir, Mira. Sin ayuda de nadie.

—Está bien. Pero si tengo la impresión de que me estás poniendo en peligro, nos separaremos. No por mala intención, sino por seguridad personal. No quiero controlarte, Jace. Pero tengo todo el derecho a controlar mi propio destino.

Tras superar el canal, el autocarro giró a la izquierda. Parecía que salían de la ciudad. El camino no estaba pavimentado, y cada vez se veían menos casas.

—Veo un muro —anunció Cole, esperando así cambiar de tema.

—Buen trabajo, Cole —murmuró Jace—. Al menos así, si me voy, tendrás un experto avistador de muros.

—¿Qué se supone que significa eso? —preguntó Cole.

—Significa que…, ¿tú qué opinas? —dijo Jace—. Es muy fácil dejar que Mira hable por todos. ¿Tenía que haber dejado que el calvorota hiciera lo que quisiera? ¿Me he equivocado? No me has secundado en la posada. Te has quedado ahí, con cara de incomodidad. Ya sé lo que estaría pensando Twitch. Estaría decidiendo por qué ventana podía escapar más rápido. Él es así. Será algo propio de los bichos. Pero ¿y tú?

—Yo creo que te has pasado —dijo Cole—. Echarle la sopa por encima ha sido excesivo. Podría haber desencadenado una pelea.

—No podía mostrar debilidad. Si iba a plantarle cara, tenía que ir a por todas. ¿Qué habrías hecho tú?

Cole suspiró.

—Ya has visto lo que habría hecho yo.

—¿Habrías aguantado?

—Sí, si el calvo no se pasaba de la raya, lo habría aguantado. Lo estaba aguantando.

El autocarro se detuvo.

—¿Queréis comprobar si este es el destino deseado? —preguntó Bertram.

—Un segundo —dijo Jace, mirando fijamente el rostro de Cole.

—Twitch puede buscar salidas. Tú puedes aguantar insultos. Yo os mantendré vivos.

—Cole me ha salvado la vida más de una vez —dijo Mira, hecha una furia—. No solo del cíclope. ¿Recuerdas cuando se presentó en la sala común con su arco? Ese sí era un momento para actuar.

—No vi que ningún legionario de los que te perseguían estuviera cubierto de flechas —dijo Jace—. Se me habrá olvidado: ¿quién los mantuvo a raya?

—Yo no digo que no ayudaras —prosiguió Mira—. Lo que digo es que Cole vino primero en mi rescate. No insultes a los pocos que están en tu bando. Podrías aprender mucho de él.

Cole se encogió. Sabía que Mira intentaba ayudar, pero tenía igual de claro que no hacía más que empeorar las cosas.

—Está bien saberlo —respondió Jace—. Me estaba preguntando de quién podía tomar clases para mejorar.

—Uno de mis talentos ocultos es buscar muros —dijo Cole, intentando quitar hierro al asunto.

Jace sonrió intencionadamente.

—Otra es quedarte en el autocarro cuando está a punto de quedar destruido.

La certeza de que aquello era cierto le cayó como un jarro de agua fría.

—Tienes razón. Me quedé paralizado.

—Suele pasar —dijo Jace—. Normalmente, hace que te maten.

—¡Ya está bien! —gritó Mira—. ¡En serio!

—No pasa nada —dijo Cole, ahora enfadado. Obviamente, Jace no estaba dispuesto a bajar la cabeza—. Probablemente, Jace me salvara la vida en esa ocasión. Puedo aprender mucho de él. ¿Cuál es tu talento oculto? ¿La práctica? ¿Los reflejos? ¿El amor entregado?

Jace se quedó tan atónito y aterrado que Cole casi lamentó haber dicho aquellas palabras.

Casi.

—¡Chicos, sois la monda! —dijo Twitch, con una gran carcajada. Cole tenía claro que era forzada—. Hemos recorrido un camino larguísimo para venir a ver a esta herbolaria. Estamos frente a su puerta. Y no hacemos otra cosa que parlotear.

—Tiene razón —dijo Mira.

—¡Claro que sí! —prosiguió Twitch—. Soy un poco bicho. Tenemos instinto para estas cosas. Todos tenemos mucho en lo que pensar. Si seguimos hablando, la conversación se volverá desagradable. Vamos a ver qué podemos aprender.

—Por mí bien —dijo Jace. Miró a Cole, pero en sus ojos se leía cierta preocupación—. Esto es aburridísimo.

Cole quería responder algo, pero se contuvo.

—A ver si nos aclaramos —añadió Jace—. Cuando un dinosaurio ataque la carroza, no te quedes dentro. —Sonrió, socarrón—. Esa es la idea. Y yo no debo tirar sopa sobre la gente, a menos que sea absolutamente necesario.

Abrió la puerta y bajó de la carroza.

—Todos hemos aprendido algo —dijo Twitch, bajando tras él.

—Sí, a no reírnos de Cole, por ejemplo —le respondió Mira al oído, con una sonrisita.

Cole pensaba que ella no habría pillado la referencia a los sentimientos de Jace. Pero aquel comentario le decía lo contrario. Tuvo que hacer un gran esfuerzo para borrar la sonrisa de su rostro mientras bajaba del autocarro.

Un muro de piedras encajadas cubiertas de hiedra impedía ver la casa, hasta que llegaron a la puerta de hierro forjado. Mira empujó y observó que no estaba cerrada. Un camino de grava con piedras blancas a los lados llevaba desde la verja hasta una cuidada casita de madera. A ambos lados del camino crecían plantas sobre una tierra fértil, surcada aquí y allá por algún sendero y unas vigas de madera viejas.

La puerta presentaba elaboradas tallas de parras y pájaros. Mira llamó con decisión.

—No estoy —dijo una voz de mujer desde el interior.

—Tenemos que hablar —respondió Mira.

Hubo una pausa. Oyeron el movimiento de un pestillo y se abrió la puerta. Una anciana con el cabello corto y gris la entreabrió. Era bastante delgada y no mucho más alta que Jace.

—¿Niños? No me queda regaliz.

—No queremos regaliz —dijo Mira.

—Habla por ti misma —murmuró Jace.

—¿Qué queréis, entonces? ¿Vuestro padre tiene fiebre? ¿Mamá se ha torcido un tobillo? ¿La vaca no da leche?

—¿Es usted Gerta? —preguntó Mira.

—La vieja herbolaria loca —respondió ella, con una reverencia.

—Nos envía Declan —dijo Mira en voz baja.

Gerta miró tras ellos, escrutando el lugar.

—¿Quién va en la carroza?

—Un semblante —respondió Mira.

—Eres muy seria —dijo Gerta, abriendo más la puerta—. Entrad.

Les hizo pasar a un salón con bonitas butacas y muchos estantes llenos de frágiles figuritas de cerámica. Jace se sentó en una butaca. Twitch en otra. Cole y Mira tomaron asiento en el sofá. A Gerta le dejaron el sillón más grande.

La herbolaria se apoyó en los brazos del sillón y se sentó con un suspiro fatigado.

—¿Dónde está Declan?

—No podemos decírselo —dijo Mira—, por el bien de los dos.

Ella sonrió, mostrando unos dientes imperfectos.

—O sea, que efectivamente habéis estado con él. ¿Está bien?

—Está viejo —dijo Mira.

—Ya era viejo cuando yo era niña —respondió Gerta.

—Ya no se mueve con tanta facilidad —precisó Mira.

Gerta asintió.

—¿Os ha enviado hasta mí con algún fin?

—Estoy buscando... —Mira no parecía segura de cómo decirlo—. A un monstruo que está devastando Sambria.

—Un semblante tremendamente poderoso —intervino Cole.

—No hablaréis de Carnag —dijo Gerta, conteniendo la respiración.

—Así es como lo llama la gente —dijo Mira.

—No hay testigos vivos. He oído relatos de la devastación que causa. Ciudades destrozadas, gente desaparecida. A todos nos preocupa que pueda venir hacia aquí.

—¿Está cerca? —preguntó Mira.

—No te precipites, niña. He sentido su energía desde lejos. No se parece a nada que haya conocido. ¿Qué espera Declan que hagas?

—Tenemos que encontrarlo —declaró Mira.

—No —replicó Gerta—. Dejad en paz a Carnag. Procurad que él no os encuentre. ¿Qué os ha dicho Declan de él?

—Que tenemos que encontrarlo —repitió Mira.

Gerta observó a Mira arrugando el rostro. Luego abrió bien los ojos.

—Estáis conectados.

—¿Qué? —exclamó Mira.

Gerta habló despacio:

—Estás conectada a Carnag. No lo habría visto de no haberme fijado. El mismo tipo de energía, mucho más débil, pero pura.

—¿Dónde podemos buscarlo?

—Carnag se mueve de forma errática —explicó la herbolaria—. Todo Sambria está en ascuas. Nunca sabemos dónde atacará. Id hacia el sureste. Seguid los gritos.

—¿Recto hacia el sureste? —preguntó Mira.

—Más o menos. Encontraréis un rastro de destrucción. Preguntad a la gente que huye. Supongo que encontraréis a Carnag antes de lo que desearíais. ¿Qué es lo que esperáis conseguir?

—Probablemente, no deberíamos decírselo —dijo Mira.

—Eso me parece sensato —respondió Gerta—. ¿De verdad Declan os ha enviado a mi encuentro?

—De verdad.

—¿Ha hecho él el semblante del autocarro?

—Sí —respondió Mira.

—¿Te importa que eche un vistazo? —preguntó la anciana—. No es que no te crea, pero en los tiempos que corren…

—Usted misma —dijo Mira.

—Ahora vuelvo —anunció Gerta.

Cole y los otros se quedaron mirando desde la ventana.

—¿Crees que intentará hacer algo? —preguntó Jace.

—¿Desde el autocarro? No, pero no está de más mirar.

Gerta no tardó mucho en volver. Regresó por el camino con una leve sonrisa de satisfacción.

—Desde luego es obra suya —dijo, entrando de nuevo en la sala—. Bertram es un personaje muy divertido. Insiste mucho en que está disfrutando del campo con sus sobrinos nietos. Pobrecillos. Os habéis metido en un asunto aterrador. Toda la guarnición de legionarios de Bellum fue a enfrentarse a esa cosa. Más de cien hombres. No volvió ni uno. Si vais a molestar a Carnag, me temo que será vuestro fin.

—Tenemos que intentarlo —dijo Mira.

—Tu conexión con esa entidad es innegable —dijo Gerta—. Podría especular…, pero mejor que no lo haga. Me alegra saber que Declan sigue vivo. Os ayudaré en lo que pueda con gusto. He dedicado la vida a mi trabajo con las plantas. Es mucho más fácil forjar plantas que animales, o incluso semblantes. Con tiempo, quizá consiga crear algo potente. Pero como parece que tenéis prisa, os daré lo mejor que tengo a mano.

—No hace falta —respondió Mira.

—Ya colaboro bastante poco con Sambria —explicó Gerta—. Me paso casi todo el tiempo aquí, forjando hierbas. Evito los desagradables asuntos de la política. Nadie quiere meterse con una mujer que puede ayudar a combatir un dolor de muelas o un ardor de estómago. De vez en cuando, tengo la ocasión de ayudar a gente que aún lucha por cambiar las cosas en Sambria. Supongo que vosotros entráis en esa categoría.

—Le agradeceremos cualquier cosa que pueda hacer por nosotros —dijo Cole.

—Tengo unas zanahorias especiales: basta con comer una para llenar el estómago para tres días —explicó

Gerta—. No es una ilusión: será como si hubierais hecho todas las comidas. También tengo unas semillas de calabaza que os darán una extraordinaria visión nocturna. El efecto dura de cuatro a cinco horas. No querréis que esa sensibilidad os dure cuando llegue el día, así que consumidlas con precaución. Y tengo muchos remedios de hierbas para heridas y enfermedades. Os daré un buen surtido. Incluso os pondré un té delicioso que induce un sueño prolongado.

—Es usted muy amable —dijo Mira.

—Es lo menos que puedo hacer por los amigos de Declan. ¿Os queréis quedar a pasar la noche?

—Deberíamos marcharnos enseguida —aclaró Mira—. Hay gente buscándonos.

—Por lo menos, descansad un poco mientras recojo lo que os voy a dar —propuso Gerta—. Ahora os traeré algo de picar.

—Es agradable —dijo Cole, después de que la mujer saliera de la sala.

—Sí —coincidió Mira, suspirando—. Y está bien informada. El problema es que cuanto más sé de mis poderes, menos quiero recuperarlos.

—A lo mejor deberíamos tomarnos unas vacaciones —dijo Cole—. Tenemos dinero. Apuesto a que Bertram estaría encantado.

Todos se rieron.

—Ojalá pudiera —respondió Mira—. De verdad: vosotros no estáis obligados a ir conmigo. Pero yo tengo que afrontar esto.

—Estamos contigo —dijo Jace.

Mira fijó la vista en el otro lado de la ventana.

—Espero que eso no signifique que vayamos a caer todos juntos.

Capítulo 31

Devastación

El autocarro avanzó trotando suavemente hacia el sureste, durante toda la noche y el día siguiente, haciendo pausas solo para que sus ocupantes pudieran salir y refrescarse. Atravesaron un bonito paisaje rural con arboledas, campos abiertos, arroyos y colinas bajas. Hacia mediodía, vieron a lo lejos una carroza tirada por caballos que se les acercaba por la carretera, en dirección contraria. La carroza frenó hasta detenerse, y Mira ordenó al autocarro que también se parara. Acabaron uno al lado del otro.

—Buenos días —dijo el conductor, un hombre grandullón con ropas sencillas y un sombrero de paja—. ¿Estáis seguros de que queréis ir en esta dirección, chicos?

—Estoy de vacaciones con mis sobrinos nietos —dijo Bertram, asomándose para que lo viera—. Estamos disfrutando del campo.

El conductor echó una mirada hacia atrás y arrugó la nariz.

—Quizá no sea el mejor camino para un viaje de placer. La gente de esta zona se está marchando. Carnag ha estado atacando, y se dice que viene en esta dirección.

—Dentro de poco giraremos hacia el noreste —dijo Mira.

—Vosotros sabréis —respondió el hombre—. El monstruo es impredecible. Viene y va. Pero os sugiero que cambiéis de dirección lo antes posible. Los pueblos que encontraréis por esta carretera no cuentan con los servicios habituales. Springdale ha quedado arrasada y ahora están evacuando toda la región. No hay mucha gente que vaya hacia el noroeste, como yo, pues Carnag ha demostrado cierta preferencia por esta dirección. Os encontraréis con muchos refugiados cuando vayáis hacia el noroeste.

—Gracias por la advertencia —dijo Mira—. Siento lo que ha tenido que pasar.

—¿Estáis seguros de que no preferís dar media vuelta sin más? —insistió el conductor—. Yendo hacia el sureste estáis tentando a la suerte.

—No tiene nada de malo salir de excursión con tus familiares —dijo Bertram.

El conductor levantó las cejas.

—A nuestro tío le gustan las emociones fuertes —se disculpó Cole—. Nos desviaremos hacia la primera carretera importante que encontremos.

—Yo os aviso, como buen vecino —dijo el conductor, sacudiendo las riendas—. Id con cuidado.

—Gracias —respondió Cole—. Que tenga un buen viaje.

Al día siguiente, atravesaron un pueblo vacío. Parecía un decorado de película abandonado. No había ningún edificio que presentara daños visibles. Unos cuantos gallos vagaban por las calles, pavoneándose y picoteando cosas por el suelo.

El pueblo estaba en silencio, lo que hizo que Cole se fijara en lo tranquilo que estaba el camino. Era una carretera ancha por la que debía de pasar mucha gente, pero ahora no había nadie: ni autocarros, ni carrozas, ni hombres a caballo ni gente a pie. A ambos lados del camino fueron dejando atrás granjas deshabitadas.

Al caer la noche llegaron a otro pueblo abandonado. No había luces en las ventanas que iluminaran la oscuridad. Algunas vacas pastaban en un cercado, masticando la larga hierba.

Aquellos campos abandonados hicieron que Cole se sintiera aún más tenso. La gente no recogía todas sus cosas y se marchaba por cualquier tontería. Carnag había sembrado el pánico en toda la región. La posibilidad de que el monstruo llegara hasta sus casas había convencido a la gente para abandonarlas y dirigirse a las colinas.

La tarde del tercer día desde su partida de Middlebranch, mientras el sol poniente teñía el horizonte de un rojo intenso como la lava, encontraron otra población. Al llegar, Mira ordenó al autocarro que se detuviera. Todos bajaron.

Cole no sabía adónde mirar. Frente al autocarro, la carretera desaparecía en un agujero en forma de cuenco que recordaba un cráter de meteorito. Sobre el tejado de la taberna del pueblo había dos carrozas tumbadas. Varios árboles estaban blancos como la nieve: hojas, ramas y troncos. Una casa no tenía paredes ni techo, pero el suelo, la chimenea y los muebles seguían en su sitio.

—¿Qué ha pasado aquí? —exclamó Twitch.

—Adivina —dijo Jace.

—Ya sé que ha sido Carnag, pero… ¿qué es lo que ha hecho?

—Esos árboles no deberían ser blancos, ¿no? —preguntó Cole.

—No, no es normal —dijo Mira—. Tampoco parece fácil arrancar las paredes a una casa sin derribar ni un mueble. Más vale que echemos un vistazo a fondo. Quizás encontremos pistas sobre el monstruo al que nos enfrentamos.

Se pusieron en marcha por la calle principal. Pasaron junto a un gran árbol inclinado contra un edificio combado, con las raíces al aire, cubiertas de tierra, y las ramas llenas de hojas apoyadas en el camino. Una parte de la ciudad era un campo de escombros chamuscados. Un lado del edificio más alto que aún se mantenía en pie estaba cubierto de coral rosa. En medio de una tienda, había una roca enorme de granito que aparentemente se había introducido por la pared. Un tramo del camino estaba ondulado, como un mar tormentoso que se hubiera parado de golpe, dejando un relieve anormal de resaltes y hendiduras. A una casa le faltaba la mitad, como si le hubieran dado un corte limpio para dejar una sección perfecta del interior, como si fuera una casa de muñecas a tamaño natural.

La calle acababa en un lago cubierto de juncos, con edificios medio hundidos en las aguas turbias hasta medio kilómetro más allá.

—El pueblo ha quedado devastado —dijo Cole—. ¿Qué tamaño tendrá esta cosa? Es como si un gigante hubiera pillado una rabieta. ¿Qué es lo que no podrá hacer?

—Algunas de estas cosas podrían haberse hecho físicamente —dijo Mira—. Pero muchas otras han sido forjadas: los resaltes en el camino, el coral, la casa cortada por la mitad... Quizá todo se haya hecho forjando.

—Así pues, es un semblante y un forjador a la vez —propuso Jace.

—Bueno, podría tener sentido —respondió Mira—. Está hecho de poder de forjado.

—¿Cuánto poder tienes tú? —preguntó Twitch.

Mira soltó una risita.

—Yo tenía cierto talento. Nada parecido a esto. No olvides lo que nos dijo Declan. Esto es una energía de forjado libre, sin límites. Probablemente, sea mucho más poderosa de lo que yo seré jamás.

Cole se pasó ambas manos por el cabello.

—¿Cómo combatimos contra algo que puede hacer estallar el suelo bajo nuestros pies, cortarnos por la mitad, aplastarnos con una roca o cubrirnos de coral?

—Y eso, solo para empezar —añadió Twitch.

—La verdad es que no lo sé —dijo Mira—. Usaremos todo lo que tenemos. Esperemos que mi conexión con Carnag nos dé cierta ventaja. Recuerda que no puede matarme sin matarse él mismo.

—A mí me sigue preocupando que Declan nos esté usando —dijo Jace—. Puede que solo quiera acabar con Carnag, a cualquier coste. Puede que nos haya enviado hacia la muerte aposta. Si tú mueres, Carnag también desaparece, y Sambria tendrá un problema menos.

—Quizá —dijo Mira—. Pero es algo que tengo que hacer. Es mi poder.

—No es culpa tuya —dijo Jace—. Tú no le pasaste tu poder a Carnag. La responsabilidad es de quien te haya quitado el poder. Culpa a tu padre. Que se apañe él.

Mira respiró hondo.

—Puede ser difícil de entender. No hago esto porque me sienta culpable. Ese poder es parte de mí. Es como si me hubieran quitado un miembro. O peor aún. Es como una parte de mí que he perdido. Durante años me he preguntado si podría recuperarla. Cabía la posibilidad de que no ocurriera nunca. Pero esta es mi ocasión. Para mí es tan importante que estoy dispuesta a morir en el intento. Si queréis observar desde la distancia, no pasa nada. Este pueblo es la muestra de lo que puede ser Carnag. Si queréis salir corriendo, lo entenderé.

—A veces da la impresión de que te quieres librar de nosotros —dijo Cole.

—Un poco sí —admitió Mira—. Es un riesgo que me corresponde tomar a mí. No a vosotros. Puedo soportar la idea de morir en el intento.

—Si mueres, no tendrás nada que soportar —señaló Jace.

—¡Ya sabes lo que quiero decir! —replicó Mira—. Yo puedo arriesgar mi vida, pero no soporto poner en riesgo también la vuestra.

—Nos hemos presentado voluntarios —dijo Jace—. No nos has obligado tú.

—Tiene razón —dijo Cole.

—Lo sé —respondió Mira—. Pero no hace falta que mantengáis ese compromiso. Los Invasores del Cielo huyen del peligro. Eso es lo que sabemos hacer. Por eso hemos conseguido llegar tan lejos. Pero esta vez nos dirigimos hacia el peligro de cabeza. Lo estamos buscando intencionadamente. Y yo no voy a salir corriendo.

Todos se quedaron en silencio, pensando en aquello.

—Puede que nos necesites —dijo Cole—. Quizá no sobrevivas sin nosotros. Jace es bastante bueno con esa cuerda.

—Claro que lo soy —dijo Jace—. No vuelvas a intentar librarte de mí otra vez. Ya estoy harto de este tipo de conversaciones. Si tú estás decidida, yo también. Ya veo el pueblo. Está hecho un asco. Sabíamos que esta cosa era potente. Pero no te abandonaré.

—Si la cosa se pone mal, siempre podemos decidir huir más adelante —dijo Twitch—. Ya sabes, en el último minuto. Yo sigo adelante.

—¿Y tú qué, Cole? —preguntó Mira—. Ni siquiera eres de aquí. Tienes que encontrar a tus amigos. ¿De verdad quieres morir enfrentándote a mi poder de forjado?

—No quiero morir —dijo Cole—. Les prometí a mis amigos que les encontraría, y voy a mantener esa promesa. Tu padre los tiene como esclavos. Sus leyes permitieron que nos arrancaran de nuestro mundo. Tú quieres derrocarlo. Hacerlo sería el mejor modo de ayudar a mis amigos. Todo pasa por conseguir que recuperes tus poderes. Estoy contigo, Mira. No solo porque necesito ayudar a Jenna y Dalton, sino porque tú también eres mi amiga.

Mira se secó los ojos.

—Vale. Os lo agradezco. No es que quiera que os vayáis. Es que me siento responsable.

—Ya lo hemos pillado —dijo Jace.

—¿De dónde venís, chicos? —les interrumpió una voz.

Todos dieron un respingo y se giraron. Un anciano con una larga barba blanca se les acercaba por una calle secundaria. Llevaba ropas sucias de trabajo y caminaba como si fuera artrítico.

—No quería asustaros —dijo—. Me preguntaba si teníais noticias.

—Venimos del noroeste —respondió Cole—. Allí está todo tranquilo. Han evacuado las poblaciones.

—Nosotros evacuamos a casi todo el pueblo —dijo el viejo, acercándose—. Algunos de los hombres se quedaron a combatir.

—¿Ha visto a Carnag? —exclamó Mira.

—Yo no —respondió meneando la cabeza—. Esperé a que el ataque pasara escondido en mi bodega. He visto un pueblo arrasado por el monstruo. Deja parte de los edificios intactos. Yo he vivido aquí toda mi vida. Decidí apostar por esconderme.

—¿Qué les pasó a los hombres? —preguntó Cole.

—No hay ni rastro de ellos —dijo el anciano, con voz

temblorosa. Un momento más tarde, recuperó la compostura—. Sois los primeros que pasan por aquí desde que vino Carnag, hace cinco días.

—¿Tiene idea de hacia dónde fue el monstruo? —preguntó Twitch.

—Me parece que esa bestia se volvió por donde había venido —dijo el anciano—. Yo no lo vi, es por las señales que ha dejado. Suele hacer eso: cada vez ataca más lejos, pero entre ataque y ataque se retira.

—¿Está usted bien? —preguntó Mira—. ¿Necesita algo?

—Tengo de todo —dijo el anciano—. Las provisiones de todo un pueblo. Seguramente, lo peor habrá pasado ya. Hasta ahora no hay noticias de que Carnag haya atacado dos veces el mismo lugar. ¿Qué os trae por aquí?

—Una emergencia familiar —respondió Mira—. Más vale que nos pongamos en marcha.

—¿Necesitáis provisiones? —preguntó el anciano.

—Tenemos suficientes —dijo Mira—. Pero gracias. Cuídese.

—Tú también, jovencita.

Volvieron al autocarro. Mira dio instrucciones a Bertram para que rodeara el agujero de la calzada y siguiera hacia el sureste.

El autocarro continuó adelante toda la noche. Cada vez que se despertaba sobresaltado, Cole miraba por la ventana, casi esperando ver a una bestia monstruosa cargando contra ellos, pero lo único que veía era el campo a la tenue luz de una luna rojiza.

—La estrella no está —dijo Mira una vez, después de que Cole se asomara.

—¿No?

—No he visto mi estrella desde que huimos por la pared de nubes.

381

—Supongo que eso quiere decir que nadie podrá seguirnos el rastro.

—Sí. Ni enemigos ni ayuda.

—Ya será casi de día, ¿no?

—Aún no. Intenta descansar.

—¿Y tú?

—Yo también lo intento —dijo ella.

Poco antes del amanecer, oyeron el ruido rítmico de un caballo al galope. Enseguida vieron que era un legionario acercándose a toda velocidad en dirección contraria. Jace sacó su cuerda.

—Es uno solo —dijo Mira—. Probablemente, no haya venido a por nosotros. Puede que solo esté de paso.

El jinete frenó al llegar junto al autocarro. Parecía un adolescente, aunque quizá tuviera veinte años. Llevaba el uniforme hecho jirones.

—¡Vaya! —gritó—. ¡Chicos, tenéis que dar la vuelta y salir de aquí ahora mismo!

Mira ordenó parar el autocarro.

—¿Qué problema hay? —preguntó Jace.

—Pues el mayor problema de toda Sambria —contestó el legionario, con el pánico en los ojos—. ¿Cómo es posible que hayáis llegado hasta aquí sin enteraros? Carnag está detrás de la primera colina.

Cole sintió los nervios en el estómago y se giró hacia el camino que tenían por delante. Vio el lugar donde desaparecía, tras la siguiente elevación. Todo parecía normal.

—¿Viene hacia aquí? —preguntó Mira.

—No tengo ningún interés en averiguarlo —dijo el legionario—. Formaba parte de un escuadrón de reconocimiento con otros once soldados. Buenos jinetes. Soy el único que ha podido escapar.

—¿Lo has visto? —dijo Mira.

—Solo un poco, entre los árboles —dijo el legionario—. Es gigantesco, eso seguro. No tengo más detalles. Los otros quisieron verlo más de cerca. Y lo pagaron caro.

—¿Has abandonado a tu unidad? —preguntó Mira.

—Éramos un escuadrón de reconocimiento —protestó el joven legionario—. Alguien tiene que informar. Dad media vuelta. Puede que aún no sea demasiado tarde.

—¿Qué hacemos? —dijo Jace, girándose hacia Mira.

—Cógelo —ordenó ella.

La cuerda dorada salió disparada, se enrolló alrededor de los brazos del soldado y le hizo caer. El legionario impactó con fuerza contra el suelo, al no poder extender los brazos para detener el golpe. El caballo relinchó y dio unos pasos atrás, pero luego se calmó.

Al principio, el legionario solo podía toser y jadear.

—¿Qué estáis haciendo? —consiguió decir.

—Estamos de vacaciones —respondió Bertram—. Voy de excursión por el campo con mis sobrinos nietos.

—¡Soltadme! —gritó el soldado—. ¡Haced lo que queráis, pero no me retengáis aquí!

—¡No te resistas, soldado! —le ordenó Mira—. Nosotros no tenemos nada que temer de Carnag. Trabajamos con él. Cierra la boca, o te entregaremos a él en sacrificio.

El legionario obedeció como pudo. Cole le oyó sollozar en silencio.

—¿Tienes un poco de ese té? —le susurró Mira a Twitch.

—No está caliente —dijo el niño—. Pero guardo un poco en infusión desde que salimos de casa de Gerta. Debería ser bastante potente.

—Dame un poco —respondió ella.

—¿Sientes eso? —preguntó Jace. La cuerda crujió al

383

tensarse, y el soldado soltó un grito de protesta—. Puedo tensarla mucho más. Nuestro amigo te trae un refresco. Bébetelo y te dejaremos vivir.

—¿Cómo sé que no es un veneno? —preguntó el legionario mientras Twitch se situaba a su lado.

—Porque hay formas más sencillas de matarte —dijo Jace—. Por ejemplo, apretando.

El soldado soltó un quejido angustiado. Mientras Twitch le daba el té, Cole se acercó a Mira:

—Si los legionarios han salido a investigar esta cosa, ¿significa eso que tu padre no está implicado directamente?

—Es probable —dijo ella—. A menos que esté ocultándoselo a su propio pueblo, lo cual es posible.

—¿Qué…, qué…, qué era esa cosa? —preguntó el legionario, arrastrando las palabras.

—Una infusión —dijo Twitch.

—No está mal —señaló el soldado, con satisfacción—. ¿Me estoy hundiendo? Tengo la impresión…, es como si… —añadió, curvándose.

Twitch chasqueó los dedos junto a la oreja del legionario.

—Se ha dormido. Quizá la dosis fuera demasiado fuerte. El té está muy oscuro.

—Bien —dijo Mira—. No podemos dejar que se interponga. De hecho, no quiero arriesgarme a dejarlo aquí. Atadlo y nos lo llevaremos.

Jace sacó cuerdas del compartimento. Después de atarle las muñecas, las piernas y los brazos, entre los tres lo subieron al autocarro.

—Quizá yo debería ir a caballo —se planteó Mira—. Sería más veloz y podría moverme mejor. Puede que me resulte útil.

—Pues cógelo —dijo Jace.

En aquel momento, Mango llegó revoloteando y se posó en la ventanilla:

—No sé si es una noticia buena o mala, pero Carnag está ahí delante.

—Lo sabemos —dijo Mira—. ¿Dónde has estado?

—Ha sido un lío —suspiró Mango—. Estoy controlando muchas cosas.

—¿Lo has visto?

—No he querido acercarme demasiado —dijo la ninfa—. Es grande. Y hace mucho ruido. He oído a gente pidiendo auxilio.

—Gracias, Mango —dijo Mira.

—La buena noticia es que he conseguido traer refuerzos —respondió el pájaro.

Un disco volante con alguien encima se deslizó flotando y se situó junto al autocarro.

—Más vale tarde que nunca —anunció Liam.

—¡Liam! —exclamó Cole—. ¡Pensaba que habías dicho que estabas demasiado ocupado como para ayudar!

Liam hizo una mueca, como excusándose.

—Lo sé. No quería que contarais con que os haría yo el trabajo. Pero me aburría.

—¿Estás aquí porque te aburrías? —preguntó Jace.

—¿Por qué no? Ya sé que pensaréis que todo me importa un bledo. ¿Queréis oír toda la historia? Teníamos que abandonar Cloudvale, y Declan está ya en su nuevo escondite, así que pensé que podrían arreglárselas sin mí. Me ha dado permiso para venir.

—¿Cómo nos has encontrado? —preguntó Mira.

—No pensaríais que Mango espiaba solo para vosotros, ¿no? Informó a otros de mis pájaros, para que yo pudiera seguiros el rastro.

—Eres un poco siniestro —dijo Mira.

Liam se llevó una mano al corazón.

—Lo he hecho para ayudar. Lo prometo.

—¿Sabes algo nuevo de Carnag? —preguntó Cole.

—Aún no he echado un vistazo de cerca —respondió Liam—. Pero lo siento con mayor claridad. Irradia energía. Yo no soy un novato en esto de forjar, pero no puedo ni imaginar que mi poder pudiera brillar la mitad que el suyo. No será fácil. ¿Cuál es el plan?

Nadie respondió.

—Vamos improvisando, más o menos —confesó Mira.

—Quizá sea lo único que podemos hacer —dijo Liam—. Nadie se ha enfrentado nunca a algo así. Os diré qué podemos hacer. Yo me quedaré en la retaguardia y veré cómo va la cosa, estudiaré los puntos débiles de Carnag. Así tendréis a alguien de reserva.

—Muy valiente por tu parte —dijo Jace.

—¡Es estrategia! —protestó Liam—. ¿Quién va a salvaros si esto sale mal? ¿Tú?

—¿Va a venir alguien más? —preguntó Jace.

—Intenté convencer a Asia de que se uniera a nosotros. Está obsesionada con defender a Declan. Pero viene de camino un viejo amigo vuestro. Bueno, más bien un conocido. Quizá ni siquiera eso. No obstante, está de nuestro lado.

—¿Quién? —preguntó Cole.

—Joe MacFarland.

—¿El tipo de Puerto Celeste? —preguntó Mira—. ¿El mensajero?

—Es un tipo entregado —dijo Liam—. Nos advirtió de que la legión estaba planeando una gran ofensiva a través del bosque del Boomerang.

—¿Cómo os advirtió?

—Aprovechó el caos de vuestra huida de Puerto Celeste para encontrar un escondrijo —explicó Liam—.

Consiguió enterarse de que habíais escapado a través de la Pared de Nubes del Este y de que habíais sobrevivido. Cuando supo de la ofensiva, robó una nave y atravesó la pared de nubes para advertiros. Lo rescaté del vacío terminal igual que os salvé a vosotros.

—¿Dónde está ahora?

—Viene a caballo todo lo rápido que puede.

—¿Por qué no lo has traído tú? —preguntó Jace.

—¿Has visto lo grande que es mi disco? Ya cuesta hacerlo flotar lejos del Despeñadero. Algunos de mis pájaros lo guían.

—¿Deberíamos esperar? —preguntó Mira.

—Yo diría que no. Después de que llegaran a Cloudvale y vieran que no estábamos, los legionarios vienen hacia aquí. Joe está bastante retrasado. Es posible incluso que no llegue a tiempo. Nuestra mejor oportunidad para enfrentarnos a Carnag sin la legión pisándonos los talones es ahora.

—A mí me parece bien —dijo Mira. Se acercó a la yegua del legionario y le acarició el cuello—. Buena chica. No te importa volver al peligro, ¿verdad?

—¿Sabes montar a caballo? —preguntó Cole.

—Sí —respondió Mira—. Tomé clases de pequeña, y a lo largo de los años he tenido diversas oportunidades de montar. La yegua está caliente. La estaba haciendo correr mucho. —Apoyó un pie en el estribo y montó—. ¿Estáis listos, chicos?

—No estoy muy seguro —dijo Cole— ¿Qué tal «dispuestos»?

—Me basta —dijo Mira.

Liam se rio.

—Voy a dejar cierta separación entre nosotros —dijo—. Al principio, no me veréis, pero me gustaría mantener la comunicación. —Se acercó a Cole y extendió

387

una mano—. Si os ponéis esto en los oídos, podré oíros, y vosotros me oiréis a mí. No funcionarán a una distancia enorme, pero hoy deberían servirnos.

Cole cogió algo que parecía como una bolita de arcilla. Los otros también cogieron la suya.

—No es frágil —explicó Liam—. Metéroslo en el oído. No muy adentro. Adoptará la forma del canal auditivo.

Cole se metió la bolita en el oído derecho. Se ajustó y se adaptó perfectamente.

—¿Algún regalito más? —preguntó Jace.

—Eso es todo —dijo Liam—. Acabemos con esto.

—Bertram —dijo Mira desde su montura—, llévanos al encuentro del monstruo, al otro lado de la colina.

El autocarro se puso en marcha. Mira mantuvo el ritmo trotando a su lado. Liam desapareció enseguida.

—Veníamos buscando esto, y ya lo hemos encontrado —le susurró Cole a Twitch—. Desde luego, hay que tener cuidado con lo que uno desea.

—¿Porque lo puedes conseguir?

Cole asintió.

—Exactamente.

Capítulo 32

Carnag

El autocarro rodeó la ladera de la colina y Cole se agarró a su arco como a un salvavidas. No estaba seguro de qué se encontrarían, pero sabía que sería horrible. Mira lo había dejado claro: esta vez iban de cabeza hacia el peligro.

No sabía muy bien cómo prepararse. ¿Iba a dispararle una flecha a algo capaz de devastar pueblos enteros y vencer a regimientos de soldados entrenados? Quizá tendría un punto débil. Al menos podría intentar distraerlo mientras Mira encontraba el modo de derrotarlo. Con su espada saltarina, sería difícil de atrapar.

¿Y si moría? Intentó no pensar demasiado en aquello, pero no podía evitarlo. Había bastantes posibilidades de que todos murieran. A ninguno de los suyos le importaría. Sus padres no se acordaban de él. No habría funeral ni tumba. Sería como si nunca hubiera existido.

¿Qué sería de Dalton, Jenna y los otros niños de su mundo? Supuso que no podrían culparle por no salvarlos si moría. Era la excusa perfecta.

No obstante, si no hacía nada, tampoco conseguiría rescatarlos. Quizás ellos no lo supieran, pero estaba haciendo todo lo que podía por ayudarlos.

Al ver venir a Liam se había sentido aliviado. Quizás

allí su poder como forjador no fuera tan grande como en el Despeñadero, pero el tipo podía volar, tenía confianza en sí mismo y grandes habilidades, desde luego. Liam le daría a Mira el apoyo que necesitaba.

—Ahí —dijo Jace, señalando hacia el bosque.

Cole entrecerró los ojos. A lo lejos, las copas de los árboles se agitaban violentamente, como si algo no mucho más bajo que ellos pasara por en medio.

—Ya lo veo —dijo Mira, respondiendo desde su caballo—. Bertram, ¿podemos ir hacia allí?

—El bosque es demasiado espeso para el autocarro —dijo Bertram—. Quizá podamos acercarnos rodeándolo.

—Es mejor que pares y los dejes salir —respondió Mira—. Luego intenta rodear el bosque y llegar hasta allí. Mantente lo más cerca que puedas de nosotros. ¡Mayal, sigue!

Cole saltó del autocarro. Mira encabezó la expedición por el bosque, a caballo, abriéndose paso entre los árboles, con el mayal tintineando tras ella. Jace usó su cuerda a modo de liana para saltar de una rama a otra. Twitch se puso su anillo y avanzó dando saltos. Cole usó la espada saltarina para avanzar dando largos saltos de un árbol a otro. Muy pronto, adelantó a Mira.

Oyeron un crujido y un ruido quejumbroso, como el de un granero a punto de hundirse o el del casco de un barco viejo sometido a presión. La inmensidad de aquel sonido hizo que Cole se detuviera de golpe. El gran crujido se repitió, algo más grave y lento. Mira continuó avanzando, guiando a su yegua por el sotobosque en penumbra. Jace y Twitch siguieron adelante. Sintiendo cierta envidia del legionario que dormía en el autocarro, Cole exclamó: «¡Adelante!», y siguió saltando.

Unos saltos más allá, Cole vio que Jace se detenía al

borde de un prado. Twitch se paró a su lado. Ambos estaban mirando algo, atónitos. Cole oyó de nuevo el enorme crujido, un quejido colosal de madera torturada.

Con un salto más llegó casi a la altura de sus compañeros. Levantó la vista, se encontró con el prado y por primera vez vio a Carnag.

Aquella bestia colosal estaba hecha de tocones de árbol, tierra, roca, arbustos, parte de una chimenea, vigas de madera, restos de almenas, ladrillos de diferentes formas y tamaños, media carroza, un trozo de calle adoquinada, un bote de remos destrozado y tres jaulas de hierro. Se sostenía sobre dos piernas asimétricas y tenía un par de brazos largos, pero su aspecto era solo vagamente humanoide, como un espantapájaros improvisado. La cabeza deformada recreaba con torpeza la imagen de una cara.

La escala de aquella monstruosidad era impresionante. Cole no le llegaba ni al tobillo. Solo los árboles más altos del bosque le superaban. El crujido quejumbroso que había oído no lo emitía por la boca: era el ruido de sus pasos. Con un chirrido producido al frotarse una piedra con otra y el crujido de la madera, el gigante se inclinó. Agarró un árbol de buen tamaño con una mano y lo arrancó del suelo, levantando una maraña de raíces y tierra.

Con el árbol en la mano, a modo de maza, Carnag se giró hacia ellos desde el otro extremo del claro. El coloso rugió con una voz a medio camino entre el ruido de una turbina y el fragor de un terremoto. El grito cacofónico reverberó un buen rato con un eco extraño y un volumen que, contra toda previsión, aumentó más aún.

Cole sintió que el rugido le revolvía las entrañas. Era como despertarse sobre la vía y encontrarse con un tren a punto de arrollarte.

—¡Salid de aquí! ¡Corred! ¡Id a buscar ayuda!

Al oír aquellas voces desesperadas dándoles consejo, Cole se dio cuenta de que las jaulas que formaban parte del cuerpo de Carnag estaban ocupadas. Una componía gran parte de su hombro derecho, otra estaba insertada en el lado izquierdo de su pecho, mientras la tercera ocupaba gran parte de la cadera. Las personas que había dentro, muchos con uniformes de legionarios, gritaban y hacían gestos.

Carnag dio un paso en dirección a Cole. Aunque el prado era grande, el gigante estaba muy cerca.

—Separaos —propuso Jace, usando la cuerda para lanzarse hacia la izquierda.

Twitch se dirigió hacia la derecha. ¿Debía quedarse allí? Si seguía a Jace o a Twitch, no estarían separándose. Carnag dio otro paso en su dirección, haciendo temblar el suelo con su enorme peso. Cole no estaba seguro de qué hacer. ¿Retroceder? ¿O intentar hacerle una finta en el último segundo?

Otro paso. El temblor del suelo hizo que a Cole le castañetearan los dientes. Carnag levantó la mano que tenía libre y se agazapó. Un paso más y podría cogerle. Cole decidió jugársela dando un salto en el último segundo y le pasó por medio de las piernas. De pronto, de entre los árboles apareció Mira, aún a caballo. Se situó junto a Cole.

—¡Carnag! —gritó—. ¡Tenemos que hablar!

El monstruo se quedó inmóvil, irguió el cuerpo y fijó toda su atención en Mira.

—¡Tú! —dijo, con una voz femenina pero profunda y ronca. La voz se repitió como un eco invertido, ganando potencia hasta la última repetición.

—¿Qué has hecho? —le reprobó Mira.

Cole estaba atónito de que fuera tan valiente. De momento, su osada acusación parecía haber detenido al monstruo.

—Hago lo que quiero —respondió por fin Carnag, con un eco en aumento que acabó en una última reverberación a toda potencia.

—Me perteneces —dijo Mira—. Te arrancaron de mí.

—Yo no pertenezco a nadie —rugió Carnag.

—¡Mentira! —insistió Mira—. Tú eres parte de mí. No eres un ente completo. Ni yo tampoco. Nos necesitamos.

Se hizo una larga pausa. Cole empezó a preguntarse si Carnag respondería. Llegaron las palabras:

—Ahora soy más, no menos. Tú eras mi cárcel, al igual que lo era otro. Ven a mí. No te haré daño.

—¿Venir a ti?

—Ahora me pertenecerás —dijo Carnag, agachándose y alargando la mano.

Mira sacó la espada y saltó del caballo. Aterrizó en una rama alta de un árbol.

—¡Yo no soy tuya! —gritó—. ¡Tú eres mío! ¡Tú procedes de mí!

Aquello provocó una risa lenta que recordaba el inquietante sonido que haría una mina antes de un desprendimiento.

—Yo soy mucho más que tú.

El gigante volvió a extender la mano para cogerla. Mira saltó una gran distancia y aterrizó en otro árbol. Cole vio que Jace lanzaba su cuerda. Se alargó más de lo que había visto nunca, volviéndose también más gruesa, y rodeó las pantorrillas de Carnag tres veces.

Al intentar dar un paso, el enorme monstruo tropezó con la cuerda y cayó de bruces; primero fueron a dar al suelo las rodillas, y luego ambas manos. Jace recogió la cuerda. Mira saltó a otro árbol.

393

Carnag se puso en pie, giró la cabeza hacia atrás y soltó un enorme rugido. Jace se tapó los oídos, pero el penetrante eco del grito hizo que le vibrara todo el cuerpo. Las hojas y los arbustos a su alrededor temblaron.

De pronto, las ramas del árbol donde se había posado Mira se cerraron sobre ella, como mil dedos en un puño. El terreno donde se encontraba Jace se levantó a su alrededor, atrapándolo en un montículo del que solo le sobresalía la cabeza. Carnag se giró y estiró un brazo: atrapó a Twitch en pleno salto.

Se giró otra vez y miró a Cole. En el momento en que el suelo se levantaba a su alrededor, el niño apuntó con la espada hacia arriba y gritó: «¡Adelante!». Salió despedido; la tierra le rozó las piernas, pero no lo suficientemente rápido como para atraparle.

Cole seguía volando cuando cayó en su error. En su intento por evitar quedar atrapado en el suelo, había apuntado hacia el cielo, y había saltado al máximo de su potencia. No había ningún sitio donde aterrizar. Acababa de firmar su sentencia de muerte.

En el punto más alto de su trayectoria, Cole miró hacia abajo desde una altura de vértigo, equivalente a la del cuello de Carnag. Mientras caía, una enorme mano apareció bajo sus pies. Aterrizó sobre la palma de Carnag; apuntó con su espada hacia el hombro del monstruo, gritó la orden y salió disparado al instante.

Carnag cerró los dedos demasiado despacio, y no pudo evitar que Cole saliera volando hacia el hombro. Nada más posarse en él, Cole apuntó de nuevo con la espada hacia el árbol más próximo, gritó la orden y volvió a despegar.

Mientras volaba, observó dónde iba a aterrizar y se preparó para el siguiente salto. Nunca había intentado enlazar saltos de aquel modo, tan rápido. Así, el impacto del aterrizaje era menor. O quizá fuera la adrenalina.

Un momento antes de aterrizar, la gigantesca mano de Carnag ya lo había rodeado, atrapándolo en pleno vuelo y reteniéndolo con fuerza. Cole se revolvió, pero no sirvió de nada.

De un manotazo, Carnag metió a Cole en la jaula del pecho. Antes de que pudiera reaccionar, la puerta se cerró con un ruido metálico. En la jaula había cinco legionarios con el uniforme roto y manchado de tierra. Uno de ellos ayudó a Cole a ponerse en pie. También había una mujer y un niño de unos ocho años.

La puerta volvió a abrirse, y apareció Twitch, que entró también dando tumbos. Jace llegó un momento más tarde. Ambos parecían aturdidos.

—Bienvenidos a vuestra casa de vacaciones —dijo uno de los legionarios.

—Más vale que no vuelva a tropezar —añadió otro, frotándose la frente por un lado.

—¿Me oyes, Cole? —preguntó Liam. La voz le llegaba al oído derecho—. ¿Estáis bien?

—Sí —dijo Cole, en voz baja—. Estamos atrapados, pero no nos ha hecho nada.

—Parece que prefiere capturaros que mataros —dijo Liam—. De momento, voy a mantenerme a distancia.

La parte trasera de la jaula era de madera, piedra y tierra, materiales de los que estaba hecho el propio monstruo. Unas gruesas barras de metal componían un lado y la parte frontal, incluida la puerta con bisagras por la que habían entrado. Cole se acercó a la puerta y tiró de ella, pero en vano. Aún tenía su espada saltarina, pero no estaba seguro de que sirviera para nada con unos barrotes de por medio.

Cuando Carnag se giró y se puso de nuevo en movimiento, Cole se agarró a las barras para evitar caer. Crujiendo y balanceándose, Carnag se acercó al árbol donde aún estaba Mira. Tendió la mano hacia el árbol y las ramas se abrieron.

—¡Mayal, ataca! —gritó Mira.

El Mayal del Forjador fue directo a la mano de Carnag, levantando pedazos de tierra, fragmentos de piedra y de madera. Tras el impacto inicial, que hizo que Carnag retirara un momento la mano, agarró el mayal en pleno vuelo, como quien coge un bicho, y cerró el puño con fuerza.

Mira aprovechó la distracción para usar la espada saltarina y bajar al suelo. Cuando Carnag fue tras ella, Cole se sintió como si estuviera mirando a su amiga desde lo alto de un barranco. Carnag se agachó para cogerla, haciendo que la jaula se inclinara hacia delante.

Cole quería cerrar los ojos. ¡Si Carnag atrapaba a Mira, se habría acabado todo! Los estaba pillando a todos con demasiada facilidad. Quedaría todo en manos de Liam.

Mira no apuntaba con la espada a otro lugar para dar un nuevo salto. Observaba al coloso con decisión.

—¡No, Carnag! —gritó, poniéndose la punta de la espada saltarina en la garganta—. ¡Atrás, o acabo con los dos!

El monstruo se detuvo. Cole se preguntó si Mira ya tenía pensado echarse aquel farol desde antes, o si se le había ocurrido al llegar a aquella situación desesperada.

El gigante irguió el cuerpo y se quedó inmóvil.

—Sí que lo harías —dijo Carnag, algo asombrado. Desde donde estaba Cole, el eco ascendente de la voz le rodeaba por todas partes—. Percibo tu determinación.

—Puedes estar seguro —respondió Mira—. Prefiero morir a que sigas devastando Sambria y haciendo daño a mis amigos.

—Yo no he matado a nadie —dijo Carnag.

—Eso me cuesta creerlo —respondió Mira.

—Yo no mato —repitió Carnag—. Colecciono.

—¿Es eso cierto? —gritó Mira.

—Yo no le he visto matar a nadie —gritó uno de los legionarios atrapados en la celda de Cole.

—Yo tampoco —respondió una mujer más abajo, probablemente desde la jaula de la cadera—. Pero, desde luego, no es muy delicado.

—Yo colecciono —insistió Carnag.

—No puedes coleccionar personas —le reprendió Mira—. Eso no se puede hacer. Nosotros tenemos que estar juntos. Vuelve a mí.

Carnag no respondió.

—¿Oís eso? —dijo Twitch.

—¿El qué? —preguntó Jace.

—Una voz muy débil —repuso Twitch, acercándose a la parte de atrás de la jaula.

—Yo también la he oído —dijo uno de los legionarios—. Es como si viniera del interior de esta cosa.

Twitch se acercó a la pared trasera de la jaula y apoyó la oreja contra una viga de madera.

—Sí —dijo—. Es una mujer. La voz apenas se oye. No la entiendo. Pero habla mucho.

Carnag se agachó y apoyó una rodilla en el suelo, con lo que Cole pudo ver mejor a Mira. Seguía con la punta de la espada en la garganta.

El monstruo extendió un tentáculo que avanzó reptando por el suelo en dirección a Mira. Ella lo miró, con los ojos bien abiertos.

—¡Lo haré! —le advirtió.

—Hablemos primero —dijo Carnag, con aquella voz que resonaba cada vez más fuerte.

Donde acababa el tentáculo, el suelo se hinchó y

emergió un duplicado perfecto de Mira, con la misma ropa y con una espada idéntica. El tentáculo acababa en el centro de su espalda, uniéndola al pie de Carnag.

—Hola —dijo la falsa Mira.

—¿Esto qué es? —preguntó Mira.

—Tenemos que hablar —dijo la falsa Mira tranquilamente, con una voz igual a la de la verdadera.

Cole no tenía que hacer esfuerzos para oírla. Daba la impresión de que Liam estaba usando los auriculares de arcilla para que oyeran la conversación.

—Tú no eres yo —dijo Mira—. Eres un semblante.

—Yo no soy tú —repuso la falsa Mira—. Soy yo. No puedes vencerme. Tú eres la parte débil. Yo podría protegerte.

—¡Tú no eres nada! —replicó Mira, furiosa—. ¡Eres un fiasco! ¡Estás hecha de cosas que has ido encontrando por ahí! ¡Tierra, madera y basura!

—Yo puedo ser lo que quiera ser —dijo la Mira falsa—. Lo que necesite. Todos nos forjamos a nosotros mismos. Solo que a mí se me da mejor.

—Te arrancaron de mí. Te forjaron a partir de mí. No te conozco. ¿Tú te conoces?

Un segundo tentáculo avanzó reptando. Cuando llegó junto a Mira, el suelo se hinchó, y el extremo del tentáculo se convirtió en un hombre vestido con ropas elegantes.

—Lo hice yo —dijo él.

—¡No tiene gracia! —espetó Mira—. Déjate de juegos de marionetas. ¡Tú no eres él! ¡Tú no eres mi padre!

Cole frunció el ceño al ver aquel elegante semblante. Desde aquella posición le costaba ver los detalles. Pero suponiendo que aquel semblante se pareciera tanto al original como la falsa Mira, era la primera vez que veía a su enemigo, el rey supremo.

—¿Estás segura? —dijo el forjador supremo—. Estoy muy cerca. Esta entidad lleva mucho tiempo conmigo. Mucho más tiempo que contigo. Y mucho más tiempo del que yo pasé contigo.

Mira se giró hacia su doble.

—Tú no eras parte de él. Tú eras su prisionera.

—Ella formaba parte de mí —dijo el falso rey supremo—. Y, además, era mi prisionera.

Mira se acercó a su clon.

—¿Es que no lo ves? Él te cogió. Te robó. Pero ahora eres libre. Podemos estar juntos de nuevo. Estamos hechos para estar juntos.

Ni Carnag ni los semblantes reaccionaron.

—Vuelvo a oír las voces —dijo Twitch—. Esto es muy raro. Hay alguien ahí dentro, diciendo cosas.

—¿No distingues nada? —preguntó Jace.

—No —dijo Twitch, con rabia.

399

—Tú quieres poseerme igual que me poseía él —dijo por fin la falsa Mira—. ¡Quieres sumergirme en tu interior! Si vuelvo contigo, muero. Tú vendrás conmigo. Así sobreviviremos las dos.

—Usaré la espada; no es un farol —advirtió Mira.

—Yo tampoco bromeo —respondió la falsa Mira—. ¿Y si quiero ser libre? ¿Y si prefiero morir que volver a donde estaba?

—Twitch tiene razón —dijo Liam, al oído de Cole—. Tengo una habilidad extraordinaria para discernir composiciones físicas. Hay una mujer dentro de Carnag.

—¡Mira! —gritó Cole—. ¡Pregúntale a Carnag por la mujer que lleva dentro! ¡La mujer que le habla!

—El chico miente —afirmaron al mismo tiempo la falsa Mira y el falso padre.

—¿Quién es la mujer que llevas dentro? —preguntó Mira—. ¿Te controla alguien?

Los semblantes se quedaron inmóviles.

—Vuelvo a oírla —dijo Twitch—. Más bajo.

Cole presionó la oreja contra la viga, por debajo de Twitch. Se oía claramente un murmullo acelerado, aunque muy bajito.

—¡La oigo! —dijo Cole en voz alta.

—Oímos a la mujer —afirmó Mira—. ¿Quién es?

—¡No la escuches! ¡Tú eres parte de mí! ¡Escúchame a mí!

—Tú no eres digna de este poder, Mira —la acusó su padre falso—. Lo habrías desperdiciado. ¡Me dejaste que te lo quitara y huiste!

—Hui porque mi padre me perseguía —exclamó Mira—. Hui porque no entendía lo que estaba ocurriendo. ¡Yo forjaba muchísimas cosas! Y, de pronto, aquello desapareció. Me lo robó.

—Entonces usa tu poder de forjado —la desafió su padre falso—. Si eres digna, recupera lo que es tuyo. Si no, acepta la protección de Carnag y deja que viva. Que crezca. Que sea todas las cosas que por tu ineptitud no pudo ser.

—Ya casi no puedo forjar nada —dijo Mira—. No sé ni si podría cambiar el color de mi camisa. ¿Por qué? Porque me robaron ese poder.

—Interesante —murmuró su padre.

—Sigue hablando —dijo Twitch.

—¿Distingues lo que dice? —susurró Cole, esperando que Liam entendiera que la pregunta era para él.

—Lo siento, pero no —respondió Liam.

—¿Con quién estás hablando? —preguntó Mira—. ¿Quién está ahí dentro?

—Dame la espada —le dijo el padre falso de Mira, tendiéndole una mano—. No queremos que ocurra una tragedia.

—Acércate un centímetro más, y me corto la garganta —le amenazó Mira.

—Lo dice en serio —constató la falsa Mira.

—Lo sé —respondió el falso padre, con un gruñido.

—¿Tú cómo te llamas? —le preguntó Mira a su doble.

La falsa Mira vaciló.

—Algunos me llaman Carnag. Supongo que es un buen nombre para mi exterior.

—¿Es así como te llamas tú misma?

—No —respondió la falsa Mira—. Me llamo Miracle.

—Y, realmente, es un milagro —dijo el falso padre—. Hace cosas maravillosas que tú nunca habrías podido conseguir.

—No tuve ocasión —dijo Mira—. Tenía once años. «Aún» tengo once años. —Se giró hacia su doble—. Tú te llamas Miracle porque procedes de mí. Mi padre te robó. ¿Tuvo algo que ver la mujer que llevas dentro?

Se hizo una larga pausa.

—No oigo nada —informó Twitch—. Quizás esté susurrando.

—¿Sigue hablándote? —insistió Mira.

—Quizá —dijo la falsa Mira.

—¿Por qué la escuchas? ¿Quién es ella?

La falsa Mira levantó una mano, haciéndola callar.

—No lo entenderías. Es…, es mi madre. No tu madre. No Harmony. Mi madre.

—¿Tu madre? —exclamó Mira—. ¿Quiere eso decir que ella te hizo? ¿Es ella la que te robó?

—«Yo» liberé a Miracle de ti —dijo su padre con suficiencia.

—¿Te ha dicho ella que es tu madre? —preguntó Mira—. ¿Quién es realmente? ¡Si alguien es tu madre, soy yo! ¡Naciste en mí!

—No seas absurda —gruñó el padre falso de Mira.

—Quiero hablar con esa mujer —dijo Mira.

—Ella no quiere hablar contigo —respondió la falsa Mira—. Aún no. Más tarde. Cuando hayas venido con nosotros. Te ayudará a comprender.

—Yo no voy a ir con vosotros.

—Ya verás —dijo su doble—. Puedes liberarme. Liberarme del todo. Liberarnos. Liberarnos la una a la otra. Cortar todas las ataduras. Podremos ir por separado. Ella te puede enseñar.

—¡Tu eres mi poder para forjar! —gritó Mira—. No podemos estar separadas. ¿A ti te gustaría perder tu poder para forjar?

—Yo no puedo perderlo —dijo la falsa Mira, sin más—. Yo «soy» el poder para forjar.

Mira contuvo una exclamación. Su falso padre se adelantó y la agarró. Mira forcejeó, pero él era más fuerte. Carnag se agachó y la recogió. Cole tardó un momento en darse cuenta de lo que había ocurrido. Mira había dejado caer su espada saltarina. Ya no era una espada. Era un palo.

Capítulo 33

Miracle

—¡Carnag ha convertido su espada en un palo! —exclamó Cole.

—Lo sé —respondió la voz de Liam—. Eso es malo. Esa recreación había sido diseñada para que fuera difícil de modificar. Y yo estaba tomando medidas de protección para que no lo hicieran. Carnag ha tardado un poco, pero ha encontrado el modo. Eso significa que todo lo que tenemos podría ser vulnerable.

Jace y Twitch se agarraron a los barrotes y observaron cómo Carnag metía a Mira en la jaula de su cadera. En el suelo, los semblantes de Mira y de su padre se acercaron al pie de Carnag, se fundieron en él y desaparecieron. El coloso se puso en pie.

—¡Ponme con mis amigos! —gritó Mira.

—Los privilegios hay que ganárselos —respondió Carnag.

—¿Me oís, chicos? —susurró Mira—. ¿Estáis bien?

—Estamos encerrados en el interior de un monstruo gigante —respondió Cole—. Por lo demás, estamos bien.

—¿Cómo os oís?

—¡Silencio! —rugió Carnag, y la jaula se agitó bruscamente.

Cole se agarró a los barrotes para no caerse.

—¡No le enfurezcáis aún más! —dijo uno de los legionarios.

—¡No he perdido todo mi poder de forjado! —gritó Mira.

—¿Esa es Miracle? —preguntó otro de los legionarios—. ¿La Miracle de tantos años atrás?

Cole se quedó mirando al legionario. Parecía ser que la conversación entre Mira y Carnag le había hecho entender lo que estaba ocurriendo realmente. Si ya había sacado conclusiones, Cole pensó que lo mejor sería explicar toda la verdad.

—Su padre le robó su poder —dijo.

—No te referirás al rey supremo, ¿no? —respondió el mismo legionario.

Cole asintió.

—Robó el poder para forjar a todas sus hijas y fingió su muerte. Mira lleva escondiéndose todo este tiempo. Su padre ha empezado a perder poder, y el poder de Mira se ha ido convirtiendo en Carnag.

Todos los que estaban en la jaula estaban atónitos.

—¿Y vosotros tres quiénes sois? —preguntó otro legionario.

—Nadie importante —dijo Jace—. La estamos ayudando. O eso intentamos.

—Tenemos que llegar a esa mujer en el interior de Carnag —dijo Cole, en voz baja.

—Pues buena suerte —respondió el mayor de los legionarios—. Nosotros tenemos nuestras armas. El monstruo ni se ha molestado en quitárnoslas. Hemos intentado cavar para liberarnos. Es muy sólido. Cuando por fin conseguimos excavar un poco, se reparó él mismo y nos dio una buena sacudida.

Carnag estaba de nuevo caminando, avanzando por el bosque, apartando los árboles a su paso con las manos como si fueran arbustos. A cada paso, la jaula se balanceaba y todo a su alrededor crujía.

—Quizá pueda ayudaros —le dijo Liam en voz baja a Cole—. Tendré que acercarme, pero intentaré abrir las jaulas, al menos un momento.

—Estaremos listos —susurró Cole, con el corazón golpeándole en el pecho.

—¿Dónde nos lleva? —preguntó Twitch.

—Quiere ponernos con los demás —contestó la mujer.

—¿Qué otros? —dijo Jace.

—Eso es lo único que nos ha dicho —respondió el legionario mayor—. Supongo que otras personas que ha atrapado. Ya lo habéis oído. Carnag colecciona personas.

Twitch puso de nuevo la oreja contra la viga.

—Creo que la mujer está hablando otra vez. Apenas la oigo.

—Intenta descifrar alguna palabra —le apremió Jace.

Cole se acercó a Jace y susurró lo más bajo que pudo:

—¿Has oído a Liam?

Jace asintió y se llevó un dedo a los labios.

—Intentaría abrir los barrotes con mi cuerda, pero todo esto es muy sólido. —Dio una patada a la pared de la celda, hizo un gesto de dolor y cojeó un momento. Se sentó junto a Cole, con la cuerda dorada en las manos—. Parece que estamos atrapados. Tendremos que esperar y ver adónde vamos a parar.

Cole se preguntó si Carnag se tragaría aquel teatro. El gigante no dio muestras de una cosa ni de otra.

Salieron del bosque y avanzaron a campo abierto. Cole bajó la vista y vio un cobertizo y una granja. Los edificios parecían vacíos, pero en los campos pastaban vacas y ovejas.

Observó una manchita a lo lejos. Fue creciendo rápidamente, como si se dirigiera hacia ellos. Hizo un gesto a Jace, que levantó la vista, sobresaltado.

Cuando Carnag se detuvo y se giró hacia la nueva amenaza que se cernía, Cole vio que se trataba de Liam. Voló directamente hacia Carnag, virando solo cuando el monstruo lanzó uno de sus largos brazos hacia él.

—Preparaos —los avisó Liam, mientras daba un bandazo y se situaba detrás del gigante. No levantó la voz, pero se le oía fuerte por el auricular. Carnag se agitaba y se debatía buscando a Liam, girando, saltando y dando manotazos. Todos se agarraron a los barrotes de la jaula lo mejor que pudieron—. La mujer no está lejos de vosotros —dijo Liam, tras una serie de vertiginosas maniobras de evasión—. ¡Daos prisa! Yo intentaré distraerlo.

De pronto, la parte trasera de la celda se abrió y apareció un túnel que descendía hacia el interior. Sin perder un momento, Cole se lanzó por la abertura. Jace y Twitch le siguieron. Carnag rugía como nunca. Los imponentes ecos llegaban de todas partes. Avanzando a trompicones, con las manos sobre las orejas, Cole sintió el bramido con tanta intensidad como lo oía. Las irregulares paredes del túnel temblaron.

No era muy largo. Cole llegó enseguida al final, donde encontró una sencilla sala iluminada. En una silla con un gran cojín mullido había sentada una mujer de mediana edad, con el cabello largo y oscuro, y un vestido amplio y negro. Por su aspecto físico, daba a entender que se pasaba mucho más tiempo sentada que haciendo ejercicio. Al verlos, abrió bien los ojos, alarmada, y se puso en pie.

—Están… —empezó a gritar, pero la cuerda de Jace se lanzó hacia ella y le rodeó la cabeza varias veces a la altura de la boca. Lo único que pudo emitir a partir de aquel momento fueron gritos apagados.

—¡Cállate! —le ordenó Cole, blandiendo su espada saltarina—. ¡Siéntate, o te corto en dos!

—¡Yo haré algo más que eso! —prometió Jace.

La mujer se dejó caer en la silla. Cole observó que el túnel se cerraba a sus espaldas. Jace, Twitch, él y la mujer estaban atrapados en un espacio bastante reducido, iluminado con piedras luminosas.

La sala se inclinó hacia un lado, y Cole cayó de rodillas. Jace también resbaló, pero no soltó la cuerda. Twitch dio un saltito, agitó las alas y se mantuvo en pie. La silla se deslizó un poco, pero la mujer se quedó en ella.

—¿Qué estás haciendo aquí? —preguntó Cole.

Ella se lo quedó mirando y señaló la cuerda que le cubría la boca.

—Muy bien —dijo Cole—. Pide auxilio, y no habrá piedad contigo.

Ella asintió.

La cuerda se aflojó, cayendo en un círculo que le rodeaba el cuello. La mujer no apartaba la mirada de Cole. Le señaló, curvando los dedos, y frunció el ceño:

—¿Cómo habéis entrado aquí? Para eso hay que tener una gran habilidad como forjador, y no detecto ningún poder activo en ninguno de vosotros.

—No es asunto tuyo —respondió Cole—. Dile a Carnag que nos suelte.

Ella sonrió, socarrona.

—¿Soltaros? ¿Intentáis retenerme como rehén? Aún no habéis visto a Carnag realmente furioso. Pero lo veréis.

Una pared de la celda se hinchó, y apareció Mira, con un tentáculo en la espalda. Aun mirándola de cerca, daba la impresión de estar viva.

—¿Qué estáis haciendo aquí? —preguntó la falsa Mira.

—Suelta a Mira —dijo Cole—. Suéltanos a todos.

—¿Ves lo que te decía? —intervino la mujer—. ¡Tú no quieres matarlos, pero ellos lo único que quieren es acabar contigo! ¡Acabar conmigo! ¡Estaban estrangulándome! ¡Tienes que emplear sus mismos métodos!

—¡Deja de parlotear! —le gritó Jace.

—¡Sed educados! —ordenó la falsa Mira, apuntando a Jace. Se quedó mirando a la mujer de la silla.

—Quima, te dije que no me presionaras para que matara.

—Esta tal Quima no tiene un control total sobre Carnag —dijo Liam, al oído de Cole—. Al menos opone cierta resistencia.

Se abrió un túnel en el lado opuesto a por donde había entrado Cole. El túnel iba hacia abajo.

—Estupendo —soltó la falsa Mira—. Como si aún no fuera lo suficientemente difícil concentrarse.

Por el túnel apareció corriendo Mira. No llevaba ningún tentáculo pegado, por lo que Cole estaba seguro de que era la Mira de verdad. El túnel se cerró tras ella. La pequeña habitación se inclinó bruscamente hacia un lado, haciendo que todos trastabillaran y se agacharan. Luego se agitó hacia el lado contrario, y después se niveló.

—¿Quién es ese tipo que me está molestando? —preguntó la falsa Mira—. Es el mejor forjador con que me he encontrado nunca. No es que no pueda encargarme de él, pero es bastante molesto.

La Mira auténtica se dirigió corriendo a la mujer de la silla:

—¿Tú quién eres?

—Mira —dijo la falsa Mira, encargándose de las presentaciones—, esta es Quima. Quima, Mira.

—Tendríamos que calmarnos todos un poco —propuso Quima.

La falsa Mira frunció el ceño.

—No puedo atrapar a este tipo. Es muy escurridizo. Estoy intentando anular el forjado de su disco volador, pero es muy resistente.

—Declaremos una tregua —sugirió Mira—. Miracle, dile a Liam que quieres una tregua. Dile que yo le pido que deje de atacar para que podamos hablar.

Cole oyó la potente voz de Carnag que le ofrecía una tregua a Liam. De inmediato, la sala se volvió más estable.

—Ha aceptado —informó la falsa Mira—. Pero la tregua solo durará lo que yo desee.

—Así es como funcionan las treguas —murmuró Jace—. Y eso se puede decir de ambas partes.

La falsa Mira le miró frunciendo el ceño.

—Aparta esa cuerda de Quima. Si le hacéis daño, no me responsabilizo de mi reacción.

La cuerda se encogió hasta recuperar su forma original, y Jace se la echó a la espalda. La falsa Mira se acercó a la auténtica:

—No hacía falta que forzaras esta discusión. Habríamos hablado muy pronto. Solo quería poner primero a los otros con el resto de mi colección.

—¿Con las otras personas que tienes prisioneras? —preguntó Cole.

—¿Preferirías que los matara? —replicó la falsa Mira.

—Miracle, esto es una locura —dijo Mira—. ¿Qué es lo que te ha estado diciendo Quima?

—Quima es la única que está de mi lado —dijo la falsa Mira—. A ella no la recogí. Vino voluntariamente. Ella quiere estar aquí. Quiere que sea libre. Tú quieres destruirme. ¿En quién crees que debo confiar?

Mira no sabía qué decir, y Cole aprovechó para intervenir:

—Quizá Quima no sea amiga tuya. Puede que lo único que haya hecho sea ayudarte a abandonar a Mira.

—Entonces le doy las gracias por mi existencia —dijo la falsa Mira.

—Tú ya existías, como parte de mí misma —adujo Mira.

—No así —replicó la falsa Mira, con una risita—. Ahora soy lo que quiero ser.

—¿Lo que quieres ser? ¿Un montón de tierra y tocones de árbol que secuestra gente?

—Eso no es más que el principio —respondió la falsa Mira—. El paso siguiente es liberarme completamente de ti. Completamente. Quima nos ayudará a conseguirlo. Pero tú también tienes que ayudarme.

—Estás soñando —dijo Mira.

La falsa Mira se volvió a reír, y esta vez la risa tenía un aire amenazante.

—Lo harás. O no volverás a ser libre. Nunca. Ni tú ni tus amigos.

—Mira, tu poder de forjado fluye hacia ti como nunca —le dijo Liam muy bajito, por el auricular—. No sé si se debe a que estás rodeada por tu poder, o si es por algún otro motivo, pero haz que Carnag siga hablando.

Mira cerró los ojos y respiró hondo. Cole sabía que estaba fingiendo, como si pensara qué decir, mientras escuchaba a Liam. Cuando volvió a abrirlos, habló con calma y muy seria:

—Estabas conmigo y te robaron. Mi vida ha sido una pesadilla desde entonces. Estabas con mi padre. Tú sabes por lo que me hizo pasar. ¿Ahora tú también me quieres abandonar?

—¿Tú crees que me gustas? —respondió la falsa Mira, frunciendo el ceño—. ¿Crees que me debo a ti?

¿Que lamento ser libre? Yo no siento que sea parte de ti, Mira. No somos dos mitades de una misma cosa. Si procedo de ti, enhorabuena por haber hecho algo tan magnífico. Pero ya no te pertenezco. Nunca te perteneceré. Y hasta que no cortes todos los vínculos que nos unen, me aseguraré de que tú tampoco seas libre.

—Tu poder quiere estar contigo —le dijo Liam a Mira—. Es la mente de este semblante lo que se interpone. Tienes que derrotarla. No te rindas. Carnag aún cuenta con la mayor parte de tu poder, pero cada segundo que pasa es más la cantidad que vuelve a ti.

—¿Y qué harás cuando te hayas liberado? —preguntó Mira.

La falsa Mira se giró hacia Quima.

—Lo que yo quiera.

—¿Lo que tú quieras? —replicó Mira—. ¿O lo que te diga Quima? Para mi padre no has sido más que una herramienta. ¿Cómo sé que no te convertirás en una herramienta también para ella? ¿Sabes siquiera lo que deseas?

La falsa Mira calló un momento, mirando nerviosamente a Quima.

—Yo quiero ser yo. Quiero ser yo misma.

—No dejas de decir que quieres ser tú misma —dijo Mira—. ¿Y quién eres tú?

La falsa Mira vaciló un momento:

—Alguien independiente de ti.

—Tú eres mi poder de forjado. Te has convertido en un semblante que se ha dado forma a sí mismo. Sabes por qué los llaman semblantes, ¿no? Porque son «semejantes» a los seres vivos. No lo son, pero lo parecen. Piensa en los semblantes que creas tú. Parecen tener identidad. Pero no la tienen. Son lo que quieras hacer de ellos.

—¡Yo soy diferente! —exclamó la falsa Mira—. ¡Yo soy lo que yo quiero ser!

411

—Entonces, ¿por qué usas mi nombre? ¿Y por qué adoptas mi aspecto?

La falsa Mira se calló.

—No la importunes con preguntas tontas —dijo Quima—. Eres su prisionera. Solo hablas con ella porque ella te da permiso.

La falsa Mira levantó una mano.

—Estamos hablando para convencerla de que me libere. Mira, adopto tu aspecto por costumbre. Me resulta práctico. Pero puedo adoptar el aspecto que quiera. Y puedo usar muchos nombres, como el de Carnag.

—Puedes crearte una identidad falsa —concordó Mira—. Eso es lo que hacen los semblantes. Puedes adoptar mi aspecto, o el de mi padre. Puedes recoger retazos de las cosas que ves y convertirlas en parte de ti misma. Pero eso no significa que estés viva. Si lo piensas bien, adoptar el aspecto que desees es lo contrario a tener una identidad. Eres un semblante complejo y poderoso. Pero no dejas de ser un semblante. Los semblantes son extensiones de la voluntad de su creador. A menos que alguna otra persona se haga con el control —dijo, girándose hacia Quima.

—¿Y cómo iba a controlar nadie a Miracle? —preguntó Quima—. Todos los que estamos aquí dentro vivimos solo gracias a su generosidad. Yo le aporto consejo. Le doy mi amistad. Y creo que tiene derecho a existir. ¿Tan malo es eso?

—Lo es, si la estás engañando —dijo Mira—. Lo es, si lo único que intentas es ser la próxima persona que quiere robármela.

—Nadie puede robarme —dijo la falsa Mira—. Yo tomo mis propias decisiones.

—¿Ah, sí? —preguntó Mira—. ¿Y cuándo decidiste abandonarme?

La falsa Mira no respondió. Tenía los ojos puestos en Quima.

—¿Y cuándo decidiste nacer tú, Mira? —espetó Quima.

—¡Exacto! —la secundó la falsa Mira—. Algunas decisiones no las podemos tomar personalmente.

Mira echó una mirada nerviosa a Cole que dejaba claro que estaba dispuesta a jugársela.

—¿Cuándo decidiste que estarías mejor separándote de mí?

—Fue… —improvisó la falsa Mira, pero luego vaciló—. Fue después de hablar con Quima.

—Vaya —dijo Mira.

La falsa Mira se ruborizó.

—Quima me dio un buen consejo. Yo decidí seguirlo.

—¿Sueles seguir muchos de sus consejos?

—Es una buena amiga —dijo el semblante—. Como una madre. No hago todo lo que dice.

—¿Por ejemplo?

—Quiere que mate a la gente que me ataca —dijo la falsa Mira—. A mí… no me gusta esa idea. Si no me pueden hacer daño, prefiero coleccionarlos.

—Eso lo sacaste de mí —contestó Mira—. Yo odio la idea de matar nada. Ni siquiera insectos. Pero tenía muchas colecciones. Antes de dejar el palacio.

—Lo sé todo de ti —replicó la falsa Mira—. No hace falta que me lo recuerdes.

—Estás dejando que una enemiga te explote —dijo Mira—. Te está manipulando.

—Quima quiere que sea libre —respondió la falsa Mira—. Tú quieres tenerme atrapada.

—Si yo muero, tú también. Estamos unidas en esencia. ¿Cómo va a cambiar eso Quima?

—Tienes que acceder a liberarme —dijo la falsa

Mira—. Entonces usará el contraforjado para separarnos permanentemente.

—¿Qué es eso del contraforjado? —preguntó Mira—. Es la primera vez que lo oigo.

—Yo también —dijo Liam.

—Es una de las muchas cosas que no sabéis —apuntó la falsa Mira con condescendencia—. El contraforjado es al forjado lo que el forjado es a todo lo demás.

—¿Quima puede alterar el propio poder de forjar?

—Exactamente —respondió la falsa Mira.

—Lo que quiere decir que puede hacer lo que quiera contigo —puntualizó Mira.

—Yo nunca… —dijo Quima, pero la falsa Mira levantó la mano.

—Me puede liberar de ti —afirmó la falsa Mira—. Eso es lo único que quiere.

—¿Y si solo quiere liberarte de mí para poder controlarte ella? —respondió Mira, subrayando las palabras.

Cole vio que Quima intentaba mostrarse más tranquila de lo que estaba realmente. La falsa Mira observó a Quima con una ligera desconfianza.

—Vas bien —la animó Liam—. Sigue por ahí.

—Hmmm —añadió Mira—. ¿Por qué iba a querer ayudar Quima a un poder de forjado en estado puro a encontrar la libertad en forma de semblante? No se trata de su poder. No tiene ningún motivo para sentir apego ninguno. ¿Por qué erigirse en protectora o guía? ¿Qué sacaría ella? No mucho. A menos que el objetivo sea ponerle una trampa. Tal vez estuviera asociada con la persona que lo robó en un principio. Quizá todo fuera un plan para hacerse con el control ella misma.

La falsa Mira dio un paso, acercándose, y le puso una mano en el hombro a Mira.

—Déjalo. Si es un truco, ha funcionado. Prefiero estar

con ella que contigo. Mi decisión nunca cambiará. No me importa que pienses que no tengo identidad. Estoy satisfecha de ser lo que soy. Y Quima también. Si te niegas a liberarme, haré lo que haga falta para hacerte cambiar de opinión. Corta tus vínculos conmigo. Ya no soy tuya. Déjame marchar.

Cole veía claro que la conversación se les escapaba de las manos. ¿Qué podían hacer? ¿Cómo iban a luchar contra algo tan inmenso?

—Quima tiene las riendas —dijo Liam, susurrando apresuradamente—. Controla la mente de Carnag. Pero la sustancia de Carnag te pertenece a ti, Mira. En el fondo lo sabe. No dejas de absorber su energía.

—¿Te das cuenta de que Quima podría haberte hecho pensar así? —preguntó Mira con tono resignado—. ¿Te das cuenta de que, probablemente, lo que sientes no sea más que lo que ella te ha metido dentro con su poder de contraforjado? Probablemente, empezó a modelarte en el momento en que tuviste identidad propia.

—Ya basta —soltó Quima—. No seas tan egoísta. Puedo poner fin a esto ahora mismo. Dame permiso, y os liberaré la una de la otra.

—Antes preferiría morir —insistió Mira.

El falso padre de Mira salió de la pared que había detrás de Jace y le puso un cuchillo en el cuello.

—No le preocupa su propia vida —dijo el semblante, al límite de su paciencia—. ¿Te preocupan tus amigos, Mira? Esas habilidades que has perdido no han sido tuyas la mayor parte de tu vida. Sepárate de ellas, y tus amigos vivirán.

—¿No decías que no querías matar a nadie? —gritó Mira.

—Nunca he tenido motivo suficiente como para quitar una vida —respondió la falsa Mira—. Dices que eso puedo haberlo heredado de ti. Quizá me equivoqué al llevarle la contraria a Quima en eso. Seguramente vacilaba por tu culpa. Por suerte, siempre estoy a tiempo de cambiar.

—No te rindas —dijo Jace.

—Si no lo hace, morirás, y luego pasaré al siguiente —amenazó el falso padre de Mira—. Y acabaré con tus amigos, Mira. Uno a uno, inocente tras inocente, seguiré hasta convencerte. Tienes hasta que cuente cinco. Uno.

—No puedo abrirme paso a través de Carnag —dijo Liam—. Estoy intentando hacer un túnel, pero no me deja.

—Dos.

—¿Cómo puede aprender tan rápido? —se lamentó Liam—. Ahora ni siquiera puedo hacerle un rasguño. ¡Se adapta muy rápido!

—Tres.

Cole no sabía qué hacer. Si atacaba al semblante del padre de Mira, el falso rey podría cortarle el cuello a Jace de inmediato. Y Carnag podía atacar de cualquier otro modo. Al fin y al cabo, se encontraban en su interior.

—Cuatro.

—¿Quieres hacerles daño a mis amigos? —preguntó Mira—. ¿Quieres cruzar esa línea? Tú te lo has buscado.

Señaló hacia el tentáculo que unía a su falso padre con la pared. Parte del tentáculo desapareció, y el semblante de su padre se disolvió de inmediato, incluida la espada.

Mira extendió la mano y se abrió un túnel hacia el exterior.

—¡Saltad! —gritó Mira.

Cole no esperó a que se lo dijera dos veces. Se lanzó por el túnel a la carrera, con la espada por delante. Cuando vio el suelo, apuntó, gritó la orden y saltó.

Se giró en pleno aire y vio que Twitch también saltaba. A continuación, salió Jace, cogiéndose a Mira con un brazo y con Quima atrapada en la cuerda dorada. Los tres salieron volando juntos del interior de Carnag.

Mientras caía, Cole vio que Liam acudía a toda velocidad para ayudar. Jace le dejó a Mira, que hizo que el disco se tambaleara un poco antes de trazar una curva y descender rápidamente. Carnag alargó una mano y agarró a Quima.

Al sentir que se acercaba al suelo, Cole se giró para ver dónde caía. Rodó unos metros y luego vio que Jace amortiguaba su caída enroscando bajo sus pies la cuerda en forma de muelle. Al otro extremo ya no tenía a Quima, que estaba en manos de Carnag.

Liam y Mira aterrizaron bruscamente, y el disco salió rodando desde el punto de impacto. Levantaron una nube de polvo.

417

—¿Estáis bien? —preguntó Cole.

—Vivos. En realidad, mi disco no está hecho para dos personas —dijo Liam, corriendo tras su disco para recuperarlo.

—¿Cómo te atreves? —rugió Carnag, alargando la mano en dirección a Mira.

Al acercarse, Mira agitó el brazo y la mano desapareció. Liberado de la presa de Carnag, el Mayal del Forjador cayó al suelo.

—¡Atrás! —gritó Mira.

—¡Te está quitando la energía! —chilló Quima—. ¡Está usando tu propio poder en tu contra!

—¡«Mi» poder! —la corrigió Mira.

La mano que sostenía a Quima desapareció, y la mujer cayó en picado, con la falda ondeando al viento. Se formó una nueva mano, justo a tiempo para agarrarla. En lugar de volver a levantarla, Carnag la posó en el suelo.

—¡Contén a Mira! —gritó Quima—. ¡Quieren destruirnos! ¡Detenlos a todos!

Alrededor de Cole apareció una jaula, formada de barras que surgieron del suelo para conectarse por encima. A través de los gruesos barrotes, Cole vio que Mira y Jace estaban atrapados en jaulas similares, no muy lejos. Mira estaba encadenada y amordazada. Twitch y Liam permanecían libres, ambos flotando en el aire.

—¿No puedes eliminar los barrotes con tu poder? —le preguntó Liam.

Mira negó con la cabeza y emitió un «no» ahogado.

—Debes de tener un poder especial sobre el propio Carnag —observó—. Los objetos que forja quedan alejados de tu influencia.

Carnag se acercó hasta plantarse frente a Mira. De uno de sus pies surgió un tentáculo, y la falsa Mira apareció en el extremo. Avanzó con rabia, parándose justo frente a la jaula de Mira.

—Ya está bien —dijo, furiosa—. Se ha acabado. Ahora vas a liberarme de tu poder, u os machacaré a todos. Primero a tus amigos, Mira, y luego a ti. No me importa lo que me ocurra.

Mira respondió algo ininteligible. La falsa Mira agitó una mano y la mordaza desapareció.

—¡Mayal, ataca a Quima! —gritó Mira.

El mayal salió disparado hacia donde estaba la mujer de cabello oscuro, aún aturdida tras la caída que a punto había estado de costarle la vida. Cuando Carnag se lanzó para interponerse entre Quima y el mayal, Mira gritó una nueva orden.

—¡Mayal, atácame a mí!

El mayal dio media vuelta y fue hacia la jaula de Mira.

Sin tiempo apenas de retroceder, Carnag se agachó

para agarrar el mayal justo antes de que chocara contra los gruesos barrotes.

La falsa Mira agitó una mano y la mordaza apareció de nuevo en la boca de Mira. Carnag se puso en pie lentamente. Cole levantó la vista para mirar al gigante. ¡Era enorme! Le costaba creer que algo tan grande pudiera proceder de Mira. Según Liam, la parte que realmente procedía de ella quería regresar. Carnag era colosal y aterrador, pero, al fin y al cabo, según Mira, no era más que un semblante.

Cole agarró su chal. ¿Podría tener algún poder sobre algo tan descomunal? ¿Podría ponérselo a un semblante tan enorme?

—Estás pidiendo que te mate a gritos —dijo la falsa Mira—. Y también que mate a tus amigos. Así que vamos a complacerte. Padre intentó acabar con ese. —Señaló a Jace—. ¿Qué tal si empezamos por él?

—Sácame de aquí —susurró Cole—. Ábreme la jaula.

—No estoy seguro de poder hacerlo —respondió Liam—. Aunque Carnag esté distraído, es demasiado peligroso.

—Tienes que hacerlo —dijo Cole—. Tengo una idea.

—Pues es más de lo que tengo yo —admitió Liam.

Dos barrotes de la jaula de Cole desaparecieron. Liam cayó en picado, casi perdiendo el equilibrio sobre el disco, pero consiguió enderezarse.

Cole salió corriendo de su jaula y se dirigió hacia la falsa Mira, que le daba la espalda, concentrada en Jace. Carnag se acercó a la jaula y levantó un pie, colocándolo encima.

—Última oportunidad —avisó la falsa Mira.

—No te rindas —le exhortó Jace, decidido.

Mientras corría con todas sus fuerzas, Cole desabrochó el chal. Quima tenía la vista fija en la jaula de Jace. Mira también. Y también la falsa Mira.

—¡Mmmmphf! —exclamó Mira, señalando la mordaza.

—Muy bien —respondió la falsa Mira—. Última oportunidad. Pero si no me gusta lo que dices…

Agitó una mano y la mordaza volvió a desaparecer.

Cole llegó a la falsa Mira y le colocó el chal alrededor de los hombros por atrás, abrochándoselo con dedos temblorosos. La falsa Mira le miró por encima del hombro, perpleja.

—Muy bien, Miracle —dijo Cole—. Quiero que te tumbes.

Inmediatamente, Miracle se agachó y se tendió en el suelo.

Con el corazón golpeándole el pecho por el esfuerzo y la desesperación, Cole se quedó mirando, aliviado y asombrado. ¡Apenas podía creer que el chal funcionara! No quería perder la inercia, así que intentó mantener un tono relajado y añadió:

—Carnag tiene que retirar el pie con cuidado.

El monstruo apartó el pie de la jaula de Jace.

Quima se lanzó hacia Cole, con los ojos encendidos de la rabia. Con fuerza, Twitch cayó sobre ella, por detrás, y ambos salieron dando tumbos por el suelo. Liam aterrizó cerca, agitó una mano y unas cuerdas rodearon a Quima, inmovilizándola. Una mordaza le cubrió la boca. Con los ojos hinchados, Quima se agitó frenéticamente.

—Miracle —dijo Cole con suavidad—. Todo Carnag debería tumbarse en el suelo. Pero suavemente.

El gigantesco montón de objetos y sustancias se agachó y luego se tendió de espaldas sobre el terreno. La gente que había en sus jaulas se agarró a los barrotes, viendo como el suelo se convertía en pared.

—Muy bien —dijo Cole—. Ahora abre una salida para los prisioneros. Cuando hayan salido, voy a pedirte que te liberes de ese cuerpo enorme. Cortarás ese tentáculo que te conecta con toda esa basura y tendrás nuestro tamaño.

Antes de que acabara la frase, las jaulas de Carnag ya habían desaparecido, y también la de Jace. Asimismo, la jaula de Twitch también se desintegró y sus cadenas se desvanecieron. En el suelo, allí cerca, Quima se debatía, intentando que se oyeran sus protestas.

Con los ojos brillantes, Mira corrió hasta situarse al lado de Cole.

—Ahora ya puedes levantarte, Miracle —ordenó el niño—. Solo tú, a escala natural. Que la gran mole de Carnag se quede en el suelo.

Con el tentáculo aún en la espalda, la falsa Mira se puso en pie. Del interior de Carnag fueron saliendo legionarios y otros prisioneros.

—¡Todo el mundo fuera! —gritó Cole—. ¡Apartaos, todos! —Miró para asegurarse de que las celdas estaban vacías.

—Parece que ya está —dijo Liam.

—Venga, desconéctate de ese cuerpo enorme —le pidió Cole.

Hubo una pausa, y la falsa Mira arrugó el labio superior, en una mueca de rabia. Entonces el tentáculo cayó de su espalda.

—La capa echa humo —susurró Twitch.

Tenía razón. Del chal salían unas volutas de humo o de vapor. Cole estaba lo bastante cerca como para sentir el calor. A pesar de ello, la falsa Mira no mostraba signos de incomodidad. De hecho, parecía serena.

—Miracle —añadió Cole, sin dejar pasar un momento—. Tu poder, en realidad, pertenece a Mira. La verdadera Miracle. Tienes que devolvérselo. Devuélvele su poder a Mira.

—¡Oh, vaya! —dijo Mira, con la voz quebrada de la emoción—. Está volviendo a toda velocidad. Siento como llega.

La falsa Mira se giró hacia la auténtica, con los ojos encendidos de ira. Entonces su rostro se tensó, cargado de odio. Le tembló todo el cuerpo. El chal humeaba intensamente, hasta que se prendió fuego.

—¡¿Cómo te atreves?! —gritó la falsa Mira, girándose hacia Cole, con una mirada que anunciaba un asesinato.

Con un gesto de la mano, Mira lanzó el chal en llamas hacia un lado.

—¡Miracle! —le ordenó a su doble, con mirada decidida—. No le culpes a él. Creo que estás furiosa contigo misma.

Mostrando los dientes en una mueca socarrona, la falsa Mira se giró y se lanzó contra la auténtica. Mira levantó una mano y la falsa Mira quedó inmóvil y flotando ligeramente, abriendo los brazos y las piernas en una postura antinatural. Mira observó a su doble con la mandíbula apretada y la frente cubierta de gotitas de sudor.

—¿Qué estás haciendo? —preguntó la falsa Mira, tensando la voz.

—Cogiendo lo que es mío —dijo ella.

Abrió los brazos y la falsa Mira se quebró por la mitad con un destello de luz. Tras el fogonazo, no quedó ni rastro de aquel semblante.

Capítulo 34

Quima

Mira cayó de rodillas. Se quedó mirando a Cole con los ojos muy abiertos.

—¿Eso lo has hecho tú? —le preguntó Cole.

Mira asintió y soltó una risita, desconcertada.

—¿Ha desaparecido? —insistió Cole—. ¿Ha funcionado?

Mira asintió de nuevo.

—Recuperé gran parte de mi poder antes de que se lanzara contra nosotros. De pronto, sentí su forma tangible más claramente que nunca, frágil y quebradiza, pero con toda esa energía bulléndole dentro. Una energía que me pertenecía. Tenía una gran necesidad de liberarla.

—Y vaya si la has liberado —dijo Twitch, con una risita nerviosa.

—Funcionó —confirmó Liam—. Carnag ha desaparecido. No percibo su presencia en absoluto.

—Siento mi poder —constató Mira—. Hace muchísimo tiempo y, sin embargo…, me es increíblemente familiar. Como si lo hubiera perdido ayer mismo.

Liam se deslizó con su disco al lugar donde se habían reunido los prisioneros de Carnag tras su salida.

—Poneos en marcha —les ordenó desde su disco flotante—. Tenéis que ir a buscar a la gente atrapada en la fortaleza de Carnag. El camino más cercano está por ahí. Aquí no hay nada que ver. Lo más inteligente sería fingir que nada de todo esto ha pasado nunca.

Cole dudaba de que nadie pudiera olvidar lo sucedido, pero los prisioneros liberados se pusieron en marcha poco a poco. La gigantesca mole de Carnag yacía inerte, sin desaparecer como la falsa Mira, pero convertida en un montón de escombros.

—¿Qué hacemos con Quima? —preguntó Jace, que la tenía al lado, en el suelo.

—Tengo unas cuantas preguntas que hacerle —dijo Liam—, pero necesito algo de intimidad.

Jace, algo incómodo, miró a Cole:

—Gracias. Nos has librado de una buena.

—Da las gracias a Liam. Y a Mira. Sin ellos, no habríamos tenido ninguna oportunidad.

Liam negó con la cabeza.

—Yo he contribuido. Pero el poder de Carnag estaba muy por encima de mis posibilidades. Mira ha estado espléndida. Y sin tu rápida reacción, Cole, no creo que ninguno hubiéramos sobrevivido.

—Nos has salvado la vida a todos —reconoció Mira.

Cole intentó no sonrojarse, pero la temperatura de su rostro indicaba que no lo estaba consiguiendo. El prisionero más cercano estaba ya a cientos de metros de distancia y se iba alejando a cada paso.

—Muy bien —dijo Liam—. Hablemos con Quima.

La mordaza desapareció de su boca.

—No tenéis ni idea de con quién os la estáis jugando —espetó ella—. No os convenía toparos conmigo.

—No me parece que sea esa la moraleja —dijo Liam, meneando la cabeza—. Creo que a ti no te convenía toparte con Mira.

—Piensa lo que quieras. Mira solo ha retrasado su caída. Esto no era más que una pequeña pieza de un rompecabezas mucho mayor.

—No me sorprende —respondió Liam—. Quiero saber más sobre el contraforjado.

Quima le mostró una sonrisa condescendiente y burlona a la vez.

—Déjame que te lo demuestre, pues.

—Teniendo en cuenta lo que le ha pasado a Mira, voy a declinar tu oferta. He trabajado con forjadores de gran talento, pero nunca he oído hablar del contraforjado.

—Vuestro encuentro con Carnag os servirá de lección. Supongo que con eso os basta por hoy. Los que practican el contraforjado lo hacen desde el anonimato, hace mucho más tiempo del que podéis imaginar. Se acerca nuestra hora. Muy pronto os enteraréis de muchas cosas. Pero os advierto: lo que no sabéis os puede hacer daño.

—¿Mi padre practica el contraforjado? —preguntó Mira.

—Hasta cierto punto.

—¿Y tuvo ayuda para quitarme los poderes?

Quima esperó un instante antes de hablar, frunciendo los ojos.

—Detrás de mi orden hay más de lo que puedas imaginar, Miracle. Sin nosotros, tu padre sería el más incompetente de una larga serie de forjadores supremos.

—¿Quién le ayudó?

—Yo no te diré nada más. No soy menos fiel a mi causa que tú a la tuya. Deja que te enseñe cómo se hace. —Cerró los ojos y apretó un puño.

—¿Qué quieres decir? —preguntó Liam.

Quima abrió la mano, dejando a la vista un pinchazo y una gota de sangre en la palma de su mano.

—Mi anillo ocultaba una aguja envenenada.

—Pues más te valdría haber ido con cuidado —dijo Liam.

—Dentro de unos minutos estaré muerta. Hagáis lo que hagáis para sacarme lo que sé, no funcionará. No llegaréis a tiempo.

—Puede que tengas razón —admitió Liam—. Pero seguro que tendrás algún pensamiento póstumo. Alguna pista que quieras compartir en tu agonía. No querrás abandonar la escena tan discretamente.

Quima esbozó una sonrisa maquiavélica.

—Como queráis. Carnag era débil. Era débil porque era dócil. Con algo más de tiempo, habría corregido esa tendencia. Los otros no serán tan frágiles.

—¿Qué otros? —preguntó Mira—. ¿Esto les está pasando a todas mis hermanas?

—Eso no será un misterio durante mucho tiempo. Tienen estilos de forjado muy diferentes. Sus poderes tomarán formas distintas. Ninguna será tan patética como la tuya. Y los semblantes que surgirán de tus hermanas no son más que el principio.

—¿Qué vendrá después? —preguntó Liam.

—Lo sabréis cuando llegue —prometió Quima—. Suponiendo que sigáis vivos.

—Me siento llena de fuerzas —dijo Mira—. Mi padre ya no controla en absoluto mi poder.

Quima meneó la cabeza, como si Mira no entendiera.

—Tu padre es el menor de tus problemas. Pero incluso Stafford nos puede ser útil todavía. Sus poderes menguan, pero su autoridad sigue vigente. Y si una vez ha podido robar poderes…

De pronto, Cole sintió un acceso de miedo:

—¡Mis amigos! El rey supremo buscaba esclavos con talento para el forjado.

Quima echó la cabeza atrás y soltó una gran carcajada que a Cole le provocó escalofríos.

—¿Tienes amigos entre los esclavos? ¿Amigos con talento para el forjado? Pues aprenderán el arte del contraforjado. Los experimentos que les tienen reservados pueden enseñarnos a todos cosas nuevas.

—¿Qué experimentos? —preguntó Cole, mientras el miedo se tornaba rabia.

Quima meneó la cabeza.

—Dile lo que sepas —dijo Liam.

—O si no, ¿qué? —respondió Quima riéndose—. ¿Me matarás? Demasiado tarde. No me sacaréis nada más.

—¿Y qué papel jugabas tú en todo esto? —preguntó Liam.

—Carnag.

—¿Lo formaste usando el contraforjado?

—El poder se convirtió en semblante con el contraforjado —dijo Quima—. Todo forma parte de un plan mayor de lo que podáis imaginaros. No lo he creado yo, pero ayudé a orientar a Carnag en la dirección correcta.

—¿Usando el contraforjado? ¿O con consejos?

—Usa la imaginación —respondió Quima—. Debería haberme hecho con el control total.

—Para eso necesitarías el consentimiento de Mira, ¿no? —preguntó Liam.

—No, simplemente estaba siendo cortés —dijo Quima—. Se acabó. No he cumplido con mi objetivo y le he fallado a mi orden. Es un fracaso menor, sin consecuencias a largo plazo, pero estoy lista para pagar por él. El veneno hará efecto en cualquier momento.

—Ya… —dijo Liam—. En cuanto a eso… he forjado tu veneno. Se me da muy bien analizar sustancias. Y cambiarlas. De hecho, soy bastante impresionante. Te has inyectado miel. Si pudieras lamerte la mano, estarías deliciosa.

Cole no pudo resistir la tentación de reírse al ver la cara descompuesta de Quima. Jace también lo hizo, y hasta Twitch contuvo una sonrisa.

—Imposible —replicó Quima, casi sin aliento.

—Quizá para algunos forjadores —dijo Liam—. Para mí es casi rutinario. Mi jefe querrá hablar contigo, así que voy a asegurarme de que no te autolesiones en un futuro próximo.

Agitó una mano y del suelo salió una tira de tela dorada que fue a posarse sobre su boca. Ella se debatió contra las ataduras que la retenían.

—Sé que te gusta esconderte en salas privadas, así que te daré una —añadió Liam.

Quima se hundió en el terreno como si estuviera sobre arenas movedizas. Liam observó a Mira.

—Ahora podemos hablar. No te preocupes, voy a sumergirla bien hondo.

—¿Qué vas a hacer con ella? —preguntó Cole.

—La llevaré ante Declan, por supuesto. Le gustará mucho hablar con ella.

—¿Crees que podrías descubrir qué es lo que quiere hacer el rey supremo con mis amigos?

—No sabría decirte… Declan tiene más posibilidades.

—Quizá quiera sus poderes —planteó Mira.

—Eso es lo que pensaba yo —dijo Cole—. Pero, por lo que ha dicho Quima, parece que había algo más.

—Puede que haya intentado meternos miedo —sugirió Liam—. Es posible que fuera todo mentira.

—Tengo la sensación de que no es un farol —dijo Mira.

—Yo también —concordó Liam—. Veremos qué puede sacarle Declan.

—¿Está en un lugar seguro? —preguntó Mira.

—Bastante. Tuvimos que dejar atrás la mayor parte de lo que construimos. Lyrus no podía venir con nosotros, así que le dejamos a cargo de la defensa de Cloudvale. No podía estar más contento. La legión se enfrenta a un duro adversario. Es posible que, cuando se den cuenta de que hemos huido, se retiren.

—¿Y ahora, qué? —preguntó Mira.

Liam echó un vistazo al cielo y miró alrededor.

—Encontramos a Bertram, liberamos a nuestro legionario y esperamos a que llegue Joe. Tenía un mensaje para ti que no quería revelarme a mí.

—¿Alguna pista?

—Supongo que es importante —dijo él.

Capítulo 35

El mensaje

Cole se sentó en un taburete, frente a una bonita casa de campo. La suave brisa traía consigo un olor a hojas y flores silvestres. El autocarro esperaba allí cerca. Bertram seguía sentado en su interior. Tras haber viajado una distancia considerable desde el lugar donde había caído Carnag, Liam y Mira habían forjado la casita en menos de una hora, con sus camas, muebles, una gran chimenea, cuadros en las paredes y un jardín atrás. Era la segunda tarde tras la construcción de la casita.

Cole no podía evitar seguir preocupado por sus amigos. Cuando Liam había trasladado a Quima a una nueva celda subterránea cerca de la casita, ella se había negado a responder a ninguna pregunta. Se mostraba insondable, inexpresiva y con la mirada perdida.

A falta de mayor información, Cole no dejaba de hacerse preguntas. Estaba preocupado por Dalton y Jenna. Si el rey supremo se hacía con su poder de forjado, tendría que mantenerlos vivos, si no, perdería el poder, ¿no? ¿O se trataba de algo completamente diferente? Quima había hablado de experimentos. En vista de que forjando se podía hacer de todo, los experimentos podían suponer prácticamente cualquier cosa.

Mira y Liam se habían comprometido a ayudar, aunque sin mucho afán. En realidad, todos estaban a la espera. Necesitaban más información.

Del cielo llegó Mango, que aleteó y se posó cerca de la puerta. Cole se levantó del taburete.

—¿Qué hay?

—Tengo que decirle a Mira que se acerca un jinete —anunció el pájaro.

—¿Es Joe?

—Por supuesto, tontorrón. ¡Si no, estaría dando la voz de alarma!

Cole entró en la casa. Cuando salió con Mira, Liam, Jace y Twitch, oyeron el trote de un caballo. Cole albergaba una ligera esperanza de que el mensajero de Mira revelara algo que pudiera ayudarle en su búsqueda de Jenna y Dalton.

El jinete no tardó mucho en aparecer. Llegó a medio galope y desmontó. Cole reconoció al hombre que se había presentado en Puerto Celeste justo antes de la llegada de los legionarios, con un largo bigote y la chaqueta de cuero más polvorienta aún. Joe señaló hacia la casita.

—¡Parece que os habéis instalado!

—Está apartado de cualquier carretera principal —respondió Liam, encogiéndose de hombros.

—He visto a Carnag —dijo Joe—. Lo que ha quedado de él. Gracias por esperar. Me alegro de haber podido ser de ayuda.

Liam levantó las manos a modo de disculpa.

—¿Has visto algún legionario por el camino?

—Si solo fuera eso… —exclamó Joe—. ¿Sabes lo que he tenido que hacer para llegar aquí? He galopado de noche, intercambiando caballos, gastando dinero como un jugador compulsivo, haciendo uso de todos mis trucos.

—Mira, te presento a Joe MacFarland —dijo Liam—.

431

Joe, esta es Miracle Pemberton. Estos tres chicos son sus amigos.

Joe le hizo una reverencia de respeto.

—A su servicio, alteza.

—Encantada —respondió Mira, incómoda—. Pero llámame Mira y háblame de tú, por favor.

—Como prefieras —dijo Joe—. Me alegro de ver que estás bien.

—Lo mismo digo —contestó Mira—. Gracias por venir a avisarme de la llegada de la legión a Puerto Celeste. ¿Había algo más que tuvieras que decirme?

Joe echó una mirada a Liam.

—Me enteré de la llegada de los legionarios mientras iba de camino. El mensaje era otro.

—¿Qué? —respondió Mira, sorprendida.

Joe miró a Cole, luego a Jace y a Twitch.

—Se suponía que tenía que llevaros a Durny y a ti a enfrentaros a Carnag. Si teníamos éxito, tenía una segunda misión. Está relacionada con una de tus hermanas. ¿Prefieres que te lo cuente en privado?

Mira se quedó pálida y se frotó los labios con ambas manos.

—No he hablado directamente con mis hermanas desde que nos separamos. ¿Están todas bien?

—Esto solo tiene que ver con una de ellas —dijo Joe—. Tiene problemas.

Mira se giró hacia los chicos:

—Esto depende de vosotros. No sé cómo daros las gracias por sacarme de Puerto Celeste y venir hasta aquí conmigo. Hemos llegado mucho más lejos de lo que podría imaginar. Si queréis iros, es el momento. No me lo tomaré como algo personal. Ahora no corremos peligro inmediato. Pero supongo que este mensaje supondrá viajar a otro reino.

Joe asintió.

—Como estamos entre amigos, diré que responder a este mensaje supondría ir a Elloweer.

—Yo estoy contigo, Mira —dijo Jace—. Ya te he dicho que dejes de intentar librarte de mí. Aunque no estoy muy seguro de que mi cuerda funcione bien fuera de Sambria.

—Es muy potente —intervino Liam—. Pero fuera de Sambria apenas funcionará, quizá ni siquiera en el Cruce. En los otros reinos imperan disciplinas de forjado distintas. Casi todos los objetos forjados en Sambria se vuelven inertes. En Elloweer, a los forjadores se los llama encantadores, y sus poderes son un misterio casi total para mí.

—Resultaré menos útil —admitió Jace—, pero estoy dispuesto a todo. Si no, ¿adónde voy a ir?

—Ahora eres libre —dijo Mira—. Podrías llevar una nueva vida. Con esa cuerda, en Sambria puedes llegar muy lejos.

—Quien quiera puede venirse conmigo —propuso Liam—. Nuestro nuevo escondrijo será un lugar seguro durante bastante tiempo. Desde luego, podríais sernos útiles. Y no me iría mal algo de ayuda para transportar a Quima.

—¿Prefieres librarte de mí? —le preguntó Jace a Mira, casi con timidez.

—Quiero que hagas lo que quieras hacer —dijo ella—. Si te quedas conmigo, sin duda afrontarás peligros. Y quizás hasta la muerte.

—Entonces me apunto —replicó Jace—. He afrontado muchos problemas durante mi vida; no sé muy bien qué haría sin ellos.

—Yo no os lo he contado todo sobre mí —dijo Twitch—. Salí de Elloweer con una misión. Mi pueblo está en peligro. La esclavitud no entraba en mis planes. Tengo que volver y ver qué puedo hacer. Así que voy a acompañaros, al menos parte del camino. Pero quizá no deba escuchar el mensaje, porque al final podría tener que dejaros solos.

—Como tú prefieras —respondió Mira.

Twitch se fue saltando y agitando las alas, y no paró hasta dejar un buen espacio de separación.

Cuando Mira se giró hacia Cole, él se sintió más héroe que nunca. Se le acercó y le dio un gran abrazo, que él le devolvió.

—Tus amigos te necesitan —dijo ella—. Ojalá tuviéramos una idea más precisa de los peligros a los que se enfrentan. —Lo soltó y dio un paso atrás.

—¿Qué amigos? —preguntó Joe.

—Mis amigos, que llegaron aquí como esclavos desde mi mundo —explicó Cole—. Algunos tenían posibilidades como forjadores, y los vendieron al rey supremo.

—¿Esclavos forjadores? ¿Sabes qué especialidades tienen?

—No —respondió Cole—. Pero el rey supremo quizá los quiera para hacer experimentos.

—El forjador supremo ha ido enviando esclavos con talento para forjar por todos los rincones de los Cinco Reinos —dijo Joe, frotándose la mandíbula—. Los llevan a formarse al lugar donde su talento es más fuerte.

—¿Desde cuándo? —preguntó Mira.

—Desde hace unas semanas.

—Eso significa que tus amigos podrían estar en cualquier parte —dedujo Liam, frunciendo el ceño.

Cole se vino abajo. Las noticias de Joe implicaban que sabía menos aún de lo que creía saber.

—Pero también en Ciudad Encrucijada —dijo, cayendo en la cuenta—. Puede que no se encuentren entre los esclavos que han enviado a otros sitios para aprender. Podrían estar haciendo cualquier otra cosa.

—Es muy posible —respondió Joe—. Pero me consta que el forjador supremo ha ido comprando esclavos con talento para el forjado por todas partes, y que los ha estado enviando a diferentes puntos de las Afueras para que aprendan el oficio.

—Te ayudaremos a encontrarlos —dijo Mira, frotándole el hombro a Cole—. Te prometí que te ayudaría. No he olvidado mi promesa.

Joe parecía algo incómodo.

—Puede que te necesiten en otro lugar, Mira. Al menos a corto plazo.

—Hay formas de investigar —le aseguró Liam a Cole—. Los Cinco Reinos son grandes, pero no nos faltan aliados. Te ayudaré todo lo que pueda. Puedes venir conmigo y esperar, o ir con Mira, si prefieres. Supongo que encontraré algún modo de contactar con ella.

Cole frunció el ceño, decidido.

—Gracias. Ahora mismo lo que necesito, sobre todo, es información. No puedo ayudar a mis amigos hasta que sepa adónde han ido a parar. Mientras tanto, me quedaré con Mira.

—¿Estás seguro? —dijo ella.

—Es tan posible que estén en Elloweer como en cualquier otra parte —respondió él.

Mira lo abrazó con fuerza. Cole intentó evitar el contacto visual con Jace.

—Lamentaría mucho perderte. Nos has salvado ahí atrás. Me has salvado. Cole, aunque viviera eternamente, nunca podría agradecértelo lo suficiente.

—No acabo de creer que lo hice. Era un intento desesperado.

—No era fácil —confirmó Liam—. Si Mira no hubiera sembrado la duda en Carnag, y si la esencia de este no hubiera deseado volver con Mira, no creo que hubiera funcionado. El chal era un arma potente, pero no lo suficiente como para dominar a algo como Carnag…, de no haber sido por el conflicto interior que tenía.

—En cualquier caso —le dijo Cole a Mira—, hasta que no tenga una idea clara de dónde encontrar a Dalton y a Jenna, voy contigo. Sin un plan de acción ni un lugar adonde ir, no sé qué haría. Estaría más solo que nunca.

—Vaya, ¡tocado! —dijo Liam.

—No estaría solo si fuera contigo —se apresuró a precisar Cole—. Y lo haría, pero… Ya he perdido suficientes amigos. No quiero perder a ninguno más.

—¡Tocado de nuevo! —repitió Liam—. Ahora, en serio, no intentes arreglarlo más.

Cole soltó una risita tímida.

—Tampoco quiero perderte a ti, Liam. Pero tú te diriges a un escondite. Yo necesito ponerme en marcha. Y quiero ayudar a Mira.

—En ese caso, me pondré en contacto contigo si me entero de algo.

—Te lo agradezco.

—Venga, danos ese mensaje —dijo Mira, dirigiéndose a Joe.

—Como habrás adivinado, tiene que ver con Honor —dijo Joe—. Su poder de forjado siempre ha sido mayor en Elloweer. Tu madre teme que su protector haya muerto y que la hayan capturado. Iba a llevaros a Durny y a ti en su ayuda.

—¿Cómo vamos a encontrarla? —preguntó Mira.

—Su estrella está en el cielo. Sé cómo reconocerla. Igual que reconozco la tuya.

—No puedo creérmelo —dijo Mira—. Hace tantos años que no veo a Nori… Me sorprende que tenga problemas. Me parecería mucho más lógico que fuera ella la que me rescatara a mí.

—El mensaje no decía mucho más —añadió Joe—. Solo sabremos más si seguimos su estrella.

—¿Cuándo nos ponemos en marcha? —preguntó Jace

—Cuando queráis —respondió Liam—. A partir de ahora nuestros caminos se separan.

Mira suspiró.

—Esperaba que recuperar mis poderes supusiera el final de mis problemas durante un tiempo.

—Aún no —dijo Cole—. Pero hemos dado un duro golpe a tu padre. Y le daremos otros más. Derrocarlo será lo mejor que pueda hacer por mis amigos.

—Pues decidido —dijo Jace—. Vamos en busca del rey supremo. A Twitch le encantará saberlo. Deberíamos decírselo.

—No venceremos al rey mañana mismo —matizó Cole—. Ni pasado mañana. Pero ayudar a Honor puede ser un buen punto de partida.

—Puede que esto no acabe con el rey supremo —les advirtió Liam—. Tenemos que preocuparnos de Quima y su grupo de contraforjadores.

—No —respondió Cole—. Son ellos los que tienen que preocuparse de nosotros.

Agradecimientos

Mis libros no son fruto de mi esfuerzo exclusivamente. La redacción y la promoción de mis obras me apartan de mi familia más de lo que querría. Les agradezco su apoyo y su paciencia. Mi esposa, Mary, y mi hija mayor, Sadie, también leen mis libros y me hacen aportaciones. Mary es siempre mi primera correctora, y sus reacciones al leer cada capítulo se han demostrado utilísimas una vez más.

También cuento con ayuda profesional. Como siempre, mi agente, Simon Lipskar, me ha aportado ideas que me han ayudado a concretar la historia. Liesa Abrams, mi editora, también me ha aportado unas ideas espléndidas, pese a estar a punto de salir de cuentas. Fiona Simpson se merece un gran agradecimiento por hacerse cargo del proyecto cuando Liesa dio a luz. (¡Enhorabuena, Liesa!)

Estoy muy agradecido a Simon & Schuster en conjunto por creer en mí lo suficiente como para embarcarse en una nueva serie. Mucha gente me ha ayudado durante la producción y la promoción del libro. Bethany Buck, Mara Anastas, Anna McKean, Paul Crichton, Carolyn Swerdloff, Lauren Forte, Jeannie Ng y Adam Smith han tenido un papel fundamental. Y muchísimas gracias a Owen Richardson por la espléndida ilustración de portada.

Mi equipo de lectores de pruebas hizo un gran trabajo con *Invasores del cielo*. Jason y Natalie Conforto me dieron respuestas muy útiles y me abrieron los ojos a algunas trayectorias muy interesantes para la historia que aparecerán en momentos posteriores de la serie. Mi tío Tuck y mi madre también me proporcionaron útiles opiniones, al igual que Cherie Mull. Liz Saban aportó las primeras chispas de las que prendió toda la idea, y me prestó el nombre de un par de sus hijos. Paul Frandsen hizo un par de aportaciones muy valiosas hacia el final. ¡Gracias a todos!

Tengo que darle las gracias a Brandon Flowers y a los Killers por dejarme usar una frase de una de sus canciones más emotivas al inicio del libro. Me pareció que encajaba muy bien con la historia, y les agradezco que me dieran permiso para usarla.

¡Por último, tengo que darte muchas gracias a ti, lector! Leyendo, compartiendo y comprando mis libros haces posible que me gane la vida escribiendo. Sin tu apoyo, aún sería un desconocido y habría publicado muchas menos historias. Gracias por tomarte el tiempo de lanzarte a esta aventura. Llegarán cuatro libros más, y muy pronto verás que la cosa no ha hecho más que empezar. No veo la hora de compartir contigo el resto de la serie. En la nota siguiente encontrarás más información al respecto.

Nota a los lectores

Uno de cinco. Me alegro de que hayáis conocido uno de los Cinco Reinos. ¡Esperad y veréis por dónde va la historia en los próximos libros! Tengo la impresión de que nunca he planificado una serie tan variada como esta. Si os ha gustado el primer libro, preparaos para un gran viaje. Intentaré que los demás os lleguen lo más rápidamente posible. El segundo y el tercero deberán publicarse dentro de menos de un año.

Como tengo una agenda llenísima, como salgo mucho a hacer giras de promoción de mis libros y como tengo cuatro niños, puede resultar difícil ponerse en contacto conmigo. Si no he respondido a alguna carta o correo electrónico, por favor, perdonadme. Si la habéis enviado, probablemente me haya llegado, pero soy una persona muy distraída y desorganizada, y voy muy retrasado en las respuestas. Aún espero conseguir ponerme al día. Voy guardando todos los mensajes y respondo a todos los que puedo.

Si queréis poneros en contacto conmigo, os sugiero que me sigáis en Twitter (@brandonmull) o en mi página de Facebook (Brandon Mull). Suelo colgar posts con frecuencia en ambos sitios, así que estaréis informados; y si colgáis comentarios, puede que recibáis respuestas. También podéis intentar escribirme a autumnal-solace@gmail. com (el nombre de esta dirección procede de uno de mis libros de *Fablehaven*). Que os responda o no dependerá de cómo caigan los dados…

Espero encontrar algún día un sistema que me permita responder a todo el mundo sin descuidar mi trabajo y a mi familia. Si os sirve de consuelo, el motivo de mi desorganización para las cosas prácticas, en parte, es que mi mente pasa mucho tiempo inventando historias. O sea, que al menos puedo comunicarme con vosotros a través de mis alocados libros. Y si de verdad queréis conocerme, echad un vistazo al calendario de mis presentaciones en brandonmull.com. Cada vez que sale un libro, me echo a la calle y aparezco en numerosos eventos por todo Estados Unidos. Para los que acabéis de descubrirme, he aquí una guía rápida a mis otros libros: *Fablehaven* es una serie de cinco libros, y probablemente la más equilibrada de todas, con una mezcla de aventuras, humor y descubrimientos. Trata de unos parques naturales secretos llenos de criaturas mágicas, y tengo la sensación de que es la que más se parece a la serie *Cinco Reinos*. Tengo pensado iniciar una serie-secuela de *Fablehaven* hacia 2016.

Beyonders es mi serie más épica, y tiene tres libros. Empieza siendo algo rara y misteriosa, y luego se convierte en una historia majestuosa sobre héroes que intentan salvar un mundo en peligro. Conoceréis criaturas y razas mágicas de las que nunca habéis oído hablar, y creo que el final del tercer libro es el más espectacular que he escrito hasta ahora.

Candy Shop War es una lectura más ligera, pero llena de imaginación. Transcurre en un barrio normal con niños normales. Llegan unos magos que reparten golosinas mágicas que dan poderes a la gente. La cosa se anima cuando resulta que algunos de los magos no son de fiar.

De esa serie hay, de momento, dos libros. Ambos se pueden leer como historias independientes que no dejan cabos sueltos.

Spirit Animals es otra serie de mi creación en la que descubriréis un mundo llamado Erdas, donde niños y animales pueden crear poderosos vínculos entre ellos. Es mi historia más ágil, y quizá la mejor para los lectores que aún no se han acostumbrado a los volúmenes gruesos. Aunque ya he definido la trama de toda la serie, solo he escrito el primer libro. Otros seis autores escribirán los seis libros restantes.

Y, por último, si os gustan las novelas gráficas, tengo dos libros de *Pingo* sobre un niño llamado Chad y su amigo imaginario. Encontraréis más información sobre todos mis libros en brandonmull.com.

Si habéis llegado hasta aquí, enhorabuena por acabar lo que habéis empezado. Gracias por leerme. ¡Nos vemos en las Afueras!

Brandon Mull

Brandon Mull, autor de la serie *best seller* Fablehaven, vive actualmente en Ohio, donde trabaja en los próximos títulos que comprenderán esta nueva serie, Cinco Reinos. El segundo volumen, *El caballero solitario*, será publicado también por **Roca**editorial.

Este libro utiliza el tipo Aldus, que toma su nombre
del vanguardista impresor del Renacimiento
italiano Aldus Manutius. Hermann Zapf
diseñó el tipo Aldus para la imprenta
Stempel en 1954, como una réplica
más ligera y elegante del
popular tipo
Palatino

***

**

*

Cinco reinos. Invasores del cielo
se acabó de imprimir
un día de primavera de 2015,
en los talleres gráficos de Egedsa
Roís de Corella 12-16, nave 1
Sabadell (Barcelona)